Für Robert und Joan Hunt Zimmerman.
Eure Großzügigkeit inspiriert mich …
Eure Gastfreundschaft bringt mich zum Staunen …
Und meine Freundschaft mit euch
hat mich zu einem besseren Menschen gemacht.
Danke.

Prolog

London, Juni 2015

Als das Telefon auf dem Nachttisch des Hotels läutete, schreckte Julie Boland aus dem Halbschlaf hoch. Sie richtete sich auf, stellte ihre Füße auf den flauschigen Teppich zwischen den beiden Betten und griff nach dem Hörer.

„Hallo?“, meldete sie sich mit belegter Stimme. Der Blick auf die Uhr, die ihr Mann ihr zu ihrem letzten Geburtstag geschenkt hatte, ließ sie aufstöhnen.

„Mrs Boland?“

„Ja, hier spricht Mrs Boland.“

„An der Rezeption ist das Paket abgegeben worden, auf das Sie gewartet haben. Es ist ziemlich groß. Wenn Sie herunterkommen wollen …?“

Die Zimmertür flog auf, und ihre Tochter Rachel stürmte herein. Licht aus dem Wohnzimmer strömte in das in Weinrot und Gold gehaltene Zimmer. „Ist es endlich da, Mama?“

Julie winkte ab und hoffte, ihre Tochter würde den Hinweis verstehen und die Zimmertür schließen. „Ich komme gleich herunter“, teilte sie dem Anrufer mit.

Julie legte den Hörer wieder auf und griff nach dem ärmellosen Leinenkleid, das sie erst eine Viertelstunde zuvor abgelegt hatte. „Ja, mein Schatz, es ist da", erklärte sie und erhob sich. Sie richtete ihr Kleid und schlüpfte in ein Paar Sandalen von Antonio Melani, die am Fußende des Bettes standen. „Zieh mir bitte den Reißverschluss hoch, Liebes."

Rachel eilte zu ihrer Mutter und kam der Bitte nach. „Oh Mama, ich könnte platzen vor Neugier. Stell dir nur vor, in fünf Tagen werde ich Mrs Jeremy Sullivan sein, und heute bekomme ich *endlich* Mimis Hochzeitskleid zu Gesicht. Nun, eigentlich *deins* und Mimis."

„Es gehörte Miss Evelyn, lange bevor ich es getragen habe." Julie drehte sich um und umfasste die Wangen ihrer Tochter mit beiden Händen. „Miss Evelyn und Miss Joan und …"

„… und den Schwestern und Betty", beendete Rachel den Satz für sie. „Beeil dich, Mama."

Julie tippte ihrer Tochter an die Nasenspitze. „Sei doch nicht so ungeduldig", neckte sie lächelnd. „Oh Schatz, warte nur, bis du es siehst. Ein Original von Carson's."

Auf dem Weg ins Wohnzimmer strich Julie mit den Fingern durch ihre schulterlangen hellbraunen Haare. Vor einem der Wandspiegel, von denen es im Zimmer gleich mehrere gab, blieb sie stehen. „Warum nur gibt es in diesem Hotel so viele Spiegel?", fragte sie und betastete behutsam die Falten um ihre Augen.

Rachel hüpfte hinter ihr her, was Julie erneut ein Lächeln entlockte. „Ich wünschte, Edwin hätte nicht auf dieser Tour heute Nachmittag bestanden. Aber dein Papa macht eben, was er will." Sie seufzte tief.

„Weißt du, was ich wünschte?", fragte Rachel mit plötzlich ruhiger und nachdenklicher Stimme und schob ihren Arm durch den ihrer Mutter. „Ich wünschte, Mimi hätte das noch erlebt. Sie hätte sich so gefreut, dass ich einen Engländer heirate."

Julie blieb stehen und blickte ihre Tochter an. „Du siehst Miss

Evelyn so ähnlich. Wirklich. Dieselben weichen Gesichtszüge. Dieselben Augen." Sie wuschelte Rachel durch den Pony. „Dieselben hellen Haare." Sie seufzte erneut. „Miss Evelyn hat sich nie für hübsch gehalten, was ich nicht verstehen konnte. Ich fand immer, dass sie etwas hermachte, allein schon durch ihre Haltung."

„Mama", lachte Rachel und schob ihre Mutter zur Tür. „Jetzt mach schon." Ihr Blick wanderte zu ihren nackten Füßen. „Ich bin nicht passend angezogen und kann nicht nach unten gehen, sonst wäre ich schon zehnmal wieder hier."

„In den Shorts und dem T-Shirt siehst du wirklich nicht aus wie eine Braut." Julie deutete zum Sofa in der Mitte des Zimmers. „Setz dich da hin, junge Dame. Deine Mama ist in einer Minute mit dem Hochzeitskleid deiner Großmutter wieder da."

Sie war noch nicht durch die Tür getreten, als Rachel ihr nachrief. „Mama?"

Julie wandte sich um.

„Und dann höre ich endlich die Geschichte? Wenn du zurückkommst? Du hast mir versprochen, dass du mir alles an dem Tag erzählst, an dem ich mich auf meine eigene Hochzeit vorbereite."

Julie lächelte. „Ich werde dir in allen Einzelheiten schildern, was Miss Evelyn mir in der Woche erzählt hat, bevor ich ihren Sohn heiratete. Von Anfang an. Wie sich die jungen Frauen in Chicago kennenlernten, wie sie das Kleid entdeckten und von den Hochzeiten, bei denen es jede von ihnen trug."

Rachel strahlte. „Mit wem fängst du an? Mit welcher der Bräute?"

Julie dachte einen Augenblick nach. Ihre Fingerspitzen lagen auf dem Türgriff. „Ich denke, ich werde die Geschichte so wiedergeben, wie ich sie von Miss Evelyn kenne. Ich fange mit Joan an, ihrer englischen Brieffreundin ..."

Kapitel 1

Chicago, Oktober 1951

Der frühe Morgenwind peitschte um die Ecke des im Renaissancestil gehaltenen Gebäudes im Süden Chicagos. Früher hatte dieses prächtige Haus einem der angesehenen Ärzte der Stadt gehört, doch nun diente es als Wohnheim für junge Frauen, die sich in einer Übergangsphase befanden. Frauen wie die neunzehnjährige Joan Hunt.

Joan reckte sich unter dem gestärkten Bettlaken und dem dicken, nach Mottenkugeln und Alter riechenden Überwurf und zog vorsichtig einen Arm unter der Decke hervor. Die Kälte im Zimmer schickte eine Gänsehaut über ihren Arm. Mit den Fingerspitzen drehte sie die Uhr so, dass sie die Zeit erkennen konnte. Erschrocken fuhr sie hoch. Sie hatte gut zehn Stunden geschlafen!

„Guten Morgen, lieber Gott", sagte sie. „Wir haben heute viel zu tun, nicht?" Und dann warf sie in einer schnellen Bewegung die Decke zurück und sprang aus dem Bett.

Joan klappte den abgewetzten Koffer am Fußende des Doppelbettes in der kleinen Kammer auf, die ihr am Abend zuvor zugewiesen worden war. Ihre Kleidung – ordentlich gefaltet, die Röcke auf einer, die Blusen auf der anderen Seite, die Wäsche in einer Satinhülle darunter – roch nach zu Hause, nach Lavendel und England und einer langen, aufregenden Woche auf der *Mauretania II*.

Sie nahm das Kästchen aus Zedernholz heraus, in dem sie einige gerahmte Fotos, zwei ihrer Lieblingskrimis von Agatha Christie, ein kleines Adressbuch aus Leder und den Aufsatz aufbewahrte, den sie für einen Schreibwettbewerb verfasst hatte, unter dem Titel: „Der Mann deiner Träume". Dieser Aufsatz hatte für sie kein Problem dargestellt. Obwohl sie damals erst sechzehn gewesen war.

„*Der Mann meiner Träume soll talentiert sein*", hatte sie geschrieben. „*In vieler Hinsicht. Und er soll kreativ sein. Und*", hatte sie hinzugefügt, „*es wäre nett, wenn er einen Meter neunzig groß wäre, blaue Augen und dunkle Haare hätte.*"

Joan musste lächeln, als sie an die Reaktion ihrer Mutter dachte. „Ich bin ganz sicher, Joan, dass Gott extra für dich einen solchen Mann backen wird."

Joan stellte den Kasten auf den weiß gefliesten Boden, schob ihre Hand unter die Kleidung und nahm einen Stapel Briefe heraus, die mit einem rosa Band zusammengehalten wurden. Der Namenszug in Evelyn Alexanders geschwungener Handschrift brachte ihr Trost, hieß sie in Chicago und ihrem vorübergehenden Heim willkommen. Er bestätigte sie darin, dass es richtig gewesen war hierherzukommen.

„*Komm einfach*", hatte Evelyn geschrieben. „*Komm nach Chicago. Wenn Dein Vater sagt, dass man dort am ehesten einen Job findet, dann wird es wohl stimmen. Wenn Du den Mut aufbringst, an Bord eines Schiffes zu gehen und den Atlantik zu überqueren, dann traue ich mich auch, in den Zug zu steigen und an die Ostküste zu kommen.*"

Joan hatte den Mut aufgebracht, und der schwierigste Teil ihrer Reise war es gewesen, ihrer Mutter – einer eingefleischten Britin – zu erklären, dass sie nach Amerika, in ihr Geburtsland, zurückkehren wollte. Sie hatte Mutters Entsetzen ausgehalten und ruhig erklärt:

„Ich weiß, Mum", nachdem ihre Mutter sie noch einmal darauf hingewiesen hatte, dass eine doppelte Staatsbürgerschaft nicht möglich sei. „Du kannst nicht dem König *und* dem Präsidenten gehören." Und Joan hatte es auch ausgehalten, als ihre Mutter rief: „Ich weiß nicht, ob ich das ertrage."

So schwer es auch war, ihre Mutter weinen zu sehen – die Vorstellung, im vom Krieg erschütterten England zu bleiben und die Zeit totzuschlagen, bis irgendein armer Schlucker ihr einen Heiratsantrag machte, das war mehr, als *sie* ertragen konnte. Zwar wünschte Joan sich immer noch, dass ihr zukünftiger Mann viele Talente besaß, aber zuallererst wollte sie leben. Und dann wollte sie, dass sie und ihr Zukünftiger viele wundervolle Dinge *gemeinsam* erlebten.

Joan nahm den ersten Brief vom Stapel, legte den Rest zurück und stellte das Kästchen auf ihre Kleider. Ihre Fingerspitzen strichen über ein Foto von ihrer Familie. Alle elf standen sie in ihren besten Sonntagskleidern nebeneinander und strahlten in die Kamera. Ihr Zeigefinger blieb auf der Stelle liegen, wo das Herz ihrer Mutter war. Sie schloss die Augen und atmete tief durch, während ihre Gedanken in der Zeit zurückwanderten zu dem Tag, an dem sie in der amerikanischen Botschaft in Manchester mit fester Stimme die Worte gesprochen hatte: „Ich sage mich vom König und allen meinen Rechten als britische Staatsbürgerin los und gelobe den Vereinigten Staaten von Amerika meine Treue."

Sie ließ den angehaltenen Atem entweichen, erhob sich und schüttelte die Erinnerung ab. Den letzten Brief von Evelyn legte sie auf das Fußende des Bettes. In aller Eile schnappte sie sich ihren Morgenmantel von dem Windsorstuhl mit den dünnen Stuhlbeinen, band den Gürtel um ihre viel zu schmale Taille, schlüpfte in ihre Pantoffeln und ging in Richtung Bad am Ende des Ganges.

Minuten später hatte sie sich die Zähne geputzt und die Haare gekämmt und kehrte in ihr Zimmer zurück, wo sie die Tür hinter sich schloss und ans Fenster trat.

In der vergangenen Nacht, nach einer Woche auf dem Schiff und einer Zugfahrt von 24 Stunden, war sie zu müde gewesen, um auch nur einen Bissen zu sich zu nehmen. Aber jetzt, als sie die Musselinvorhänge vor dem Fenster zurückzog, knurrte ihr Magen.

„Am Ende der Straße gibt es ein Restaurant“, hatte der Mann an der Rezeption ihr bei ihrer Ankunft erklärt. „Das ist bis neun Uhr geöffnet.“

„Ich fürchte, ich bin viel zu erschöpft, um es bis dorthin zu schaffen.“ Mit der Energie einer Schildkröte am Ende ihres Rennens lachte sie. „Traurig, nicht?“

„Kommen Sie morgen früh vor acht herunter, dann bekommen Sie ein schönes warmes Frühstück“, sagte der junge Mann. „Wir servieren ab sechs.“

Als sie jetzt ihre Nase an das kühle Glas drückte und die auf der Straße vorbeirollenden Autos beobachtete, ließ ihr Magen keinen Zweifel daran, dass die letzte Mahlzeit lange her war.

Beim Frühstück im Speisesaal des CVJM-Heims war Joan ganz allein. Das machte ihr nichts aus. Sie wollte ohnehin Evelyns letzten Brief in Ruhe noch einmal lesen, bevor sie sich auf Jobsuche machte.

Wenn Du am 16. Oktober eintriffst, musst Du ein paar Tage allein zurechtkommen. Ich kann nicht vor dem 20. Oktober in Chicago sein. Vielleicht sogar erst ein paar Wochen später. Ich hatte gehofft, wir könnten uns in New York treffen und gemeinsam nach Chicago weiterreisen, aber ich muss Mama mit Glacéhandschuhen anfassen.

Das verstand Joan gut. Nur zu gut. Ihre Situation war der von Evelyn sehr ähnlich. Joan hatte ihre Staatsbürgerschaft aufgegeben und war in ein Land gereist, das sie vor vielen Jahren verlassen hatten, während der Großen Depression. Ihr Vater, ein lebenslustiger Ire, und ihre Mutter, eine sanfte Engländerin, hatten alle ihre Besitztümer zusammengepackt und waren mit ihren Kindern von Chicago ins Vereinigte Königreich zurückgekehrt. Evelyn dagegen war noch nie in der „Windy City" gewesen. Einmal hatte sie Atlanta besucht, hatte sie erzählt, aber weiter in den Norden war sie nie gekommen.

Trotzdem, wenn ich diesen Schritt nicht wage ... wenn ich nicht allen Mut zusammennehme und Papa sage, wie gern ich dieses große Abenteuer erleben möchte ... dann weiß ich, Joanie, dass ich das für den Rest meines Lebens bereuen werde. Jeden Morgen wache ich mit dem Gedanken auf: Du musst das tun, Evelyn. Das ist deine große Chance.

Allerdings, dachte Joan, während sie den letzten Bissen Toast mit ihrem Tee hinunterspülte. *Meine auch.* Als mittleres von neun Kindern war ihr Amerika gerade groß und weit genug. Sie wollte ihr eigenes Abenteuer erleben, ihre eigene Geschichte schreiben. Oder einfach aus der Not ausbrechen. Auf jeden Fall wollte sie mehr als das, was England ihr zu bieten hatte. Auch wenn sie keine konkreten Vorstellungen von diesem „Mehr" hatte.

Entschlossen stand Joan vom Tisch auf und wischte ein paar Krümel von ihrem Rock. Jetzt brauchte sie erst einmal einen Job. Und zwar schnell. Am besten heute noch. Nur 37 Dollar waren ihr noch geblieben, und so nett ihr Zimmer hier im Haus auch war, es war nur ein Zimmer.

Es war kein Zuhause.

Für ihren ersten Tag in Chicago hatte sie einen blauen knielangen Rock und eine weiße Hemdbluse gewählt. Dazu eine Perlenkette, einen kleinen Hut mit einem Netz und ein Paar mitternachtsblaue Handschuhe. In der Fensterfront eines vierstöckigen Bürogebäudes konnte sie ihr Erscheinungsbild besser überprüfen als in dem kleinen Spiegel in ihrem Zimmer. Und sie war durchaus zufrieden mit dem, was sie sah.

Joan schob sich ihre Clutch mit Evelyns Brief und ihrem restlichen Bargeld unter den Arm. Im Vergleich zu den Nachbarhäusern wirkte das Gebäude, vor dem sie stand, recht klein. Aber das Messingschild verriet ihr, dass eine Reihe von Firmen darin ihre Büros hatten, unter anderem auch *Hertz*. Der Name dieser Firma war ihr nicht unbekannt. Das schien ein guter Anfang zu sein.

Und falls Du einen Job ergatterst, Joanie, dann versprich mir, dass Du mir auch einen besorgst.

Kein „falls". Sie *würde* auf jeden Fall einen Job finden.

Entschlossen betrat Joan die nüchterne Lobby mit dem Empfangstresen in der Mitte. „Hallo!", begrüßte sie die blonde Empfangsdame.

Kapitel 2

Die Empfangsdame lächelte, allerdings konnte Joan keine Spur von Freundlichkeit in ihrem Gesicht erkennen. „Was kann ich für Sie tun?"

„Ich möchte zu Hertz."

„Erster Stock. Der Aufzug ist gleich dort drüben." Sie bewegte den Stift um ein paar Zentimeter und wies auf die Aufzugtüren.

„Danke", erwiderte Joan und steuerte den Fahrstuhl an. Sie drückte den kleinen schwarzen Knopf mit dem Pfeil nach oben und wartete darauf, dass die Türen aufglitten.

Kurz darauf erreichte sie den ersten Stock. In der Nähe des Aufzugs befand sich ein kleiner Wartebereich: einige Stühle mit einem Tisch, auf dem Hertz-Flyer und die *Chicago Tribune* lagen.

Joan richtete ihre Bluse, straffte die Schultern und trat auf die Empfangsdame zu, eine gepflegte Frau, die sie auf Mitte 30 schätzte.

„Hallo", begrüßte sie Joan. „Wie kann ich Ihnen helfen?"

„Ich suche eine Anstellung."

Die Frau – Mrs Michaelson, wie Joan dem Namensschild entnahm – lächelte. „Was für eine Anstellung?"

Joan sprach aus, was ihr in den Sinn kam: „Ich bin eine sehr gute

Sekretärin." Was stimmte. Schon vor ihrem 10. Geburtstag hatte sie mit verschiedenen Jobs Geld verdient, und das Wirtschaftscollege hatte sie vor ihrem 17. Geburtstag abgeschlossen.

Mrs Michaelson legte entschuldigend den Kopf zur Seite. „Das tut mir leid. Im Augenblick wird keine Sekretärin gesucht."

„Oh. Nun, dann ...", sagte Joan und war sich ihres Akzents plötzlich sehr bewusst. „Gibt es denn andere freie Stellen?"

Und wieder legte sich der Kopf zur Seite. „Sagen Sie mir doch zuerst, welche Ausbildung Sie haben."

Joan atmete tief durch. „Ich habe am Wirtschaftscollege studiert und mit sechzehn meinen Abschluss gemacht. Seitdem bin ich ununterbrochen einer Beschäftigung nachgegangen."

„Und wie alt sind Sie jetzt, meine Liebe?"

Sie wünschte, Mrs Michaelson würde nicht mit ihr reden wie mit einem Kind. „Neunzehn", sagte sie, räusperte sich und fügte hinzu: „Kann ich bitte mit Ihrem Vorgesetzten sprechen?"

Mit einem Mann käme sie bestimmt besser zurecht. Sie würde ihm von ihren ausgezeichneten Noten erzählen. Von ihrem Arbeitseifer und ihrer Integrität.

„Mr Ferguson?"

„Ist das Ihr Chef?"

Mrs Michaelson faltete die Hände. „Der Personalchef, ja."

„Dann möchte ich mit Mr Ferguson sprechen."

Mit einem unmerklichen Kopfschütteln wählte Mrs Michaelson eine Nummer und wartete. „Mr Ferguson", sagte sie dann, „hier ist eine junge Dame, die Sie gern sprechen möchte ... Jawohl, Sir ... Ja, sie ... ja, Sir." Sie legte wieder auf. „Er ist gleich hier."

„Soll ich dort drüben warten?", fragte Joan, und ihr Blick wanderte zu den Stühlen.

Mrs Michaelson nahm einen Stift zur Hand und sah etwas ratlos aus. Bevor sie eine Antwort geben konnte, wurde die Tür links von ihr geöffnet, und ein Mann kam auf sie zu.

„Ich bin Mr Ferguson", stellte er sich vor und knöpfte seine Anzugjacke zu. Sein Atem roch nach Kaffee und Pfefferminz.

Joan reichte ihm die Hand. „Joan Hunt." Sie lächelte und hoffte, er würde ebenfalls lächeln. Was er tat.

Mr Ferguson war ein gut aussehender Mann von Mitte 40, schätzte sie. Kantiges Gesicht, braun gebrannt. Seine schokoladenbraunen Augen funkelten amüsiert. Sie fand ihn sehr sympathisch.

„Joan", sagte er, als er ihre Hand losließ. „Kommen Sie doch bitte mit."

Joan seufzte vor Erleichterung auf und warf Mrs Michaelson ein strahlendes Lächeln zu. Mit den Lippen formte sie das Wort „Danke". Während sie dem Personalchef folgte, schickte sie ein Gebet nach oben und bat Gott, ihr zu helfen. *Ich muss ja nicht gleich in die Geschäftsleitung aufsteigen,* betete sie still für sich. *Ich möchte nur einen Job.*

Sie traten durch die Tür, durch die Mr Ferguson herausgekommen war. Auf dem Schreibtisch standen ein Telefon, eine Schreibmaschine und eine einzelne Rose in einer schmalen Vase. Die Akten waren ordentlich aufeinandergestapelt. „Der Schreibtisch meiner Sekretärin", erklärte er und bedeutete Joan, ihm in sein Büro zu folgen. „Sie erledigt gerade einen Botengang für mich und wird sicher gleich wieder hier sein."

Joan nahm auf einem der Vinylstühle Platz. „Woher kommen Sie?", fragte Mr Ferguson, während er sich an seinen Schreibtisch setzte.

„Ich wurde hier in den Staaten geboren", erwiderte sie. „Aber meine Familie kehrte nach England zurück, als ich neun war."

„Welche Tätigkeiten haben Sie bereits ausgeübt, Joan?"

„Als wir in England ankamen, habe ich angefangen, für Mr Higginbottom zu arbeiten, den Schweinezüchter am Ort."

Mr Ferguson schien die Geschichte zu amüsieren. „Und welche Arbeiten haben Sie im zarten Alter von neun Jahren für Mr Higginbottom verrichtet?"

„Ich habe Essensreste von den Nachbarn eingesammelt. Für die Schweine natürlich. Und mit zehn und elf Jahren habe ich Kartoffeln gelesen, wie alle Schulkinder in England."

Mr Ferguson zog die Stirn kraus. „Und warum?"

„Die Männer waren im Krieg, und es war notwendig." Joan rang unwillkürlich die Hände, als sie sich an die Erntewochen mit ihren Schulkameraden und ihren Geschwistern erinnerte.

„Ach ja."

„Mit zwölf begann ich, für den Zeitungsverkäufer die ausstehenden Rechnungen einzutreiben." Sie unterdrückte ein Lachen. „Im Allgemeinen denkt man vermutlich, eine Zwölfjährige könnte sich keinen Respekt verschaffen, aber glauben Sie mir, Sir, ich konnte es."

Mr Ferguson grinste. „Daran zweifle ich nicht."

„Und mit dreizehn bekam ich ein Stipendium für das Junior-Wirtschaftscollege. Meinen ersten *Erwachsenenjob* habe ich mit sechzehn angenommen. In einer Textilfabrik ..." Sie hielt inne, um Mr Ferguson Raum zu geben, seine Fragen zu stellen.

„Sagen Sie, Joan, welche Art von Tätigkeit würde Ihnen wohl am meisten liegen? Denn hier in Chicago haben wir keine Schweine zu füttern und auch keine Kartoffeln zu lesen."

Joan dachte kurz nach. Sie konnte vermutlich alles, was ihr angeboten wurde, und sie würde ihre Arbeit gut machen. Darum fragte sie: „Welche offenen Stellen gibt es denn?"

„Da wäre eine Stelle in der Buchhaltung ..."

„Ich kann sehr gut mit Zahlen umgehen." *Natürlich bin ich an Pfund, Shilling und Pence gewöhnt ...*

Seine dunklen Augen fixierten sie. Sie atmete tief durch und hielt seinem Blick stand, bis er blinzelte. „Wissen Sie, Joan, meine Tochter ist in Ihrem Alter. Sie erinnern mich sehr an sie." Er wartete auf eine Reaktion, aber sie hielt sich zurück. „Wenn sie in England wäre, würde ich mir wünschen, dass jemand ihr einen Job gibt." Er lächelte. „Wann können Sie anfangen?"

Joan konnte es kaum fassen und hauchte innerlich ein Dankgebet. „Heute. Sofort."

Seine Mundwinkel bewegten sich nach oben. „Wie wäre es mit morgen?"

Sie erhob sich und streckte ihm die Hand hin. „Dann also morgen."

Mr Ferguson ergriff sie. „Kommen Sie direkt in mein Büro und stellen Sie sich Betty vor …" Er deutete mit dem Kopf zum Büro seiner Sekretärin.

Joan merkte sich den Namen. „Und um wie viel Uhr soll ich erscheinen?"

„Seien Sie um acht Uhr hier." Sein väterlicher Blick heftete sich auf sie. „Aber bitte pünktlich."

„Natürlich."

Sie wandte sich zur Tür, die sie in drei großen Schritten erreichte.

„Und, Joan?"

Lächelnd schaute sie über die Schulter zurück. „Ja, Mr Ferguson?"

„Willkommen zu Hause."

Kapitel 3

Portal, Georgia

Dunkelheit hatte sich über das alte Farmhaus gelegt. Der durchdringende Geruch von verbrannten Herbstblättern hing in der Luft. Evelyn Alexander trocknete die letzten Töpfe und Pfannen vom Abendessen ab, räumte sie in den unteren Schrank, wo sie hingehörten, und wischte mit dem Spüllappen über die weiße Arbeitsfläche.

Erschöpft drückte sie die Hände in ihren Rücken und streckte sich. „Vergiss nicht, das Fenster zu schließen", sagte ihre Mutter, die geräuschlos hinter sie getreten war. Erschrocken zuckte Evelyn zusammen.

Sie wirbelte herum. Ihre Mutter hatte sich bereits für die Nacht umgezogen. Ihre Haare waren auf Lockenwickler gedreht, und der Geruch von Talkumpuder wehte durch den Raum. „Sicher", erwiderte Evelyn. „Das vergesse ich schon nicht."

Mit hängenden Schultern drehte sich ihre Mutter um.

„Mama?"

Sie blieb stehen und wandte sich um. „Was ist?"

„Wo ist Papa?"

„Draußen. Auf der vorderen Veranda, vermute ich. Dieser Mann liebt den Geruch der Blätter mehr als jeder andere, den ich kenne." Sie schüttelte den Kopf, und ganz kurz glaubte Evelyn, ihre Mutter lächeln zu sehen. Doch bevor sie sicher sein konnte, schlurfte sie bereits davon. „Vergiss das Fenster nicht."

„Bestimmt nicht", murmelte Evelyn. Sie schloss das Fenster und zog die Vorhänge zu. Dann stieg sie über ihren jüngeren Bruder Sol hinweg, der auf dem Wohnzimmerteppich lag und ein Buch las. „Es ist Zeit, ins Bett zu gehen", ermahnte sie ihn.

„Ich will nur noch schnell dieses Kapitel zu Ende lesen", erwiderte er, ohne vom Buch aufzublicken.

Evelyn betrachtete ihn und lächelte über seine Angewohnheit, nur einen Schuh abzustreifen, während der andere an seinem Fuß blieb.

Sie trat auf die vordere Veranda, wo sie ihren Vater antraf. Er saß in einem der Schaukelstühle, die Pfeife zwischen den Zähnen. Der Pfeifenrauch mischte sich mit dem Geruch der Blätter, und Evelyn atmete tief durch. „Hey, Zuckerpüppchen", sagte er, ohne den Kopf zu wenden.

Evelyn ging an ihm vorbei zur Schaukel, die an zwei verrosteten Ketten hing. „Hallo, Papa."

Sie zog eine Postkarte aus einer ihrer Rocktaschen und stieß die Schaukel an. Sie hätte die Karte gern noch einmal gelesen, aber da das Verandalicht nicht eingeschaltet war und auch der Mond nicht schien, war dies ein aussichtsloses Unterfangen. Sie gab einen dramatischen Seufzer von sich in der Hoffnung, ihr Vater würde ihr seine Aufmerksamkeit schenken.

Das tat er. „Was hast du da?"

„Eine Postkarte von Joan." Evelyn presste die Lippen zusammen.

„Sie ist in den Staaten angekommen, ja?"

„Ja. Sie hat die Karte in New York abgeschickt, bevor sie mit dem Zug weitergereist ist. Ich schätze, mittlerweile hat sie Chicago erreicht."

Ihr Vater zog an der Pfeife, und der Tabak glühte auf. „Chicago in Illinois“, sagte er, als wäre das so weit wie der Himmel.

„Papa …“

„Ich weiß“, sagte er, bevor sie ihren Satz zu Ende bringen konnte. „Du willst auch dorthin.“

„Das will ich, Papa, aber –“

„Das wird deiner Mama das Herz brechen, das weißt du, nicht?“

„Noch mehr als jetzt schon. Ich weiß.“

Ihr Vater zog erneut an der Pfeife. „Was ist mit Hank?“

„Ich liebe Hank nicht, Papa.“ Evelyn bemühte sich, leise zu sprechen, damit ihre Mutter sie nicht hörte, falls sie zufällig in der Nähe eines geöffneten Fensters im oberen Stockwerk stand. „Mama hat meine Mitgift praktisch schon fertig, aber Papa … Hank ist wirklich ein netter Junge, aber …“ Was sie sagen wollte, ließ sich schwer in Worte fassen. Hank Shute war ihr Freund, seit sie die Highschool besucht hatten. Und er war wirklich ein netter junger Mann. Stark im Glauben. Auch körperlich stark. Er arbeitete auf der Farm seines Vaters, die er einmal übernehmen würde. Hank liebte sie. Und so, wie Evelyn erzogen worden war, sollte sie einem geschenkten Gaul eigentlich nicht ins Maul schauen. Trotzdem …

„Aber seine Nähe verursacht dir keine Schmetterlinge im Bauch.“

Evelyn lachte leise. „Was?“

Papa lachte ebenfalls. „Wenn der Richtige daherkommt, wirst du das Gefühl haben, Schmetterlinge im Bauch zu haben, wann immer du in seiner Nähe bist. Das ist bei Hank nicht so, oder?“

„War es bei dir so? Als du Mama kennengelernt hast?“

Jetzt wandte er sich zu ihr um. „Ja, und es ist immer noch so.“

Evelyn biss sich auf die Unterlippe, um ein Grinsen zu unterdrücken. „Nun, ich habe so etwas auf jeden Fall noch nicht erlebt. Nicht bei Hank. Bei keinem Jungen.“

Ihr Vater setzte den Schaukelstuhl wieder in Bewegung. „Was willst du denn machen, wenn du in Chicago bist, Evie?“

Evelyn ließ ihrer Fantasie freien Lauf. „Ich möchte in einer eigenen Wohnung leben und *nicht* in einer Pension, und ich wünsche mir einen Job in einer großen Firma. Ich möchte mich jeden Tag schick machen für die Arbeit in einem dieser Wolkenkratzer im Downtown Loop."

„Im was?" Er schaute erneut zu ihr herüber.

„Im Loop. Das ist der Geschäftsbezirk von Chicago." Evelyn malte einen Kreis in die Luft. „Er ist rund, darum wird er Loop genannt."

„Weißt du schon, wo du unterkommst?"

„Joanie kümmert sich darum." Das hoffte sie zumindest.

„Und das Geld?"

„Ich habe etwas gespart."

Ihr Vater schwieg einen Augenblick. „Wann willst du abreisen?"

Evelyn zog die Augenbrauen in die Höhe. „Bald?"

Einen Augenblick lang schaukelten sie schweigend weiter. „Ich sage dir, was wir tun werden", ergriff ihr Vater schließlich das Wort. „Gib uns noch einen Monat."

„Papa …" Evelyn ließ die Luft aus ihren Lungen entweichen. „Dann wirst du sagen, dass Thanksgiving vor der Tür steht …"

Aber der Blick ihres Vaters war fest auf sie gerichtet. „Hör mir zu."

„Ja, Papa."

„Einen Monat. Wenn du dann immer noch weggehen möchtest, gebe ich dir das Geld, das du für den Anfang brauchst, und setze dich persönlich in den Zug." Er deutete mit dem Stiel seiner Pfeife in ihre Richtung. „Und noch kein Wort zu deiner Mama. Wir wollen doch keinen unnötigen Ärger."

Evelyns Herz pochte zum Zerspringen, aber es gelang ihr, ruhig zu bleiben. „Ja, Papa." Dann lächelte sie so breit, dass ihre Wangen schmerzten. Sie hoffte nur, dass ihr Vater das nicht sah. „Ich meine, nein, Papa."

„Chicago in Illinois", wiederholte er und flüsterte den Namen der

Stadt wie ein Gebet. „Du warst uns anderen hier schon immer einen Schritt voraus, Zuckerpuppe. Ich denke, dass du zwischen all diesen Stadtmenschen gut zurechtkommen wirst. Trotzdem …“ Er drehte die Pfeife um und klopfte den Tabak in seine schwielige Hand. „Falls du jemals zurückkommen möchtest – das hier ist immer dein Zuhause.“

Kapitel 4

Highland Park, Illinois

Betty Estes saß auf ihrem Stuhl, die Knöchel sittsam übereinandergeschlagen, wie es ihr von ihrer Mutter und während ihrer Schulzeit von den Nonnen beigebracht worden war. Sie starrte auf den langen, mit einem Leinentuch gedeckten Esstisch. Ihr Vater thronte am Kopfende und tauchte gerade seinen Löffel in die Suppe, die ihnen als erster Gang serviert worden war.

„Und auf der Arbeit läuft alles gut?", fragte er und blickte sie durchdringend an.

Betty unterdrückte den Drang, aufzuspringen und davonzulaufen, denn sie wusste ganz genau, wie dieses Gespräch verlaufen würde. So, wie es immer verlief. Ihre Mutter am anderen Tischende erinnerte sie an Lauren Bacall. Ihr Vater dagegen hatte eine gewisse Ähnlichkeit mit Ernest Hemingway, und Betty war sehr dankbar, dass sie eher nach ihrer Mutter kam.

Erneut wanderte ihr Blick zu ihrem Vater, während sie ihren Suppenlöffel in die dunkle Suppe tauchte und den Duft von Rindfleisch und Zwiebeln einsog. „Es läuft sehr gut, Vater."

„Ich verstehe immer noch nicht –"

„Harrison, bitte", mischte sich Chloe Estes ein. Sie legte ihren Löffel auf den Teller unter ihrem Suppenteller. Mit der kleinen silbernen Glocke läutete sie nach Adela. Sie sollte den nächsten Gang auftragen und sie so retten.

Die rundliche farbige Frau mit Silbersträhnen im Haar, die die Familie versorgte, als sei es ihre eigene, so lange Betty sich erinnern konnte, betrat durch die Schwingtüren das Speisezimmer. Mit ihrem Silbertablett trat sie, wie es ihre Art war, zuerst zu Chloe. „Miz Estes, Sie haben Ihre Suppe kaum angerührt", schimpfte sie. „Hat sie nicht geschmeckt?"

Betty hörte Besorgnis in Adelas Stimme. Allerdings konnte sie nicht erkennen, ob es wegen der Suppe oder wegen des Gesundheitszustands von Bettys Mutter war.

„Doch, Adela." Chloe Estes lächelte sie an und schluckte. „Aber ich freue mich auf den nächsten Gang und möchte mir den Appetit nicht verderben."

„Ich wüsste nicht, wie das durch ein paar Löffel Suppe gehen sollte", murmelte Adela, während sie die Teller abräumte. „Und Sie, Mr Estes? Sind Sie fertig?"

Bettys Vater steckte schnell noch einen Löffel Suppe in den Mund und sagte: „Ja, ich bin fertig."

Auch Betty aß noch etwas. Sie musste das ausnutzen. Diese wöchentlichen Abendessen und das Mittagessen am Sonntag nach der Messe waren manchmal das Beste, was sie die ganze Woche über bekam. Nicht, dass sie ihren Eltern das eingestehen würde. Und natürlich war es so, dass es im ganzen Staat Illinois kein besseres Essen gab als das, das aus Adelas Küche kam.

„Vielen Dank, Adela", flüsterte sie, bevor die Haushälterin die Teller fortbrachte. Schließlich blickte sie ihren Vater an. „Vielleicht interessiert es dich zu erfahren, dass ich vor Kurzem eine Gehaltserhöhung von Mr Ferguson bekommen habe."

Ihre Hoffnung, dass sich ihr Vater beeindruckt zeigen würde, zerschlug sich, als er mit seinem manikürten Finger auf sie deutete. „Du solltest diese Abteilung *leiten*, nicht als Sekretärin arbeiten. Wenn ich daran denke, wie viel Geld ich für dein College und das Diplom bezahlt habe, das in meinem Arbeitszimmer verstaubt …"

„Es verstaubt gar nicht", wandte Betty ein, bevor Adela mit dem nächsten Gang zurückkehrte. „Adela würde nie zulassen, dass in diesem Haus irgendetwas verstaubt." Sie lächelte und hoffte, ihre Eltern würden das auch tun. Doch ein schneller Blick auf ihren Vater und anschließend auf ihre Mutter sagten ihr, dass sie nicht in der Stimmung dazu waren.

„Betty", sagte ihre Mutter und drückte ihre Fingerspitzen gegen den Rand des Tisches, „hast du etwas von George gehört?"

Bettys Magen krampfte sich zusammen. „Du meinst, seit er und seine Familie am Sonntag hier waren?" Sie schüttelte den Kopf. „Nein, Mutter. Versteh doch endlich, aus uns wird kein Paar. Wir sind nur Freunde."

„Du bist sechsundzwanzig Jahre alt!", fuhr ihr Vater sie an.

„Ich weiß, wie alt ich bin", gab Betty kurz angebunden zurück. „Du hast mich bereits an meinem Geburtstag durch die vielen Kerzen auf dem Kuchen daran erinnert."

„Mit sechsundzwanzig war deine Mutter bereits verheiratet, und ein Kleinkind rannte ihr zwischen den Füßen herum. Sie arbeitete sich an die Spitze der Clubs, hat Wohltätigkeitsveranstaltungen organisiert …"

Betty blinzelte. „Du tust ja so, als würde ich demnächst vierzig. Mit sechsundzwanzig bin ich noch keine alte Jungfer. Zumindest nicht mehr in der heutigen Zeit." Sie atmete tief durch. „Und Mutter ist *nie* ein Kind zwischen den Füßen herumgelaufen." Adela vielleicht, aber sicher nicht Chloe Estes.

Ihre Mutter seufzte so tief, dass Betty sich fragte, ob sie vielleicht gegen die Etikette verstoßen hatte. Eine Dame, so war ihr eingetrichtert worden, zeigte bei Tisch niemals Gefühle.

„Du könntest Georges Zuneigung zu dir doch wenigstens ein wenig Nahrung geben." Chloe strich nicht vorhandene Haarsträhnen aus ihrer Stirn, als würde es auch nur ein Haar wagen, ihr in die Stirn zu fallen. „Wenn ich an diesen wundervollen Ring denke, den er dir im vergangenen Jahr zu Weihnachten geschenkt hat …" Ihre Stimme verklang, als Adela mit dem dampfenden Essen zurückkehrte.

„Vom Servierwagen gerettet", seufzte Betty.

„Hacken sie wieder auf meinem Mädchen herum?", fragte Adela, als sie den Wagen zwischen Betty und ihre Mutter schob.

„Tun sie das nicht immer?", fragte Betty.

Adela stellte einen Teller vor Bettys Mutter ab, dann nahm sie einen zweiten vom Servierwagen und brachte ihn zu ihrem Vater. Betty nutzte die Gelegenheit, um das Thema zu wechseln. „Mutter, das neue Gemälde über dem Sideboard ist wunderschön." Das Kunstwerk, eine Landschaftsszene aus dem späten 19. Jahrhundert, hatte ihre Mutter erst kürzlich in einer Chicagoer Galerie gekauft. Es hatte mehr Geld gekostet, als Betty im Jahr für Essen ausgab.

„Es gefällt dir also?", fragte ihre Mutter strahlend.

„Sehr." Zumindest brachte es etwas Farbe in den sonst etwas tristen Raum.

„Sie wechselt das Thema", bemerkte ihr Vater. „Und das kann sie wirklich sehr gut. Sie weiß ganz genau, dass du alles andere vergisst, wenn sie auf Kunst zu sprechen kommt."

Adela stellte Bettys Teller, der beladen war mit Roastbeef, Spargel und gestiftelten Kartoffeln, vor sie auf den Tisch. „Beherrsch dich", raunte sie ihr zu.

Betty unterdrückte ihr Lachen. „Können wir bitte in Frieden das Essen beenden? Ich muss bald aufbrechen."

„Du könntest doch hier übernachten. In deinem alten Zimmer", schlug ihre Mutter vor. „Und morgen so früh zurückfahren, dass du rechtzeitig zur Arbeit kommst."

Der Vorschlag war verlockend, doch Betty schüttelte den Kopf. „Besser nicht, Mutter. Sosehr ich die Zugfahrt auch fürchte, ich fahre lieber heute Abend noch nach Hause.“

Kapitel 5

Joan stand in der Eingangstür des CVJM-Heims und starrte in den Regen hinaus.

Den Regenschirm – das Einzige, was sie auf jeden Fall hätte mitnehmen müssen – hatte sie in dem kleinen Schrank vergessen, den sie sich zu Hause mit ihren Schwestern teilte. Sie trug zwar einen Mantel, doch der war kein Schutz vor der Sintflut, deren Zeugin sie gerade wurde.

Joan kniff die Augen zusammen. Sie würde an ihrem ersten Tag bei Hertz zu spät kommen, wegen des Wetters.

An ihrem ersten und vermutlich auch *letzten* Tag bei Hertz.

Jemand klopfte ihr auf die Schulter, und als sie sich umdrehte, stand Samson, der Portier des CVJM-Heims vor ihr, ein Mann mittleren Alters. Er lächelte sie an, und seine weißen Zähne bildeten einen starken Kontrast zu seiner dunklen Haut. „Können Sie zufällig so etwas hier gebrauchen, Miss Joan Hunt aus England?“, fragte er und hielt ihr einen Regenschirm hin.

Sie seufzte erleichtert auf. „Sehr gut sogar.“

Er nickte. „Sie sehen aus wie ein Mädchen, das ihn am Ende des Tages auch wieder zurückbringt.“

Joan hob die Hand wie zu einem feierlichen Schwur. „Sie haben mein Wort darauf."

Gemeinsam traten sie durch die Tür, und er öffnete den Schirm und hielt ihn über sie. „Hier. Sollte ich nicht da sein, wenn Sie zurückkommen, stellen Sie ihn einfach hinter den Tresen."

Sie legte die Hand auf seinen Arm. „Vielen Dank. Ohne Sie wäre ich verloren."

„Gehen Sie nur, und der gute Herr möge Sie begleiten."

Joan reihte sich in den Strom der anderen Fußgänger ein. Das Wasser spritzte auf ihre schwarzen Peeptoe-Pumps und durchnässte ihre Nylonstrümpfe. Sie musste sich beeilen, um den Zug noch zu erreichen.

Beim Hertz-Gebäude angekommen war sie vollkommen nass und durchgefroren. Entschlossen trat sie unter das Vordach, schüttelte den Regenschirm aus und wischte sich die Regentropfen von den Schultern. Vor Kälte zitternd öffnete sie die Eingangstür und trat in die Lobby, in der bereits reger Betrieb herrschte.

Sie lächelte der Empfangsdame zu, mit der sie am Tag zuvor zu tun gehabt hatte, und ging schnellen Schrittes zum Aufzug. Zusammen mit drei Männern in Anzügen und einer elegant gekleideten Frau wartete sie auf den Lift. Die Dame schien nur wenig älter zu sein als Joan und strahlte eine selbstsichere Ruhe aus, die Joan nicht besaß.

„Guten Morgen", grüßte Joan.

Die andere junge Frau lächelte sie herzlich an. „Hallo."

„Scheußliches Wetter da draußen. Ich fürchte, ich bin ganz schön nass geworden."

„Ach, Sie Arme. Wo kommen Sie her?"

„Aus Lancashire. England." Joan lachte, als sie ihren Fehler bemerkte. „Entschuldigung. Ich komme aus England, aber jetzt gerade bin ich aus dem CVJM-Heim hergekommen."

Das Gesicht der Frau leuchtete auf. „Und Sie heißen nicht zufälligerweise Joan? Joan Hunt?" Als die Aufzugtüren aufglitten, trat sie zur Seite, um die Männer vorbeizulassen. Die junge Frau suchte Blickkontakt mit jedem von ihnen. „Einen schönen Tag, meine Herren."

„Ihnen auch, Miss Estes", erwiderte einer und tippte sich an den Hut, auf dem noch die Regentropfen glitzerten.

Sobald sich die Aufzugtüren geschlossen hatten, wandte sich die junge Frau zu Joan um. „Ich bin Betty Estes. Mr Ferguson hat mir gesagt, dass Sie heute Morgen kommen."

Joan deutete auf sie. „*Sie* sind Betty?"

Sie nickte lachend. Der Aufzug hielt im ersten Stock an; Betty ging hinaus und Joan folgte ihr.

„Wie wäre es zuerst einmal mit einer Tasse Kaffee, Joan?", fragte Betty, als sie ihr Büro erreichten. „Oder trinken Sie lieber Tee? Sie sind doch Britin."

„Kaffee ist prima." Joan hatte sich am Morgen nicht die Zeit zum Frühstücken genommen. Durchnässt und kalt, wie sie war, würde der Kaffee nicht nur ihren leeren Magen füllen, sondern sie auch von innen heraus wärmen.

Betty hängte ihren Mantel an die Garderobe neben der Tür. „Ziehen Sie Ihren nassen Mantel aus, dann wird Ihnen bestimmt schneller warm", erklärte sie, während sie die untere Schublade ihres Schreibtischs aufzog. „Ihre Tasche können Sie hier zu meiner legen."

Joan schämte sich, wie schäbig ihre Tasche neben der eleganten Handtasche von Betty wirkte. Eigentlich, sagte sich Joan, verblasste sie in jeder Hinsicht neben dieser Frau, die ein paar Jahre älter zu sein schien als sie. Sie fühlte sich ihr nicht unterlegen, aber Joan erkannte sofort, dass Betty Estes jemand war, zu dem sie aufblicken könnte.

„Ich zeige Ihnen den Pausenraum", erklärte Betty. „Dann machen wir uns an den Papierkram, und ich bringe Sie zu Ihrem Schreibtisch." Beim Verlassen des Büros drang Joan ein schwacher Blumenduft in die Nase.

„Es gibt Kaffee, ein paar Gebäckstückchen. Doughnuts, solche Sachen. Mögen Sie Doughnuts?"

„Ich bin keine große Esserin", erwiderte Joan.

Betty lachte leise. „Das sieht man."

Im Pausenraum, in dem sich nur eine Frau befand, empfing sie der verlockende Duft von frisch gebrühtem Kaffee. „Oh, hallo, Pegs", begrüßte Betty die andere Dame. „Das ist Joan." Sie deutete auf Joan. „Joan, Peggy."

Joan nickte der älteren Frau zu, die gerade Sahne in ihren Kaffee rührte.

„Peggy arbeitet ebenfalls in der Buchhaltung, ihr werdet also Kolleginnen sein."

„Ach, Sie sind die Neue", sagte Peggy. Sie trank einen Schluck Kaffee. „Schön, Sie bei uns zu haben, Joan." Mit ihrer Tasse ging sie zur Tür. „Dann sehen wir uns sicher gleich."

Betty deutete auf einen Schrank, in dem einige Kaffeetassen standen. „Ein paar der Angestellten haben ihre Tassen von zu Hause mitgebracht. Wenn Sie eine Lieblingstasse haben …"

„Ich fürchte, so etwas habe ich gar nicht mitgebracht."

„Aus Lancashire oder aus dem CVJM-Heim?", fragte Betty lächelnd.

Joan lächelte zurück. „Beides. Oder … keins von beidem. Wie auch immer."

Betty winkte ab. „Natürlich nicht. Keine Sorge." Sie nahm zwei Tassen aus dem Schrank. „Irgendjemand kommt immer etwas früher und kocht Kaffee. An manchen Tagen sollten auch Sie das mal sein", erklärte sie. „Wir helfen alle mit", sie sah sich in dem Raum um, „damit der Pausenraum sauber bleibt."

„Verstanden."

Sie öffnete den kleinen Kühlschrank. „Peggy hat die Milch für uns draußen gelassen, aber normalerweise stellen wir sie immer wieder zurück." Sie schloss die Tür und deutete auf einen kleinen

Tisch, auf dem die Zuckerdose und eine Schachtel mit Gebäckstücken standen. „Zucker und Doughnuts."

Joan goss Kaffee in die beiden Tassen. „Ich trinke meinen Kaffee schwarz."

Betty schüttelte den Kopf. „Ich werde wohl nie verstehen, wie man das tun kann. Aber jeder, wie er mag." Sie bereitete ihren Kaffee zu, nahm eine Serviette aus einer Schublade und legte einen Doughnut darauf. „Sind Sie sicher, dass Sie keinen wollen?"

„Ich bin sicher."

Sie biss hinein und sprach mit vollem Mund weiter. „Sie wohnen also im CVJM-Heim."

Joan legte ihre Hände um den warmen Becher. „Ja, aber natürlich nur vorübergehend."

„Dann sind Sie auf der Suche nach einem Zimmer?"

„Allerdings, aber das hat noch Zeit." Sie lächelte, bevor sie einen Schluck trank. „Sobald ich den ersten Gehaltsscheck in den Händen halte, fange ich an zu suchen."

„Ich frage, weil bei mir bald ein Zimmer frei wird. Ich teile mir mit einigen anderen Mädchen eine Wohnung auf der Greenleaf. Zwei der Bewohnerinnen werden in ein paar Wochen ausziehen, also falls Sie interessiert sind …"

Sofort dachte Joan an Evelyn. „Das wäre ja großartig. Ich meine, wenn Sie zwei Plätze haben." Sie warf ihre Haare zurück. „Eine Freundin von mir wird auch bald herkommen."

„Aus England?"

„Nein, aus Georgia. Aus Portal. Das ist ein kleines Städtchen in der Nähe von Savannah."

Betty stellte die Milch in den Kühlschrank. „Ein Mädchen aus dem Süden? Na ja, warum nicht?" Sie trank noch einen Schluck Kaffee, dann spülte sie die Tasse ab und stellte sie auf das Abtropfgitter. „Dann werden wir ein Fünfergespann."

Joan war unsicher, was Betty meinte, gleichzeitig aber auch sehr erfreut bei der Aussicht auf eine Unterkunft. Darum fragte sie nicht nach. „Müssen Sie nicht zuerst mit Ihren Mitbewohnerinnen sprechen?“

„Oh Himmel, nein.“ Sie winkte erneut ab. „Am besten, Sie treten erst mal Ihre Stelle an, dann reden wir in etwa einer Woche noch mal über die Sache. Wie klingt das?“

Joan trank ihren Kaffee aus, spülte die Tasse und stellte sie wie Betty auf das Abtropfgitter. „Das klingt perfekt.“

Kapitel 6

In der riesigen Wartehalle der Union Station in Chicago herrschte reger Betrieb. Überall waren Menschen, die gerade ankamen, andere, die abreisen wollten oder auf den in der Halle verteilten Bänken saßen und auf jemanden warteten. Sonnenlicht drang durch das Eisengitter über den massiven Türen, die zu den Bahnsteigen führten. Das helle Licht blendete Joan, sodass sie nur Umrisse erkennen konnte.

Joan warf einen Blick auf ihre Uhr. Evelyns Zug würde jeden Augenblick in den Bahnhof einfahren. Dann würde nach Jahren des Briefeschreibens ein neues Kapitel in ihrer Freundschaft aufgeschlagen. Und Joan konnte Evelyn endlich verraten, was sie nun schon seit mehr als einem Monat vor ihr geheim hielt.

Endlich kam über die Lautsprecher die Ankündigung, auf die sie gewartet hatte. Sie erhob sich und trat in die Mitte der großen Halle.

„*Such den Informationsschalter*", hatte sie Evelyn in ihrem letzten Brief geschrieben. „*Dort werde ich auf Dich warten. Ich werde einen engen schwarzen Rock und eine langärmelige Bluse tragen. Hier in Chicago ist es ziemlich kalt, vermutlich also auch einen Mantel. Aber nach Jahren des Briefeschreibens und Fotoaustauschs werden wir uns sicher erkennen. Wer hätte damals, als unsere Lehrer uns als internationale Brieffreundinnen zusammengebracht haben, gedacht, dass wir diesen Tag einmal erleben würden?"*

Es dauerte nicht lange, bis ein Strom von Hüten und Anzügen auf sie zurollte, und ihr wurde klar, dass es schwierig werden könnte, Evelyn zu finden. Der Menschenstrom schob und drängelte sich vorwärts und bombardierte die Servicekräfte am Schalter mit Fragen. Inmitten der Menschenmasse knetete Joan nervös ihre Handschuhe. Nach einer gefühlten Ewigkeit ließ der Menschenstrom nach und verteilte sich, und nur eine Person blieb ein paar Meter entfernt stehen. Ohne Hut, in einem kamelfarbenen Wollmantel mit breiten Aufschlägen und mit vor Angst weit aufgerissenen Augen stand Evelyn da, ein abgenutzter Koffer zu ihren Füßen.

Joan stellte sich auf die Zehenspitzen. „Evelyn", rief sie.

Evelyn blickte sich suchend um. „Joanie!" Sie nahm ihren Koffer hoch und eilte auf sie zu.

„Du hast es geschafft!" Joan schloss Evelyn fest in die Arme, bevor sie sich wieder von ihr löste und sie musterte. „Du siehst toll aus."

Evelyn strich über ihre mausbraunen Haare, über die sie sich in ihren Briefen immer beschwert hatte. „Was? Ich sehe schrecklich aus." Sie schloss die Augen. „Und ich bin so müde." Seufzend schlug sie die Augen wieder auf. „Ich wünsche mir nichts sehnlicher als ein Bad und ein Bett."

Joan schob ihren Arm durch Evelyns. „Hast du nicht mehr Gepäck?"

Evelyn hielt den kleinen Koffer in die Höhe. „Ich fürchte nein. Mehr als das konnte ich nicht zusammenpacken. Meine Mutter hat immer wieder alles ausgepackt. Ich will ehrlich dir gegenüber sein, Joan, ich … irgendwann habe ich ihr gesagt, ich würde bleiben, doch dann … habe ich mich in der Nacht weggeschlichen. Mit Papas Blutgeld in der Tasche."

Joan drückte sie an sich. „Ach, Evelyn. Das ist traurig."

Evelyn blinzelte die Tränen fort. „Papa meinte, es sei richtig, obwohl bald Weihnachten ist. Aber wie ich dir bereits sagte: Mama sieht das Leben nur so, wie sie es sehen will und wie es in ihre Pläne für mich passt." Sie seufzte. „Papa hat ihr gesagt, ich hätte etwas anderes verdient als einen Mann, der sich mehr für seinen Mais interessiert als für mich. Aber sie wollte einfach nichts davon hören."

Joan unterdrückte ein Lachen. „Komm." Sie zog Evelyn zum Ausgang. „Wir fahren nach Hause."

„Nach Hause?", fragte Evelyn. „Das CVJM-Heim ist jetzt schon für dich ein Zuhause?"

Joan drückte ihren Arm. „Das ist meine Überraschung. Ich habe eine Wohnung für uns *und* einen Job für dich."

Evelyn blieb stehen. „Im Ernst?"

Joan hob eine Hand. „Allerdings. Und du wirst unsere Mitbewohnerinnen lieben. Da ist einmal Betty", erklärte sie, als sie sich wieder in Bewegung setzten. „Ich habe dir ja schon von ihr geschrieben. Evelyn, ich sage dir, sie ist der wundervollste Mensch, dem ich je begegnet bin. Du wirst ja sehen. Und dann sind da noch die Schwestern Inga und Magda Christenson. Sie kommen aus Minnesota."

„Sind sie Zwillinge?"

„Oh nein. Sie sind Schwestern, aber sehr unterschiedlich." Vor dem Eingang des Bahnhofs blieben sie stehen, und Joan schlüpfte in ihren Mantel und zog die Handschuhe an. „Hast du Handschuhe mitgebracht?", fragte sie.

Evelyn nickte. „In meinem Koffer. Brauche ich sie jetzt schon?"

„Die letzten Tage waren bitterkalt." Sie spähte durch die Bahnhofstüren zu den Schaufenstern auf der anderen Straßenseite, die bereits weihnachtlich dekoriert waren. „Aber das kurze Stück wird es schon so gehen."

Sie traten hinaus in die Kälte. Evelyns Blick wanderte zu den Taxis, die vor dem Bahnhof auf Fahrgäste warteten. „Kein Taxi?"

„Nein, nein. Wir können bis zum Loop laufen. Von dort nehmen wir den Zug."

Evelyn seufzte. „Wie weit ist es? Ich bin ziemlich fertig, Joanie."

Joan drückte erneut ihren Arm. „Komm schon. Es ist nicht weit. Du kannst dich auf mich stützen, und ich erzähle dir von den Mädchen und deinem neuen Job."

„Und ich will mehr über unsere Wohnung erfahren."

„Das glaube ich!", lachte Joan. „Warte nur, bis du sie siehst. Es ist eine Kellerwohnung. Zwei Schlafzimmer mit Doppelbetten und eine kleine Kammer mit einem Bett. Dort schläft Magda."

„Sie teilt sich nicht mit ihrer Schwester ein Zimmer?"

Joan schüttelte den Kopf. „Nein. Ich weiß auch nicht genau, warum nicht. Vielleicht haben sie als Kinder ein Zimmer gehabt und brauchten Abstand voneinander."

„Sind sie auch wie du und Betty bei Hertz angestellt?"

„Nein. Magda arbeitet als Sekretärin bei einem Verlag, Olson Publishing." Joan hob eine Hand. „Inga ist Stewardess und nicht so oft zu Hause. Überhaupt sehen wir uns alle nicht so oft." Sie legte ihre Hand auf Evelyns Arm. „Betty und Inga teilen sich ein Zimmer, und wir beide werden uns das andere teilen. In der Wohnung gibt es eine Küche, die so klein ist, dass man sich kaum darin umdrehen kann, aber das Wohnzimmer ist schön groß und mit bequemen Sitzmöbeln ausgestattet. Ideal, wenn Freunde oder Kolleginnen mal zu Besuch kommen wollen."

An einer Straßenecke blieben sie stehen und warteten darauf, dass sie die Straße überqueren konnten. Der Lärm der Stadt war ohrenbetäubend. Joan hatte sich bereits daran gewöhnt; Evelyn dagegen schien er Angst einzujagen. „Alles in Ordnung?"

Evelyn stieß scharf die Luft aus. „Ich habe versucht, mir vorzustellen, wie es sein würde, weißt du. Wie es in Filmen wirkt." Ihr Blick wanderte über das Häusermeer hinweg, als sie sich wieder in Bewegung setzten. „Aber der Lärm … Ist der immer so schlimm?"

„Willkommen in Chicago!“

Untergehakt liefen sie zur U-Bahn-Station. „Joanie“, sagte Evelyn, nachdem Joan ihr geholfen hatte, eine Fahrkarte zu lösen. „Ich würde Papa gern anrufen, wenn wir da sind. Ist das in Ordnung?“

„Natürlich. Aber du musst das Telefon im Hausflur benutzen, denn in der Wohnung gibt es keins.“

„Ach so.“

„Keine Sorge, Evelyn. Es gibt so viel zu tun. Ich verspreche dir, du wirst kaum Zeit für Telefonate haben. Oder für Heimweh.“

Kapitel 7

Evelyn reichte Betty zur Begrüßung die Hand. Die elegante Erscheinung verunsicherte sie. „Vielen Dank, dass ich hier wohnen darf.“ Sie lachte, und ihr Lachen klang selbst in ihren Ohren wie kleine Glocken, die anschlagen, wenn jemand durch eine Tür tritt. „Ich kann immer noch nicht glauben, dass ich tatsächlich in Chicago bin.“ Sie blickte zu den zwei schmalen Fenstern hoch. „Seht euch das nur an“, bemerkte sie nach einer kleinen Weile. „Man sieht nur die Füße.“

Betty verschränkte die Arme. „So ist das, wenn man in einer Kellerwohnung lebt.“ Sie drehte sich um, und ein Hauch von ihrem Parfüm verbreitete sich in der Luft. „Wenigstens geht es uns noch besser als den armen Mädchen in der Wohnung hinter uns. Ich glaube, in der ganzen Wohnung gibt es kein einziges Fenster.“

Evelyn runzelte die Stirn. „Das ist ja schrecklich. Bei mir zu Hause hatte jedes Zimmer mehrere Fenster.“

„Komm mit“, sagte Joan und nahm ihren Ellbogen. „Ich zeige dir unser Zimmer.“

„Oh. Okay. Schön, dich kennenzulernen“, sagte Evelyn zu Betty. „Sind die anderen auch da?“, fragte sie Joan.

Joans Blick wanderte zu Betty, die sich eine Zeitschrift vom Couchtisch genommen hatte. „Magda habe ich heute Morgen zuletzt gesehen. Inga war seit zwei Tagen nicht mehr hier, also denke ich, dass sie heute irgendwann eintrudelt. Spätestens morgen, denn dann ist Samstag." Joan nahm Evelyns Koffer. „Inga ist die Stewardess", erklärte sie.

Evelyn nickte. Gemeinsam durchquerten sie den engen Flur, der zu den Schlafzimmern und dem Bad führte. „Wie ich dir bereits gesagt habe, verbringen wir wirklich nicht viel Zeit miteinander. Gut, Betty und ich … und *du* jetzt auch … etwas mehr, weil wir in derselben Firma arbeiten. Wir fahren immer gemeinsam zum Loop." Joan hielt inne, als sie die Tür öffnete. „Das ist unser Zimmer."

Langsam trat Evelyn ein. Sie hielt den Atem an. Das Schlafzimmer war nichts Besonderes, nichts, worüber sie nach Hause schreiben konnte, aber es bot alles, was sie für die wenige Zeit brauchte, die sie hier verbringen würde.

Joan stellte den Koffer am Fußende des Doppelbettes ab. „Es ist nicht viel, aber wenigstens hat diese Matratze keine Kuhle in der Mitte wie die, auf der ich zu Hause mit einer meiner Schwestern geschlafen habe."

Evelyn lächelte, doch sie wusste, dass die Tränen fließen würden, sobald sie allein war. Die Wände waren wie überall in der Wohnung langweilig weiß gestrichen, aber in einem Zimmer ohne Fenster sorgten weiße Wände für etwas Helligkeit. Selbst durch die Schuhe hindurch spürte Evelyn die Kälte, die die Holzfußböden abstrahlten. Der einzige Schmuck in dem Zimmer war ein billiges Gemälde von einem See, hinter dem ein Gebirge in die Höhe ragte.

Joan deutete darauf. „Wenn du zur Ausstattung dieses Zimmers beitragen willst, Bilder, Wandteppiche, sehr gern."

Evelyn schluckte. „Gehört das dir?"

„Dieses schreckliche Ding?", fragte Joan lächelnd. „Nein. Betty sagte, das hätte schon hier gehangen."

Evelyn legte ihren Koffer auf das Bett. „Ich sollte vielleicht auspacken." Sie war zutiefst erschöpft. Falls ihr Vater fragte, sollte sie ihm erzählen, dass ihr neues Zimmer nur halb so groß war wie ihr Zimmer zu Hause? Dass sie weiße Spitze gegen Decken eingetauscht hatte, die aus einem Second-Hand-Laden zu stammen schienen?

Joan griff nach ihrem Mantel und sagte: „Ich hänge den für dich in den Schrank."

Evelyn wischte sich die Tränen weg, die sich hinter ihren Brillengläsern gesammelt hatten.

„Ach, Evelyn", sagte Joan und tätschelte ihr die Schulter. „Es wird alles gut."

„Ich weiß."

Joan hielt den Mantel in die Höhe. „Ich hänge den hier auf und du gehst geradewegs zu Bett. Meine Mutter sagt immer, nach einer erholsamen Nachtruhe sieht alles viel besser aus."

Evelyn nickte wortlos, während Joan die Tür hinter sich schloss.

Joan war traurig. Vieles hatte sie in Bezug auf Evelyn nicht bedacht. Joans Mum war tief betrübt gewesen, weil Joan sich vom König losgesagt hatte. Trotzdem hatte sie Verständnis dafür gezeigt, dass Joan in die Staaten reisen wollte, um sich ein besseres Leben zu schaffen und der Familie zu helfen. Evelyn war gegen den Willen ihrer Mutter nach Chicago gekommen. Plötzlich fühlte sich ihre Anwesenheit hier ganz anders an.

Leise schlich Joan durch den Flur zurück. Betty wartete im Wohnzimmer auf sie und hielt einen Briefumschlag in die Höhe, den Joan sofort als Luftpost aus England erkannte. „Die Post ist da", verkündete Betty.

„Ich hänge eben Evelyns Mantel auf." Joan öffnete die Schranktür und hängte Evelyns Mantel auf einen Holzbügel. Betty reichte Joan den Brief. „Alles in Ordnung mit deiner Freundin?"

Joan nickte. „Sie ist nur total erschöpft." Sie ließ sich auf dem Sofa nieder. „Können wir die Heizung ein wenig hochdrehen?“, fragte sie, während sie den Umschlag aufriss und einen Brief in der Handschrift ihrer Mutter herauszog. Er roch nach Zuhause.

Betty ging zum gusseisernen Heizkörper in der Nähe der Fenster und drehte ihn auf. „Irgendwo habe ich gelesen, dass diese alten Schönheiten bald durch neuere Modelle aus Stahl ersetzt werden sollen.“

Joan blickte von ihrem Brief auf. „Oh, tatsächlich?“

Betty verschränkte die Arme, legte den Kopf zurück und schaute zum Fenster hinaus, als wären die vorbeigehenden Füße und Unterschenkel von höchstem Interesse. „Wenn du mich fragst, verlieren wir mit jeder Veränderung, die wir in diesem Land erleben, etwas Besonderes.“ Sie schüttelte den Kopf, blickte Joan an und blinzelte. „Alles in Ordnung zu Hause?“

Joan blickte von dem unlinierten Papier in ihrer Hand auf. „Ich bin noch nicht weit gekommen.“ Sie las ein paar Zeilen. „Es ist schwierig. Der Krieg … der Wiederaufbau …“ Sie kämpfte gegen die Tränen an, die von der Welle der Erinnerungen an ein anderes England, das England ihrer Kindheit, angespült wurden.

Betty machte ein paar Schritte auf die Küche zu. „Ich denke, wir beide könnten jetzt eine Tasse Kaffee vertragen.“ Sie lächelte schwach. „Lies deinen Brief zu Ende, und ich koche uns eine Kanne.“

Joan nickte und wartete, bis Betty das Zimmer verlassen hatte, bevor sie sich in das vertiefte, was ihre Mutter von ihren Brüdern und Schwestern, ihrem Vater und ihren Nachbarn in Leigh erzählte. Als Betty zurückkehrte, hatte sie den Brief wieder zusammengefaltet und in den Umschlag zurückgesteckt. Sie zog die Füße unter sich und drehte sich leicht zur Seite. „Danke“, sagte sie und griff nach der Rosentasse mit den Efeuranken, die Betty ihr reichte.

„Willst du darüber reden?“ Betty ließ sich in dem Sessel nieder, schlug die Beine übereinander und wippte mit dem Fuß.

„Worüber?“, fragte Joan und trank einen Schluck Kaffee.

„Über das, was in dem Brief steht und dich so traurig gemacht hat."

Joan hielt die Tasse an ihre Lippen, trank aber nicht. Vielmehr nahm sie sich die Zeit, den Duft des frisch aufgebrühten Kaffees zu genießen. „Betty ..." Joan hob den Blick. „Weißt du jemanden, der eine Stelle anzubieten hat?"

Der Fuß hörte auf zu wippen. „Für wen? Für dich?"

Sie nickte erneut. „Hmm-hmm."

„Bist du mit deiner Arbeit bei Hertz nicht mehr zufrieden? Gibt es etwas, das ich wissen sollte?"

Joan stellte die Tasse auf dem Couchtisch ab. „Gütiger Gott, nein. Aber ich schicke doch immer etwas Geld an meine Familie. Und ..." Sie hielt den Brief in die Höhe. „Mum schreibt, das sei eine große Hilfe, aber an der Art, wie sie sich ausdrückt, merke ich, dass mehr höchst willkommen wäre. Außerdem ist bald Weihnachten ..."

Betty erhob sich und stellte ihre Tasse neben der von Joan ab. „Warte mal", sagte sie und verschwand im Flur. Kurz darauf kehrte sie mit ihrer Handtasche zurück und holte eine Visitenkarte heraus. „Eine Freundin von mir, Delores, ist bei David & DuRand zuständig für private Modeschauen. Sie sucht dafür Mannequins."

Joan nahm die Karte, las den Namen und die Adresse. „Auf der Michigan Avenue", sagte sie.

„Ganz in der Nähe des Büros. Wenn du vielleicht ein paar Abendstunden ergatterst, hast du es nicht weit." Betty kehrte zu ihrem Platz und ihrer Kaffeetasse zurück.

Joan schwenkte die Karte. „Und du hast ganz zufällig ihre Visitenkarte parat?"

Betty schluckte den Kaffee hinunter. „Ich war gestern dort, um ein Kleid für Mutter abzuholen. Delores hat mir ihre Karte gegeben." Betty lächelte. „Sie hat mir erzählt, dass sie Modelle sucht, und wenn ich bei Hertz jemanden wüsste, der sich vielleicht etwas dazuverdienen möchte ... Betrachte es als einen glücklichen Zufall."

Sie zog ihre Augenbraue in die Höhe. „Ist allerdings eine Teilzeitbeschäftigung."

„Genau das, was ich suche." Joan starrte erneut auf die Karte. „*Exklusives Bekleidungsgeschäft*. Ich glaube nicht, dass ich schon jemals ein *exklusives Bekleidungsgeschäft* betreten habe." Ein Gedanke durchzuckte sie, und sie runzelte die Stirn. „Oder etwas besitze, das ich zu einem Vorstellungsgespräch in einem solchen Laden anziehen könnte, fürchte ich!"

Betty stellte ihre Kaffeetasse ab. „Das braucht dir keine Sorgen zu bereiten. In meinem Kleiderschrank finden wir schon das Passende." Ihre Augen begannen zu funkeln. „Wie wäre es, wenn ich Delores anrufe und ihr sage, dass du am Montag in deiner Mittagspause vorbeikommst?"

Joan überlegte einen Augenblick. An einem Schreibtisch zu sitzen und zu arbeiten war eine Sache, aber in einem *exklusiven Bekleidungsgeschäft* Modellkleider vorzuführen? Sicher, Betty könnte ihr bestimmt eine passende Kombination für das Vorstellungsgespräch ausleihen, aber was würde sie an all den anderen Tagen oder Abenden tragen, wenn sie dort arbeitete? Gewiss nicht immer wieder dasselbe Kleid. Und Bettys Angebot, sie könnte ihren Kleiderschrank plündern, bedeutete nicht, dass sie sich jeden Tag daran bedienen konnte, obwohl Betty die hübschesten Kleider besaß, die Joan je gesehen hatte.

Aber auf der anderen Seite … sie hielt die Visitenkarte einer Frau in der Hand, die ihr eine Teilzeitbeschäftigung geben konnte, ohne dass sie in der eisigen Kälte durch die Straßen Chicagos laufen müsste.

„Okay", stimmte Joan schließlich zu. „Ruf sie an." Sie seufzte zufrieden. „Danke, Betts."

„Noch Kaffee?", fragte Betty, erhob sich und griff nach ihrer Tasse.

Das war typisch für Betty. Wenn sie etwas Nettes für einen tat, erwartete sie keine Gegenleistung. Sie prahlte nicht mit dem, was sie gerade getan hatte oder vielleicht für einen tun würde. Das lag einfach in ihrer Natur. Sie gab gern und war für Joan in der kurzen Zeit in den Staaten eine sehr gute Freundin geworden.

Joan erhob sich ebenfalls und nahm ihre Tasse. „Ich komme mit." Nachdem sie sich noch einmal nachgeschenkt hatten, wandte sich Joan zu Betty um. „Ich hoffe nur, dass ich eines Tages auch einmal etwas für dich tun kann, Betts, weißt du?"

Betty zupfte an ihrem rosa Kaschmirpullover herum. Als sie aufblickte, lächelte sie. „Wer weiß, Joan", sagte sie, „vielleicht kommt ja dieser Tag."

Kapitel 8

Das perfekte Ende eines Sonntagsgottesdienstbesuchs war ein Brunch zu Hause mit Eiern Benedict, frischen Früchten und Mimosas.

Irgendwie fand Betty dieses Ritual befremdlich, doch sie war nicht sicher, ob das Problem für sie dabei war, dass ihre Mutter die Notwendigkeit verspürte, sich schon am Vormittag einen Cocktail servieren zu lassen, oder dass es für sie unvorstellbar erschien, einen Sonntag ohne die Volbrechts zu verbringen. Natürlich waren die Volbrechts die ältesten und besten Freunde ihrer Eltern. Aber Betty wusste auch um ihre verzweifelten Bemühungen, die beiden Familien zu vereinen. Im wahrsten Sinne des Wortes.

„Gib dir bitte etwas Mühe", zischte ihre Mutter, als sie durch die Haustür traten. Sie zog ihre Handschuhe aus und legte den Nerzmantel ab, den Bettys Vater ihr vor Kurzem geschenkt hatte. Ganz ohne Anlass, nur weil er seine Frau liebte, wie er sagte, und der Mantel sie glücklich machte.

„Was soll das heißen?" Betty nahm ihr den Nerz ab, bevor sie selbst aus ihrem Kaschmirmantel schlüpfte. „Gib mir deine Handschuhe. Ich bringe die Sachen weg", fügte sie noch hinzu.

„Wo ist Adela?", rief ihr Vater, der hinter ihnen ins Haus trat und die Tür schloss. *„Adela!"*

Betty nahm die Handschuhe und Handtasche ihrer Mutter und legte sich die beiden Mäntel über den Arm. „Ich mache das schon, Vater", beruhigte sie ihn.

„Adela!", brüllte ihr Vater trotzdem.

Betty war schon halb die Treppe hinauf, als die Haustür erneut geöffnet wurde. Sie blickte über die Schulter zurück, ihre Hand lag auf dem Treppengeländer. Anmutig, wie es ihr beigebracht worden war.

„Eine liebliche Erscheinung gleitet die Treppe hinauf", rief da George Volbrecht ihr zu. Er lächelte, und seine perfekten weißen Zähne hoben sich sehr deutlich von seiner sonnengebräunten Haut ab. Sie lächelte zurück, wandte sich um und unterdrückte ein Schnauben.

Als sie wieder nach unten kam, hatte sich die Familie im Floridazimmer versammelt, das für Bettys Geschmack viel zu überladen war, genau wie der Rest des Hauses. George, der wie eine Katze im Sonnenschein in einem Sessel lümmelte, erhob sich sofort.

„Einen Drink, Betty?"

„Orangensaft", sagte sie und ging zur Getränkebar. „Ich kann ihn mir selbst nehmen."

Doch George blieb trotzdem an ihrer Seite, und er kam ihr so nah, dass sie sein Rasierwasser riechen konnte. Betty goss Saft in ein Kristallglas und hielt es in das durch das Fenster hereinströmende Licht.

„Was denkst du?", flüsterte George.

Sie blickte zu ihm hoch. Zweifellos war er der attraktivste Mann, den sie kannte, was ein großer Teil des Problems war, das sie mit ihm hatte. „Zu hübsch", hatte Adela einmal zu ihr gesagt. „Ich traue Männern nicht, die besser aussehen als ich."

Bei der Erinnerung daran musste Betty grinsen.

„Was ist?", fragte George. „Was ist so lustig?"

Betty schüttelte den Kopf. „Nichts. Und was ich gerade gedacht habe …" Sie trank einen Schluck Saft. „Ich habe gedacht, dass ich im Augenblick ein Glas in der Hand halte, das so viel kostet, wie ich im Monat verdiene. Und dass der Saft aus einem billigen Glas genauso gut schmecken würde." Sie beobachtete, wie seine feinen Gesichtszüge erstarrten. Doch sofort löste ein Lächeln sie wieder.

„Du spielst gern die Rebellin, nicht?" Er lachte.

Sie trank noch einen Schluck. „Ich bin gern ich selbst."

Er drehte sich um und stützte sich mit den Ellbogen auf der Bar ab. „Ich habe ein Geheimnis", sagte er gerade so laut, dass seine Eltern, die miteinander plauderten, ihn nicht hören konnten.

Sie drehte den anderen den Rücken zu. „Wenn du auch nur eine Sekunde glaubst", murmelte sie, „sie könnten dich nicht verstehen oder von deinen Lippen lesen, dann irrst du dich. Dieser ganze Smalltalk dort drüben ist nichts weiter als eine große Farce."

Er lächelte sie an und zwinkerte, bevor er sich vorbeugte und ihr ins Ohr flüsterte: „Spiel mit, Betts."

Sie wich zurück. „Also gut. Was ist dein Geheimnis?" Sie stellte das Glas wieder auf die Bar.

George richtete sich auf, ergriff ihren Ellbogen und schob sie entschlossen zu den breiten Verandatüren. „Wir gehen eine Sekunde nach draußen", rief er über die Schulter zurück.

Das Geplauder auf der anderen Seite des Raums verstummte. „Du wirst dir den Tod holen, Betty", bemerkte ihre Mutter. „Wo ist dein Mantel?"

„Nur ganz kurz", widersprach George. „Ich möchte Betty etwas zeigen. Es dauert nur eine Minute, ich verspreche es." Er grinste. „Und wenn ihr zu kalt wird, nehme ich sie in die Arme und drücke sie an mich, Mrs Estes."

„Oh George, dann nur zu", strahlte Chloe.

„Ja, George", murmelte Betty. „Dann nur zu …"

George öffnete die Verandatür gerade so weit, dass sie hindurchschlüpfen konnten. Eiskalte Luft schlug ihnen entgegen, und Betty verschränkte die Arme vor der Brust. „Ich hoffe nur, dass es sich lohnt“, sagte sie, nachdem er die Tür hinter ihnen geschlossen hatte.

„Hier entlang“, sagte George und überquerte die Terrasse. Er deutete auf eine Gruppe kahler Bäume und Büsche, die ein Haus am Ende einer Sackgasse einrahmten. „Tu so, als würde ich dir etwas zeigen, das dich in ehrfürchtiges Staunen versetzt.“

Betty seufzte. „Ich kann mir nicht vorstellen, was das sein könnte. Oder warum.“

„Ich zeige auf ein Haus.“

„Das sehe ich.“

„Ein Haus, das ich gerade gekauft habe, Miss Estes.“

Betty wirbelte herum und blickte ihn an, um zu erkennen, ob er die Wahrheit sagte oder nur einen Spaß machte. „Was? Warum?“

„Im Augenblick“, fuhr er mit funkelnden Augen fort, „denken deine und meine Eltern, dass ich dir von dem Haus erzähle. Und dass ich dir mal wieder einen Heiratsantrag mache.“

Betty knirschte mit den Zähnen. „George …“

„Warte doch, Betts.“

Sie hasste es, wenn er sie so nannte. Bei anderen – Joan, Evelyn, den Schwestern – hatte sie überhaupt nichts dagegen. Aber wenn *George* diesen Kosenamen benutzte, dann war ihr das viel zu … intim. „Ich friere mich zu Tode“, sagte sie stattdessen.

„Hör zu.“ Sein Blick wanderte lächelnd zum Haus ihrer Eltern.

„Gibst du ihnen gerade ein Zeichen?“

„Hörst du zu?“

„Beeil dich.“

„Das war die Idee deines Vaters. Er wird dir den Geldhahn zudrehen, wenn du nicht wieder nach Hause kommst.“

„Um was zu tun?“

„Um mich zu heiraten, Betts. Mrs George Volbrecht zu werden.

Du meine Güte, Mädchen, hast du es denn nicht satt, von neun bis fünf zu arbeiten?“ Er grinste. „Außerdem bin ich ein guter Fang. Einen besseren wirst du kaum finden.“

„Pfff!“, schnaubte Betty und stürmte zum Haus zurück.

„Betty, warte. Das war nur ein Scherz!“

Sie ließ sich nicht beirren, riss die Verandatür auf und eilte ins Zimmer. Die vier Elternteile blickten sie erwartungsvoll an.

„Nun, Liebling, was denkst du?“, fragte ihre Mutter.

Sie durchquerte schweigend den Raum und den langen Flur, der zur Halle führte.

„Betty, wo willst du hin?“, rief ihr Vater.

„Betty!“, rief auch George, doch bei ihm klang es eher wie eine Bitte und nicht wie ein Befehl.

Betty rannte die Treppe hoch und in ihr früheres Zimmer, das ihre Mutter kaum fünf Minuten, nachdem sie in die Wohnung auf der Greenleaf gezogen war, neu ausgestattet hatte. Eine Trotzreaktion zog eine andere nach sich, vermutete sie. Aber das war ihr egal.

Dort schlüpfte sie in den Mantel, den sie auf das Bett gelegt hatte, und schnappte sich ihre Handtasche. Sie hatte kaum die Tür erreicht, als George ins Zimmer platzte und sie mit beiden Händen an den Schultern packte.

„Lass mich los“, forderte sie ihn auf, doch ihre Stimme blieb beherrscht. „Und verschwinde aus meinem Zimmer. Du weißt sehr gut, dass sich das nicht schickt.“

„Hör doch erst mal zu.“

Betty riss sich los. „Ich fahre nach Hause“, erklärte sie. Eine Sekunde später rannte sie die Treppe wieder hinunter. Unten warteten ihre Eltern und die Volbrechts. Sie konnte in ihren Gesichtern lesen wie in Mr Fergusons Morgenberichten. Die Augen ihrer Mutter flehten sie an, die ihres Vaters funkelten wütend. Und Georges Eltern … in ihren Gesichtern sah sie Verwirrung. Wie konnte eine

Frau, die recht bei Verstand war, ihrem Sohn einen Korb geben? Nun, vielleicht war genau das ja der Fall. Vielleicht war sie nicht richtig bei Verstand. Vielleicht war sie –

„Junge Dame", sagte ihr Vater, „wage es nicht, dieses Haus zu verlassen."

Betty drückte ihrer Mutter einen Kuss auf die weiche Wange und atmete den Duft von Shalimar ein. „Es tut mir leid", flüsterte sie. George kam nun ebenfalls die Treppe hinunter. Sie blickte seine Eltern an. „Mr Volbrecht. Mrs Volbrecht. Sie entschuldigen mich bitte."

Und damit rannte Betty aus dem Haus. Gegen die Wünsche ihrer Eltern.

Inga und Magda Christenson saßen nebeneinander im Zug nach Evanston. Magda leckte zerstreut ihren rechten Zeigefinger an und schlug die Seite des Romans um, den sie am Abend zuvor angefangen hatte. Inga saß am Fenster und starrte hinaus auf die graue, tote Landschaft.

„Weihnachten kommt schneller, als wir blinzeln können", sagte sie zu ihrer Schwester, aber sie war nicht sicher, ob Magda ihr zugehört hatte.

Erstaunlicherweise ließ ihre Schwester das Buch sinken. „Was machen wir? Fahren wir nach Minnesota?"

Inga schüttelte den Kopf. „Ich habe der Fluggesellschaft bereits signalisiert, dass ich bereit bin zu arbeiten." Sie nahm ihren Hut ab und berührte den Knoten, zu dem sie ihre blonden Haare am Morgen geschlungen hatte. Hinter ihrem linken Ohr machten sich leichte Kopfschmerzen bemerkbar.

Magda richtete sich auf. „Aber warum? Du weißt doch, Mor und Far gehen davon aus, dass wir nach Hause kommen."

Inga setzte den Hut wieder auf und tätschelte den Oberschenkel ihrer Schwester. „Du kannst ja auch nach Hause fahren."

Magda zog die Stirn in Falten, und ihre blauen Augen begannen zu funkeln. „Aber ich will nicht allein fahren. Du weißt doch, was passieren wird. Sie werden mich grillen wie ein Steak. Vor allem Far."

Inga lächelte, doch das Lächeln erreichte ihre Augen nicht. „Sag ihnen doch einfach, was sie hören wollen."

„Ich soll lügen?"

Sie schaute wieder zum Fenster hinaus. Der Zug näherte sich ihrem Ziel. Inga nahm ihre Tasche und drückte sie an sich. „Ich meine", sagte sie langsam, „du sollst ihnen sagen, was sie hören wollen. Mir ist es egal, ob du lügst oder nicht."

„Nach dem Gottesdienst heute Morgen kann ich nicht glauben, dass du mir einen solchen Vorschlag machst, Inga."

Inga lachte, während der Zug quietschend zum Stehen kam. Sie und ihre Schwester waren so unterschiedlich. Manchmal wusste sie nicht, wie sie ihre Beziehung einordnen sollte. „Das war doch nicht ernst gemeint, Magda. Verstehst du denn keinen Spaß?"

Magda klappte ihr Buch zu und griff nach ihrer Handtasche. „Bei dir weiß ich nie, woran ich bin." Sobald der Zug zum Stehen gekommen war, erhoben sie sich. „Außerdem sind wir nicht mehr zu Hause gewesen, seit du den Job bei der Fluggesellschaft angenommen hast. Ich kann mir nicht vorstellen, wie die Stimmung zu Hause sein wird."

Hintereinander schritten sie durch den Gang und stiegen aus.

„Wenn sie so ist wie in dem Brief, den ich von Far bekommen habe, nachdem ich den Job angenommen hatte, dann ist es vielleicht ganz gut, wenn ich zu Weihnachten nicht nach Hause fahre. Genaugenommen nannte er mich eine –"

„Inga!"

Wieder lachte Inga.

Sie machten sich auf den Heimweg, und Inga war wieder einmal sehr dankbar, dass sie bei der Dinnerparty eines gemeinsamen

Bekannten Betty Estes kennengelernt hatte. Sechs Monate zuvor waren sie und Magda nach Chicago gekommen, um für ihre Tante und ihren Onkel zu arbeiten, die einen kleinen Lebensmittelladen am Stadtrand betrieben. Inga war davon ausgegangen – und ihrer Schwester war es nicht anders gegangen –, dass sie durch ihren Weggang aus Minnesota der strengen Erziehung ihrer Eltern entfliehen könnten. Doch Tante Greta und Onkel Casper waren zehn Mal, nein hundert Mal strenger.

Die Beschränkungen, die Ingas und Magdas Vater, der am lutherischen Bibelcollege lehrte, ihnen auferlegt hatte, waren nichts im Vergleich zu den religiösen Fußfesseln, die Onkel Caspar ihnen anlegen wollte. Über Monate hinweg hatten sie den ständigen Druck ertragen und an der Seite ihres Onkels und ihrer Tante in deren Geschäft gearbeitet. Und als sie es nicht mehr ertragen konnten, hatte Inga etwas getan, von dem sie bisher nur gehört, es selbst aber nie praktiziert hatte: Sie hatte gebetet.

Und Gott hatte ihr Gebet erhört, in Gestalt von Betty Estes. „Was erwartest du denn von deinem Leben?“, hatte sie Inga an jenem Abend bei einem Teller Apfelkuchen gefragt.

Inga dachte kurz nach, bevor sie eine Antwort gab. „Ich möchte gern reisen. Die Welt sehen.“

„Und deine Schwester?“

„Magda? Abenteuer erlebt sie nur durch die unzähligen Bücher, die sie verschlingt. Sie redet von nichts anderem. Manchmal glaube ich, dass diese Romanfiguren für sie realer sind als die Menschen aus Fleisch und Blut in ihrem Umfeld.“

Betty hielt inne, und dann sagte sie etwas, das so brillant war, dass es für Inga alles veränderte. „Nun, ich würde sagen, wenn du die Welt sehen willst, dann solltest du dir einen Job als Stewardess suchen.“

Innerhalb von wenigen Tagen hatte Betty die Schwestern in ihre Wohnung auf der Greenleaf geholt, und am Tag darauf telefonierte sie mit einem Bekannten bei Trans World Airlines. Ein zweiter Anruf galt einem Freund im Olson-Verlag, und schon hatte Magda einen Job.

„Ich frage mich, ob Betty schon wieder zu Hause ist", sagte Magda jetzt, als sie in ihre Straße einbogen.

Inga warf einen Blick auf ihre Uhr. „Das bezweifle ich. Vermutlich kommt sie erst später."

„Vielleicht sind ja die anderen beiden da. Joan kommt nach dem Gottesdienst eigentlich immer sofort nach Hause."

„Weil sie keine Familie hier hat. Sie hat niemanden, den sie besuchen könnte."

Vor ihrer Wohnung hatte Inga ihren Schlüssel in der Hand, bevor Magda auch nur ihre Handtasche öffnen konnte.

„Das ist nicht ganz richtig", bemerkte Magda.

Sie stiegen die Stufen zu ihrer Kellerwohnung hinunter. „Was meinst du?", fragte Inga.

„Sie und Evelyn haben Familie", erwiderte sie leise. „Hier, meine ich." Sie öffnete die Wohnungstür.

„Wie meinst du das?"

Magda lächelte. „Sie haben uns."

Inga lachte. „Uns? Wir sehen uns fünf Minuten in der Woche. Ich würde uns wohl kaum ihre Freundinnen nennen, und schon gar nicht Familie."

Kapitel 9

Joan stempelte um Punkt 12:00 Uhr zur Mittagspause. Nachdem sie Mantel, Handschuhe und Hut geholt hatte, schaute sie schnell noch in Bettys Büro vorbei, die gerade ihre Handtasche aus der untersten Schublade ihres Schreibtischs nahm.

„Gehst du jetzt zum Vorstellungsgespräch?“, fragte Betty.

„Ja. Aber ich wollte dich noch fragen … Ist Evelyn heute Morgen klargekommen?“

„Bisher schon. Sie hat den Papierkram erledigt und fängt morgen an. Sie bat mich, dir zu sagen, dass ihr euch heute Abend seht.“

Gemeinsam gingen sie zum Aufzug. „Ich hoffe, dass sie gut nach Hause gekommen ist.“ Der Gedanke, dass Evelyn allein mit dem Zug zur Greenleaf fahren und ihre Wohnung suchen musste, war beängstigend. Joan stellte sich vor, wie Evelyn allein und orientierungslos durch die Stadt irrte, die Augen voller Tränen.

Betty drückte den Aufzugknopf. „Keine Sorge. Ich habe sie zum Loop begleitet und höchstpersönlich in den richtigen Zug gesetzt.“

Die Fahrstuhltüren glitten auf, und die beiden Frauen bestiegen zusammen mit mehreren anderen Kollegen die Kabine. „Aber hast du ihr auch erklärt, wo sie aussteigen muss?“, fragte Joan.

Betty streifte ihren linken Handschuh über. „Ich wiederhole: Mach dir keine Sorgen."

Joan lachte leise, als der Aufzug anhielt. Vor der Eingangstür schlüpfte sie in ihren Mantel und die Handschuhe und steckte ihren Hut fest. Draußen auf der Straße schlug ihr eisige Kälte entgegen.

„Wie sehe ich aus?", fragte sie und wandte sich zu Betty um.

Betty richtete den Hut. „Dieser Hut steht dir viel besser als mir, wenn ich ehrlich bin." Sie trat einen Schritt zurück. „Okay. Schön lächeln, und mach mich stolz", neckte sie. „Und jetzt ab mit dir …"

Joan trat durch die Drehtür von David & DuRand. Ihr war etwas mulmig zumute, und dieses Unbehagen steigerte sich noch, als sie in dem schicken Laden stand. Leise klassische Musik erfüllte den Raum mit den Kristallleuchtern, die in allen Farben des Regenbogens schillerten. Die Verkäuferinnen hinter verschiedenen Auslagenvitrinen bedienten ihre Kundschaft, Frauen in eleganten Mänteln mit perfekt frisierten Haaren und glitzernden Armbändern an den Handgelenken.

Und das an einem gewöhnlichen Wochentag noch vor 13:00 Uhr.

Eine tiefe, aber dennoch weibliche Stimme machte ihre Fluchtpläne zunichte. „Kann ich Ihnen helfen, meine Liebe?"

Joan drehte sich um und stand vor einer älteren, kräftigen Frau, die Autorität ausstrahlte. Sie roch nach Talkumpuder und blickte sie ernst an, doch Joan zauberte sofort ein Lächeln auf ihr Gesicht.

„Ich habe einen Termin bei … Delores …" Der Nachname fiel ihr gerade noch rechtzeitig ein. „Delores King."

„*Mrs* King?"

„Ja."

„Natürlich. Hier entlang bitte." Joan folgte ihr. Erst nach mehreren Metern drehte sich die Frau um. „Haben Sie wirklich einen Termin?"

„Ja."

Sie durchquerten die verschiedenen Abteilungen – Accessoires, Schuhe, Schmuck – und blieben dann vor einem Aufzug mit glänzenden Messingtüren stehen. Die Frau drückte den untersten Knopf und trat zurück. „Mit diesem Aufzug erreichen Sie den privaten Vorführraum im fünften Stock. Dort finden Sie auch Mrs King."

„Den privaten …" Joan wurde unterbrochen von den Aufzugtüren, die mit einem lauten Zischen aufglitten. Sie trat in den Aufzug und drückte auf der Messingleiste den Knopf mit der eingravierten 5. Während der Aufzug nach oben fuhr, studierte sie die Messingschilder neben den Nummern der Stockwerke. *Babys und Kinder. Damen. Herren. Abend- und Brautmode.* Und neben der 5: *Privater Vorführraum.*

Mrs King zu finden war kein Problem. Sie war die einzige Person in dem ganzen Stockwerk, das ausgestattet war mit eleganten Samtsofas, ausladenden Sesseln und niedrigen Tischen. Der Duft von frisch gebrühtem Kaffee und Teerosen hing in der Luft. Die Wände zierten Kopien der Bilder von Monet. Zumindest nahm Joan an, dass es Kopien waren.

„Mrs King?"

Delores King war eine äußerst elegante Erscheinung. Sie trug ein auf Figur geschnittenes Kleid aus edel aussehendem Stoff. Ihre Schuhe passten haargenau zum Dunkelblau ihres Kleides. Die Haare, dunkel und voll, waren zurückgekämmt und wurden durch einen Hut in Form gehalten. Obwohl sie auf einem runden Podest stand und langstielige Rosen in eine Vase ordnete, trug sie Handschuhe. Schmuck glitzerte an ihren Ohren, dem Hals und den Handgelenken.

Sie steckte die letzte Rose zurecht, trat von dem Podest herunter und streckte Joan mit der Anmut einer Grace Kelly die Hand entgegen. „Sie müssen Joan Hunt sein."

Joan ergriff ihre Hand. Sie konnte den Blick nicht von den Augen der Frau lösen, den perfekt gezupften Augenbrauen, der Intensität, mit der sie sie musterte. Joan hatte das Gefühl, sich auf der Stelle umdrehen und zu Hertz zurücklaufen zu müssen. „Wie schön, Sie kennenzulernen", krächzte sie.

Mrs King lächelte und zeigte ihre weißen, gleichmäßigen Zähne. „Ich habe leider nicht viel Zeit. Ich bereite mich auf eine Modenschau vor."

„Eine Modenschau?"

„Für einen Kunden." Sie schwebte zu einem hellen Holztisch mit goldener Zierleiste. Ein elegantes französisches Telefon stand auf der einen Seite, eine Lampe auf der anderen. In der Mitte ein aufgeschlagenes Terminbuch und ein bereitgelegter Füllfederhalter. Passende Stühle standen zu beiden Seiten. „Er wird jeden Augenblick eintreffen, aber ich hoffte, dass uns wenigstens noch eine Minute zum Gespräch bleibt." Nachdem Mrs King Platz genommen hatte, ließ sich Joan auf einem Stuhl vor dem Schreibtisch nieder. „Was hat Betty Ihnen über den Job erzählt?"

„Nur, dass es sich um eine Teilzeitstelle handelt."

„Und dass Sie für mich arbeiten würden? Hier?"

Joan blickte sich in dem Raum um. Hinter der mit Teppich belegten Bühne standen drei massive vergoldete Spiegel, sodass der Kunde das Modell von allen Seiten begutachten konnte. „Hier?", fragte sie und wandte ihre Aufmerksamkeit wieder Mrs King zu.

„Als Mannequin. Meistens abends, gelegentlich auch samstags."

„Und ich …", sie konnte sich das kaum vorstellen, „… ich soll den Damen der Gesellschaft die Modelle vorführen?"

„Überwiegend den Männern. Sie kommen her, um etwas ganz Besonderes für ihre Ehefrauen zu kaufen. Oder ihre Mütter oder Schwestern." Die geschwungenen Augenbrauen gingen in die Höhe. „Für wen auch immer. Wir fragen nicht, und sie schweigen darüber."

In ihrem jungen Leben hatte Joan schon die unterschiedlichsten

Tätigkeiten ausgeübt. Ein elegantes Kleid vorzuführen konnte nicht schwieriger sein, als Lebensmittelreste für die Schweine einzusammeln. „Wann soll ich anfangen?"

„Wir möchten Sie zuerst ein wenig auf Ihre Tätigkeit vorbereiten." Mrs King blätterte eine Seite in ihrem Terminbuch um. „Morgen Abend. Ich mache einen Termin für Sie mit Mrs Blue. Sie wird Ihnen beibringen, wie Sie laufen, stehen, sich drehen müssen ..."

„Modeln", ergänzte Joan und wurde unvermittelt von einer großen Abenteuerlust gepackt.

Mrs King nickte und schrieb Joans Namen auf eine Seite des Terminbuchs. „Dienstschluss bei Hertz ist um fünf?"

„Ja."

„Dann können Sie gegen halb sechs hier sein?"

„Ich kann auch schon um viertel nach fünf hier sein", sagte Joan.

Mrs King zog die rechte Schublade auf, nahm einen kleinen Block heraus, notierte etwas und riss das oberste Blatt ab. „Hier, bitte", sagte sie. „Wenn Sie morgen herkommen, sagen Sie unten Bescheid, dass Sie Mrs Blue sehen möchten. Dann wird man Sie sofort zu ihr führen."

Joan nahm den Zettel. „Vielen Dank, Mrs King", sagte sie.

Delores King schob den Saum ihres Handschuhs zurück, und zum Vorschein kam eine kleine Uhr an einem schmalen Uhrenarmband. „Verzeihen Sie, Joan, aber ich muss mich jetzt von Ihnen verabschieden. Der Kunde wird bald hier sein."

Joan erhob sich und steckte den Zettel in ihre Handtasche. „Noch einmal vielen Dank."

Mrs Kings Blick wanderte zum Aufzug. „Der Umkleideraum für unsere Mannequins ist gleich dort drüben", erklärte sie und deutete in eine Richtung. „Darin finden Sie eine Tür, die zu einer Treppe führt." Sie lächelte. „Und nehmen Sie bitte immer diesen Weg." Und wieder wanderte ihr Blick zum Aufzug.

„Ich verstehe", erwiderte Joan. „Dann bis bald, Mrs King."

Joans Ausbildung erstreckte sich über einige Nachmittage, und zu Beginn der folgenden Woche war sie bereit für ihre neue Beschäftigung. Die Aufgabe gefiel ihr sehr gut, besser, als sie es sich erhofft hatte. Tagsüber arbeitete sie bei Hertz, füllte Formulare aus und rechnete Zahlen zusammen, und abends führte sie die prächtigsten Ballroben, Partykleider und Pelze vor.

Was Mrs King gesagt hatte, stimmte: Die meisten Kunden waren Männer, und wie sie bereits am Tag ihres Vorstellungsgesprächs geahnt hatte, wurde von den Mannequins Diskretion erwartet. Ob der Kunde für seine Frau oder seine Geliebte einkaufte, hatte sie nicht zu interessieren. Der Kunde und seine Zufriedenheit gingen über alles.

„Und es wird nicht geflirtet", ermahnte Mrs King sie vor jeder Modenschau. „Nicht mit den Augen. Nicht mit dem Mund. Und ganz bestimmt nicht mit allem anderen."

Bei Joan brauchte Mrs King keine Angst zu haben. Sie war nicht auf der Suche nach einem Mann. Und schon gar nicht nach einem, der Luxusartikel für eine andere Frau kaufte.

„Der Mann meiner Träume muss Eigenschaften besitzen, die ich hier in Chicago bisher noch nicht gefunden habe", erzählte sie Evelyn am ersten Samstagabend im Dezember, als sie in dicke Morgenmäntel und warme Schlafanzüge gehüllt im Schneidersitz auf ihrem Bett hockten und Weihnachtskarten schrieben.

Evelyn leckte eine Briefmarke an und klebte sie auf den Umschlag. „Und die wären?" Sie nahm eine weitere Karte vom Stapel. „Meinst du, ich sollte Hank eine Karte schicken?", fragte sie.

„Warum nicht?"

Evelyn runzelte die Stirn. „Ich möchte keine falschen Hoffnungen bei ihm wecken."

„Es ist doch nur eine Weihnachtskarte, Evelyn, keine Einladung nach Chicago."

„Ich weiß, aber … du kennst Hank nicht. Er denkt bestimmt, ich hätte meine Meinung geändert und wollte ihn nun doch heiraten."

„Dann schick ihm keine. Also wirklich, Evelyn."

Evelyn biss sich auf die Lippe. „Aber wenn ich es nicht tue, wird er denken, er wäre mir egal." Sie packte Joans Hand. „Und ich mag ihn wirklich, Joan. Aber nicht … so."

Joan nahm eine Karte von ihrem Stapel und schwenkte sie. „Dann schick ihm doch eine Karte und unterschreib mit *Deine gute Freundin Evelyn.*"

Evelyn seufzte erleichtert auf. „Gute Idee, Joanie." Sie nahm die Karte und klappte sie auf. „Und?"

„Und was?", fragte Joan.

„Der Mann deiner Träume?"

Joan blickte hoch. „Ach der. Ein Meter neunzig, blaue Augen und dichte dunkle Haare."

Evelyn grinste. „Mehr nicht?" Sie unterschrieb die Karte und blickte wieder hoch. „Denkst du, du wirst ihn bald finden?", fragte sie mit weicher Stimme.

„Nein. Aber ich bin auch nicht auf der Suche. Es gibt noch so viel zu tun, bevor ich auch nur ans Heiraten denke." Bei dem Gedanken lachte sie leise. „Und was passiert hier so, wenn ich abends weg bin?"

Evelyns Schultern sackten herab. „Ich wünschte wirklich, du hättest nicht zwei Jobs, Joanie. Ohne dich ist es hier ziemlich einsam."

„Magda und Betty sind doch abends meistens da, nicht?"

„Nun … ja, aber …"

Joan musterte ihre Freundin. „Aber?"

Evelyn schüttelte den Kopf. „Magda ist immer in ihrem Zimmer und liest, und Betty ist so …"

Joan hatte keine Ahnung, wie Evelyns Satz weitergehen würde. „Betty ist so was?"

Evelyn nahm eine weitere Karte. „Sie ist so elegant und gebildet. Sie hält mich bestimmt für ein Dummerchen."

Joan wollte schon lachen, beherrschte sich jedoch. „Betty ist nicht so. Sie hält sich nicht für etwas Besseres.“ Joan legte die Hand auf Evelyns. „Rede doch einfach mal mit ihr. Und hör auf, dich hier zu verstecken und zu denken, du könntest Betty Estes nicht das Wasser reichen.“ Sie drückte Evelyns Hand. „Ach, Evelyn. Du hast so viel mehr zu bieten, als du glaubst.“

Kapitel 10

Betty blickte von ihrer Tasse Kaffee hoch, die sie sich am späten Nachmittag gegönnt hatte, als Evelyn in die winzige Küche ihrer gemeinsamen Wohnung schlenderte. Erschrocken zerknitterte Betty die Seiten der Zeitung, die sie gerade las. „Du bist so leise wie eine Weihnachtsmaus, Evelyn. Ich habe gar nicht gehört, dass du gekommen bist."

Evelyn hielt ihren Fuß hoch. „Meine alten Bettschuhe", erklärte sie. „Sie sorgen für leise Schritte."

Betty betrachtete ihren Fuß und runzelte die Stirn. „Waren die irgendwann mal blau?" Dann lachte sie, um Evelyn zu zeigen, dass sie es nicht böse meinte. „Ich habe uns Kaffee gekocht."

„Oh, gut", erwiderte Evelyn. „Ich wusste gar nicht, dass es so kalt sein kann." Sie ging zur Spüle, wo Betty eine Tasse für sie bereitgestellt hatte. „Ich glaube, mir tun tatsächlich die Knochen weh."

„Durch die Nähe des Lake Michigan empfindet man die Kälte wohl noch stärker."

„Auch bei uns in Portal ist es kalt im Winter", erzählte Evelyn, während sie sich am Tisch niederließ, „aber nicht so kalt."

Betty faltete die Zeitung zusammen und musterte die schüchterne junge Frau, mit der sie sich die Wohnung teilte. „Sag mal, Evelyn." Sie griff herüber und berührte Evelyns Haare. „Hast du eigentlich mal überlegt, dir die Haare von einem guten Friseur schneiden zu lassen?"

Evelyn errötete bis in die Haarwurzeln, während sie ihren Kaffee hinunterschluckte. „Meine Mama hat mir immer die Haare geschnitten."

„Aber womit?" Betty suchte Evelyns Blick. „Ich will dich nicht in Verlegenheit bringen, Süße, aber du hast eine so wunderschöne Haarfarbe, und es ist eine Schande, sie nicht ..." Sie ließ den Satz unbeendet.

Evelyn schüttelte den Kopf. „Du meinst, ich habe praktisch keine Haarfarbe."

„Ich würde sagen, sie haben die Farbe von Honig. Weißt du eigentlich, wie viele Frauen hohe Summen für diese Haarfarbe zahlen würden?" Ihre Mutter zum Beispiel ...

Evelyn lächelte dankbar. „Ich habe kein Geld für einen Friseurbesuch. Ich komme ja so schon kaum hin."

Seufzend erhob sich Betty. „Warte einen Augenblick."

Sie ging ins Wohnzimmer und holte die neuste Ausgabe der *Vogue*, die sie am Samstag gekauft hatte. „Blättere die mal durch, Evelyn. Ich wette, wir finden eine Frisur für dich, und ganz bestimmt finden wir auch in deinem Kleiderschrank den richtigen Look dazu."

Aber Evelyn schüttelte niedergeschlagen den Kopf. „Nein, ich –"

Die Wohnungstür ging auf, und Magda rief: „Jemand zu Hause?"

„In der Küche", rief Betty, die wieder Platz genommen hatte.

Magda zog den Schal von ihren vollen kastanienbraunen Haaren, als sie die Küche betrat. „Rieche ich etwa Kaffee?"

Betty deutete mit dem Daumen zur Kaffeemaschine. „Bedien dich. Ich werde uns gleich ein Abendessen zaubern."

Magda nahm lächelnd eine Tasse aus dem Schrank, die zu denen von Betty und Evelyn passte. Sie gehörten zu einem achtteiligen

Service, das Bettys Mutter ihr zum Einzug in die Wohnung geschenkt hatte.

Betty fiel auf, dass Magda, die sonst nur selten Gefühle zeigte, irgendwie glücklich wirkte. „Sehe ich da etwa ein Lächeln auf deinem Gesicht?"

Magda wirbelte praktisch einmal um die eigene Achse, bevor sie sich Evelyn gegenüber an den Tisch setzte. Ihr weiter Rock schwang um ihre Beine, und als sie die Tasse auf dem Tisch abgestellt hatte, stützte sie verträumt das Kinn in ihre Hand.

Betty blickte Evelyn an. „Ich wette, sie hat jemanden kennengelernt." Und an Magda gewandt: „Spuck es aus, Schwester!"

„Vielleicht", gestand Magda.

Evelyn schlug auf den Tisch, sodass das Geschirr klapperte und der Kaffee auf die Untertassen schwappte. „Erzähl!"

„Er ist Schriftsteller, aber bisher hat er noch keine Notiz von mir genommen."

„Den Namen bitte", forderte Betty.

Magda seufzte. „Harlan." Sie winkte ab. „Harlan Procter. Das ist ein seltsamer Name, ich weiß, aber, Mädels … er kann absolut brillant mit Worten umgehen."

Evelyn beugte sich vor. „Was hat er gesagt?"

Magda legte die Hände um ihre Tasse. „Zu mir eigentlich nichts. Ich meine, er schreibt Kurzgeschichten für eine unserer Zeitschriften. Und dann habe ich ihn heute persönlich kennengelernt. Er hatte eine Besprechung mit meinem Chef." Wieder seufzte sie. „Zu mir hat er nur gesagt: ‚Harlan Procter für Mr Cole'. Und ich bezweifle, dass er mich überhaupt wahrgenommen hat."

Betty trank einen großen Schluck Kaffee. „Also, dann müssen wir nicht morgen schon losziehen und ein Brautkleid kaufen, oder?"

Die drei blickten sich an und lachten. Es klopfte an der Tür, als Evelyn sich gerade eine zweite Tasse Kaffee einschenken wollte. „Ich mache schon auf", sagte sie und verschwand im Wohnzimmer.

Betty tätschelte Magdas Hand. „Im Ernst. Wenn dieser Harlan ein so großer Schriftsteller ist, wie du eine Leserin bist, dann könnte das gut passen."

Magda grinste. Evelyn kam in die Küche zurück. „Betty", flüsterte sie und trat an den Tisch. „Ein Mann, der aussieht wie ein Filmstar, steht draußen und möchte dich sprechen. Er sagt, es sei sehr wichtig."

Betty runzelte die Stirn. Nur auf einen ihrer Bekannten passte diese Beschreibung.

George.

Falls Inga Christenson gehofft hatte, die Welt zu sehen, indem sie eine Stelle bei Trans World Airlines annahm, dann war das ein großer Irrtum gewesen. Bisher hatte sie es nicht weiter als bis nach Los Angeles geschafft. Nicht, dass die Route Chicago–Los Angeles schlecht gewesen wäre. Ganz im Gegenteil. Was könnte besser sein als ein dreitägiger Aufenthalt in Hollywood, wie sie ihn gerade erlebte? Den „Walk of Fame" entlangschlendern … die Sehenswürdigkeiten auf dem Hollywood Boulevard bestaunen und ein Abendessen im „The Brown Derby" auf dem Wilshire Boulevard genießen.

Doch bisher hatte sie nur mit einigen der anderen Stewardessen losziehen können. Und auch nicht so häufig. Wo war der Glamour, der in den Stellenanzeigen der Fluggesellschaft versprochen wurde? Wo der Nervenkitzel des Fliegens? Und wo waren all die alleinstehenden, gut aussehenden Piloten, die kennenzulernen sie sich erhofft hatte?

Himmel, ihr reichte doch einer. Einer, der sagte: „Flieg mit mir, Inga. Ich bringe dich, wohin du willst."

„Ach ja? Wohin denn?", fragte sie ihr Spiegelbild in dem vergoldeten Wandspiegel. Sie stand im Badezimmer ihres Hotels und setzte vorsichtig ihre Mütze ab.

„Hey, Inga." Ihre Kollegin Henrietta Swift klopfte an die Badezimmertür. Henrietta, eine schlanke Rothaarige mit grünen Augen, war ihre Zimmergenossin für diese Nacht. „Ich müsste mal ins Bad."

Inga öffnete die Tür. „Entschuldige bitte. Ich denke, ich gehe heute Abend aus", erklärte sie. „Nicht ins Hotelrestaurant. Ich hätte Lust, ein wenig auf Entdeckungsreise zu gehen."

Die Toilettenspülung rauschte, und kurz darauf öffnete Henrietta die Tür. Sie trocknete ihre Hände an einem Handtuch ab, auf dem ein großes gesticktes *HH* prangte, damit niemand auf die Idee kam, es zu stehlen. „Ich weiß, es ist zwar erst nachmittags, aber ich bin zu müde, um auszugehen", sagte sie. „Ich glaube, ich bestelle mir später einfach ein Sandwich aufs Zimmer." Sie legte die Stirn in Falten. „Würde es dir etwas ausmachen, eins der anderen Mädchen zu fragen, ob sie mitgeht?"

„Natürlich nicht. Aber ich habe auch nichts dagegen, allein auszugehen. Ganz besonders bei diesem Wetter."

Henrietta warf das Handtuch ins Bad zurück. „Auf jeden Fall ist es hier besser als in Chicago, nicht?"

Inga lachte fröhlich. „Allerdings."

Sie machte sich daran, ihre Uniform gegen ein smaragdgrünes Kleid mit engem Rock zu tauschen, zog aber dieselben Schuhe an, die sie auch auf dem Flug getragen hatte. Stirnrunzelnd betrachtete sie ihr Spiegelbild.

„Was ist los?", fragte Henrietta. Sie war bereits in ihren Pyjama geschlüpft und hatte sich auf dem Bett ausgestreckt und ein Buch zur Hand genommen. Wie Magda konnte sich Henrietta endlos für Bücher begeistern.

„Das Kleid ist so alt", erwiderte Inga. „Ich dachte, wenn ich nach Chicago ginge, hätte ich endlich Geld für Kleider. Stattdessen bezahle ich von meinem Gehalt eine Wohnung, in der ich mich nur selten aufhalte, und das Geld, das ich übrig behalte, reicht kaum für ein neues Kleid oder neue Schuhe oder", sie drehte sich zu Henrietta um, „auch nur einen neuen Hut."

Henrietta ließ das Buch sinken. „Meine Liebe, du könntest einen Jutesack anziehen und würdest trotzdem atemberaubend aussehen. Merkst du überhaupt, wie die Männer sich nach dir umdrehen? Was meinst du wohl, warum die anderen Mädels so wild darauf sind, sich mit dir sehen zu lassen?"

Inga legte die Hände an ihre schmale Taille und streckte sich. „Wirklich? Dann sag mir mal eines: Wo sind denn die ganzen Männer?"

Henrietta legte sich wieder zurück. „Sieh in einem Schaufenster mal hinter dich. Sie folgen dir, falls du verstehst, was ich meine."

Inga verstand es. „Na, dann gehe ich mal."

Sie fuhr mit dem Aufzug in die Lobby, in der der größte Weihnachtsbaum stand, den sie je gesehen hatte. Nachdem Inga sich orientiert hatte, trat sie an die Rezeption, die gerade nicht besetzt war. Sie wollte schon auf die silberne Klingel drücken, als ein gepflegter Mann mit dunklen Haaren und auffallend kräftigen dunklen Augenbrauen, die sich perfekt über seinen klaren, blauen Augen wölbten, hinter den Tresen trat.

„Hallo", grüßte er und zog fragend die Augenbrauen in die Höhe.

„Hallo." Sie hielt inne. Der Akzent des Mannes … „Sie sind Engländer?"

„Brite", korrigierte er.

Sie lächelte ihn an. „Entschuldigen Sie … Meine Mitbewohnerin ist auch … *Britin*."

„Was Sie nicht sagen." Er beugte sich vor und legte seine Unterarme auf den Tresen. „Und wo wohnen Sie und diese *britische* Mitbewohnerin?"

„In Chicago."

„Chicago. Die Stadt des Windes. Man sagt, es sei dort ziemlich kalt."

„*Kalt* ist eine Untertreibung."

Sein Blick suchte ihren, und sie wich ihm nicht aus, sondern blickte ihm in die Augen. Schließlich fragte er leise: „Und wie kann ich Ihnen helfen?“

„Vielleicht könnten Sie mir ein Restaurant empfehlen.“

Er grinste, und ein tiefes Grübchen erschien auf seiner linken Wange. „Für Sie allein?“ Sein Blick wanderte suchend durch die Lobby. „Oder wird Ihr Mann Ihnen Gesellschaft leisten?“

Dieses Spiel machte Inga Spaß, und sie wollte es weiterführen. „Nein. Nur für mich. Ganz allein.“ Sie stellte sich vor, wie ihr Vater und ihre Mutter die Stirn runzeln würden über ihre kecke Antwort, doch diesen Gedanken schob sie schnell wieder beiseite.

Er warf einen Blick auf seine Uhr. „Meine Schicht endet in zehn Minuten“, erklärte er und richtete sich auf. „Sie könnten dort drüben warten“, er deutete auf einen Sessel, „und dann führe ich Sie persönlich in eines meiner Lieblingsrestaurants. Oder ich gebe Ihnen eine Stadtkarte von Hollywood, die ich selbstverständlich hier habe, und nenne Ihnen ein paar gute Restaurants.“

Vielleicht hatte Gott für sie ja gar nicht vorgesehen, dass sie einen Piloten kennenlernte. Vielleicht war sie aus Plymouth nach Chicago und von Chicago nach Los Angeles gekommen, um diesem charmanten, gut aussehenden Briten zu begegnen. Auf jeden Fall gab es nur einen Weg, das herauszufinden.

„Gut, dann warte ich“, sagte sie, drehte sich anmutig um, wie sie es bei der Fluggesellschaft gelernt hatte, und ging zu der Sitzgruppe. Es dauerte eine ganze Weile, bis ihr klar wurde, dass der junge Mann, von dem sie sich gerade zum Abendessen hatte einladen lassen, es versäumt hatte, ihr seinen Namen zu nennen, und sie auch nicht nach dem ihren gefragt hatte.

Kapitel 11

Sie wusste selbst nicht so genau, wie es gekommen war, doch irgendwie fand sich Evelyn auf einmal in der Gesellschaft des attraktivsten Mannes wieder, dem sie je begegnet war. Sie saßen in einem vornehmen Restaurant an einem festlich gedeckten Tisch im Schein der flackernden Kerze und bei leiser Musik eines Streichquartetts. So etwas hatte sie noch nie erlebt.

Wie Dorothy in Oz war Evelyn nicht mehr in Kansas. Und ganz gewiss nicht in Portal in Georgia.

„Bitte wiederholen Sie es noch mal“, bat der Mann, der sich ihr als George Volbrecht vorgestellt hatte. „Was genau hat sie gesagt?“

Evelyn schluckte und strich mit den Händen über den einfachen Rock, den sie am Morgen angezogen hatte. Wenigstens war es ihr gelungen, noch in ihre Schuhe zu schlüpfen, nachdem Mr Volbrecht sie mit der Frage überrascht hatte, ob sie mit ihm „einen Happen essen gehen“ wolle. „Sie sagte, sie wolle Sie nicht sehen, wolle nicht mit Ihnen sprechen, und wenn Sie nicht aus ihrer Wohnung verschwänden, würde sie die Polizei rufen.“ Mit zitternder Hand griff Evelyn nach ihrer Tasse. „Obwohl ich nicht so recht weiß, wie sie das machen will. Ich meine, wir haben nicht mal ein Telefon …“

Ihre Stimme verklang. Vielleicht hatte sie bereits zu viel gesagt. Sie atmete tief durch. „Woher kennen Sie Betty, Mr Volbrecht?“, fragte sie und hoffte, damit das Gespräch in Gang zu halten.

Die Kiefermuskeln des jungen Mannes arbeiteten, und seine Augen blitzten im Kerzenlicht. „Bitte nennen Sie mich George.“

„Gern … George.“ Der Name kam ihr so fremd vor, obwohl sie einen Onkel mit Namen George hatte. Trotzdem …

Der Kellner brachte zwei Teller mit dampfendem Essen, das George bestellt hatte. Die Namen der Gerichte hatte sie noch nie gehört, und sie war nicht sicher, ob sie sie auch nur aussprechen könnte. Als der Teller vor ihr stand, neigte Evelyn den Kopf und sprach still für sich ein Dankgebet – ob nun für das Essen oder ihren Begleiter, wusste sie nicht so genau.

Als sie die Augen wieder öffnete, starrte George sie an.

„Alles in Ordnung?“, fragte er.

„Ja. Warum?“ Sie legte die hellblaue Serviette auf ihren Schoß, nahm die Gabel zur Hand und stach damit in eine Kartoffel. Zumindest nahm sie an, dass es eine Kartoffel war.

George hatte bereits angefangen zu essen. Er deutete mit der Gabel auf sie und meinte: „Ich dachte, Ihnen wäre vielleicht nicht gut.“

„Ach so. Ich habe nur ein Tischgebet gesprochen.“ Sie nahm einen kleinen Bissen und kaute langsam. Ja. Ganz bestimmt eine Kartoffel. „Ähm, also, woher kennen Sie Betty?“

„Wir sind schon unser Leben lang befreundet.“ Er trank einen Schluck Wasser aus einem Glas, das so zart war, dass Evelyn beinahe Angst hatte, ihres zur Hand zu nehmen. „Unsere Väter kennen sich, seit sie in den Windeln gelegen haben, glaube ich. Mein Vater ist der Anwalt der Firma ihres Vaters.“ Er lächelte sie an.

Evelyn lächelte zurück. „Ich habe sie gerade erst kennengelernt.“ Sie schob ihre Brille hoch. Nicht, dass sie heruntergerutscht wäre, aber sie musste Zeit schinden, denn ihr Magen hatte sich so zusammengezogen, dass sie nicht sicher war, ob sie noch einen Bissen herunterbrächte. „Warum … warum haben Sie mich gebeten, heute Abend mit Ihnen auszugehen? Soll ich ihr etwas ausrichten?"

Er lachte. „Ja … ja. Äh, nein. Ich dachte …“ Er hielt inne, wie um seine Gedanken zu ordnen. „Ich wollte meine alte Freundin zum Abendessen ausführen, und da sie nicht angebissen hat – verzeihen Sie das Wortspiel –, dachte ich, dass Sie vielleicht gern mitkommen würden.“ Er deutete mit dem Messer auf ihren Teller. „Essen Sie, bevor es kalt wird. Das Filet Mignon ist übrigens ausgezeichnet.“

Sie beobachtete, wie er Messer und Gabel hielt, und ahmte seine Bewegungen nach. George sah sie an. „Was ist?“, fragte er.

Sie lachte leise und spürte, wie sich ihre Wangen röteten. „Nichts.“

George beugte sich über den Tisch. „Es gibt tatsächlich etwas, das Sie Betty von mir ausrichten können, wenn Sie mögen.“

„Gern.“ Sie hoffte, dass sie nicht zu eifrig klang.

„Sagen Sie ihr, dass ich Sie warnen wollte, aber sie wollte mich ja nicht anhören.“

Evelyn ließ ihr Besteck mit einem lauten Klirren auf den Teller fallen. „Sie warnen?“

„Ihr Vater“, erklärte George. „Er ist ziemlich sauer. Sagen Sie ihr das. Er wird ihr die finanzielle Unterstützung streichen. Und dieses Mal meint er es ernst.“

„Die finanzielle Unterstützung streichen?“ Evelyn wusste nichts von finanzieller Unterstützung. Na ja, kein Wunder, dass Betty so schicke Kleider besaß. Und die dazu passenden Schuhe und Hüte.

„Genau. Keine Partykleider oder sonstigen Schnickschnack mehr. Er wird ihr ein Ultimatum stellen, und sie sollte besser vorbereitet sein. Sagen Sie … sagen Sie ihr, ich wollte sie warnen. Denn gute Freunde tun so etwas. Verstanden?“

„Verstanden“, flüsterte Evelyn.

Er tupfte sich den Mund mit der Leinenserviette ab und fragte: „Wie wäre es mit einem kleinen Dessert? Tiramisu?“

„Was hat Sie nach Amerika geführt?“, fragte Inga den Mann, der sich ihr als Frank Martindale vorgestellt hatte. Sie saßen seit einer Stunde beim Abendessen und unterhielten sich angeregt.

„Ein Flugzeug“, erwiderte er.

Sie lachte herzlich. „Meine Mitbewohnerin, von der ich Ihnen schon erzählt habe, ist auf einem Schiff herübergekommen. Dann weiter mit dem Zug nach Chicago.“

Frank nickte und drehte Spaghetti auf seine Gabel. „Ich bin nach New York geflogen, mit dem Zug nach Chicago gefahren und dann mit dem Flugzeug weiter nach Los Angeles.“

Inga hob die Hand. „Aber warum LA? Waren New York und Chicago nicht aufregend genug für Sie?“

Sie saßen sich am Tisch gegenüber, und er lächelte sie an. „Hollywood hat mich angelockt. Ich kann singen, ich kann tanzen.“ Er wandte den Kopf dem gedämpften Licht zu. „Und ich denke, dass ich ganz gut aussehe.“

Sie tätschelte ihm die Wange. „Sie sehen anbetungswürdig aus.“

„In London hatte ich diesen Film mit Gene Kelly gesehen –“

„Welchen?“

„*Summer Stock.*“

„Mit Judy Garland.“

„Sie kennen ihn?“

„Ob ich ihn kenne? Ich habe mir den Film drei Mal angesehen.“

„Nur drei Mal?“, neckte er sie. „Ich habe ihn mir vier Mal angesehen.“

„Wissen Sie“, sagte sie, lehnte sich zurück und musterte ihn abschätzend. „Sie sehen Gene Kelly irgendwie ähnlich.“

„Ausgeschlossen! Außerdem behaupten meine wirklichen Freunde, ich hätte eher etwas von Montgomery Clift.“

Erneut tat sie so, als würde sie sein Gesicht eingehend mustern. „Hmm … nein. Ganz offensichtlich sind das nicht Ihre wirklichen Freunde.“

Er beugte sich vor und drückte ihr so schnell einen Kuss auf die Lippen, dass Inga keine Möglichkeit hatte, sich zurückzuziehen. „Im Gegensatz zu Ihnen?"

„Ja", flüsterte sie. „Absolut."

„Und was sagen Sie? Ganz ehrlich? An wen erinnere ich Sie?"

Sie musste nachdenken, auch wenn ihr das gerade schwerfiel. Sie musste klug sein. „Ich denke ... Sie sehen aus wie ein Mann aus London, der einmal ein Star sein wird."

Es war schon nach 21:00 Uhr, als Joan endlich nach Hause kam. Wie immer brannte die kleine Tischlampe im Wohnzimmer. Der Rest der Wohnung war dunkel und still. Sie streifte ihre Schuhe ab und legte ihren Wohnungsschlüssel in ihre Handtasche. Sie trank wie immer in der winzigen Küche ein Glas Milch und schleppte sich dann müde in ihr Zimmer.

Ein Lichtstreifen drang unter der geschlossenen Tür hervor. Joan blieb stehen. Das war ungewöhnlich. Ganz vorsichtig öffnete sie die Tür und spähte ins Zimmer. Evelyn saß mit angezogenen Knien auf dem Bett, die Arme um die Beine gelegt. Ihre Brille lag auf dem Nachttisch, und ihr Gesicht wirkte verquollen.

„Evelyn", flüsterte Joan. „Was –"

„Mach die Tür zu", flüsterte Evelyn.

Joan folgte der Aufforderung, ließ sich dann auf ihrer Seite des Bettes nieder und musterte Evelyn. „Alles in Ordnung? Ist was mit deiner Mutter?" Leise stellte sie ihre Schuhe auf den Fußboden.

Evelyn schüttelte den Kopf. „Nein. Nicht meine Mama. Und es ist auch nichts mit meinem Papa oder meinem Bruder. Es geht um Betty." Sie schniefte leise. „Sie ist so böse auf mich ..." Erneut begannen die Tränen zu fließen.

Joan rutschte näher an sie heran. „Betty? Betty wird doch nie böse."

„Das kannst du ja gar nicht wissen", sagte Evelyn. „Du warst nicht hier." Anklagend blickte sie sie an. „Du bist ja nie hier."

Joan seufzte. Es machte ihr wirklich sehr zu schaffen, dass sie Evelyn so oft allein ließ. Bestimmt würde sie noch mehr jammern, wenn sie erfuhr, dass Joan gerade noch einen Job im *Museum of Science and Industry* angenommen hatte. Nur an Samstagen und auch nur für ein paar Stunden, aber … „Erzähl mir, was passiert ist."

„George kam vor dem Abendessen vorbei."

„George? Wer ist George?" Joan holte ein Taschentuch aus ihrer Handtasche und reichte es Evelyn.

„Sie sind alte Freunde. Das hat er gesagt."

„Wann? Wann hat er das gesagt?"

„Beim Abendessen."

„Er war zum Abendessen hier?"

Wieder schüttelte Evelyn den Kopf. „Nein, nein", wehrte sie flüsternd ab. „Er wollte Betty zum Abendessen ausführen, doch sie wollte nicht mitgehen. Darum hat er mich gefragt, ob ich mitkommen wolle, und …" Sie atmete kurz durch und drückte ihre Hand an die Brust. „Ich bin noch nie einem so attraktiven Mann begegnet, Joanie. Er könnte ein Filmschauspieler sein."

„Und er ist Bettys Freund? Und du bist mit ihm ausgegangen?" Joan überlegte, ob Betty jemals einen George erwähnt hatte. Oder einen Freund. Aber sie konnte sich nicht daran erinnern. Doch andererseits war sie müde und hatte seit dem Mittag nichts mehr gegessen.

„Nur zum Abendessen." Evelyn putzte sich die Nase und gab Joan das Taschentuch zurück.

Joan winkte ab. „Behalt es."

„Er möchte noch mal mit mir ausgehen, Joan."

Evelyns Gesicht glühte, und nicht von Tränenspuren, wie Joan erkannte. „Tatsächlich?"

„Am Freitagabend. Er ist sehr nett, und ich habe zugesagt, weil … Ach, Joanie, kein Mann, der so aussieht wie George Volbrecht, hat mich jemals zum Abendessen eingeladen, und schon gar nicht zweimal."

Joan tätschelte Evelyns Hand. „Ich verstehe. Was ist geschehen, als du Betty davon erzählt hast?"

„Sie fing an zu schimpfen und sagte mir, George Volbrecht sei ein Schuft. Ein Frauenheld. Er hätte irgendetwas Gemeines vor, und sie würde dem auf den Grund gehen, komme, was wolle. Und das Schlimmste ist, George hat mich gebeten, ihr auszurichten, dass ihr Vater ihr irgendein Ultimatum stellt … ich weiß nicht, weswegen. Er will ihr die finanzielle Unterstützung streichen."

„Die finanzielle Unterstützung?" Joan hatte keine Ahnung gehabt, dass Betty von ihren Eltern Geld bekam. Joan musste zwei und sogar drei Jobs annehmen, um ihre Familie zu unterstützen, und Bettys Einkommen wurde von ihrem Vater aufgestockt? „Und? Hast du es ihr ausgerichtet?"

„Nein."

„Warum nicht?"

Die Tränen begannen erneut zu fließen. „Sie hat sich so aufgeregt, dass ich es einfach vergessen habe, fürchte ich."

Kapitel 12

Aufgebracht setzte sich Betty auf den Stuhl vor Georges ausladendem Eichenschreibtisch. „George Volbrecht, was hast du vor? Und leugne es nicht“, sagte sie und stemmte die Hände in die Hüften, sodass sich der Mantel bauschte, den abzulegen sie sich geweigert hatte. „Denn ich kenne dich, und du hast ganz bestimmt irgendetwas vor.“

George beugte sich vor, stützte die Ellbogen auf der Schreibtischplatte ab und spielte mit einem Bleistift. „Wie kommst du auf einen solchen Gedanken?“ Er hielt inne. „Du bist doch diejenige, die hier Spielchen spielt.“

Betty sprang auf und lief in dem erlesen ausgestatteten Raum herum. Als sie sich etwas beruhigt hatte, blieb sie stehen und sagte: „George, wenn du auch nur einen Funken Anstand besitzt, dann hör mir zu. Dieses Mädchen, mit dem du gestern Abend ausgegangen bist …“

„Evelyn“, ergänzte er. „Übrigens ein hübscher Name. Evelyn.“

Betty spürte, wie ihr ein Schauder über den Rücken lief. „*Evelyn* ist ein unschuldiges Mädchen aus einer Kleinstadt in Georgia. Sie ist die Tochter eines Farmers –“

„Ich weiß. Das hat sie mir erzählt." George legte den Stift aus der Hand und richtete sich auf. „Was willst du mir sagen, Betty? Du willst mich doch nicht. Soll ich jetzt wie ein Mönch leben? Darf ich deswegen gar nicht heiraten?"

Betty wurde klar, dass sie einen anderen Weg einschlagen musste. Sie setzte sich wieder hin. „George", sagte sie und beugte sich vor. „Du bist doch an einem Mädchen wie Evelyn Alexander gar nicht interessiert."

Er suchte ihren Blick. „Ich finde sie bezaubernd."

„Und wie soll es deiner Meinung nach weitergehen? Du lädst sie zu Weihnachten zu euch nach Hause ein? Deine Mutter wird sie zum Mittagessen verspeisen."

George erhob sich, kam um seinen Schreibtisch herum und ergriff Bettys Hand. „Komm mit, Betty", sagte er, ergriff ihre Handtasche und führte sie zur Tür.

Betty entzog ihm ihre Hand, was dazu führte, dass er seine Hand an ihren Rücken legte.

An der Tür drehte er sie um und legte beide Hände unter ihre Ellbogen. „Hör zu, Betts. Ich habe es verstanden. Du willst mich nicht heiraten, obwohl ich wohl nie begreifen werde, warum nicht. Niemand begreift das."

Betty musterte sein Gesicht und erinnerte sich an früher, als sie als Kinder miteinander gespielt hatten. Die Gespräche, die sie als Jugendliche unter dem dichten Blätterdach der Bäume in ihrem Garten geführt hatten. Sie hatte ihm alle ihre Geheimnisse anvertraut und er ihr seine. Doch dann kam die Pubertät, und aus dem süßen kleinen Jungen war ein viel zu gut aussehender junger Mann geworden. Eine Tatsache, der er sich nur allzu bewusst war und die alle Mädchen in der Schule ebenfalls zur Kenntnis nahmen. Sein Interesse hatte jedoch immer nur Betty gegolten, das stimmte. Vielleicht liebte er sie ja tatsächlich. Oder er glaubte es zumindest … oder er liebte sie, soweit er in der Lage war, jemanden zu lieben. Und vielleicht betrachtete er eine Ehe mit ihr als die perfekte Verbindung zwischen ihren Familien, genau wie ihre Eltern. Aber sie wusste, dass er ihr nicht treu sein würde. George Volbrecht brauchte schöne Frauen wie die Luft zum Atmen.

Doch Betty wollte Liebe. Sie wünschte sich einen Mann, der sie nicht nur wegen des sozialen Status' und der Position ihres Vaters wollte, sondern um ihretwillen. Sie, die eine starke Frau war. Unabhängig. Na gut, mehr oder weniger unabhängig. Die ihre eigene Meinung vertrat und genau wusste, was sie wollte. Oberflächlichkeit hatte keinen Raum in ihrem Leben. Sie wollte das Echte.

Sie seufzte. „George." Sie legte ihre Hände an seine muskulösen Oberarme. „George, wenn du nur mit ihr spielen willst ..."

Sein Blick ruhte auf ihr. „Das will ich nicht. Sie ist ein süßes Mädchen, und ich möchte sie wirklich besser kennenlernen."

„Sie ist kein Mädchen, sondern eine erwachsene Frau, George. Mit Gefühlen. Und Träumen." Sie übte mit den Daumen Druck auf seine Muskeln aus und spürte, wie sie sich unter ihren Fingerspitzen strafften. „Wenn du ihr wehtust, dann rufe ich ihren Vater an", erklärte sie bestimmt, „und sage ihm, er soll seine Schrotflinte laden und dich durch die ganze Stadt jagen."

George lachte leise. „Charmant." Er öffnete die Tür. „Hat Evelyn dir übrigens ausgerichtet, was ich ihr aufgetragen hatte?"

Betty wollte nicht zugeben, dass sie die meiste Zeit herumgewütet hatte, nachdem Evelyn nach Hause gekommen war. „Natürlich. Schließlich wohnen wir zusammen."

Georges Augenbrauen schossen in die Höhe. „Und das akzeptierst du einfach so? Du änderst deine Meinung nicht?"

Ihre Meinung zu ändern konnte nur eines bedeuten. „Ich heirate dich nicht, George Volbrecht. Akzeptier es doch endlich." Sie warf einen Blick auf ihre Uhr. „Und jetzt muss ich gehen. Ich habe Mr Ferguson gesagt, ich würde etwas später kommen, habe aber nicht damit gerechnet, dass es so spät werden würde."

Damit marschierte sie an Georges attraktiver Sekretärin vorbei, deren Blick ihr folgte. Anmutig trat sie in den Flur und ging zum Aufzug. Als die Türen endlich aufglitten, trat sie hinein und drehte sich um. Erst in diesem Augenblick merkte sie, dass George ihr nachgegangen war und ihr vom Türrahmen aus nachgesehen hatte.

Inga konnte sich kaum auf ihre Arbeit konzentrieren. Während sich das Flugzeug Chicago näherte, stand sie in der kleinen Bordküche und bereitete das Essen für die Passagiere vor. Ihre Hände erledigten die nötigen Griffe ganz automatisch, denn ihre Gedanken waren auf Wanderschaft gegangen. Sie verweilten in dem Restaurant, das sie und Frank am Abend zuvor besucht hatten. Sie hatten gegessen und geredet … und geredet und sich geküsst … bis die Kerzen gelöscht wurden und man sie hinauskomplimentiert hatte.

„Junge Liebende", hatte der Oberkellner gesagt, als er ihnen die Tür öffnete. „Das sehe ich zwar gern, aber jetzt möchte ich auch zu meiner Liebsten gehen." Sie hatten in sein Lachen eingestimmt.

Gemeinsam kehrten sie zum Hotel zurück, und dicht aneinandergeschmiegt hatten sie die Weihnachtsbeleuchtung bewundert. In der Nähe des Hotels hatte Frank sie in eine Gasse gezogen und so leidenschaftlich und gleichzeitig doch so zärtlich geküsst, dass ihre Knie unter ihr nachgegeben hätten, wenn er sie nicht so fest an sich gedrückt hätte.

Und schließlich hatte er ihr ins Ohr geflüstert: „Ich kann kaum glauben, dass wir uns gerade erst kennengelernt haben und du morgen schon wieder wegfliegst."

Die Wärme seines Atems hatte ihr einen Schauder über den Rücken gejagt. „Ich komme ja wieder. Bald schon. Manchmal fliegen wir noch am selben Tag wieder zurück, aber manchmal bleiben wir auch mehre Tage." Sie barg ihr Gesicht in seiner Halsbeuge und atmete seinen Duft ein. „Ich rufe dich an." Dann löste sie sich von ihm und eilte in die Hotellobby, so schnell sie konnte.

„Du bist wohl mit deinen Gedanken ganz woanders", sagte Henrietta, als sie neben sie trat.

Inga spürte, wie sie errötete. „Wie kommst du darauf?"

Henrietta deutete auf eins der Tabletts. „Du hast gerade zwei Desserts auf dieses Tablett gestellt und zwei Brötchen auf das da."

Inga lachte und korrigierte ihren Fehler. „Ach, Retta. Er ist so wundervoll." Sie blickte ihre Freundin an. „Hatte ich das schon erwähnt?"

„Etwa zehn Mal, nachdem du gestern Abend ins Zimmer gekommen bist und mich aufgeweckt hast. Es ist ein Wunder, dass ich überhaupt noch aufrecht stehen kann, so müde bin ich."

„Das tut mir leid."

„Stimmt ja gar nicht", neckte Henrietta. „Und mir tut es auch nicht leid." Sie blickte den Gang entlang. „Aber jetzt solltest du Mr Hollywood lieber in den hintersten Winkel deines Gehirns verbannen, bevor Mrs Bricker herkommt und merkt, dass du die Essensbestellungen verwechselst."

Inga nickte. „Danke, Retta. Du bist eine echte Freundin."

„Fröhliche Weihnachten, Adela", sagte Betty und drückte ihre Wange an die ihrer schwarzen Ziehmutter. „Gibt Mutter dir eigentlich jemals einen Tag frei?"

Adela half Betty aus ihrem mit Pelz besetzten Kaschmirmantel, den sie nur zu besonderen Gelegenheiten trug, und legte ihn sich über den Arm. „Ich bin freiwillig hier", erklärte Adela mit einem Kopfnicken. „Ich habe angeboten, das Weihnachtsessen vorzubereiten. Mit meiner Familie feiere ich danach."

Betty ergriff Adelas Hände und bewunderte die perfekt rot lackierten Fingernägel. „Warst du gestern Abend in der Kirche?"

„Das weißt du doch. Ich gehe an Heiligabend immer in den Gottesdienst. Deine Mama und dein Papa haben ebenfalls die Messe besucht. Du auch?"

Betty nickte. „In der Stadt. Mutter hätte es gern gesehen, dass ich herkomme und dann hier übernachte. Aber …" Sie ließ ihre Worte verklingen – sie wusste nicht so genau, wie sie erklären sollte, was sie am Abend zuvor empfunden hatte: dass sie mit Gott allein sein wollte. Die Kluft zwischen ihr und ihren Eltern hatte eine Wunde gerissen, die, wie sie hoffte, irgendwann heilen würde. Aber sie wusste nicht, wie sie diese Wunde behandeln sollte. Und darum hatte sie das Bedürfnis gehabt, allein zu sein, um ungestört zuhören zu können.

„… aber du bist jetzt ein großes Mädchen", beendete Adela den Satz für sie.

Betty lächelte, und ihr Blick wanderte zu der großen Einkaufstasche zu ihren Füßen. „Ich habe ein Geschenk für dich."

„Und ich eins für dich. Zum Dessert gibt es übrigens deinen Lieblingskuchen."

Betty schnappte erfreut nach Luft. „Bananencreme?"

„Nach dem Rezept meiner Mama. Ich habe gleich zwei gebacken. Einen für nachher und einen zum Mitnehmen."

Betty wollte sich bei Adela bedanken, doch die Stimme ihrer Mutter, die von oben erklang, unterbrach sie. „Liebling, bist du das?"

Betty drückte noch einmal Adelas Hände, bevor sie nach oben blickte. „Hallo, Mutter. Frohe Weihnachten."

Adela tätschelte ihre Hand und zog sich in die Küche zurück. Chloe Estes schritt anmutig die Treppe hinunter. Ihr elegantes Wickelkleid aus rotem Samt schwang dezent um ihre Beine. Betty traf sie am Treppenabsatz und drückte ihr einen Kuss auf die Wange. „Hmm, Mutter. Du riechst ja so gut."

Chloes Fingerspitzen strichen über ihren schlanken langen Hals. „Dein Vater hat mich gestern Abend mit diesem Duft überrascht."

„Wie nett von ihm", sagte Betty. Sie war entschlossen, alles zu tun, damit dieser Tag fröhlich verlief. „Wo ist denn unser Romeo? Noch oben?"

„Er kommt gleich." Chloes Blick fiel auf die Einkaufstasche mit den Geschenken. „Sollen die unter den Baum?"

Betty nickte und griff nach der Tasche. „Komm, lass uns das schnell machen, bevor Vater herunterkommt."

Untergehakt betraten Mutter und Tochter das Wohnzimmer. Würziger Tannenduft schlug ihnen entgegen. Der Weihnachtsbaum reichte bis fast an die vier Meter hohe Decke und war mit silbernen Zapfen und roten, grünen und blauen Kugeln unterschiedlichster Größe geschmückt. Sosehr Betty auf ihre Unabhängigkeit bedacht war, an Weihnachten wollte sie nirgendwo anders sein als genau hier, in diesem Zimmer mit den eleganten Möbeln im französischen Stil. Dieses Wohnzimmer spiegelte den exquisiten Geschmack ihrer Mutter wider, der nicht Bettys Stil war, aber an diesem hohen Festtag spielte das keine Rolle.

Betty ging vor dem Baum in die Hocke und legte ihre Päckchen darunter. Neugierig griff sie nach einer langen, in blaue Folie eingewickelten und mit einer silbernen Schleife versehenen Schachtel.

„Finger weg!", dröhnte die Stimme ihres Vaters von der Tür her.

Betty drehte sich erschrocken um, doch sie sah sofort, dass seine Schelte nicht ernst gemeint war. „Oh, Papa", sagte sie und wählte bewusst den Kosenamen, den sie sich für solche Augenblicke aufbewahrte. Sie ging zu ihm und umarmte ihn. Er schloss sie in die Arme, und sofort fühlte sie sich geborgen und geliebt. Sie gab ihm einen Kuss auf die Wange und sog seinen Duft nach Aftershave und einer Morgenzigarre ein. „Frohe Weihnachten, Vater."

Auch er drückte ihr einen Kuss auf die Wange. „Auch für dich, mein Kind." Er ließ sie los und brüllte über die Schulter zurück: „Adela!"

Betty zwickte ihn in den Arm. „Muss das sein?"

Harrison blickte sie etwas verlegen an. „Wenn sie beim Auspacken der Geschenke dabei sein will, dann schon."

Betty wandte sich an ihre Mutter, die auf einem der Sofas Platz genommen hatte. „Ich dachte, wir essen zuerst. Haben wir das nicht sonst immer so gemacht?"

„Dieses Mal nicht." Als Betty fragend eine Augenbraue hochzog, erklärte Chloe: „Dann kann Adela früher nach Hause gehen."

„Oh, natürlich", erwiderte Betty. „Das ist toll", fügte sie noch begeistert hinzu.

Adela stellte ein Tablett mit kleinen Kristallbechern, die mit Eierpunsch gefüllt waren, auf dem Couchtisch ab. Nachdem sie die Gläser verteilt hatte, nahm sie in einem der Sessel Platz.

Harrison Estes spielte den Weihnachtsmann und verteilte die Geschenke. Als vor jedem ein hübscher kleiner Berg lag, begann Betty, die die meisten Geschenke bekommen hatte, eines ihrer Päckchen auszupacken. Und wie es in ihrer Familie Tradition war, sahen alle dabei zu und bewunderten das Geschenk.

Nach einer Stunde waren alle Päckchen ausgepackt, und im Zimmer türmten sich zerrissenes Geschenkpapier und Satinschleifen. Adela erhob sich und sammelte das Papier ein. „Ich möchte mich noch einmal bei Ihnen für Ihre Freundlichkeit bedanken. Dass Sie mich zu einem Teil Ihrer Familie gemacht haben."

Betty sprang auf, um ihr zu helfen. „Ach, Adela. Was würden wir denn ohne dich tun?" Sie beugte sich zu ihr herüber, sodass nur Adela sie hören konnte, und flüsterte: „Ich hoffe wirklich, dass dir die Obstschale gefällt. Ich habe noch keine schönere gesehen."

Adela stieß ihr den Ellbogen in die Seite. „Ich werde sie für den Rest meines Lebens in Ehren halten. Und natürlich auch die Ohrringe. Aber ich glaube, du hast viel zu viel Geld für mich ausgegeben."

Betty lächelte. Hoffentlich merkte Adela, dass es echte Perlen waren und keine billige Imitation. „Du bist es wert."

Ihre Eltern schienen jetzt darauf zu warten, dass Adela ihre Aufräumarbeiten beendete und das Zimmer verließ. Adela spürte es ebenfalls. Das merkte Betty an dem beinahe mitfühlenden Blick, den sie ihr zuwarf. Sie runzelte die Stirn.

Sobald Adela in der Küche verschwunden war, zupfte Chloe einen eingebildeten Fussel von ihrem Kleid und seufzte. „Und wie verbringen deine Mitbewohnerinnen diesen Tag heute, Betty? Sind sie zu Hause bei ihren Familien?"

Betty hockte sich auf die Kante eines Sessels. „Nein. Inga und Magda waren gestern bei ihrer Tante und ihrem Onkel. In Schweden ist der Heiligabend beinahe genauso wichtig wie der erste Weihnachtstag, weißt du", erklärte sie. „Joan wollte einfach nur mal ausruhen. Sie hat drei Jobs, müsst ihr wissen. Und wo Evelyn ist, wisst ihr ja sicher."

„Evelyn?", fragte ihr Vater seine Frau. „Welche ist das?"

„Das unscheinbare Mädchen, von dem Betty uns erzählt hat", erwiderte Chloe.

„Ich habe nie gesagt, dass sie unscheinbar ist."

„Wo habe ich das denn sonst gehört?"

Betty schlug die Beine übereinander und lehnte sich in dem Sessel zurück, als hätte sie nicht die kleinste Sorge auf der Welt. Als wäre die Weihnachtsfreude nicht gerade unvermittelt erloschen. „Keine Ahnung, Mutter. Wo hast du es gehört?"

Chloes Augen, eine ältere Ausgabe von Bettys eigenen, richteten sich auf sie. „Vermutlich hat Vivian Volbrecht es gesagt."

Betty fragte sich unwillkürlich, woher Vivian eine solche Beschreibung hatte, wenn nicht von George. „Es ist Weihnachten, Mutter", bemerkte Betty und schickte ein stummes Gebet für ihre Freundin nach oben, die schon bald mit den Volbrechts Bekanntschaft machen würde. Gott stehe ihr bei. „Können wir den Tag nicht einfach genießen?"

Kapitel 13

Evelyn saß auf dem Beifahrersitz von Georges Lincoln Cosmopolitan, Baujahr 1951. So etwas wie das Wohnviertel, durch das sie gerade fuhren, hatte sie noch nie gesehen. Zum fünften Mal innerhalb von fünf Minuten schob sie ihre Brille hoch. Sie wandte sich zu George um, der ganz entspannt am Steuer saß. „Das sind aber wirklich ein paar schöne Häuser hier."

Er lächelte sie an. „Das sagtest du bereits. Besser formuliert würde man sagen: ‚Diese Häuser sind sehr schön.'"

Sie blinzelte. „Diese Häuser sind wirklich sehr schön."

George griff nach ihrer behandschuhten Hand, die sie ihm bereitwillig überließ. „Keine Sorge, Evelyn. Du wirst das gut meistern."

Evelyn suchte seinen Blick und überlegte, was sich wohl in seinem Kopf abspielte. Was er mit seinen Worten meinte. „Denkst du …" Sie atmete tief durch. „Denkst du, deine Mama und die anderen werden mich mögen?"

„Meine *Mutter* und mein *Vater* werden dich bestimmt mögen, weil ich dich mag. Das habe ich dir doch schon gesagt."

Evelyn spürte eine gewisse Schärfe in seiner Stimme. „Und deine kleine Schwester wird auch da sein?"

„Sandra, ja. Mit ihrem Mann und ihrem Baby."

Evelyn rutschte unruhig auf ihrem Sitz herum. „Dann bist du also schon Onkel."

Seine Augen leuchteten auf. „Allerdings. Der Junge heißt Martin und ist ein ziemlich freches Früchtchen."

„Du liebst ihn."

Dieses Mal waren seine Gefühle in seinem Blick sofort zu erkennen. „Sehr sogar." Er konzentrierte sich wieder auf die Straße. „Wenn ich einmal verheiratet bin …" Evelyn spürte den Druck seiner Hand. Oder hatte sie vielleicht nur gezuckt? „… möchte ich ein ganzes Haus voller Kinder", beendete er den Satz. „Mutter und Vater haben nur meine Schwester und mich, aber ich glaube, mein Vater hätte gern mehr Kinder gehabt."

Evelyns Herz klopfte; er hatte ihr gerade etwas Persönliches von sich selbst und seiner Familie anvertraut. Zum ersten Mal. „Aber deine Mama … ich meine, deine Mutter wollte das nicht?"

Er zögerte mit seiner Antwort. „Das sind keine Themen, über die wir in meiner Familie reden." Dann lächelte er, und das Grübchen kehrte zurück und zerstreute den Tadel, den Evelyn bei seinen Worten empfunden hatte.

Wieder schaute sie zum Fenster hinaus. „Und Betty kommt auch aus dieser Gegend?"

George nickte. „Ihre Eltern wohnen paar Straßen weiter."

„Du meine Güte", flüsterte sie, als er in die lange Auffahrt zu einem rechteckigen, zweistöckigen Haus einbog. „*Das* ist es? Hierher kommst du?"

George ließ ihre Hand los und stellte den Wagen ab. „Nein, Evelyn", korrigierte er. „Ich komme nicht *hierher*, sondern dies ist das Haus, in dem ich aufgewachsen bin." Er tippte ihr mit dem Finger an die Nasenspitze. „Denk an das, was ich dir gesagt habe. Versuch, dich nicht so hinterwäldlerisch auszudrücken, okay?"

Seine Worte gefielen Evelyn nicht, doch George zog ihre Hand an seine Lippen und küsste ihre Finger. „Ich werde mir Mühe geben", versprach sie.

„Braves Mädchen."

Er stieg aus dem Auto aus, und sie wartete, bis er ihr die Tür öffnete. Nachdem er ihr aus dem Wagen herausgeholfen hatte, klappte er den Beifahrersitz um und holte eine große Tüte mit Geschenken heraus. „Und du weißt ja sicher noch, was ich dir gesagt habe", ermahnte er sie, als er die Tür zuschlug. „Wir beide heben uns unsere Geschenke für später auf."

Sie nickte glücklich. „Ich weiß." Sie blickte an dem Haus hoch und ließ den Atem entweichen, den sie, ohne es zu merken, angehalten hatte. „Ich bin bereit, George", sagte sie. „Und ich verspreche dir, du wirst dich nicht für mich schämen müssen."

Bettys Blick wanderte zwischen ihren Eltern hin und her. Das Weihnachtsessen war beendet. Die Stimmung war heiter geblieben, und weder George und Evelyn noch die Volbrechts hatten sich in ihre Unterhaltung eingeschlichen. Das Gespräch drehte sich um die Arbeit, ihre und die ihres Vaters, und um die gesellschaftlichen Ereignisse, die im Januar vor ihrer Mutter lagen.

Und dann ...

Nach dem Dessert räusperte sich Bettys Vater und verkündete, sie müssten miteinander reden. „Vielleicht ist heute nicht unbedingt der beste Tag dafür", sagte er, „aber ich möchte das neue Jahr nicht beginnen, ohne die Dinge zu klären."

„Das klingt, als würdest du mir ein Ultimatum stellen", bemerkte Betty mit ruhiger Stimme.

„Nenn es, wie du willst, aber ich will meinen Standpunkt unmissverständlich deutlich machen."

„Nur zu, Vater."

„Entweder, du nimmst George Volbrechts Heiratsantrag an, oder ich streiche dir die finanzielle Unterstützung."

Betty starrte ihn eine gefühlte Ewigkeit lang fassungslos an. „Ich kann das nicht glauben", stieß sie schließlich mühsam hervor.

„Und ich kann nicht glauben, dass du ohne unseren monatlichen Zuschuss auskommst, Elizabeth."

Ihre Mutter beugte sich vor. „Ich hatte den Eindruck, dass das echte Perlen waren, die du Adela geschenkt hast. Also wirklich, Betty."

Betty wiegelte den Versuch ihrer Mutter ab, das Thema zu wechseln. „Mutter. Vater …" Im Stillen lachte sie über dieses irrsinnige Gespräch. „George und ich sind befreundet." Sie spielte ihre Trumpfkarte aus. „Aber George geht jetzt seit fast einem Monat mit Evelyn aus. Das wisst ihr doch." Sie hob die Hände. „Ich würde mich niemals zwischen zwei Liebende stellen."

„Unsinn", winkte Harrison ab. „George trifft sich doch nur mit diesem Mädchen, um dich eifersüchtig zu machen. Jedem, der einigermaßen bei Verstand ist, muss das klar sein."

Betty legte die rote Leinenserviette mit den winzigen aufgestickten Stechpalmenblättern neben ihren Dessertteller. „Nun, Vater, zum Glück habe ich noch alle meine Sinne beisammen. Mir ist sehr wohl bewusst, dass George glaubt, er könnte mich durch das, was auch immer da zwischen ihm und Evelyn ist, umstimmen. Aber die Wahrheit ist: Ich habe ihn darauf angesprochen, und ich denke … nein, ich weiß, dass er sie wirklich mag."

Ihr Vater ließ seine Faust auf den Tisch krachen. „Du wirst tun, was immer nötig ist, um die Sache mit George in Ordnung zu bringen, oder zumindest eine Ehe mit einem Mann seines Kalibers anstreben, sonst bekommst du keinen Penny mehr von mir. Es ist an der Zeit, dass du mit diesem Unsinn aufhörst und eine respektable Frau aus dir machst."

Mit wackligen Beinen erhob sich Betty. „Mit einem Mann seines Kalibers?" Sie blickte ihre Mutter an und hoffte auf einen schockierten Gesichtsausdruck. Doch Chloes Blick zeigte dieselbe

Entschlossenheit wie der ihres Mannes. „Und wie steht es mit der Liebe? Mutter, immer wieder hast du mir gegenüber betont, wie sehr du Vater liebst. Fast von der ersten Begegnung an.“

Chloe errötete. „Das tue ich. Von ganzem Herzen“, beteuerte sie und blickte ihren Mann am anderen Tischende an.

„Und hatte *sein Kaliber* etwas mit diesem Gefühl zu tun?“

Chloe zog eine Augenbraue in die Höhe. „Selbstverständlich. Und deinem Vater ging es genauso.“

„Wir haben denselben gesellschaftlichen Hintergrund“, ergänzte ihr Vater. „Nur deshalb ist unsere Ehe so erfolgreich.“

„Und das wünschen wir uns auch für dich“, führte ihre Mutter den Gedanken zu Ende. „Wünschen sich das nicht alle Eltern?“

„George ist der richtige Mann für dich. Er liebt *dich*, Betty. Nicht dieses Mädchen, mit dem er heute bei seinen Eltern zu Besuch ist.“

Betty ließ sich wieder auf ihren Stuhl sinken und knetete heftig ihre Serviette. Sie starrte auf die Krümel von Adelas Kuchen. *Adela.* Jetzt verstand sie den Blick, den die treue Angestellte ihr zugeworfen hatte. Adela wusste Bescheid. Vermutlich hatte sie mitbekommen, wie ihre Eltern die Flugbahn der Bombe abgestimmt hatten, die sie nach dem Dessert auf Betty abwerfen würden.

„Wenn George“, begann Betty langsam, „also Evelyn benutzt und mit ihren Gefühlen spielt, um mich zu manipulieren, warum um alles in der Welt solltet ihr euch wünschen wollen, dass ich so einen Mann heirate?“ Entschlossen stand sie auf und schob ihr Kinn vor. Sie blickte zuerst ihren Vater, dann ihre Mutter an. „Vielen Dank für die Geschenke.“ Demonstrativ warf sie einen Blick auf ihre Uhr. „Ich muss jetzt los.“

Als sie vom Tisch zurücktrat, griff ihre Mutter nach ihrer Hand. „Bitte überleg es dir noch mal, Liebes. Denk doch nur, was für ein Leben George dir bieten kann. Voller Liebe, Luxus und Bewunderung. Unsere kleine finanzielle Unterstützung ist doch nichts im Vergleich zu dem, was er dir zu geben hat.“

„Oder ein Mann seines Kalibers?"

„Genau", rief Chloe, als hätte Betty es endlich begriffen.

„Danke, Mutter", sagte Betty und verließ das Zimmer.

An dem ausladenden Tisch in dem weitläufigen Esszimmer kam sich Evelyn richtig verloren vor. Selbst das Haus ihrer Großmutter in Savannah war im Vergleich zu diesem Palast eher klein. Bis heute war es in ihrer Vorstellung das größte Haus gewesen, das es gab. Aber das hier …

„Evelyn", sagte George und riss sie aus ihren Gedanken.

„Hmm?" Sie drehte sich zu dem Mann an ihrer rechten Seite um.

Er starrte sie an, als hätte sie den Verstand verloren, doch dann verzog er den Mund schnell zu einem Lächeln. „Mutter hat dir eine Frage gestellt, Liebes. Hast du sie nicht gehört?"

Evelyn ballte die Hand zur Faust, sodass sich ihre Nägel in ihr Fleisch bohrten. „Oh. Es tut mir leid, nein." Sie blickte die dunkelhaarige Schönheit an, die George „Mutter" nannte. „Ich entschuldige mich." Ihre Hand entspannte sich. Sie war stolz auf ihre Wortwahl. George hatte ihr vorher sagt, dass „Tut mir leid" unpassend sei.

„Ich habe Sie gefragt, meine Liebe, ob Sie gestern Abend mit George zur Messe gegangen sind."

„Ich … äh, nein. Ich bin … ich habe den Gottesdienst in der methodistischen Kirche besucht, ganz in der Nähe meiner Wohnung." Evelyn bemerkte die Missbilligung in Vivian Volbrechts Gesicht. „Wo ich mit Betty Estes zusammen wohne", fügte sie in der Hoffnung hinzu, ihr Missfallen etwas lindern zu können.

„Ich verstehe."

Sandra, die darauf bestanden hatte, dass Evelyn sie Sandy nannte, lachte leise. „Mutter, es leben nicht nur Katholiken auf der Welt, auch wenn du das denken magst."

„Vielleicht wäre das besser", meinte Mr Volbrecht lächelnd.

Evelyn lächelte zurück. Das fiel ihr leicht. Lawrence Volbrechts Blick war freundlich. Einladend. Und es war nicht schwer zu erkennen, wer George und Sandy ihr gutes Aussehen vererbt hatte. Beide Eltern sahen aus wie aus einem Hochglanzmagazin entsprungen.

„Ich gehöre zur methodistischen Kirche, seit ich denken kann", erklärte Evelyn. „Meine Eltern waren Methodisten und auch meine Großeltern." Ihr Blick wanderte von einem Familienmitglied zum nächsten. „Mein Urgroßvater Doyle war sogar Methodistenpastor."

George räusperte sich und tupfte sich mit der Serviette die Lippen ab. „Mutter, bitte richte Katherine doch aus, dass ihr Essen vorzüglich ist."

„Doyle", sagte seine Mutter. „Ist das ein irischer Name?"

Evelyn schob ihre Brille hoch. „Ja."

„Volbrecht ist ein deutscher Name", fügte sein Vater hinzu.

„Meine Oma … Meine Großmutter … Also, die Familie meiner Großmutter väterlicherseits war deutscher Herkunft", stammelte Evelyn.

„Oh", setzte Vivian das Gespräch fort, „und was macht Ihr Vater beruflich?"

Evelyn hoffte nur, dass sie George nicht in Verlegenheit brachte. Sein Vater war Anwalt in einer großen Kanzlei, genau wie George selbst, und sicher arbeiteten sie in einem piekfeinen Büro. Nicht, dass sie es schon mal betreten hätte, aber vorgestellt hatte sie es sich schon oft.

„Mein Vater ist …" Sie suchte nach Worten.

„Landwirt" klang einfach furchtbar. Auch wenn es nun mal stimmte. Sie sah ihn vor sich, wie er im Schaukelstuhl auf der Veranda saß und mit ihr plauderte. So viel Sanftmut lag in seinen Worten. Freundlichkeit. Liebe zu Gott. Am Sonntag zum Gottesdienst trug er natürlich seinen Sonntagsanzug. Doch sonst kannte sie ihn nur in seinem blauen Arbeitsoverall. Sie dachte daran, wie er ihr das Geld in die Hand gedrückt hatte, das er, wie sie wusste, eigentlich kaum erübrigen konnte, und sie nach Chicago schickte. In diese Stadt mit ihren hohen Wolkenkratzern und den schönen Häusern und den Menschen, die so komisch redeten.

Evelyn schluckte ihre Furcht hinunter und antwortete: „Mein Vater betreibt eine Farm." Sie blickte George an, dessen Kiefermuskeln arbeiteten. Er nahm Messer und Gabel so zur Hand, wie sie es mittlerweile auch gelernt hatte, und schnitt mit langsamen Bewegungen ein Stück Fleisch ab.

„Ah, ein Agrarökonom!", bemerkte Lawrence Volbrecht und zog damit die Aufmerksamkeit auf sich. Evelyn trat sich innerlich in den Hintern, weil sie diesen Ausdruck nicht gewählt hatte. „Was wären wir ohne diese Menschen, die während der Kriegsjahre das Brot für uns alle anbauten?"

„Allerdings", bestätigte Sandras Ehemann Philip. Er hob sein Glas zu einem Trinkspruch. „Auf die Farmer!"

Evelyns Blick wanderte erneut zu George hinüber. Sein Gesicht war weicher geworden, und er griff lächelnd nach seinem Glas. Schnell folgte sie seinem Beispiel und hob ihr Glas, wie die anderen es taten, sogar Georges Mutter. Obwohl ihr auffiel, dass sie es als Letzte hob.

Bing Crosbys „White Christmas" begrüßte Betty, als sie ihre Wohnung betrat. Ihre Arme schmerzten vom Tragen der Geschenketasche.

Die Christenson-Schwestern hockten nebeneinander mit untergeschlagenen Beinen auf dem Sofa. Joan, die in einem der Sessel saß, trug immer noch ihren Pyjama und darüber ihren dicken Morgenrock. Die drei unterhielten sich angeregt; in den Händen hielten sie Trinkbecher. Der unverwechselbare Duft von Kakao hing in der Luft, und Bettys Magen begann zu knurren.

„Lasst euch nicht stören", sagte sie. Sie war so froh, wieder zu Hause zu sein.

Joan sprang auf und nahm Betty die Tasche ab. „Da hat aber jemand abgeräumt", bemerkte sie, und Betty lachte.

„Ja, diesen Eindruck könnte man gewinnen, nicht?", erwiderte sie. Über den Streit mit ihren Eltern wollte sie nicht reden. Ihr Blick wanderte zu den Schwestern. „Wie war es bei euren Verwandten?"

Die Schwestern strahlten noch mehr als sonst, und es sah so aus, als hätte die Kälte draußen und die Wärme des Kakaos einen warmen Schimmer auf ihren Wangen hinterlassen.

„Wie Weihnachten in Schweden", erwiderte Inga. Sie warf ihre blonden Haare zurück und sagte: „*God jul*, Betty."

„Wo soll ich die abstellen?", fragte Joan und hob die Tasche.

„In meinem Zimmer. Danke. Ach, irgendwo da drin ist noch ein Kuchen." Und an Inga gewandt sagte sie: „Was heißt God … God … was?"

„*God jul*", erwiderte Magda lachend. „Frohe Weihnachten." Sie blickte Betty an, die sich an der Lehne von Joans Stuhl festhielt, während sie ihre Überschuhe abstreifte. „Wir hatten gestern Abend und heute wirklich eine schöne Zeit. Manchmal vergesse ich, wie wichtig unsere Traditionen sind. Und erst das leckere Essen beim *Julbord*."

Betty hob den Blick. „Klingt himmlisch. Ist noch Kakao da?"

„Aber natürlich", erwiderte Joan, die gerade mit dem Kuchen ins Wohnzimmer zurückkam. „Ich schenke dir eine Tasse ein. Vielleicht können wir den aufschneiden?"

„Auf jeden Fall."

„Dann setz dich", sagte Joan zu ihr.

Sie wählte den Sessel neben dem von Joan und rief über die Schulter zurück: „Was ist mit dir, Joan? Was hast du den ganzen Tag gemacht?"

Joan brachte ihr eine dampfende Tasse Kakao. „Hier, bitte."

Betty nahm die Tasse, atmete den Duft von Zucker und Schokolade ein und fühlte sich schon satt und getröstet, bevor sie einen Schluck getrunken hatte.

„Wie war es bei deinen Eltern?", fragte Joan und nahm ihren eigenen Becher zur Hand. „Deine Eltern scheinen ja sehr spendabel gewesen zu sein."

Betty zwang ein Lächeln auf ihr Gesicht. „Ein typischer Tag im Haus der Estes." Sie blies auf ihren Kakao.

„Hat sich Adela über die Perlen gefreut?"

Betty trank den ersten Schluck, spürte, wie die warme Flüssigkeit durch ihre Kehle rann und in ihrem Magen ankam. „Allerdings. Sie standen ihr so gut." Ihr Blick wanderte zum Flur. „Ich nehme an, Evelyn ist noch nicht wieder da?"

Magda sah auf ihre Uhr. „Sie kommt bestimmt gleich."

Joan schüttelte den Kopf. „Ich glaube nicht. Sie hat mir erzählt, dass sie und George nach dem Essen bei seinen Eltern noch ausgehen und ihre Geschenke austauschen wollten." Joan lachte leise. „Sie ist schon ganz gespannt, was er ihr schenken wird."

Betty nickte. „Dann hoffe ich nur, dass er großzügig ist", flüsterte sie.

Kapitel 14

An einem Mittwoch Mitte Januar eilte Inga durch den Flughafen von Los Angeles, so schnell ihre eng anliegende Uniform und die hohen Absätze es erlaubten. Ihre Beine schmerzten, nicht nur, weil sie auf dem Flug so viel gestanden hatte, sondern weil sie jetzt so schnell lief.

Henrietta blieb tapfer an ihrer Seite. Beide hielten in einer Hand ihren Koffer, in der anderen die Kosmetikbox. „Ist dir eigentlich klar", keuchte Henrietta, „dass wir in nur einem Tag durch das ganze Land gereist sind? Von Chicago nach New York und wieder zurück nach Chicago. Und dann von Chicago nach Los Angeles." Sie lachte leise. „Aber ich wage zu behaupten, dass du fast genauso schnell bist wie die Flugzeuge, in denen wir unterwegs sind. *Mach langsamer.*"

Inga versuchte, ihr Tempo zu drosseln, doch der Gedanke, dass sie Frank am Abend treffen würde, trieb sie voran. „Weißt du, wie lange wir uns nicht mehr gesehen haben? Zwei Wochen! Fast drei." Mit der Rolltreppe fuhren sie nach unten. Inga blickte über die Schulter zurück zu Henrietta. „Vor Weihnachten war das letzte Mal. Man könnte meinen, die TWA hätte unsere Flugroute mit Absicht geändert. Ich dachte schon, ich würde L.A. nie wieder sehen."

Henrietta lachte. „Und jetzt haben wir zwei herrliche Tage hier."

Unten angekommen verließen sie das Flughafengebäude. „Ich weiß nicht, was du vorhast", fuhr Henrietta fort, „aber ich werde am Pool so viel Sonne tanken wie möglich. Das Wetter in L.A. lässt einen die Schneestürme in Chicago vergessen."

Die beiden Frauen suchten sich ein Taxi, und sobald ihr Gepäck sicher im Kofferraum verstaut war, nahmen sie auf dem Rücksitz Platz. „Weiß er, dass du kommst?", fragte Henrietta und holte ihre Puderdose aus der Handtasche.

Inga folgte ihrem Beispiel. „Ja. Ich habe gestern Abend mit ihm telefoniert." Sie musterte sich in dem kleinen Spiegel und betupfte ihre Nase und ihr Kinn mit der kleinen Quaste. „Er sagte, er freut sich auf mich", strahlte sie. „Ach, Retta, ich glaube wirklich, dass er der Richtige ist. Ich weiß es einfach."

Der Taxifahrer fuhr los, als Henrietta fragte: „Woher weißt du das?"

Inga erschauderte. „Ich kann das nicht erklären. In seiner Nähe bin ich ganz nervös. Ich habe aber auch das Gefühl, ihn schon mein ganzes Leben lang zu kennen. Wir sind ..." Ihr Blick wanderte über die vertraute Skyline von Los Angeles, die am Fenster an ihnen vorbeizog. „Wir sind wie eine Hand und ein Handschuh. Oder wie sagt Evelyn immer? Wie Erbsen und Karotten." Sie lachte leise. „Eins weiß ich ganz genau: Wenn er mich heute Abend fragen würde, ob ich ihn heirate, würde ich Ja sagen."

„Nach zwei Treffen?"

Inga winkte ab. „Wir telefonieren einmal die Woche, und er hat mir so viele wundervolle Briefe geschrieben." Sie holte einen Packen Briefe aus ihrer Handtasche, die mit einem Band zusammengehalten wurden. „Ich würde sie dir ja vorlesen, aber dann würdest du erröten."

Henrietta schob das Kinn vor. „Dann sollten sie *dich* zum Erröten bringen." Ihr Blick suchte Ingas. „Sei vorsichtig, Inga. Du sagst, er sei etwas Besonderes, aber er ist trotzdem ein Mann."

Inga wandte sich ab und sah zum Fenster hinaus. Sie hatte sich fest vorgenommen, vorsichtig zu sein, aber sie wollte auch nicht so eingeschränkt sein, dass sie kaum atmen konnte. Wenn sie diese Art von Leben gewollt hätte, hätte sie einen netten Mann heiraten können, den ihr Vater ihr ausgesucht hätte. Magda und sie hatten von ihren Eltern unzählige Geschichten von arrangierten Ehen gehört, die Eltern eingefädelt hatten, die wussten, was gut für ihre Kinder war. Die Männer aus den Träumen ihres Vaters für sie und Magda waren natürlich Schweden und Lutheraner. Stolze Männer. Strebsam, fleißig, zielgerichtet. Männer, die nicht so viel lachten wie Frank und einfach nur Spaß haben wollten. Sie waren ernst und blickten verkniffen in die Welt. Ihr Vater nannte das Überzeugung.

Inga nannte es schlichtweg langweilig.

Um 17:55 Uhr stand Inga im Aufzug, der viel zu langsam in die Hotellobby hinunterfuhr. Als sie das letzte Mal in diesem Hotel abgestiegen war, hatte der Weihnachtsbaum die Lobby dominiert. Heute sah man wieder die polierten Marmorsäulen und die edlen Holzvertäfelungen.

Frank stand schon vor den Aufzugtüren und wartete auf sie. Sein Gesicht leuchtete auf, als er sie erblickte. Sie war kaum aus dem Aufzug ausgestiegen, als sein Arm schon um ihre Taille lag und er sie zu den Drehtüren schob.

„Wohin führst du mich?“, fragte sie, als sie hinaustraten.

Er drückte sie an sich und murmelte: „Ich weiß schon, wo ich dich am liebsten hinbringen würde. In meine Wohnung.“

Sie blickte ihn an. „Ich dachte, du wohnst im Hotel.“

„Das ist auch so“, erwiderte er lächelnd. „Wenn ich bei Verstand gewesen wäre, hätte ich dir gleich gesagt, du sollst in mein Zimmer kommen.“

Sie legte ihre Fingerspitze an sein Kinn. „Oh, aber wie sich zeigt, bin ich noch bei Verstand.“

Er lächelte. „Was bedeutet?“

„Dass ich niemals allein die Wohnung eines Mannes betreten würde.“ Der missbilligende Gesichtsausdruck ihres Vaters stand ihr vor Augen, und wie immer schob sie ihn schnell beiseite.

Frank ließ sie los, trat einen Schritt vor und rief dem Hausdiener zu: „Hey, Charlie, besorgst du uns ein Taxi?“

Charly, ein pickliger junger Mann, den sie bereits kennengelernt hatte, pfiff, und innerhalb kürzester Zeit hielt ein Taxi am Bordstein an.

„Ihr Gefährt, Mylady“, sagte Frank mit übertriebenem britischem Akzent.

„Wohin fahren wir denn nun?“, fragte sie, nachdem Frank dem Taxifahrer eine Adresse genannt und sich neben ihr niedergelassen hatte.

„Zu einem kleinen Restaurant in Fairfax.“

Inga öffnete ihre Handtasche, nahm ihre Handschuhe heraus und streifte sie sich über. „Was für ein Lokal ist das?“

Ihr fiel auf, wie intensiv er sie beobachtete, als sie ihre Finger in den weichen Stoff der Handschuhe schob. Beinahe hörte sie Magdas Stimme, die ihr ins Ohr flüsterte: „Spiel nicht mit dem Feuer.“ Aber das war ihr egal. Sie lebte nicht mehr in den Vierzigerjahren und der Welt ihrer Eltern. Sie war eine freie, unabhängige Frau der Fünfziger. In der Lage, ihren Lebensunterhalt selbst zu verdienen. In der Lage, eine eigene Wohnung zu haben. In der Lage, eigenständig zu leben und mit den großen Jungs zu spielen.

Sie zog ihren Rocksaum über die Knie. „Hast du meine Frage nicht gehört?“, fragte sie.

Er schluckte schwer. „Es ist ein irischer Pub.“ Er zwang sich, den Blick zu heben. „Schon mal in einem gewesen?“

„Machst du Witze?“ Sie lachte. „Ich lebe in Chicago, schon vergessen?“

Frank lachte mit, und sein Gesicht war ihrem so nahe, dass sie

Pfefferminz in seinem Atem roch. „Dieser Pub gilt als einer der Besten. Du musst mir nachher unbedingt sagen, wie er dir gefällt, und –“

Sie ließ ihn den Satz nicht zu Ende sprechen, sondern unterbrach ihn mit einem Kuss, der zu einem zweiten, noch leidenschaftlicheren führte. Das war vorwitzig, das wusste sie, aber sie hatte so lange auf dieses Treffen gewartet. Viel zu lange. Vielleicht ihr ganzes Leben. Und sie wollte keinen weiteren Augenblick vergeuden. Im nächsten Jahr um diese Zeit, schwor sie sich, während ihre Hände sein Haar zerwühlten, würde sie nicht mehr von Chicago nach L.A. fliegen, um ihn zu treffen. Im nächsten Jahr um diese Zeit würde sie Mrs Frank Martindale sein.

Früh am nächsten Morgen kam Magda mit einer Kiste voller Briefumschläge aus dem Postraum. In diesen Umschlägen steckten ungefragt eingereichte Manuskripte und dazu an den Absender adressierte und frankierte Umschläge.

Kurz darauf betrat sie ihr Büro und blieb vor ihrem Schreibtisch stehen. Die dahinterliegenden Fenster gingen zur Straße und den gegenüberliegenden Geschäftsgebäuden hinaus. Sie legte ihre Handtasche ab und stellte die Kiste auf den Schreibtisch, dann zog sie ihren Mantel aus und hängte ihn an den Kleiderständer neben der Tür.

Wie jeden Morgen legte sie die Post auf Mr Coles Schreibtisch und schob die Vorhänge auf. Dann schlug sie das aktuelle Datum auf dem Terminkalender auf. Nachdem sie in der kleinen Küche Kaffee aufgesetzt hatte, nahm sie eine frische Tasse mit Untertasse aus dem Schrank und stellte sie neben die Kaffeemaschine.

Anschließend holte ihren Terminkalender aus ihrem Büro, um die Einträge zu vergleichen. Sie stimmten fast alle überein. Es gab nur eine Abweichung: Am vorigen Abend hatte Barry Cole über Mittag noch eine Stunde frei gehabt. Doch jetzt lachte ihr in Mr Coles ausladender Schrift der Name *Harlan Procter* entgegen.

Ihr Herz begann zu klopfen und ihre Hand zu zittern, als sie *„HP“* in ihren Kalender eintrug. Fahrig stieß sie dabei gegen das gerahmte Familienfoto der Coles. Es gelang ihr gerade noch, es festzuhalten, ehe es auf dem Boden landete.

Nachdem sie sich etwas beruhigt hatte, nahm sie das Foto und betrachtete die vier darauf abgebildeten Menschen. Mrs Cole, die sie bisher noch nicht kennengelernt hatte, blickte sie mit großen Augen an. Die Kinder, ein Junge und ein Mädchen, sahen ihrem Vater sehr ähnlich. Sie hätte gern gewusst, wie alt seine Kinder inzwischen waren. Mr Cole wirkte auf dem Foto sehr viel jünger als jetzt, und sie fragte sich –

„Guten Morgen, Miss Christenson“, ertönte Barry Coles Stimme hinter ihr.

Erneut hantierte sie mit dem Foto, und es gelang ihr, es unbeschadet auf dem Regal abzustellen. Sie drehte sich um. „Ein kleiner Unfall, Sir“, erklärte sie.

Er blinzelte, und ihr fielen seine tiefschwarzen Wimpern auf, die sich über seine mandelbraunen Augen senkten. „Alles in Ordnung?“, fragte er und stellte seine Aktentasche auf den Schreibtisch.

Magda atmete tief durch und blickte ihn an. „Ja, danke. Nichts passiert. Wie ich sehe, essen Sie heute mit Mr Procter zu Mittag, Sir.“

Sein Lächeln erinnerte sie daran, dass sie nicht vor Gericht stand. „Ja, das stimmt.“ Er blickte über die Schulter zurück zur Kaffeemaschine, die hustete und zischte. „Der Kaffee scheint durchgelaufen zu sein.“ Er streifte seinen Mantel ab und lockerte die Krawatte; vertraute Bewegungen, die sie beobachtete, seit sie für ihn arbeitete. Sie nahm ihm den Mantel ab und hängte ihn an den Kleiderständer, anschließend schenkte sie ihm eine Tasse Kaffee ein.

Als sie zurückkehrte, stand er an seinem Schreibtisch und sah die Post durch. „Miss Christenson“, sagte er, ohne aufzublicken, „ich habe eine Bitte an Sie.“

Sie stellte seine Kaffeetasse neben die Bibel, die immer griffbereit auf seinem Schreibtisch lag. *Mr Cole ist nicht nur ein Familienmensch, sondern auch ein Mann des Glaubens*, dachte sie.

Sie richtete sich auf. „Ja, Sir?"

Seufzend blickte er sie an. „Sie lesen nicht zufällig gern?"

Sie lachte. „Ich lese für mein Leben gern, Sir."

Er lächelte. „Denken Sie, Sie könnten eine gute Geschichte erkennen, wenn Sie eine vor sich haben?"

„Durchaus."

Er schob die Postkiste zu ihr hin, während sein Blick zu der danebenliegenden Akte wanderte. „Dann wollen wir mal sehen, wie gut Sie sind. Ich denke, Sie kennen unsere Standards hier im Verlag, nicht?"

„Das will ich meinen."

„Ihr neuer Aufgabenbereich wird ab sofort sein, diese Manuskripte hier durchzusehen und *ein* gutes herauszufischen." Er öffnete die Akte und vertiefte sich in die erste Seite.

Ein Energieschub schoss durch sie hindurch, und sie griff nach der Kiste. „Und falls ich zwei finden sollte, Sir?"

Einen Augenblick schien die Zeit stillzustehen. „Dann fällt Ihnen die wenig beneidenswerte Aufgabe zu, das Beste davon auszuwählen."

Um 11:45 Uhr schlüpfte Magda in Mr Coles leeres Büro, um sich die Nase zu pudern und ihren Lippenstift aufzufrischen. Als die Bürotür aufging, blickte sie auf. Harlan Procter stand in einem dicken Wintermantel vor ihr, auf dem noch Schneeflocken hingen. Er nahm seinen Hut ab und sagte: „Hallo."

Da sie seinen Gruß nicht erwiderte, legte er seinen Mantel ab und hängte ihn an den Kleiderständer neben ihren. Diese beinahe intime Geste verblüffte sie, und sie ließ laut die Luft entweichen.

„Alles in Ordnung?", fragte er sie.

Sie blinzelte. „Was? Oh, ja."

Harlan Procter trat an ihren Schreibtisch und musterte sie durch seine schwarze Hornbrille. Sie fühlte sich wie ein Untersuchungsobjekt in einer Petrischale. „Haben Sie etwas im Auge?“

Magda legte ihre Fingerspitzen an ihre Augen. „Oh. Nein. Entschuldigen Sie.“ Sie schluckte, um sich zu fassen. „Ich fürchte, ich war etwas zu sehr in meine Arbeit vertieft. Sie haben mich erschreckt.“

Sein Blick glitt über den Stapel brauner Briefumschläge hinweg, die sie sich bereits vorgenommen hatte. „Manuskripteinreichungen?“

„Ja.“ Und erschrocken über ihren Mangel an Professionalität erhob sie sich. „Oh, bitte. Möchten Sie sich nicht setzen? Darf ich Ihnen eine Tasse Kaffee bringen?“

Seine Augenbrauen über den blassgrünen Augen zogen sich zusammen. „Nein.“ Er blickte sich im Raum um und deutete auf einen der beiden Stühle. „Zum Kaffee. Ich werde hier warten.“ Er ließ sich auf dem Stuhl nieder und schlug die Beine übereinander. Ohne aufzusehen griff er nach einer der Zeitschriften, schlug sie auf, klappte sie aber sofort gelangweilt wieder zu. „Ich nehme an, Barry ist noch nicht da?“

Magda kehrte an ihren Platz zurück. „Nein, Sir. Er kommt aber jeden Augenblick.“

Er seufzte, als sei er am Ende seiner Geduld. „Ich verstehe.“ Er legte die Hände aneinander und verschränkte seine Finger, die sehr lang waren, wie Magda feststellte. Schlank. Gut geeignet fürs Schreiben. „Dann muss ich wohl warten.“

„Ich würde Ihnen gern eine Tasse Kaffee holen. Oder …“ Das Telefon läutete, und sie fuhr zusammen, fasste sich jedoch schnell wieder und nahm ab. „Barry Coles Büro, Magda Christenson am Apparat. Wie kann ich Ihnen helfen?“

„Miss Christenson …“

„Ja, Mr Cole.“

„Ist Mr Procter schon da?“

„Ja, Sir. Gerade eingetroffen."

„Ich komme jetzt. Bitte sorgen Sie dafür, dass er es bequem hat."

„Natürlich."

„Und entschuldigen Sie mich bei ihm."

„Ja, Sir." Sie legte den Hörer wieder auf.

Harlan Procter starrte sie an. „Ich nehme an, er verspätet sich."

„Nur ein paar Minuten."

„Lektoren!", murmelte er, und Enttäuschung machte sich in ihr breit. Er erhob sich, trat an ihren Schreibtisch, lehnte sich dagegen und griff nach einem der Umschläge. „Was Gutes dabei?"

Sie verzog das Gesicht. „Bisher nicht, fürchte ich."

„Das ist ja gut für mich, nicht?", fügte er mit einem Lachen hinzu.

Sie lächelte. „Vermutlich schon." Ihr Herzschlag beschleunigte sich. Führten sie gerade etwa ein Gespräch?

Er verschränkte die Arme vor der Brust. „Sagen Sie, Miss –" Er schaute auf ihr Namensschild. „Christenson." Dann blickte er hoch, und ganz kurz bewunderte sie das Grübchen in seinem Kinn. „Betrachten Sie sich selbst eher als Autorin oder als Lektorin?"

Verblüfft von der Frage wünschte sie sich sehnlich, sie wäre Betty. Oder ihr zumindest etwas ähnlicher. „Ich – ich fürchte, ich kann mich selbst nur als Sekretärin betrachten, Mr Procter."

„Harlan", korrigierte er sie. „Mr Procter ist mein Vater, und er war kein besonders guter."

„Ich verstehe." Sie überlegte, was Mr Cole wohl denken würde, wenn er einen seiner Autoren auf ihrem Schreibtisch sitzend vorfinden würde. „Ich bin nicht sicher –"

„Also, was denn nun?" Er straffte seine Schultern. „Autorin oder Lektorin?"

„Wie kommen Sie darauf, dass ich eins von beiden wäre?"

Er lachte so laut, dass sie beinahe befürchtete, die Sekretärin im Nachbarbüro könnte ihn hören. „Sie schreiben doch, oder? Das sehe ich an Ihrem hungrigen Blick."

„Hungrig?“

Barry Coles Stimme drang aus dem Flur zu ihnen herein.

„Mr Procter“, warnte Magda ihn.

Harlan löste sich vom Schreibtisch und stand mit dem Gesicht zur Tür, als sie aufging. „Harlan“, sagte Barry Cole und streckte ihm die Hand hin. „Entschuldigen Sie bitte, ich wurde aufgehalten.“

„Kein Problem. Gehen wir?“ Er deutete zur Tür.

„Ja, sicher.“

Magda eilte ins Büro ihres Chefs, holte seinen Mantel und seinen Hut und kehrte pflichtbewusst zu ihm zurück. „Danke, Miss Christenson.“ Er führte Harlan Procter aus dem Büro und schloss die Tür hinter sich, während sie sich auf ihren Stuhl fallen ließ und sich zum Atmen zwang.

Sekunden später ging die Tür wieder auf, und Harlan schlenderte herein. „Halten Sie den Aufzug für mich auf“, rief er über die Schulter hinweg und deutete auf den Kleiderständer, wo sein Mantel noch hing.

Magda lächelte verstehend. Doch anstatt ihr Büro wieder zu verlassen, trat er an ihren Schreibtisch, riss ein Blatt von ihrem Notizblock und sagte: „Ihre Adresse bitte.“

„Was?“

„Sie werden heute mit mir zu Abend essen. Ich möchte mich gern noch ausführlicher mit Ihnen unterhalten.“

Gab es Vorschriften für so etwas? „Ich bin nicht sicher, ob ich –“

„Natürlich sind Sie sicher.“ Er tippte mit dem Stift auf das Papier. „Kommen Sie schon.“

Sie kam der Aufforderung nach, schwankend zwischen Unsicherheit über das angemessene Verhalten einem Autoren gegenüber und überschwänglicher Freude.

„Dann sehen wir uns um halb sieben“, sagte er, faltete das Blatt zusammen und steckte es in seine Hosentasche.

Kapitel 15

Nur drei Monate waren vergangen, seit Joan in den Staaten angekommen war, aber sie hatte das Gefühl, als hätte sie in der Zeit die Erfahrungen eines ganzen Lebens gesammelt. Die meisten davon bei der Arbeit. Von Montag bis Freitag arbeitete sie tagsüber bei Hertz und abends bei David & DuRand. Samstags führte sie Besuchergruppen durch das Museum. Und irgendwo dazwischen hatte sie noch einen Teilzeitjob bei Manpower gepackt.

„Also", fragte Betty mit einem Blick auf die Uhr, als sie und Joan am Ende ihres Arbeitstages durch die Lobby schritten, „um wie viel Uhr wirst du zu Hause sein?"

Joan zuckte die Achseln. „Ich weiß es wirklich nicht genau. Mrs King erwähnte gestern Abend, dass heute Abend *ein wichtiger Kunde* kommt und dass wir alle parat stehen müssten."

Betty stieß Joan gegen die Schulter. „Du kommst doch gut klar dort, nicht?"

„Es macht mir Freude, Betts. Wirklich. Außerdem, welche Gelegenheit hat ein Mädchen aus Leigh schon, solche Kleider zu tragen?" Joan blickte Betty an. „Ich wünschte nur, ich könnte dann und wann mal ein Kleid mit nach Hause nehmen."

Joan lachte, und Betty stimmte in ihr Lachen ein, obwohl Joan wusste, dass Betty reichlich Gelegenheit hatte, Abendroben und Ballkleider zu tragen.

„Eines Tages, wenn du kein Geld mehr nach Hause schickst, kannst du dir vielleicht ein neues Kleid leisten", erwiderte Betty sachlich.

Joan konnte sich kaum vorstellen, sich ein Kleid zu kaufen, *einfach nur so*. In ihrem Schrank standen zwei Paar Schuhe … drei, wenn man die Galoschen mitzählte, die sie sich hatte zulegen müssen, um trocken durch den Winter zu kommen. Betty dagegen hätte mit ihren Schuhen einen eigenen Laden eröffnen können.

Sie erreichten die Kreuzung, an der sich ihre Wege trennten. Joan wandte sich zu Betty um. „Wie schade, dass Evelyn heute länger arbeiten muss."

Betty runzelte die Stirn. „Sie hätte nicht so lange Mittagspause machen sollen, aber ich vermute, dass George etwas damit zu tun hatte." Sie legte ihre Hand auf Joans Schulter. „Scher dich jetzt nicht darum. Es gibt Gemüsesuppe, wenn du nach Hause kommst. Und Evelyn hat versprochen, Maisbrot zu backen."

Joans Magen knurrte. Im Gegensatz zu Evelyn hatte sie ihre Mittagspause dazu genutzt, an einem Projekt zu arbeiten, und diese Mahlzeit gänzlich ausgelassen. Zum Frühstück hatte sie nichts weiter als eine Tasse Kaffee und ein paar Kekse gehabt. Und am Abend zuvor hatte sie nicht genügend Energie aufgebracht, neben der Arbeit, die sie mit nach Hause gebracht hatte, auch noch etwas zu essen.

„Wir sehen uns dann später", sagte Joan und reihte sich in den Strom der Männer und Frauen ein, die entweder auf dem Heimweg oder zum Einkaufen unterwegs waren. Ganz plötzlich musste sie an zu Hause denken. An ihre Eltern, ihre Geschwister. Sie fehlten ihr. Und manchmal vermisste sie auch Leigh, ihre Heimatstadt, obwohl Chicago so aufregend war.

Mrs King scharte ihre Mannequins um sich. Einer von Chicagos angesehensten Geschäftsleuten, Mr Guy Reeves, hatte sich für Punkt 19:00 Uhr angesagt, und er wollte Abendkleider für seine Frau, seine drei Töchter und seine Schwägerin aussuchen. „Für ein äußerst wichtiges Ereignis", erklärte Mrs King. „*Das* gesellschaftliche Ereignis der Saison." Sie blickte Joan direkt an. „Joan."

„Ja?"

„Sie haben genau die Maße von Mr Reeves' ältester Tochter. Im Umkleideraum finden Sie an der Tür Ihres Schrankes ein schwarzes Kleid. Aber holen Sie doch bitte zuerst unten in der Brautabteilung einen Reifrock. Beeilen Sie sich."

„Ich bin gleich zurück."

„Und nehmen Sie die Treppe", rief sie ihr noch nach.

Joan tat wie angewiesen und lief über die Treppe wieder hoch in den fünften Stock. Das Treppensteigen fiel ihr schwer, ihre Beine zitterten, und ihr war etwas schwindelig. Sie musste dringend etwas essen. Doch als sie in den Umkleideraum kam und das für sie bestimmte Kleid sah, vergeudete sie keinen Gedanken mehr ans Essen.

Das bodenlange Kleid war ein Original von Adrian mit fließenden schwarzen Taftbahnen über einem türkisfarbenen Tüllrock. Es hatte Spaghettiträger und einen eckigen Ausschnitt. Das Taftfutter lag kühl auf der Haut, als sie das Kleid über den Kopf streifte.

Joan drehte sich zu Helen um, die gerade ebenfalls in ein elegantes schwarzes Kleid geschlüpft war. Das junge Mädchen beugte sich über einen beleuchteten Spiegel auf dem Frisiertisch und trug roten Lippenstift auf.

„Helen?"

Helen hob den Blick. „Ja?"

„Könntest du mir den Reißverschluss zuziehen?"

Helen drehte sich lächelnd um und zog ihr den Reißverschluss hoch. Joans Magen knurrte, als Helen gerade den oberen Haken schloss. Joan drückte die Hand auf ihren Bauch. „Entschuldige", sagte sie.

Helen lachte leise. „Hungrig?"

Joan nickte nur.

Die Vorführung lief gut; der ehrenwerte Mr Reeves kaufte für jedes weibliche Mitglied seiner Familie ein Abendkleid von David & DuRand. Mrs King war begeistert. Sie gratulierte jedem ihrer Modelle und versprach ihnen eine Sonderprämie.

Joan verabschiedete sich und machte sich auf den Heimweg. Ihr einziger Gedanke galt der heißen Gemüsesuppe und dem Maisbrot, die zu Hause auf sie warten würden. Auf dem Weg zum Bahnhof war es, als dränge der Lärm der Stadt nur gedämpft an ihr Ohr. Die Lichter der Geschäfte und der Straßenlaternen wirkten ebenfalls schummerig. Die Menschen, die wie sie zum Bahnhof unterwegs waren, waren so verschwommen wie die Figuren in den Monet-Gemälden im fünften Stock von David & DuRand.

Alles drehte sich um sie, ihre Gedanken wirbelten durcheinander. Wie ferngesteuert setzte sie einen Fuß vor den anderen, doch als sie an einem Restaurant vorbeikam und der Essensgeruch ihr in die Nase stieg, spürte sie, wie ihre Beine unter ihr nachgaben. Eine tiefe Dunkelheit legte sich über sie, die stärker wurde, als ihr Kopf auf dem Bürgersteig aufschlug.

Joan erwachte in der sterilen Umgebung eines Krankenhauses. Sie trug noch ihre Sachen, war jedoch mit einem sauberen weißen Laken zugedeckt. Es war kalt im Raum, und es roch nach Alkohol und Desinfektionsmittel, und das Licht über ihrem Bett blendete sie.

„Hallo?", rief sie.

Fast sofort erschien eine Krankenschwester. „Ah. Gut, Sie sind wach. Ich hole schnell den Doktor", sagte sie, sobald sie die Türschwelle überschritten hatte. „Bitte bleiben Sie liegen."

Joan gehorchte und brauchte nicht lange zu warten, bis der Arzt, ein Mann mittleren Alters mit Halbglatze und einer Lesebrille auf der Nase, an ihr Bett trat. „Hallo“, sagte er und griff nach dem Krankenblatt. „Ich bin Dr. Kauffman.“

Auf die Gefahr hin, dass ihre Frage unsinnig klang, fragte sie: „Wo bin ich?“

„Wissen Sie noch, was passiert ist?“, fragte er, ohne ihre Frage zu beantworten.

„Nun, ich nehme an, ich bin ohnmächtig geworden.“

„Können Sie mir Ihren Namen sagen?“

„Natürlich kann ich das.“ Was für eine seltsame Frage war denn das? „Ich heiße Joan. Joan Hunt.“

„Miss Hunt? Mrs?“

„Miss.“

„Ich verstehe.“ Er machte sich ein paar Notizen. „Miss Hunt, ist es möglich, dass Sie schwanger sind?“

Joan starrte ihn an. Wie er so über sie gebeugt stand, erinnerte er sie an Pater O'Malley, als er Joan und ihre Schwester dabei erwischt hatte, wie sie in der Schule durch die Gänge gerannt waren, was streng verboten war. „Wohl kaum“, erwiderte sie. „Es sei denn, Jesus kommt ein zweites Mal so zur Welt wie das erste Mal.“

Der Doktor musterte sie über seine Brillengläser hinweg. Als ihr Magen erneut knurrte, stahl sich ein Lächeln auf sein Gesicht. „Miss Hunt, wann haben Sie das letzte Mal etwas gegessen?“

Sie legte die Hand auf den Bauch. „Ich hatte etwas Gebäck zum Frühstück.“

„Und davor?“

„Mittagessen, glaube ich. Gestern.“

Der Arzt klappte die Krankenakte zu. „Gibt es einen Grund, warum Sie so lange nichts gegessen haben?“

Joan erzählte ihm von ihren verschiedenen Jobs und ihrer Familie in England. Er schüttelte den Kopf und rief: „Schwester James?“

Die Schwester von vorhin erschien im Türrahmen. „Ja, Herr Doktor?“

„Bringen Sie Miss Hunt etwas zu essen, ja? Das Mädchen ist kerngesund.“ Er zwinkerte ihr zu, väterlich und warmherzig. „Sie ist nur überarbeitet und unterzuckert.“

Sobald sie die Erlaubnis dazu erhielt, rief Joan zu Hause an, und sie war froh, dass Betty den Anruf entgegennahm. „Du musst regelmäßiger essen, Joan“, ermahnte sie Joan, nachdem sie ihr alles erzählt hatte.

„Ich weiß“, erwiderte sie. „Ich habe gerade ein warmes Essen bekommen.“

„Ich meine nicht nur heute.“

„Ja, natürlich. Ich werde darauf achten.“

„Und vielleicht solltest du doch nicht so viele Jobs haben.“

„Darüber habe ich auch schon nachgedacht, Betts. Ich werde mich nach einer anderen Stelle umsehen. Einer Stelle, bei der ich mehr verdiene als bei Hertz. So viel, wie ich im Augenblick mit drei oder vier Jobs verdiene.“

Schweigen am anderen Ende der Leitung. „Du willst Hertz verlassen?“

„Wenn es sein muss. Auf jeden Fall werde ich erst einmal den Job bei Manpower kündigen und fragen, ob ich nicht jeden Abend bei David & DuRand arbeiten kann.“

„Wann kannst du das Krankenhaus verlassen?“

„Morgen früh“, erwiderte Joan. „Der Arzt möchte mich über Nacht noch hierbehalten. Doch ich werde pünktlich zur Arbeit erscheinen.“

Betty seufzte. „Dann schlaf gut, Joan. Ich werde Evelyn sagen, dass du heute nicht nach Hause kommst, und wir werden es Mr Ferguson morgen erklären, falls du dich verspätest.“

„Evelyn ist gut nach Hause gekommen?“

„Ja.“

Joan spürte die Anspannung in Bettys Stimme. „Sei nicht sauer auf sie, Betts. Sie hat noch nie einen Mann wie George kennengelernt. Sie wird es schon noch früh genug herausfinden."

„Das ist es nicht."

„Was denn?"

Betty zögerte erneut, bevor sie antwortete. „Nichts, womit du dich heute Abend beschäftigen solltest. Jetzt sei ein braves Mädchen und sieh zu, dass du etwas Schlaf bekommst."

Joan lachte leise. „Ja, Mama."

Harlan Procter war genau so, wie sich Magda einen Schriftsteller vorgestellt hatte: Düster. Launisch. Geheimnisvoll. Wundervoll brillant und Respekt einflößend. In einem Kellercafé, das sie nicht einmal bei hellem Tageslicht hätte finden können, gab er für sie die Bestellung auf, wie sie es aus Filmen kannte.

Sie saßen bei Kerzenlicht in einer Ecke. Harlan bestritt den größten Teil der Unterhaltung, und er redete fast nur über sich. Und doch hatte er eigentlich kaum etwas von sich preisgegeben, wie Magda später klar wurde.

Nach dem Essen, als nur noch eine halb gefüllte Tasse mit Kaffee vor ihnen stand, reichte Magda ihm einen Notizblock mit dem, was sie geschrieben hatte. Denn natürlich hatte er recht und sie hatte sich schon am Schreiben versucht.

Er hielt ihn unter die Kerze, und sein Blick flog über die Seiten wie ein Tennisball in Wimbledon. Magda beobachtete ihn schweigend und lauschte dabei der Sängerin, die am Klavier stand und mit rauchiger Stimme „I Only Have Eyes For You" sang.

Harlan überflog mehrere Seiten, klappte den Notizblock zu und reichte ihn ihr mit dem Anflug eines Lächelns zurück. So sehr sie es auch versuchte, sie konnte seinen Gesichtsausdruck nicht deuten, darum wartete sie einfach ab.

„Was sind Ihre Träume? Ihre Ziele?", fragte er schließlich.

„Ich möchte Bücher schreiben wie Madeleine L'Engle." Sie beugte sich vor. „Haben Sie etwas von ihr gelesen?"

Harlan starrte sie an. „Nein", sagte er schließlich. „Erzählen Sie mir von ihr."

„Sie hat bisher nur wenig veröffentlicht, aber ... ich finde sie wundervoll. Eines Tages wird sie sich einen Namen machen."

Er stützte die Ellbogen auf den kleinen Tisch und das Kinn in seine Hand. „Ist das Ihr Ziel? Sich einen Namen zu machen?"

Sie spürte, wie sie errötete. „Ist das etwa falsch? Dass man mehr sein möchte als eine durchschnittliche Autorin ... oder Sekretärin in einem Verlag?"

Er lachte. „Ganz und gar nicht." Er tippte mit dem Finger auf den Notizblock, der zwischen ihnen lag. „Ihre Figuren sind eindimensional. Sie kennen sie nicht gut genug, um sie lebendig werden zu lassen."

Sie wandte sich ihm zu. „Sagen Sie mir, was ich tun muss, um besser zu werden. Ich meine, natürlich nur, wenn Sie möchten."

Mit einer Hand strich er sich die Haare aus dem Gesicht. Aufmerksam musterte er sie, die Konturen ihres Gesichts und ihren schlanken Hals. „Sie sind sehr hübsch, wissen Sie das?"

Magda wich zurück, und ihr Blick wanderte zur Bühne, zu dem Klavierspieler und der Sängerin, die jetzt Doris Days „It's Magic" vortrug. „Meine Schwester Inga ... sie ist die Hübschere von uns."

Seine Fingerspitzen legten sich an ihr Kinn und drehten ihr Gesicht zu ihm. Mit brennendem Blick schaute er sie an, schien direkt in ihre Seele zu blicken. Magda schnappte nach Luft. Am liebsten wäre sie davongerannt. Gleichzeitig hätte sie gern ihre Arme um ihn gelegt und ihn gebeten, sie anzuleiten.

Doch bevor sie irgendwie reagieren konnte, ließ er seine Hand sinken und sagte: „Entwerfen Sie einen Brief, den Ihre Figur Jenny an ihre verstorbene Mutter schreiben würde. Und einen anderen Brief, den sie an ihren Vater schreiben würde, der die Familie verlassen hat, als sie erst drei war, um diese andere Frau, diese … Constance zu heiraten. Und einen an den Mann, den sie liebt, der aber nichts von der Tiefe ihrer Gefühle ahnt. Schreiben Sie von ihren Ängsten, ihn zu verlieren, wie sie ihren Vater verloren hat." Er hielt inne. „Tun Sie das, dann treffen wir uns wieder zum Abendessen, und ich sehe mir Ihre Briefe an."

Ihr Herz begann erneut zu rasen, und sie fragte sich, ob er es wohl hören konnte. Nur mit Mühe stieß sie hervor: „Wann?"

„Mal sehen", erwiderte er und trommelte mit den Fingern auf den Tisch. „Heute ist Mittwoch. Ich würde sagen, Samstagabend. Dann bleibt Ihnen ausreichend Zeit."

Erst am Samstag? Sie musste drei Tage überstehen, bis sie ihn wiedersah? „Das schaffe ich", sagte sie.

„Gut. Ich brauche ja wohl nicht zu betonen, dass Barry nichts von unseren Treffen erfahren sollte."

„Natürlich nicht."

Kapitel 16

Am Freitagnachmittag steckte Inga erschöpft ihren Schlüssel in die Wohnungstür und schloss auf. Bevor sie die Tür aufstoßen konnte, wurde sie von innen geöffnet.

„Magda!", sagte sie und griff nach der Kosmetikbox, die sie auf dem Boden abgestellt hatte. „Wieso bist du denn schon so früh zu Hause?"

„Komm rein", erwiderte Magda mit grimmigem Gesicht. „Unsere Eltern sind hier."

„Mor und Far? *Hier?*" Sie blickte sich im Wohnzimmer um.

„Nicht hier", stellte Magda richtig. „Bei Onkel Casper und Tante Greta."

Inga reichte ihrer Schwester den kleineren der beiden Koffer. „Hier, nimmst du den bitte?" Sie lief durch den Flur zu ihrem Zimmer; Magda folgte ihr.

„Sie haben mich bei der Arbeit angerufen, Inga. *Bei der Arbeit.* Zum Glück nimmt es Mr Cole mit solchen Dingen nicht so genau. Sie –"

Inga öffnete die Tür zu dem Zimmer, das sie sich mit Betty teilte. Das Gepäck legten sie auf das Bett.

„Wir sollen heute mit ihnen zu Abend essen."

Inga nahm ihre Mütze ab und streifte ihre Schuhe ab. „Heute Abend?" Langsam zog sie ihre Handschuhe aus und knöpfte ihre Uniformjacke auf. „Ich bin total erschöpft. Warum nicht morgen?"

„Nein." Magda ergriff die Hände ihrer Schwester. „Morgen Abend gehe ich mit Harlan aus."

„Wer oder was ist Harlan?" Sie zog den Rock aus und warf ihn über eine Stuhllehne, bevor sie ihre Bluse aufknöpfte.

„Harlan Procter, Inga."

Inga hielt inne und lächelte. „Ist das ein Mann?"

Ihre Schwester verschränkte die Arme vor der Brust und schnaubte. „Ja, ein Mann." Sie starrte Inga einen Augenblick an, bevor sie schließlich die Arme wieder sinken ließ. „Ein brillanter Schriftsteller."

Inga lachte. „Oh, Magda." Sie setzte sich auf den Stuhl, schlug ein Bein über das andere und rollte ihre Nylonstrümpfe herunter. „Kannst du dir denn nicht einen suchen, der einfach nur … ein Mann ist?"

„Das ist nicht sehr nett."

Inga blickte hoch. Magda hatte einen hochroten Kopf bekommen. „Wir essen heute Abend mit Mor und Far bei Onkel Casper. Nimm ein Bad und zieh dich an." Sie durchquerte den Raum. „In einer Stunde müssen wir aufbrechen. Ich warte im Wohnzimmer auf dich." Mit diesen Worten knallte sie die Tür hinter sich zu.

Inga starrte ihr eine volle Minute nach, bevor sie zu lachen begann.

„Hallo, George", sagte Evelyn, als sie im Restaurant an den Tisch trat. „Entschuldige bitte, dass ich mich verspätet habe."

„Was hat dich aufgehalten?" Er gab ihr einen Kuss auf die Wange, wie immer, wenn er sie begrüßte. Und wenn er sich von ihr verabschiedete. Seit sie miteinander ausgingen, hatte er sie nicht ein einziges Mal richtig geküsst. So wie er es in ihrer Fantasie tat. So wie sie es sich erträumte.

„Ich musste bei der Arbeit noch ein Projekt zu Ende bringen." Er schob ihr den Stuhl zurecht, und sie nahm Platz. „Es tut mir so leid. Ich weiß, dass du es nicht magst, wenn man dich warten lässt."

„Na ja", sagte er und kehrte auf seinen Platz zurück, „jetzt bist du ja da. Ich habe schon für uns bestellt. Schweinekoteletts. Das Essen müsste gleich kommen."

Evelyn schob ihre Brille auf der Nase hoch. „Danke. Es schmeckt bestimmt sehr lecker."

„Evelyn", sagte George und stützte seine Ellbogen auf dem Tisch auf. „Ich wollte mit dir über deine Brille reden."

Evelyn starrte ihn an. „Was ist denn damit?"

„Es gibt jetzt etwas Neues. Besondere Kontaktlinsen. Sie sind", – er führte Daumen und Zeigefinger zusammen – „sehr klein. Nicht wie die alten Kontaktlinsen. Man trägt sie nur auf der Hornhaut des Auges. Statt einer Brille."

Evelyn musste die Tränen zurückhalten. Seit sie dreizehn war und ihr Körper sich gegen sie gewendet und entschieden hatte, aus ihr eine junge Frau zu machen, trug sie eine Brille. *Männer interessieren sich nicht für Mädchen mit Brille,* hatte sie unzählige Male gehört. Und das tat weh.

„Aus was für einem Material sind sie gefertigt?", fragte sie. Sie wollte George erfreuen und ein Gespräch über ein Thema führen, das er interessant fand.

„Das weiß ich nicht genau, aber ich habe darüber gelesen. Du kannst sie bis zu sechzehn Stunden am Tag tragen."

Evelyn runzelte die Stirn. „Spürt man sie?"

„Ist das nicht egal, Süße? Stell dir doch vor, wie viel besser das für dich wäre."

Für sie, fragte sie sich, oder für ihn? Sie griff nach dem Wasserglas. „Ich –"

Gleichzeitig begann George: „Du –"

Sie lachten. „Du zuerst", forderte sie ihn auf.

„Nein, nein", beharrte er, und seine Augen begannen zu glitzern. Zuerst hatte er sie Süße genannt und jetzt war er auch noch galant. „Ladys first. Ich bestehe darauf."

„Also gut. Ich –" Doch wieder brach Evelyn ab, als der Kellner mit dem Essen kam. Sie blickte George an. „Oh, das riecht wundervoll."

Er strahlte sie an. „Ja, nicht wahr?"

Bevor George wieder eine Bemerkung über ihre Angewohnheit machen konnte, ein Tischgebet zu sprechen, schloss Evelyn die Augen und dankte schnell für das Essen. „Also", sagte George und griff nach seiner Gabel, „was wolltest du sagen?"

Evelyn zuckte die Achseln. „Dass Kontaktlinsen vermutlich sehr teuer sind." Sie stach ihre Gabel in eine grüne Bohne.

George runzelte die Stirn. „Jetzt ist nicht der richtige Zeitpunkt, an Geld zu denken, Evelyn."

Evelyn seufzte. Sie legte die Gabel auf ihrem Teller ab, wie George es ihr gezeigt hatte, damit der Kellner nicht dachte, sie sei fertig. „George, Betty hat mit mir über meine Frisur gesprochen. Sie meint, ich solle doch mal etwas anderes ausprobieren."

„Wunderbar", erwiderte er, ohne von seinem Teller aufzublicken.

„Sie sagt, sie würde einen Friseur kennen und mir helfen –"

„Wobei?"

„Du verstehst schon. Falls es zu teuer wird und ich es mir von meinem Lohn nicht leisten kann."

George stützte seine Ellbogen auf dem Tisch auf. Wenn Evelyn das getan hätte, hätte er sie bestimmt zurechtgewiesen. „Weißt du … Das ist wirklich toll. Betty kennt die besten Friseure." Voller Begeisterung rutschte er auf seinem Stuhl herum. „Richte ihr bitte von mir aus, sie soll mit dir zu David & DuRand gehen."

„Wo Joan arbeitet?"

„Wer?"

„*Joan.*" Wie konnte er vergessen haben, wer Joan war?

„Ach ja. Ja. Sag ihr, sie soll mit dir dorthin gehen. Die haben auch eine Kosmetikabteilung, wo du Schminktipps bekommen kannst. Wenn du Angst vor den Kontaktlinsen hast, dann solltest du dir wenigstens zeigen lassen, wie du deine Augen betonen kannst."

Evelyn saß da, unfähig, sich zu bewegen. Seine Worte hatten ihr wehgetan, aber gleichzeitig hatte sie auch das Gefühl zu schweben. Bestimmt wollte er gar nicht grausam sein. Bestimmt war ihm nicht klar, wie verletzend es war, dass er ihr Aussehen anscheinend so verbesserungswürdig fand … aber andererseits, dass es ihn überhaupt interessierte, weckte Hoffnung in ihr.

Sie griff nach dem Wasserglas. „Das mache ich", erwiderte sie, und ihr Blick suchte seinen. Sie trank einen Schluck. „Ich wette, wenn Betty und ich fertig sind, wirst du mich nicht mehr wiedererkennen."

Magda und Inga erreichten das Geschäft ihres Onkels, als er gerade abgeschlossen hatte. Magda klopfte an die Ladentür. Das Rollo wurde zur Seite geschoben, und ein Auge und die Wange einer Frau wurden sichtbar.

„Tante Greta!", rief Magda. „Wir sind es. Wir sind da."

Der Schlüssel drehte sich, und die Tür ging auf. „Ihr seid spät", sagte sie vorwurfsvoll. „Eure arme Mor und Far hatten schon Sorge, ihr würdet gar nicht kommen."

Trotz ihrer Gereiztheit packte Magda ihre Tante an den Schultern, drückte sie an sich und gab ihr einen Kuss auf die Wange. „Entschuldige bitte, Tante Greta. Ich musste auf Inga warten."

Inga betrat nach ihr den Laden. „Inga kam nämlich gerade aus Los Angeles zurück", erklärte sie und sprach von sich in der dritten Person.

Tante Gretas Stirnrunzeln verstärkte sich, als sie die Tür hinter ihnen schloss. „Ich verstehe nicht, warum du so ein Leben führst, Inga. So ein hübsches Mädchen wie du …"

Magda wartete und hoffte, eine ähnliche Äußerung über ihr Aussehen zu hören, doch vergebens. Sie blickte Inga an, die sie mitfühlend anlächelte. Mittlerweile hatte sie sich beinahe an die Unterschiede zwischen ihnen gewöhnt. Ihre Haarfarbe erinnerte im Vergleich zu Ingas sonnigem Blond eher an Spülwasser. Sogar das Blau ihrer Augen war unterschiedlich. Magdas waren graublau, doch Ingas leuchteten „wie ein See an einem heißen Sommertag", wie ihr Vater es einmal beschrieben hatte.

„Wo sind sie?", fragte eine Stimme aus dem Wohnzimmer.

Magda drehte sich um und rannte durch den Gang mit dem Dosengemüse und den Backwaren. Sie spürte Ingas zaghafte Schritte hinter sich, als sie ihre Mutter in die Arme schloss. „Ich kann kaum glauben, dass du hier bist."

Mor, eine hübsche, zierliche Frau mit derselben Haarfarbe wie sie selbst und Ingas intensiver Augenfarbe, küsste ihre Tochter auf die Wange, bevor sie sie losließ. „Ich habe meine Mädchen eben sehr vermisst", sagte sie und streckte die Hand nach Inga aus.

Inga umarmte ihre Mutter pflichtschuldig. „Aber wir haben uns doch erst vor ein paar Wochen gesehen."

„Dein Vater hatte geschäftlich hier zu tun."

Inga grinste. „So kommt die Wahrheit ans Licht."

Spielerisch gab Mor Inga einen Klaps. „Na, na. Pass auf, kleines Mädchen. Ich kann dich immer noch übers Knie legen." Doch sie lachte über ihre eigenen Worte.

„Wenn sie meine Töchter wären –", sagte Tante Greta, die hinter ihnen stand.

Bevor sie weitersprechen konnte, unterbrach Mor ihre ältere Schwester. „Sie sind aber nicht deine Töchter, Greta."

Eine tiefe Röte überzog Gretas Wangen. Sie war ungewollt

kinderlos geblieben. „Das Abendessen ist gleich fertig. Wir sollten nach hinten gehen. Ich muss nach den Kartoffeln sehen."

Mor legte die Arme um die Taillen ihrer beiden Töchter und flüsterte Magda ins Ohr: „Das hätte ich nicht sagen sollen."

Magda gab ihrer Mutter einen Kuss auf die Wange. „Sie hat es provoziert."

Mor drückte sie an sich.

Gemeinsam betraten sie die Küche, in der ihnen die unverwechselbaren und verheißungsvollen Düfte des Abendessens entgegenschlugen: Hackfleischbällchen in Sahnesoße, Salzkartoffen und, *ohh*, Hagebuttensuppe. Magdas Magen begann erwartungsvoll zu knurren. Auch wenn die Unabhängigkeit ihre Vorteile hatte – in Augenblicken wie diesem sehnte sie sich nach den Vorteilen ihres Elternhauses zurück.

„Ich bin gleich wieder da", sagte Mor zu Tante Greta. Und an ihre Töchter gewandt fügte sie hinzu: „Euer Vater ist bei Onkel Casper. Sie diskutieren schon wieder über Politik."

Inga legte den Kopf an Mors Schulter. „Oh nein", stöhnte sie.

Alle zusammen traten sie durch die kleine Schwingtür, die zum kombinierten Wohn-Esszimmer ihrer Tante und ihres Onkels führte. Ihr Vater sah wie immer aus wie aus dem Ei gepellt und saß auf dem kleinen Sofa an der Wand. Als sie eintraten, erhob er sich. „Da sind sie!" Er breitete die Arme aus und Mor ließ die beiden Mädchen los, um in die Küche zurückzukehren. Far umarmte sie gleichzeitig, und sie drückten ihm einen Kuss auf die Wangen. „Ihr beide seht zum Anbeißen aus, aber irgendwie auch hungrig."

Magda lachte, und ihr fiel auf, dass Inga keine Regung zeigte. Sie löste sich aus der Umarmung ihres Vaters, ging zu ihrem Onkel und küsste ihn zur Begrüßung auf die Wange. „Hallo, Onkel."

„Inga", begrüßte Onkel Casper sie. „Du siehst müde aus."

Sie ließ sich im nächsten Sessel nieder. „Bin ich auch. Ich komme gerade aus L.A. zurück."

Magda blickte ihre Schwester stirnrunzelnd an, als sie sich in einem anderen Sessel niederließ, einem neuen, wie sie bemerkte.

„Warum du die Hälfte deines Lebens in der Luft verbringen und von hier nach da und von da nach hier fliegen willst, ist mir ein Rätsel", bemerkte Onkel Casper, genau wie seine Frau zuvor. „Du hast doch bestimmt nicht vor, das für alle Zeiten so weiterzumachen?"

„Um Himmels willen, nein", lachte Inga. „Ich habe langfristig andere Pläne, glaub mir." Etwas blitzte in ihren Augen auf.

„Das hoffe ich doch", erwiderte ihr Vater und kehrte auf seinen Platz auf dem Sofa zurück.

Magda musterte ihn; seine vollen Lippen, seine Nase, der von Harlan sehr ähnlich. Auch er trug eine Brille, allerdings ohne Rand. Far wirkte immer wissbegierig.

„Ich habe L.A. lieben gelernt", fuhr Inga fort, und Magdas Interesse wandte sich wieder ihrer Schwester zu. „Ich könnte mir durchaus vorstellen, dass ich im nächsten Jahr dorthin ziehe."

„*Inga!* Davon hast du gar nichts erzählt."

Sie lächelte so strahlend, dass sie Magda an einen Filmstar erinnerte. „Das habe ich auch gerade erst entschieden." Ihr Blick wanderte zu ihrem Vater zurück. „Was hältst du davon, Far? Wärst du stolz auf mich, wenn ich, sagen wir, nach Kalifornien ziehen und eine berühmte Schauspielerin werden würde?"

Unterdrückter Zorn loderte in den Augen ihres Vaters. „Ich wäre stolz auf dich, wenn du nach Minnesota zurückkommen, dich am College einschreiben und einen netten jungen Mann heiraten und eine Familie gründen würdest."

Diese Bemerkung ernüchterte Inga. „Far, warum muss ich zum College gehen, um einen netten jungen Mann kennenzulernen? Kann ich denn nicht auch außerhalb der geheiligten Hallen der Bildung einen Mann treffen?"

„Da gibt es einen jungen Mann, der kurz vor seinem Examen

steht“, fuhr Far fort, als hätte Inga gar nichts gesagt. „Er studiert am Seminar, und ich zweifle nicht daran, dass er ein guter Pastor werden wird. Und eines Tages wird er auch ein guter Ehemann und Vater sein.“

Magda hielt den Atem an. Das konnte doch wohl nicht wahr sein. Bestimmt war ihr Vater nicht nach Chicago gekommen, um Inga von einem Mann zu erzählen, den er für einen geeigneten Ehemann für sie hielt. Sie wollte gerade das Thema wechseln, als Mor ins Zimmer platzte.

„Das Abendessen ist gleich fertig“, verkündete sie. „Ich gehe noch mal kurz nach oben.“

Magda eilte hinter ihr her. „Mor?“

Ihre Mutter blieb am Treppenabsatz stehen und blickte sie überrascht an. „Ja, Magda?“

Magda ergriff die Hände ihrer Mutter und legte sie auf ihr Herz. „Darf ich dir eine Frage stellen, nur so zwischen uns?“, fragte sie mit leiser Stimme.

„Natürlich. Das weißt du doch.“

„Mor, woher wusstest du es?“, fragte Magda mit klopfendem Herzen.

„Was denn, Liebes?“

„Woher wusstest du, dass Far der Richtige für dich ist?“ Freude breitete sich bei der Frage in ihr aus.

Ihre Mutter schnappte nach Luft und legte die Hände an die Wangen ihrer Tochter. „Du hast einen Freund?“

„Ich weiß es nicht. Noch nicht.“ Sie ergriff erneut die Hände ihrer Mutter. „Woher wusstest du es?“

Mor schien in Erinnerungen zu versinken. „Er war alles, was ich mir wünschte. Attraktiv auf seine Art.“

Magda nickte.

„So gescheit, so klug. Was für ein Geist.“

Magda lächelte.

„Und er war ein guter Lutheraner. Er liebte Gott mehr als mich, und ich liebte ihn darum umso mehr."

Magdas Blick suchte den ihrer Mutter. Sie spürte, dass sie ihre Mutter anflehte, die richtige Antwort auf ihre nächste Frage zu geben, noch bevor sie über ihre Lippen gekommen war. „Mor", flüsterte sie so leise, dass sie kaum zu verstehen war, „hättest du dasselbe für ihn empfunden, wenn er es nicht gewesen wäre?"

„Was denn, Liebes?"

Sie atmete tief durch. „Lutheraner."

Kapitel 17

Evelyn war der Panik nahe, als der Valentinstag näher rückte. Betty hatte ihr zwar im vorigen Monat versprochen, ihr bei der Frisur und dem Make-up zu helfen, doch bisher war noch nichts passiert. Entschlossen verließ sie nun ihr Zimmer und blieb vor Bettys Tür stehen. Wenn sie es jetzt nicht anpackte, würde sie in der Nacht kein Auge zutun.

Sie klopfte an die Tür. Auf Bettys leises „Herein" öffnete sie die Tür und steckte den Kopf hinein. „Hast du kurz Zeit?"

Betty saß in einem roten Satinpyjama in ihrem Bett und las ein Buch. „Natürlich." Sie klappte das Buch zu, legte es auf den Nachttisch und schlug die Decke zurück. „Komm unter die Decke. Es ist so kalt."

Als Evelyn es sich neben Betty unter der Decke bequem gemacht hatte, wendete sie sich ihr zu. „Wir beide verbringen mehr Zeit allein in unseren Zimmern als mit unseren Mitbewohnerinnen." Betty lächelte sie an, und Evelyn fasste sich ein Herz. „Betty, du hast doch angeboten, mir mit meinen Haaren zu helfen. Kannst du – kannst du mir einen guten Friseur empfehlen?"

Betty blickte sie beinahe mitfühlend an. „Den Salon Bobby Pin auf der North State Nähe Randolph. Seit ich in der Stadt wohne, bin ich ein paarmal dort gewesen."

„Ist es teuer?"

Betty seufzte. „Sehr." Doch dann lächelte sie wieder. „Aber lass mich einen Anruf machen. Ich denke, ich kann da was arrangieren."

„Oh, Betty, das wäre großartig –" Sie brach ab, als die Wohnungstür geöffnet und mit einem leisen Klicken wieder geschlossen wurde. „Das ist vermutlich Magda."

Betty warf einen Blick auf ihren Wecker. „Erst neun Uhr. Sieht so aus, als wäre der Abend mit ihrem Schriftsteller heute früh zu Ende gegangen."

Evelyn schüttelte den Kopf. „Magda hat mir erzählt, dass sie nicht miteinander gehen. Er hilft ihr wohl nur dabei, Manuskripte aus dem Schneematschstapel auszuwählen, wie sie das nennt."

Betty lachte. „Ich habe zwar keine Ahnung, was das ist, aber es klingt nicht besonders ansprechend. Erinnert mich an die Schneeberge, die sich im Februar und März in Chicago auf den Bürgersteigen türmen."

Evelyn stimmte in ihr Lachen ein. „Eins noch, Betty. Wegen George …" Sie hielt inne. Es war ihr immer noch unangenehm, mit Betty über ihn zu sprechen.

Aber Betty half ihr darüber hinweg. „Nur weiter. Was ist mit George?"

„George wollte, dass ich dich bitte, mich zur Kosmetikabteilung von David & DuRand zu begleiten. Er meint, wenn ich meine Brille behalten wolle, dann solle ich wenigstens lernen, meine Augen richtig zu betonen."

Betty schnaubte. „Ach, das sagte er, ja? Und warum solltest du nicht Joan darauf ansprechen?"

Evelyn ließ sich in die Kissen sinken. „Ich weiß nicht", murmelte sie und knabberte nervös an ihren Nägeln. „Vermutlich, weil er dich kennt."

Betty tätschelte Evelyns Bein. „Hör zu, Liebes. Ich kenne George schon sehr lange, und ich sage dir, man kann ihm nicht trauen."

Evelyn hielt den Blick gesenkt. „Aber er ist wirklich sehr nett, Betty. Und er bringt mir Dinge bei, die ich sonst nie gelernt hätte." Das klang mitleiderregend, selbst in ihren eigenen Ohren.

„Evelyn, sieh mich an." Sie hob den Blick. „Ist er das wirklich? Nett, meine ich. Behandelt er dich so, wie du es verdient hast?"

„Manchmal … manchmal ist er etwas kurz angebunden, aber vermutlich nur, weil ich oft nicht so schnell kapiere."

„Nein! Ich habe dich bei der Arbeit erlebt. Du bist klug und hast durchaus eine schnelle Auffassungsgabe."

„Ich?" Evelyn lachte.

Betty boxte sie spielerisch gegen den Arm. „Ja, du. Du hast es verdient, geliebt und gut behandelt zu werden, Evelyn. Und zwar genau so, wie du bist. George versucht, aus dir einen ganz anderen Menschen zu machen. Neue Frisur, neues Benehmen und neues Make-up und der ganze Klimbim."

Evelyn schob das Kinn vor. „Das kann man leicht sagen, wenn man hübsch ist wie du und sich in den feineren Dingen des Lebens wie … wie zum Beispiel der Etikette schon perfekt auskennt."

Betty schüttelte den Kopf. „Na gut. Ich werde morgen für dich bei Bobby Pin anrufen. Frag Joan, wenn sie nach Hause kommt, an wen du dich bei D&D wenden kannst." Sie zeigte die Andeutung eines Lächelns. „Ich darf wohl annehmen, dass du am Valentinstag mit George verabredet bist?"

Evelyn nickte.

„Nun denn. Wenn wir mit dir fertig sind, wird er dir aus der Hand fressen."

„Danke, Betts", sagte Evelyn und hoffte, dass Betty ihr Stirnrunzeln nicht bemerkte. Sie wollte nicht, dass George ihr aus der Hand fraß. Sie wollte nur, dass er stolz auf sie war. Dass er sie mehr wollte, als er Betty je gewollt hatte.

Und sie wollte, dass er sie küsste, wenn auch nur einmal. Denn sie wusste, ein Kuss von George Volbrecht würde ihr für ihr ganzes Leben genügen.

Betty stand neben Joan auf dem Bahnsteig. Evelyn und Magda unterhielten sich leise. Zweifellos besprachen sie ihre Pläne für den bevorstehenden großen Festtag der Liebenden in der kommenden Woche.

Betty stieß Joan mit dem Ellbogen an. „Einen Rat für die Lieblosen?"

„Was?", fragte Joan. Wie üblich trug sie Mantel, Handschuhe und Hut und hatte die Arme vor der Brust verschränkt. „Ach. Du meinst … dich?"

„Ich meine uns."

„Uns? Ich bin nicht auf der Suche nach Liebe, Betty."

„Ich auch nicht." Sie winkte ab, als würde sie ein Insekt verscheuchen. „Nun, zumindest nicht in der nächsten Zeit. Aber wir müssen uns den Tatsachen stellen: Wir beiden sind die einzigen in der Wohnung, die keine Valentinstags-Verabredung haben. Hast du Lust, mit mir in die Stadt zu gehen?"

Joan runzelte nachdenklich die Stirn. „Was ist mit Inga?"

„Inga hat einen gewissen Jemand in Los Angeles. Ich bin sicher, dass sie den Tag mit ihm verbringen wird, wenn ihr Arbeitsplan es zulässt."

Joan legte den Kopf zur Seite. „Wirklich? Bist du sicher? Ich meine, dass Inga einen Galan hat?"

„Ich wäre bereit, einen Monatslohn darauf zu wetten. Warte, das nehme ich zurück. Neuerdings kann ich nicht mehr auf einen Monatslohn verzichten."

„Was meinst du?"

Beide Frauen drehten sich zu dem herannahenden Zug um. „Der Zug ist da", bemerkte Betty. „Und ich meinte, dass meine Eltern mir den Geldhahn zugedreht haben."

„Du meinst, deine finanzielle Unterstützung?“

„Du weißt darüber Bescheid?“ Mit kreischenden Bremsen kam der Zug vor ihnen zum Stehen.

Joans Augen weiteten sich, und sie senkte den Kopf. „Evelyn …“

„Ach ja, natürlich. Sie hat es von George erfahren.“

Die Türen gingen auf. „Was wirst du tun?“, fragte Joan über die Schulter zurück, während sie in den Zug einstieg.

Betty wartete, bis sie einen Platz gefunden hatten, bevor sie antwortete: „Ich werde lernen, ohne neue Kleider und Schuhe und Parfüm und all die anderen Luxusartikel auszukommen, die mein ganzes Leben lang ganz selbstverständlich für mich gewesen sind.“

Joan lachte. „Willkommen in meiner Welt, Betts.“ Sie blickte zum Fenster hinaus, als der Zug anfuhr, und wandte sich Betty wieder zu. „Natürlich habe ich das alles nie kennengelernt und weiß nicht, wie es sich anfühlt, es zu verlieren. Wenn ich ehrlich bin, kann ich mir das eigentlich überhaupt nicht vorstellen.“

Betty zuckte die Achseln. „Nun, Joan, ich schätze, wir werden herausfinden, wie stark und unabhängig ich tatsächlich bin, nicht?“

Sobald Betty die morgendlichen Pflichten im Büro erledigt hatte, klopfte sie an das Glasfenster von Mr Fergusons Tür.

„Kommen Sie herein, Miss Estes“, rief er.

Sie steckte den Kopf zur Tür herein. „Mr Ferguson, ich müsste einmal kurz telefonieren. Wäre jetzt ein guter Zeitpunkt oder brauchen Sie mich?“

Er sah sich auf seinem Schreibtisch um. „Im Moment nicht.“ Er musterte sie eindringlich. „Alles in Ordnung?“

„Ja. Ich müsste nur einen Anruf tätigen, bevor es zu hektisch wird.“ Sie lächelte. „Vielen Dank, Mr Ferguson.“ Sie schloss die Tür, kehrte zu ihrem Schreibtisch zurück, nahm den Hörer ab und ließ sich nach draußen verbinden. Kurz darauf hatte sie bei Bobby Pin die Person am Apparat, mit der sie sprechen wollte.

„Hallo, Bobby", sagte sie. „Betty Estes hier."

„Hallo, schöne Dame. Was kann ich heute für Sie tun? Ein Haarschnitt? Eine Dauerwelle?"

„Nein", lachte sie. „Nicht heute. Hören Sie zu. Und bitte keine Fragen, verstanden?"

„Klingt geheimnisvoll."

„Sie erinnern sich noch an meinen Nerzmantel? Der Ihnen so gut gefallen hat?"

„Meine Frau würde diesen Mantel lieben", erwiderte er mit leiser Stimme.

„Ich möchte ihn verkaufen, Bobby." Ein leiser Schmerz durchzuckte ihre Brust, nur schwach, doch sie fühlte ihn trotzdem. „Ich habe ihn kaum getragen, und natürlich besitze ich auch noch die dazugehörigen Papiere. Und die Schachtel, in der er geliefert wurde."

„Wie viel?"

Sie nannte ihm einen Preis, den der Pelzhändler, den sie gefragt hatte, für fair hielt. „Und dazu", fügte sie schnell noch hinzu, „eine umfassende Schönheitsbehandlung für eine Freundin. Haare, Nägel, Gesicht."

Bobby antwortete nicht sofort. „Wann kann ich ihn haben?", sagte er schließlich. „Marigold hat nächsten Monat Geburtstag."

„Wir könnten uns am Samstag treffen. Sagen Sie nur Zeit und Ort."

„Abgemacht", erwiderte er. „Ich rufe später noch mal an, dann vereinbaren wir die Einzelheiten. Wie heißt Ihre Freundin?"

„Evelyn Alexander."

„Nächste Woche ist ziemlich voll, wegen des Valentinstags."

„Wie wäre es mit Montagnachmittag? Nach fünf?"

Betty hörte, wie der Hörer zur Seite gelegt wurde. „Mari", rief er seiner Frau zu, „welche Lücken haben wir am Montag nach fünf?" Marigolds leise, gedämpfte Stimme war zu hören. „Sag ihr, sie soll um halb sechs hier sein. Wenn sie zu spät kommt, hat sie Pech gehabt."

„Sie wird da sein", erwiderte Betty lächelnd. Sie wollte gerade auflegen, doch dann hielt sie den Hörer noch mal an ihr Ohr. „Oh, Bobby?"

„Ja."

„Danke."

„Ich danke Ihnen, meine Liebe. Sie haben mir gerade viel Mühe erspart."

Inga konnte ihr Glück nicht fassen: Am Valentinstag hatte sie einen Aufenthalt in Los Angeles! Sobald sie ihren Arbeitsplan in den Händen hielt, rief sie Frank an, um es ihm mitzuteilen. Er reagierte zögernd, vermutlich, weil es so unerwartet kam, doch er erholte sich schnell. „Ich werde dich zum Essen ausführen, wie du noch nie zum Essen ausgeführt wurdest, Baby."

Ein Prickeln überlief sie, vor allem bei dem mit britischem Akzent ausgesprochenen Kosenamen „Baby".

„Da ich noch nie elegant zum Essen ausgeführt wurde, wird dich das keine große Mühe kosten", erwiderte sie trocken.

Wie immer stürmte sie aus dem Terminal, sodass Retta kaum mitkam. Als ihr Taxi vor dem Hotel anhielt, schnappte sie sich ihren Koffer und eilte durch die Drehtür. In der Lobby wandte sie sich nach rechts zum Empfang und erwartete, den Mann ihrer Träume dahinter stehen zu sehen. Doch da war er nicht, sondern etwas abseits mit einer schlanken Brünetten, die im selben Alter zu sein schien wie Inga und ein eng anliegendes Cocktailkleid trug.

Eifersucht stieg in ihr hoch, doch sie straffte ihre Schultern, trat an die Rezeption und legte ihre Hand auf den Tresen. „Hallo, Liebling", säuselte sie.

Frank drehte sich um, errötete, fing sich jedoch sofort wieder und sagte: „Einen Augenblick." Er sprach weiter mit der Dame, die Inga einen Blick voller Verachtung zuwarf. Ein Blick, der besagte: *Was denkst du denn, wer du bist?*

Inga gesellte sich zu Henrietta, die gerade in die Lobby kam. „Mir ist gerade klar geworden, Retta, dass mein zukünftiger Ehemann bei seiner Arbeit mit vielen attraktiven Frauen zu tun hat."

Henrietta warf den Kopf in den Nacken und lachte. „Ach, Süße", sagte sie und blickte Inga mit funkelnden Augen an. „Das ist doch auch in deinem Job so."

Die Frau bedankte sich bei Frank, wirbelte auf ihren hohen Absätzen herum und rauschte an Henrietta und Inga vorbei, als existierten sie gar nicht.

„Retta", bat Inga. „Würdest du die Schlüssel für uns holen?"

„Gern."

Inga wandte sich Frank zu, der den Kopf zur Seite legte, als er sah, dass ihre Kollegin zur Rezeption ging. „So, so", sagte sie, als sie neben ihm stand. „Vermutlich bist du immer von schönen Frauen umgeben. Das sollte mich eigentlich nicht schockieren."

Er zwinkerte ihr zu. „Du siehst zum Anbeißen aus."

Sie zog die Augenbrauen zusammen. „Ich sehe aus, als hätte ich die vergangenen Stunden in einem Flugzeug verbracht."

„Und dir im Taxi die Nase gepudert." Seine dichten Wimpern legten sich über seine Augen, während sein Blick zu ihrer Nasenspitze wanderte und dort verweilte. „Ich würde dich auf der Stelle küssen, wenn mein Boss nicht in der Nähe wäre und mich beobachtete. Und sich fragte, wer wohl die Blondine mit den langen Beinen ist." Er lächelte, und sie schmolz dahin. „Das ist mein Job, Schatz."

Inga schmollte noch ein wenig, in erster Linie deshalb, weil sie es nur zu gut verstand. „Wann treffen wir uns hier unten?"

„Um sieben."

„Und wohin gehen wir … damit ich weiß, was ich anziehen soll?"

Er steckte die Hände in die Taschen. „Nun, das ist so eine Sache. So kurzfristig konnte ich keinen Tisch mehr reservieren. Nicht in dieser Stadt, und schon gar nicht an einem Premierenabend.“ Er schien die Enttäuschung zu spüren, die sich in ihr breitmachte. Sie konnten doch nicht ihren ersten Valentinstag in einer alten Spelunke feiern. „Keine Sorge, Süße, ich habe einen Plan. Zieh etwas Bequemes an.“ Sein Blick wanderte zur Drehtür. „Und bring unbedingt einen Pullover mit. Die Nächte in den Bergen sind kühl.“

Kapitel 18

Evelyn sah Betty und Joan hinter sich. Seit mehr als einer Stunde stand sie nun schon vor dem Spiegel, zupfte hier und da herum. Hoffte und träumte.

„Du wirst die Tür öffnen, nicht, Betty?“

Betty lächelte sie an. „Selbstverständlich. Und ich verspreche dir, ich werde nett sein.“

„Und Joanie“, fuhr Evelyn fort, als sie sich zu ihnen umdrehte, „du findest das Kleid wirklich gut?“ Sie strich mit den Fingerspitzen über die winzigen Süßwasserperlen am V-Ausschnitt und dem Oberteil des türkisfarbenen Kleides und richtete noch einmal den langen Rock. „Die Farbe, meine ich. An mir?“

Joan lachte. „Keine Sorge, Evelyn. Betty würde dich nicht falsch beraten. Immerhin hat sie Bobby für deine Rundumbehandlung vorgeschlagen, und jetzt sieh dich doch nur an.“

Betty nahm ein Paar ellbogenlanger türkisfarbener Handschuhe von der Kommode. „Genug davon.“ Sie reichte ihr die Handschuhe. „Und George hat mich definitiv noch nie in diesem Kleid gesehen, Evelyn. Kein einziges Mal.“

Evelyn nahm die Handschuhe und drehte sich erneut zum Spiegel.

Sie blinzelte hinter ihrer Brille, von der sie jetzt wünschte, sie würde sie nicht benötigen. Eingehend inspizierte sie den Lidstrich, den Schwung ihrer Wimpern und ihre perfekt gezupften Augenbrauen. Auf ihren Wangen lag ein Hauch von Rosa, und der dunkelrote Lippenstift brachte ihre vollen Lippen zur Geltung. „Also dann", sagte sie mit einem tiefen Seufzen. „Ich denke, ich bin bereit für George."

Es klopfte an der Wohnungstür, und sie schnappte so heftig nach Luft, dass sie sich beinahe verschluckte. Joan und Betty lachten.

„Betty", keuchte Evelyn und streifte die Handschuhe über.

Betty winkte ab. „Denk daran, Evelyn: Eine Dame gerät nie in Panik."

„Dann bin ich wohl keine Dame, oder?"

Es klopfte noch einmal. „Ich komme. Ich komme ja schon."

Joan nahm die kleine Parfümflasche, die Betty vorhin mitgebracht hatte, und tupfte einen Tropfen hinter Evelyns Ohr, an ihre Stirn und an ihren Hals. „Jetzt riechst du so wundervoll, wie du aussiehst."

Als sie Georges und Bettys gedämpfte Stimmen hörte, zog sie die Handschuhe hoch. „Ich bin so nervös!"

„Geh und hab Spaß", sagte Joan und drückte ihre Hand.

Evelyn hob dezent ihren Rock an, wie sie es bereits ein Dutzend Mal geprobt hatte, und ging mit zaghaften Schritten zur Tür. „*Diese Absätze!*", stöhnte sie.

Joan lächelte. „Schultern zurück, wie Betty es dir gezeigt hat … So ist es gut. Und jetzt los."

Evelyn trat in den Flur und wartete darauf, dass George sie erblickte. Seit Tagen hatte sie sich diesen Augenblick vorgestellt. Den Ausdruck in seinen Augen. Immer wieder hatte sie sich die Situation ausgemalt und in diesen Fantasien geschwelgt.

Als er sie ansah, erfüllten sich alle ihre Hoffnungen.

„Evelyn!", hauchte er.

Ihr Blick wanderte zu Betty, die lächelnd nickte, dann zu George zurück. „Guten Abend, George."

„Ich – äh – ich habe …“ Er reichte ihr ein kleines weißes Schächtelchen. „Das ist für dich“, sagte er und versuchte sich zu fassen. „Dein Ansteckbukett.“

Betty trat einen Schritt zurück, sodass sie hinter George stand. Sie deutete auf ihr Handgelenk und anschließend auf ihn.

Evelyn verstand. „Würdest du es mir anstecken?“

„Gern.“ Er nahm den kleinen Strauß rosa Nelken aus dem Karton und streifte ihn über ihr Handgelenk. Betty reichte er die leere Schachtel und murmelte etwas, das Evelyn nicht verstehen konnte. Als er sich ihr wieder zuwandte, strich er mit der Hand über seinen Smoking und reichte ihr den Arm. „Wollen wir?“

Evelyn legte ihre Hand auf seinen Arm. „Gern“, erwiderte sie und lächelte ihn an. Über die Schulter zurück flüsterte sie Betty und Joan zu: „Wir sehen uns später.“

Joan schloss die Tür hinter Evelyn und George und wartete, bis sie die Haustür ins Schloss fallen hörte, bevor sie sich umdrehte und Betty anblickte, die mit grimmigem Gesicht und der leeren weißen Schachtel in der Hand im Flur stand.

Joan lehnte sich gegen die Tür und verschränkte die Arme vor der Brust. „Wenn er ihr wehtut, Betty, dann werde ich –“

„Du brauchst gar nicht weiterzusprechen.“ Betty trat ans Fenster, schob den Vorhang etwas zur Seite und spähte zur Straße hinauf. Joan trat neben sie. „Was hat George zu dir gesagt? Als er ihr den Rücken zuwandte?“

Betty drückte die Schachtel platt. „Er sagte: ‚Deine Handschrift ist gut zu erkennen.‘“

„Was heißt das? Spielt er mit ihr?“

„Wie auf einer Geige.“

„Betty“, stöhnte Joan, während sich Zorn in ihr aufbaute. „Bist du sicher?“

„Ich könnte nicht sicherer sein.“ Sie blickte Joan an, und in ihrem

Blick las sie absolute Gewissheit. „Aber davon werden wir Evelyn nie überzeugen können."

Joan nahm Betty die zerdrückte Schachtel ab und warf sie in den Müll. „Was sollen wir tun?"

„Wir können nur eins tun, Joan: Evelyn alle Fertigkeiten beibringen, die sie braucht, um über diesen Schuft hinwegzukommen. Denn wenn diese ganze Sache platzt, wird sie das brauchen und noch einiges mehr."

Magda war es egal, dass Harlan Procter sie auch am Valentinstag in denselben Pub führte, in den sie immer gingen. Es machte ihr auch nicht viel aus, dass er lieber über schriftstellerische Standpunkte diskutieren wollte, als der sinnlichen Musik zu lauschen, die auf der Bühne gespielt wurde. Und sie versuchte auch die vielen Paare nicht zu beachten, die sich eng umschlungen auf dem Tanzboden wiegten, während sie und Harlan nur wenige Meter entfernt ein Gespräch führten, das einer geschäftlichen Besprechung gleichkam.

Doch was sie beinahe um den Verstand brachte, war die Erkenntnis, dass ihre Beziehung zu Harlan, wie immer man sie nennen mochte, ihr nicht reichte. Sie wünschte sich mehr als Kaffee trinken und fachsimpeln. Sie wollte mehr. Sie wollte ...

„Diese Szene bildet den inneren Monolog des schwächeren Charakters ab", erklärte Harlan gerade und deutete auf das Blatt, das zwischen ihnen auf dem Tisch lag.

„Wie bitte?" Magda riss den Blick von seinem Gesicht los.

„Hören Sie mir überhaupt zu, Magda?"

„Das ist nicht so leicht, Harlan", erwiderte sie und schaute zu der Frau am Mikrofon. Die Sängerin hatte die Hände um den Mikrofonständer gelegt und sang „Tennessee Waltz".

„Vermutlich sind Sie auch so eine Romantikerin, die am Valentinstag Balladen von der vollkommenen Liebe hören will." Er lehnte sich auf seiner Bank zurück und griff nach seiner Kaffeetasse.

Magda lehnte sich ebenfalls zurück. „Nicht wirklich. Ich gehöre nicht zu diesen Mädchen, die denken, das Leben sei ein Drehbuch für einen Film." Sie lächelte und hoffte auf ein Lächeln von ihm. Es funktionierte nicht.

„Wie können Sie da so sicher sein?", fragte er.

Sie überlegte ihre Antwort genau, denn mittlerweile kannte sie ihn gut genug, um zu wissen, dass er sie dazu bringen wollte, tiefer in sich hineinzuschauen. „Meine Schwester Inga ... sie ist eine Romantikerin. Ich erkenne den Unterschied zwischen uns beiden."

Harlan nahm eine Zigarette aus der Packung. Stirnrunzelnd sah sie ihm dabei zu. Obwohl der Rauch wie eine Wolke in jedem Büro und Restaurant in der Stadt hing, war ihr der Geruch unangenehm. Harlan hatte ihr gesagt, wenn sie eine ernst zu nehmende Schriftstellering werden wolle, müsse sie drei Dinge tun: Schreiben, Zigaretten rauchen und Kaffee trinken. Magda hatte erwidert, sie würde es bei Nummer eins und drei belassen und Nummer zwei anspruchsvolleren Schriftstellern überlassen. Er hatte sie ausgelacht.

„Welche anderen Unterschiede erkennen Sie? Zwischen Ihrer Schwester und Ihnen?", fragte er, nachdem er die erste Rauchwolke ausgestoßen hatte.

„Sie ist sehr schön. Sie ist –"

„Werden Sie eigentlich jemals müde, das über sich selbst zu sagen, Magda?" In seinem Blick loderte so etwas wie Verärgerung.

„Was denn?"

„Dass Ihre Schwester schön ist und Sie in dieser Hinsicht nicht genügen können."

Langsam schüttelte sie den Kopf. „Ich nehme an ... Hm. Vermutlich gefällt es mir einfach nicht, in ihrem Schatten zu leben."

Harlan legte die Zigarette im Aschenbecher ab. „Dann ändern Sie das doch", bemerkte er einfach. Bevor sie Zeit hatte zu fragen, wie das wohl gehen sollte, umfasste er mit seiner linken Hand ihren Hinterkopf und drückte seine Lippen auf ihre.

Seine Lippen waren weich. Zärtlich. *Beinahe liebevoll*, dachte sie. Er roch nach Aftershave und abgestandenem Rauch. Sie stöhnte oder stellte sich zumindest vor, dass sie es tat. Frauen, die zum ersten Mal von einem Mann mit einer solchen künstlerischen Ausstrahlung geküsst wurden, sollten stöhnen, fand sie. Darum stöhnte sie noch einmal, für den Fall, dass sie das erste nur geträumt hatte.

Als er sie losließ, schaute sie ihm in die Augen, hoffte, dort etwas zu finden. Etwas wie Liebe. Oder Bewunderung. Oder … *irgendetwas*.

Doch sie sah nichts davon.

„Das war nicht schlecht", bemerkte er. Und mit einem Blick zum Tanzboden: „Was meinst du? Würde es dich glücklich machen, wenn ich dich zum Tanzen auffordern würde, Magda?"

Wie oft hatte Evelyn davon geträumt, dass George Volbrecht sie in die Arme nahm und zum ersten Mal küsste. Doch die Intensität dieses Augenblicks, als er dann tatsächlich kam, reichte selbst an ihre kühnsten Träume nicht heran. Hank Shute mit seiner rauen Zärtlichkeit konnte noch sehr viel von diesem Stadtjungen lernen. „George …", flüsterte sie.

Er küsste sie noch einmal, dieses Mal flüchtiger, so, wie ihre Mutter ihren Vater küsste, bevor er nach draußen zur Arbeit ging oder wenn er am Ende des Tages zurückkam. Nicht, dass ihr dieser flüchtige Kuss etwas ausgemacht hätte. George Volbrecht zu küssen, egal wie flüchtig oder leidenschaftlich, war gerade zum besten Teil ihres Lebens geworden. Eines Tages würde sie ihren und Georges Töchtern davon erzählen, vom Beginn der großen und magischen Liebe ihrer Eltern. Vielleicht sogar ihren Enkeltöchtern. „Der Abend, an dem mich euer Großvater zum ersten Mal küsste …", würde sie anfangen.

George setzte ihr die Brille wieder auf die Nase. „Jetzt müssen wir uns nur noch um das hier kümmern, Evelyn", sagte er und küsste sie erneut.

Sie nickte. „Ich weiß. Ich werde sehen, was ich tun kann."

„Sag mal", sagte er und streckte die Hand aus, damit sie ihm ihren Hausschlüssel reichte. „Was denkst du, wie Betty damit klarkommt?"

Evelyn suchte in ihrer Handtasche nach dem Schlüssel. „Ich denke, sie freut sich für uns. Betty ist der selbstloseste Mensch, den ich kenne. Ihr scheint sehr daran gelegen zu sein, dass andere Menschen glücklich und gesegnet sind, mehr als sie selbst."

„Gesegnet", wiederholte George, während er den Schlüssel ins Schloss steckte. „Wie kommst du denn auf dieses Wort?"

„*Gesegnet* ist in meinem Wortschatz ein wichtiges Wort, George", flüsterte sie, damit ihre Mitbewohnerinnen sie nicht hörten. „Ich hoffe doch sehr, dass es auch in deinem vorkommt."

George lehnte sich an den Türrahmen. „In welcher Hinsicht? Inwiefern ist dir das wichtig?"

„Ich denke …", begann sie, während sie ihre Tasche zuklappte, „ich denke, dass …" Evelyns Blick suchte den seinen. „Ich gehe nicht nur sonntags in die Kirche, George. Ich liebe Gott. Ich glaube an ihn. An das Ganze, was das bedeutet. Ich denke …" Sie holte zitternd Luft und suchte nach den richtigen Worten. „Ich denke, Gott hat mich *gesegnet*. Zuerst dadurch, dass ich Joan als Brieffreundin bekam, dann, dass ich sie hier in Chicago getroffen habe. So habe ich auch Betty kennengelernt und durch sie dich und stehe jetzt mit dir vor meiner Haustür."

„Denkst du das oder weißt du es?"

Evelyn schob ihr Kinn vor. „Gibt es da einen Unterschied?"

George verschränkte seufzend die Arme. „Ja, den gibt es. Wenn ich dir sage, ich denke, dass die Sonne morgen im Osten aufgehen wird, dann ist das eine Annahme. Aber wenn ich sage, ich *weiß*, dass die Sonne morgen im Osten aufgehen wird, dann habe ich eine Überzeugung ausgesprochen. Meine Worte drücken ein Wissen aus."

Er schloss die Tür auf. Das Klicken des Schlosses sagte Evelyn,

Bäckerei Strommer
Ruster Strasse 8
7072 Mörbisch
Tel: 02685 / 82 02
UID: ATU20844905

Bäckerei Strommer, Mörbisch

Anz	Bezeichnung	Preis	M
	3 Stück * 0.36 EUR		
3	Semmel	1,08	10%
1	1 kg Brot	3,20	10%
1	1l Milch	1,25	10%

SUMME 5,53 EUR

BEZAHLT 5,53 EUR

	Netto	Mwst	Brutto	M
10%	5,03	0,50	5,53	10%

Bon-Nummer	Anzahl	Bediener	Kassa	Filiale
104639	5	Verkäufer	1	1

Ausstellungsdatum: 05.01.2018 16:43

Vielen Dank für Ihren Einkauf
Bis Bald!

dass dieser Abend, dieser magische, wundervolle Abend, zu Ende war. George legte noch einmal seine Lippen auf ihre und flüsterte: „Gute Nacht“, und trat zurück. „Ich rufe dich bald an. Schlaf gut.“

Los Angeles funkelte wie eine Million Diamanten. Sie saßen auf einer Decke, die Frank mitgebracht hatte. Er legte seine Arme um Inga, sie lehnte sich an ihn, und er küsste ihr Ohrläppchen. Er spielte mit dem Armband, das er ihr geschenkt hatte – ein einfacher Strang Perlen, die im Mondlicht schimmerten. „Und es gefällt dir wirklich?“

„Es ist wunderschön.“

Er strich über ihren Nacken, und ein Schauder lief ihr über die Arme.

„Du hattest ja so recht …“

„Mit dem Armband?“

„Nein, Dummerchen“, erwiderte sie lachend. „Hierherzukommen. Kein Restaurant der Stadt hätte mit dem hier mithalten können.“

„Ich habe immer recht“, neckte er. „Es gibt nichts Schöneres als Los Angeles bei Nacht.“

Sie drehte sich zu ihm um und küsste ihn, und dann bewunderte sie erneut den Ausblick auf die funkelnde Stadt unter ihnen.

„Wann immer ich hier oben bin“, sagte er, „frage ich mich, welche Geschichten sich hinter den Lichtern verbergen.“

„Jetzt redest du genau wie meine Schwester.“

Er drückte sie an sich. „Vielleicht gehe ich mit der falschen Schwester aus.“

Inga zwickte ihn in den Arm. Sie genoss den Abend und konnte es kaum erwarten, Retta davon zu erzählen. Wie sie in die Berge gefahren waren, die Suche nach dem richtigen Platz, wie er die Decke auf dem Boden ausgebreitet hatte und von dem Picknick mit diesem Mann, der so unfassbar romantisch war. Sie würde ihr erzählen, dass das Autoradio die ganze Zeit Liebeslieder gespielt hatte und dass Frank einige davon mitgesungen hatte, als wären sie nur für sie geschrieben.

Er drückte sie an sich, und sie kuschelte sich in seine Arme, genoss seine Wärme in der kühlen Nacht. Und dann kam ihr ein Gedanke. Sie löste sich von ihm und blickte ihn an. „Wie oft bist du schon hier oben gewesen?"

Er lachte leise. „Ein paarmal."

Inga verschränkte die Arme. „Mit wem, wenn ich fragen darf?"

Frank antwortete nicht sofort. Vielmehr zog er sie wieder an sich, und sie legten sich nebeneinander auf die Decke. Der dunkle Himmel mit den funkelnden Sternen wölbte sich über ihnen. „Mit niemandem, um den du dir Sorgen machen müsstest", murmelte er an ihren Lippen. „Im Augenblick gibt es nur dich und mich."

Inga gab sich dem Kuss hin, und sie schmolz dahin wie Butter auf einem heißen Teller. Frank drehte sie auf den Rücken und beugte sich über sie. „Ich möchte dich lieben", sagte er.

Es dauerte nicht lange, bis Inga begriff, was er gemeint hatte. Hier lag sie, genau dort, wo sie sein wollte, und blickte in die Augen des Mannes, mit dem sie den Rest ihres Lebens verbringen wollte. Was könnte natürlicher sein? Was könnte richtiger sein?

Sie öffnete den Mund, um Ja zu sagen. Um ihm die Erlaubnis zu geben, all ihre Liebe zu nehmen und ihr all seine Liebe zu schenken. Doch dann sprudelten die Worte ihrer Mutter über Tugend und Reinheit in ihr hoch und übertönten die Musik aus dem Autoradio. Ihre Muskeln verspannten sich angesichts dieser Kakophonie. Angesichts des Traums von dem einen und der Logik des anderen. Am Morgen würde sie sich hassen, das wusste sie. Sie würde sich selbst hassen und auch Frank. Aber den Zauber zu brechen war so schwer …

Inga wand sich unter Frank hervor und richtete sich auf. „Frank", sagte sie mit fester Stimme. „Ich denke, du solltest mich jetzt nach Hause bringen."

Kapitel 19

An einem Samstagmorgen im März wehte eine kühle Brise ins geöffnete Fenster herein. Der Luftzug weckte Joan und lud sie ein, früh aufzustehen und den Tag zu beginnen.

Evelyn streckte sich und fragte: „Arbeitest du heute im Museum, Joanie?"

Joan setzte sich auf und steckte ihre Füße in ihre Pantoffeln, bevor sie nach ihrem Morgenmantel griff. „Heute nicht. Schwer zu glauben, was? Um ehrlich zu sein, Evelyn", erklärte sie, während sie ihren Morgenmantel anzog, „ich bin auf der Suche nach einem Job, bei dem ich mehr verdiene, damit ich nicht mehr so viele Stunden arbeiten muss."

Evelyn griff nach ihrer Brille auf dem Nachttisch. „Denkst du auch jemals an etwas anderes als die Arbeit?"

Joan zuckte die Achseln. „Mir macht die Arbeit Spaß. Sie ist mir lieber als Partys und Herumsitzen und Nichtstun."

„Aber wie willst du denn deinen ganz besonderen Mann finden? Ich habe George, Magda hat Harlan und Inga hat … jemanden in Kalifornien." Sie zuckte die Achseln. „Ich mache mir Sorgen um dich und Betty."

„Du machst dir *Sorgen* um uns?“ Joan stand auf und grinste ihre Freundin an. „Das ist süß, aber unnötig. Die Suche nach einem Mann steht ganz unten auf meiner Prioritätenliste, Evelyn.“

„Aber wenn du den richtigen Mann finden würdest … du weißt schon, einen mit viel Geld, dann bräuchtest du nicht so hart zu arbeiten.“

Joan seufzte. Wenn sie in die Augen eines Menschen wie Evelyn blickte, dann hatte sie manchmal das Gefühl, dass eine Nadel über die Schallplatte ihres Lebens kratzte und ihr klarmachen wollte, wie sehr sie sich von fast allen anderen allein stehenden Frauen unterschied. Als wäre sie eine Außerirdische in einem Land hoffnungsvoller zukünftiger Bräute.

„Glaub mir, Evelyn, selbst wenn ich den wundervollsten Mann der Welt kennenlernen würde und er mehr Geld besäße als Rockefeller, würde ich trotzdem weiter arbeiten wollen.“ Sie deutete auf die geschlossene Zimmertür. „Komm, wir setzen Kaffee auf und machen Frühstück. Ich bin halb verhungert.“

Sie gingen durch den Flur, wo ihnen Kaffeeduft entgegenschlug. In der Küche saßen ihre Mitbewohnerinnen bereits am Tisch.

„Na, das ist aber wirklich ungewöhnlich“, bemerkte Joan.

Betty lächelte sie an. „Das habe ich gerade gesagt. Und dass irgendjemand Brötchen holen sollte.“

„Ich mache das“, bot Evelyn an. „Gebt mir ein paar Sekunden, um mich anzuziehen.“

Kurz darauf kam Evelyn in einer blau-weißen Baumwollbluse, einer 7/8-Hose und Segeltuchschuhen aus dem Zimmer. Sie hatte sich ein Tuch um den Kopf gebunden. „Ich bin gleich wieder da.“

„Das ist unfassbar“, sagte Joan, als Evelyn mit einer Tüte voller Köstlichkeiten zurückkam. „Beide Schwestern, Betty, Evelyn und ich. Und wir frühstücken miteinander und lassen uns die warmen Brötchen schmecken.“ Joan stellte ihre Tasse auf die Untertasse. „Wir sollten heute etwas unternehmen. Alle zusammen.“

Magda stützte ihre Ellbogen auf den Tisch auf. „Vielleicht ins Kino gehen?"

Inga starrte ihre Schwester verblüfft an. „Hast du vielleicht Fieber oder so etwas? Ich habe noch nie erlebt, dass du ins Kino gehen wolltest."

Magda runzelte die Stirn. „Ab und zu mag ich einen guten Film."

Inga, die bereits angezogen war, zuckte die Achseln. „Soweit ich weiß, liegst du am liebsten den ganzen Tag im Bett und liest."

Betty lachte. „Ihr beiden wisst wirklich nicht viel voneinander, was?" Sie hob die Hand. „Macht euch nicht die Mühe zu antworten. Ich sage euch was – ich laufe schnell zu Mrs Cline nach nebenan und borge mir ihre Zeitung aus. Dann können wir nachschauen, welcher Film im Augenblick läuft."

„Mrs Cline?", fragte Magda. „Seit wann ist Mrs Cline so früh schon wach?"

Betty zwinkerte. „Sie wird nicht wach sein. Ich borge mir die Zeitung nur aus, und wir legen sie wieder zurück, bevor sie aufsteht."

Alle lachten.

Kurz darauf hörten sie die Wohnungstür. „Wer hat Lust auf *Singin' in the Rain*?", rief Betty bereits im Flur, bevor sie die Küche betrat.

Joan runzelte die Stirn. Sie mochte eigentlich nur Filme mit Tiefgang. Aber wenn sie sich, um den Nachmittag mit ihren Mitbewohnerinnen zu verbringen, einen Film ansehen müsste, den sie sonst nie ausgewählt hätte, warum nicht? „Wann läuft er?"

„Beginnt um zwei."

„Hey, hört zu", sagte Inga, erhob sich und räumte das Geschirr ab. „Wir ziehen uns an und fahren in die Stadt. Suchen uns ein Lokal, wo wir fettige Burger und Pommes bekommen. Danach gehen wir ins Kino und dann … Nun, der Tag ist ja noch jung, nicht? Wer sagt, dass wir uns verhalten müssen wie alte *hemmafruar*?"

„Hausfrauen", übersetzte Magda für die anderen.

Die Stühle wurden vom Tisch zurückgeschoben und das Geschirr ordentlich im Spülbecken gestapelt. „Ich mache den Abwasch, wenn wir zurückkommen", bot Joan an.

„Und ich bringe die Zeitung ihrer rechtmäßigen Besitzerin wieder zurück", erklärte Betty und eilte davon.

„Wir treffen uns in einer Stunde an der Wohnungstür", verkündete Inga.

„Uhrenvergleich", frotzelte Evelyn, nahm das Ziffernblatt zwischen die Finger und las die Zeit ab. Ihre Mitbewohnerinnen lachten fröhlich und verzogen sich in ihre Zimmer.

Als Joan den Kinosaal verließ, blinzelte sie kurz und hatte Mühe, sich in der realen Welt zurechtzufinden. Beinahe wünschte sie, sie könnte wieder in die Scheinwelt des Kinos eintauchen, wenn auch nur für wenige Augenblicke.

Joan streifte ihre Handschuhe über und ging an dem Verkaufsschalter vorbei, vor dem sich eine lange Schlange gebildet hatte.

„Ich warte draußen", hatte Joan zu ihren Freundinnen gesagt, nachdem sie in der Damentoilette ihren Hut aufgesetzt und Lippenstift aufgelegt hatte.

„Da bist du ja." Evelyn rückte ihre Katzenaugenbrille gerade und blinzelte ins Sonnenlicht.

„Möchte jemand ein Eis?", fragte Inga und deutete auf ein Eiscafé auf der anderen Straßenseite.

Betty schob ihren Arm durch Ingas und zog sie nach links. „Haben dir Popcorn und Coca Cola nicht gereicht?"

Die anderen folgten ihnen. „Meine Schwester", rief Magda, „sollte sich mehr Gedanken um ihre Figur machen, sonst wird sie am Ende noch gefeuert."

„Aber wir reden hier von Eis!", rief Inga über die Schulter zurück.

„Mädels", fuhr Magda fort, „lenkt sie von der Versuchung ab."

Evelyn wandte sich schmollend zu Joan um. „Sieht doch so aus, als wären wir auf dem Heimweg."

Joan zuckte die Achseln. „Sieht so aus."

„Aber was wollen wir zu Hause?", fragte Magda. „Ich habe heute nichts vor." Mit dem Kopf deutete sie auf ihre beiden Mitbewohnerinnen. „Seht euch das an. Irgendwie haben sie es geschafft, uns einen halben Block voraus zu sein."

Joan lächelte. „Oh, seht nur …" Betty und Inga begannen zu tänzeln. „Sie fangen an, mit Gene Kelly zu tanzen."

„Ich wünschte, ich hätte heute Abend eine Verabredung", murmelte Evelyn. „Aber …"

„Eine Verabredung?", fuhr Magda dazwischen. „Ich wünschte, ich hätte einen Freund."

„Aber, ich dachte –", begann Evelyn.

„Ich meine, einen *richtigen* Freund", erklärte Magda.

„Oh ja", sagte Joan, fest entschlossen, die Stimmung wieder aufzuheitern. Sie gab vor, in ihre Handfläche zu schreiben. „Ich sehe den Brief praktisch vor mir. *Liebe Mama und lieber Papa* –"

„Mor und Far", korrigierte Magda.

Joan räusperte sich. „*Liebe Mor und Far … wie sich herausgestellt hat, kann ich Hans nicht heiraten, den ihr, wie ich glaube, für den perfekten Ehemann für mich haltet. Ich habe hier in Chicago den Mann meiner Träume kennengelernt.*"

„Und das ist nicht die schlechte Nachricht", fügte Evelyn hinzu. „Die schlechte Nachricht ist … er ist …"

„Baptist", ergänzte Magda lächelnd.

Sie brachen in fröhliches Gelächter aus und wurden erst wieder ernst, als sie Betty und Inga einholten, die vor dem Schaufenster von Carson Pirie Scott & Co stehen geblieben waren.

„Seht euch das an", hauchte Evelyn.

„Ich muss sagen", warf Betty ein, „das ist das schönste Brautkleid, das ich je gesehen habe."

„Ich würde meine Eckzähne für ein solches Kleid hergeben." Wie gebannt hing Evelyns Blick an dem Kleid.

Die jungen Frauen schwiegen einen Augenblick, bewunderten den Faltenwurf des Kleides, die langen Ärmel aus Spitze und den spitz zulaufenden Ausschnitt.

„In meinem ganzen Leben habe ich noch nicht so viel Spitze auf einmal gesehen", bemerkte Betty.

„Was meinst du, was es kostet?", fragte Joan. Der an einem Stirnband aus Perlen befestigte Schleier faszinierte sie. „Zweihundertfünfzig?"

„Zweihundertfünfzig?" Betty warf ihr einen Blick zu, als hätte sie den Verstand verloren. „Für dieses Kleid? Du scheinst immer noch in Pfund zu denken, Joan. Ich würde eher sagen vierhundert. Dollar."

„Wenn ich an meinem Hochzeitstag ein solches Kleid tragen könnte", sagte Evelyn, nachdem sie erneut ihre Brille zurechtgerückt hatte, „würde ich mich fühlen wie Aschenputtel auf dem Weg zum Ball."

Betty verschränkte die Arme vor der Brust. „Ich würde sagen, machen wir es."

„Was?", fragte Joan.

„Reingehen." Sie deutete mit dem Kopf zur Eingangstür. „Wir probieren es an."

„Im Ernst?", fragte Magda. Sie konnte den Blick nicht von dem Kleid lösen.

„Warum nicht? Wir haben doch sonst nichts mehr vor." Sie lächelte. „Es sei denn, eine von euch möchte nach Hause gehen und ein wenig Staub wischen … oder kochen …"

„Aber", wandte Joan ein, „wir …" Sie blickte ihre Mitbewohnerinnen der Reihe nach an. „Keine von uns hat auch nur einen Verlobungsring."

„Na und?", erwiderte Betty mit funkelnden Augen.

Inga wippte auf ihren Fußballen. „Ich bin dabei. Wir machen es."

Joan blickte Evelyn an, deren blaue Augen hinter den Brillengläsern weit aufgerissen waren.

Joan nickte. „Okay, machen wir es“, sagte sie und stürmte auf die Tür zu. „Die Letzte, die den Laden betritt, muss für den Rest des Monats die Toilette putzen.“

Entschlossen stieß Betty die schwere Drehtür des imposanten Kaufhauses auf. Sie blickte über die Schulter zurück zu den anderen. Inga kam unmittelbar hinter ihr, Evelyn nur wenige Schritte dahinter. Joan und Magda bildeten das Schlusslicht. Von Ehrfurcht ergriffen bewunderten sie die Pracht und die architektonische Genialität des Gebäudes, die vergoldeten Kapitelle der Stützsäulen und die prunkvollen Kristallleuchter an der Decke.

„Kommt weiter“, forderte Betty sie auf. „Brautmoden gibt es in der oberen Etage. Im vierten Stock, glaube ich.“

Sie entschieden sich gegen den Aufzug und für die Treppe, die ebenso pompös war wie der Eingangsbereich. Im vierten Stock blieben alle wieder stehen, drängten sich aneinander und atmeten angesichts der elegant ausgestatteten Abteilung tief durch.

Eine Verkäuferin mittleren Alters trat auf sie zu, und sie nickte, als Betty das Kleid im Schaufenster beschrieb.

„Ich weiß genau, welches Kleid Sie meinen“, erwiderte die Verkäuferin und lächelte beim Anblick der Gruppe junger Frauen. „Und welche von Ihnen ist die Glückliche, wenn ich fragen darf?“

Evelyn griff nach Joans Hand, als ob sie Gefahr liefen, verhaftet zu werden, weil sie sich als zukünftige Bräute ausgaben.

„Ich“, behauptete Betty.

Joan warf Betty einen fragenden Blick zu.

„Sie haben wirklich Glück“, bemerkte die Verkäuferin. „Ich glaube, wir haben das Kleid in Ihrer Größe vorrätig.“ Wieder lächelte sie. „Und diese netten jungen Damen sind dann wohl Ihre Brautjungfern?“

Betty lächelte wissend. „Möglicherweise. Doch im Augenblick interessieren wir uns nur für dieses eine Kleid.“

Die Frau zog die Augenbrauen in die Höhe. „Bitte nehmen Sie doch Platz. Ich bin gleich wieder da."

Samtsofas waren um das Vorführpodest aus Marmor herum angeordnet. Die jungen Frauen setzten sich wie richtige Damen, den Rücken gerade und die Beine an den Knöcheln gekreuzt. Betty fiel auf, dass keine es wagte, die anderen anzublicken aus Angst, lachen zu müssen.

Die Verkäuferin kehrte mit einem unförmigen, mit Satin bezogenen Kleiderbügel zurück, den sie hoch über ihren Kopf hielt. Den Rock des Kleides hatte sie über ihren rechten Arm gelegt. „Da haben wir es", säuselte sie in Bettys Richtung.

Betty erhob sich, und ihr Herz klopfte laut, als sie auf die Verkäuferin zuging. Im Schaufenster an der leblosen Schaufensterpuppe war das Kleid einfach nur wunderschön gewesen. Doch jetzt, in so greifbarer Nähe, verwandelte es sich in einen Traum. Jedes Mädchen wünschte sich, an seinem Hochzeitstag ein solches Kleid zu tragen. Ein Kleid, von dem sie immer geträumt hatte …

„Ich glaube nicht", flüsterte Joan ehrfürchtig, „dass das Kleid Ihrer Majestät der Königin schöner war als dieses." Sie erhob sich, und die anderen folgten ihrem Beispiel.

Evelyn beugte sich zu Betty vor und flüsterte ihr ins Ohr: „Vielleicht sollten wir doch nicht –"

Bevor Betty sie zum Schweigen bringen konnte, unterbrach die Verkäuferin sie. „Möchten Sie es selbst anprobieren oder soll eines meiner Mädchen es Ihnen vorführen?"

„Oh nein", erklärte Betty. „Ich werde es selbst anprobieren." Sie wandte sich an die anderen. „Und dann sollen es meine Freundinnen anziehen."

„*Alle*?"

„Ja, bitte", erwiderte Betty und nahm der Verkäuferin das Kleid ab. Der Stoff raschelte, und ein erwartungsvoller Schauder überlief Betty, wie sie es seit Monaten nicht mehr erlebt hatte. Nicht mehr, seit ihr Vater ihr die finanzielle Unterstützung gestrichen und damit ihre spontanen Einkaufstouren beendet hatte „Zeigen Sie mir doch bitte die Umkleidekabine“, bat Betty die Verkäuferin.

Und zu den anderen sagte sie: „Mädels, ich bin gleich wieder da.“

Inga räusperte sich, als sie an ihren Platz zurückkehrte. „Ich denke, wir warten hier.“

Magda folgte ihr. „Ich muss schon sagen, Betty hat wirklich Nerven …“

„Mumm. Man sagt Mumm dazu“, erklärte Joan. „Und wisst ihr was, Mädels? Im Augenblick verschwende ich zwar noch keinen Gedanken an eine Hochzeit, aber das könnte tatsächlich ein Spaß werden.“

„Ich hoffe nur, dass wir keinen Ärger bekommen“, entgegnete Evelyn.

Inga warf ihr einen ungehaltenen Blick zu. „Weswegen denn, um Himmels willen? Wie Joan gerade sagte, wir wollen doch nur unseren Spaß haben.“

„Ich bin Evelyns Meinung“, verkündete Magda.

„Natürlich.“ Inga strich ihren Rock gerade. „Was mich betrifft, dies könnte mehr als ein Spaß sein. Dies könnte meine erste ernst gemeinte Anprobe sein.“ Sie schloss die Augen und lauschte der Instrumentalmusik, die leise durch die Lautsprecher spielte. Das war … Chopin … *Nocturne in E-Moll*?

Sie hörte genauer hin. Ja. Ganz bestimmt Chopin.

Bewusst versuchte sie, sich zu entspannen. Die Anspannung abzubauen, die zwischen ihr und ihrer Schwester bestand. Sie stellte sich vor, wie sie am Arm ihres Vaters durch die Kirche schwebte. Das zumindest würde sie ihren Eltern zugestehen. Frank in einem Smoking, der sie erwartungsvoll anblickte. Nein. Im normalen Anzug. Sie würde auf einer Hochzeit am späten Vormittag bestehen. Je früher sie sich das Jawort gaben, desto eher konnten die Flitterwochen beginnen. Und wohin? Sie hatte schon immer mal die Niagarafälle sehen wollen.

War das nicht zu klischeehaft? Egal. Dort würden sie ihre Flitterwochen verbringen. Und dann zurück nach Los Angeles, wo das Leben mit Frank Martindale endlich beginnen würde. Sie seufzte und öffnete die Augen, während sich der Name *Mrs Frank Martindale* in ihre Gedanken schlich.

„Und?"

Betty stand auf dem Podest und sah so strahlend aus, wie Inga sich fühlte. Die Verkäuferin richtete den Rock hinter ihr.

„Oh, Betts", keuchte Joan und drückte die Hand auf die Brust. „Sieh dich doch nur an."

Inga hatte die Luft angehalten. Sie hatte nur sich in dem Kleid gesehen. Doch da stand Betty Estes und strahlte wie eine zukünftige Braut.

„Sagen Sie mir", fragte die Verkäuferin, „wie heißt Ihr Verlobter?"

Betty blinzelte, als sei der Zauber des Augenblicks gebrochen. Ihr Blick suchte den von Evelyn, und diese wandte sofort den Blick ab.

„Evelyn", sagte sie und ignorierte die Frau, die sie fragend anblickte. „Wie wäre es, wenn du das Kleid jetzt anprobierst?"

Kapitel 20

Die Verkäuferin führte Evelyn und Betty zu dem Umkleidebereich, einem großen Raum mit einem Podest in der Mitte und einem massiven dreiteiligen Spiegel an einer Wand. Von dort gingen mehrere Umkleidekabinen ab, die durch schwere cremefarbene Vorhänge abgeteilt waren. In einer Kabine waren die Vorhänge zur Seite geschoben, und darin entdeckte Evelyn an einem Haken Bettys Sachen.

„Miss Estes", sagte die Verkäuferin, „wenn Sie in Ihre Umkleidekabine gehen wollen …" Sie deutete mit der Hand auf den Raum. Betty verschwand in der Kabine und zog die Vorhänge zu.

Die Verkäuferin wandte sich nun an Evelyn. „Ich bin Mrs Marchman", erklärte sie. „Und Sie sind?"

Evelyn zitterte, trotz ihrer Entschlossenheit, sich zusammenzureißen. „Evelyn", flüsterte sie leise. „Evelyn Alexander."

„Hier entlang bitte, Miss Alexander."

Evelyn folgte Mrs Marchman zu einem zweiten Umkleideraum. „Wenn Sie schon mal Ihre Kleidung ablegen wollen. Ich bin dann gleich mit dem Kleid bei Ihnen."

„Ja."

Kurz darauf stand sie mit verschränkten Armen in ihrer Unterwäsche da. Mrs Marchman kam mit dem Kleid auf sie zu.

„Ich werde Ihnen das Kleid jetzt über den Kopf streifen", erklärte sie. „Vielleicht sollten Sie die Brille abnehmen."

Evelyn legte ihre Brille auf einem runden Tisch in der Ecke ab.

„Arme hoch", befahl Mrs Marchman.

Evelyn hob die Arme. Mit einem lauten Rascheln glitt der kühle Seidentaft über ihre Arme und ihren Kopf bis zu ihren Hüften. Mrs Marchman hielt das Oberteil bereit. „Die Arme hier rein", sagte sie, und Evelyn steckte die Arme in die engen Spitzenärmel, die auf ihre Handgelenke zuliefen. Sie straffte die Schultern, als die Verkäuferin hinter sie trat, um den Ausschnitt zu richten. Anschließend begann sie mit geschickten Fingern das Kleid zuzuknöpfen.

„Kommen Sie hier entlang." Sie schob die Vorhänge beiseite. „Stellen Sie sich doch bitte auf das Podest."

Evelyn hob den schweren Rock an, stieg auf das Podest und ließ den Rock wieder fallen. Erst dann wagte sie es, in den Spiegel zu schauen.

Ein verschwommener heller Fleck inmitten von Farbe war alles, was sie wahrnahm. „Ich kann nicht … ich kann nichts erkennen", sagte sie. „Meine Brille."

Mrs Marchman seufzte. „Bewegen Sie sich nicht. Ich hole sie."

Evelyn presste die Lippen aufeinander. Sie machten der armen Frau so viel Arbeit, ohne dass sie Aussicht auf einen Verkauf hatte.

„Hier, bitte", sagte Mrs Marchman, als sie zurückkam.

Evelyn setzte ihre Brille auf, blickte hoch und schnappte nach Luft. „Das ist ziemlich – das ist was, nicht?"

„Das ist eines der schönsten Kleider, die ich je gesehen habe." Mrs Marchman trat zurück. „Und Carson's ist bekannt für seine Brautkleider, wie Sie sicher wissen."

„Ach?", fragte Evelyn, ohne den Blick von ihrem Spiegelbild zu lösen. Sie sah … beinahe … wie eine richtige Braut aus. Als wäre das ihr Ausstattungsmoment. Ganz allein ihrer, und als würde Mrs Marchman neben ihr stehen, um sicherzustellen, dass alle ihre Bedürfnisse als Braut erfüllt würden.

„Höre ich bei Ihnen einen Südstaatenakzent heraus, Miss Alexander?“

Die Frage riss Evelyn aus ihren Träumereien. Sie blickte die Verkäuferin an. „Ja, Mrs Marchman. Ich komme aus Georgia.“

Mrs Marchman lächelte. „Und was in aller Welt hat Sie aus Georgia hierher geführt, wenn ich fragen darf?“

Evelyn lächelte kurz, dann wanderte ihr Blick zum Spiegel zurück. „Ich brauchte eine Veränderung, denke ich.“ Sie zuckte die Achseln. „Sie verstehen schon, nach dem Krieg und so.“

„Und, haben Sie sie gefunden? Die Veränderung?“ Sie griff nach einem kleinen Bouquet künstlicher Blumen, das auf dem Tisch stand. Es war Evelyn noch gar nicht aufgefallen. „Hier“, sagte sie und wartete die Antwort auf ihre Frage gar nicht erst ab. „Damit es vollständig ist.“

Evelyn nahm den Strauß aus rosa und weißen Blumen. „Betty hatte den aber nicht.“

„Miss Estes brauchte ihn nicht.“ Sie verschränkte die Arme. „Ich bin nicht sicher, ob Miss Estes tatsächlich ein Brautkleid braucht.“ Evelyns Kopf ruckte hoch, und die Verkäuferin lachte leise. „Ich habe ständig mit Frauen zu tun, die sehr verliebt sind, Miss Alexander. Und ich kann auch sehen, wer es nicht ist.“

Diese Beobachtung beruhigte Evelyn in gewisser Weise. *Betty ist nicht verliebt.* Dann brauchte sie auch keine Sorge zu haben, dass Betty George zurückhaben wollte.

„Sie dagegen …“

„Ich?“ Evelyn spürte, wie sie errötete. Erneut wanderte ihr Blick zum Spiegel. Sie konnte sich vorstellen, dass sie mit hochgesteckten Haaren und dem richtigen Make-up eine hübsche Braut sein könnte, die durch die Kirche zum Altar schritt, vor dem George Volbrecht auf sie wartete. Sie schloss die Augen und stellte ihn sich vor. Elegant gekleidet. Von Ehrfurcht ergriffen bei ihrem Anblick. Mit leuchtenden Augen sah er sie auf sich zukommen, an der Seite ihres Vaters in seinem besten Sonntagsanzug.

Sie runzelte die Stirn und öffnete die Augen. Selbst in seinem schönsten dunkelblauen Anzug würde Papa es nicht mit den Gästen aufnehmen können, die auf Georges Seite der Kirche sitzen würden. Und ihre Mutter? Würde sie ein selbst genähtes Kleid tragen oder würde sie Evelyn erlauben, mit ihr in Chicago eines zu kaufen?

In Chicago? Ja, in Chicago. Ganz gewiss nicht in Portal. Aber wenn die Hochzeit in Chicago stattfinden würde, würde ihre Mutter dann überhaupt kommen? Oder würde sie lieber zu Hause bleiben und um den Sohn trauern, der nie aus dem Krieg heimkehren würde, und um das Leben, das sie nie wieder haben würde? Oder um Hank, den Mann, den Evelyn unbedingt hätte heiraten sollen, wenn es nach ihrer Mutter gegangen wäre?

Wenn sie Hank heiratete, dann bräuchte sie ein so wunderschönes Brautkleid gar nicht, das wusste Evelyn. Dann würde ihre Mutter ihr vielleicht etwas auf ihrer alten Nähmaschine nähen …

„Möchten Sie sich jetzt Ihren Freundinnen präsentieren?“, fragte Mrs Marchman und riss sie aus ihren Träumereien.

„Was? Oh. Ja“, flüsterte Evelyn.

Mrs Marchman streckte ihr die Hand hin, um Evelyn vom Podest herunterzuhelfen. „Ich vermute“, sagte sie, „dass Sie bereits einen gewissen Jemand hier in Chicago kennengelernt haben.“

Evelyn seufzte und lächelte. „Das stimmt.“

„Und nach Ihrem Gesichtsausdruck zu urteilen, würde ich sagen, muss er etwas ganz Besonderes sein.“ Sie blieb in der Tür zum Verkaufsraum stehen und schob ihr Kinn vor.

„Ja“, wiederholte Evelyn. „Oh ja.“

Und so gar nicht meine gesellschaftliche Stufe.

Joan probierte das Kleid zuletzt an. Doch das machte ihr nichts aus. Immerhin war es Betty mit ihrem Wagemut gewesen, die sie veranlasst hatte, diesen Modesalon zu betreten. Nach Evelyn hatte Inga das Kleid anprobiert und ihnen erklärt, sie würde ganz gewiss in einem solchen Kleid mit Frank Martindale vor den Altar treten. Und zwar bald.

Magda hatte in dem Kleid reglos dagestanden, doch Joan hatte ihre Gedanken lesen können. Trotz ihrer Entschlossenheit, eine moderne Frau der Fünfzigerjahre zu sein, war Magdas Herz gefangen zwischen den Traditionen ihrer Familie und einem launischen Schriftsteller mit Namen Harlan Procter. Von ihnen allen schien das Kleid Magda am meisten zu quälen, und aus diesem Grund hatte Joan einiges Mitgefühl mit ihrer Mitbewohnerin, die sie kaum kannte.

„Hier entlang bitte." Mrs Marchman führte Joan in eine der Umkleideräume. „Legen Sie doch bitte schon mal Ihre Sachen ab. Ich bin gleich wieder da."

Bevor sie am Morgen aufgebrochen waren, hatte Joan ein schwarzes Bouclékostüm mit einem passenden Oberteil angezogen, wie Katherine Hepburn sie häufig trug. Es war das erste Kleidungsstück, das sich Joan in den Staaten gegönnt hatte. Sie zog die Jacke aus und hängte sie auf einen Bügel, darauf folgten der Rock und das Oberteil, und schließlich stand sie in ihrer Unterwäsche in der Kabine. Das war wirklich ein törichtes Abenteuer. Doch bevor sie länger darüber nachdenken konnte, streifte Mrs Marchman ihr schon das Kleid über den Kopf.

„Arme hoch", befahl sie, und Joan fragte sich, wie oft am Tag sie diese beiden Worte von sich gab.

Kurz darauf schmiegte sich das Kleid an Joans Körper an, und die Verkäuferin schob den Vorhang zurück. „Hier entlang bitte zum Podest."

Joan folgte ihr und stieg auf das Podest. Das Abenteuer ließ sie völlig kalt. Schließlich wollten sie einfach nur ihren Spaß haben, nicht? Und bei David & DuRand konnte sie sich jede Woche in herrlichen Kleidern bewundern. Sie hatte sich daran gewöhnt, sich in eleganter Garderobe zu sehen.

Doch bei ihrem Anblick im Spiegel beschleunigte sich ihr Herzschlag. Wie war es möglich, dass ein Kleid aus weißer Spitze, Seide und Illusionen aus einem Mädchen eine Frau machen konnte? Wie konnte ein Kleid ein armes Mädchen aus Leigh in eine Prinzessin verwandeln? Und wie konnte es ein Mädchen, das sich nur für seine Arbeit interessierte, dazu bringen, ans Heiraten zu denken?

„Hmm", sagte Mrs Marchman und griff nach einem Blumenbouquet, doch sie ließ es auf dem Tisch liegen. „Nein, ich glaube nicht."

„Was?"

„Die Blumen, meine Liebe. Nicht das Kleid. Sie sehen bezaubernd aus. Als wäre das Kleid für sie gemacht." Sie schüttelte den Kopf. „Unglaublich, finden Sie nicht, dass Sie alle fünf dieselbe Größe haben? Ich habe von einer der Miss Christensons erfahren, dass Sie sich eine Wohnung teilen."

Joan lächelte kurz. „Das stimmt."

„Miss Alexander kommt aus Georgia, wie sie mir erzählt hat. Und Sie kommen aus …"

„England."

„Sehr interessant, wenn man darüber nachdenkt, nicht? Kannten Sie sich eigentlich schon vorher?"

Joan zupfte an dem Rock herum. „Nein. Nicht wirklich." Erneut bewunderte sie ihr Spiegelbild. Sie war so unromantisch und hatte nie von einem solchen Kleid geträumt. Sie würde in einem Kostüm heiraten, ähnlich dem, das in ihrer Umkleidekabine hing, hatte sie gedacht. Nicht in einem Kleid wie diesem.

„Lassen Sie uns hinaus zu den anderen gehen", forderte Mrs Marchman sie auf.

„Ich nehme an, Sie haben allmählich genug von uns."

Mrs Marchman blieb abrupt stehen. „Ich werde wohl keinen Verkauf verbuchen können, aber ich muss gestehen, ich fand es bezaubernd, Sie in diesen vergangenen anderthalb Stunden zu beobachten."

Bezaubernd? Ja, bezaubernd zu beobachten. Aber mehr noch, dieses Abenteuer hatte großen Spaß gemacht und war eine wundervolle Abwechslung zu dem, was Joan sonst an einem Samstag tat.

Als Joan schließlich zu den anderen zurückkehrte, spürte sie eine seltsame Erregung bei ihren Mitbewohnerinnen. Alle drehten sich zu ihr hin. Evelyn presste ihre Lippen aufeinander, und Betty grinste sie an wie eine Katze. Magda faltete die Hände und hielt sie in die Höhe, als spräche sie ein Gebet. Inga saß etwas abseits, die Beine übereinandergeschlagen, und wippte mit dem Fuß.

„Was ist los?", fragte Joan. „Was habt ihr vor?"

Betty ergriff ihre Hand und zog sie zu einem der Sofas. „Joan ..."

„Ach, du meine Güte ..."

„Hör dir doch erst mal an, was wir zu sagen haben."

„Bitte sag Ja, Joanie", unterbrach Evelyn sie, die neben ihr saß, während Magda vor ihnen hockte.

Magdas Blick wanderte zu ihrer Schwester. „Inga?"

Inga hob die Hände. „Ich bin hier. Ich verstehe jedes Wort." Sie zuckte die Achseln. „Außerdem habe ich bereits gesagt, dass ich dabei bin."

Joan blickte von einer zur anderen. „Wobei?"

„Hat dir das Kleid gefallen, Joan?", fragte Magda. „Das Brautkleid?"

„Es zu tragen war ... wirklich unglaublich. Ganz ehrlich, wenn ich mich nicht selbst im Spiegel gesehen hätte, dann hätte ich das kleine Mädchen aus Leigh bestimmt nicht wiedererkannt."

„Dieses Kleid", flüsterte Betty, „kostet dreihundert Dollar."

„*Dreihundert ...*" Ein kleines Vermögen.

„Aber ...", sagte Evelyn, die sich nun erhob.

„Aber …“, sprach Betty schnell weiter, „… wenn jede von uns sechzig bezahlen würde …“

„Sechzig?“

„Das ist doch nicht zu viel, wenn du bedenkst, was ein Brautkleid kostet.“

„Aber wozu?“

„Für unsere Hochzeiten“, erklärte Betty. „Wir verständigen uns darauf, dass wir alle das Kleid tragen.“

Evelyn erschauderte vor freudiger Erregung. „Betty hat sich schon alles genau überlegt.“

Joan blickte die Frau an, die sie an ihrem zweiten Tag in den Vereinigten Staaten kennengelernt hatte. Betty lächelte.

Mrs Marchman kam aus dem Umkleideraum. Das Kleid hing jetzt wieder auf seinem Bügel und sollte zurückgebracht werden. „Meine Damen, ich denke, Sie hatten viel Spaß heute Nachmittag. Wenn ich sonst nichts mehr für Sie tun kann –“

„Einen Augenblick bitte“, wandte Betty mit fester Stimme ein. Sie blickte Joan erneut an. „Dein Votum fehlt uns noch, meine Liebe.“

Joan schüttelte den Kopf. „Das ist doch verrückt. Wir sollen ein Hochzeitskleid kaufen, obwohl wir noch nicht einmal einen Heiratsantrag bekommen haben? Und was ist, wenn eine von uns gar nicht heiratet? Oder erst später? Sehr viel später?“ Sie drückte die Hand auf die Brust. „Wie ich es zum Beispiel vorhabe.“

„Was, wenn …“, meldete sich Inga zu Wort, und alle Köpfe flogen zu ihr herum. „Nehmen wir mal Folgendes an: Was ist, wenn wir, wenn es so weit ist, gar nicht mehr zusammen wohnen?“ Sie blickte alle nacheinander an. „Das ist eine realistische Möglichkeit. Wenn Frank nur eine Andeutung macht, dass ich nach L.A. kommen soll, dann verlasse ich diese ungastliche Stadt mit dem nächsten Flugzeug.“ Sie deutete auf ihre Schwester. „Magda geht vielleicht nach Minnesota zurück, Evelyn nach Georgia und Joan nach England. Unser Kontakt könnte abbrechen.“

Die Aufmerksamkeit wandte sich wieder Betty zu. „Das sind gute Fragen. Lasst mich nachdenken."

Mrs Marchman räusperte sich. „Während Sie nachdenken, werde ich das Kleid aufhängen, wenn Sie nichts dagegen haben."

Betty winkte ab und entließ die Verkäuferin. Doch dann besann sie sich eines Besseren. „Vielen Dank, Mrs Marchman", sagte sie. „Geben Sie uns ein paar Minuten. Vielleicht haben wir Ihre wertvolle Zeit doch nicht vergeudet."

Nachdem sich die Verkäuferin achselzuckend entfernt hatte, fragte Joan: „Und?"

„Ich habe folgende Idee. Ich komme aus Chicago. Habe immer hier gelebt und werde auch hierbleiben. Ich werde also nicht fortgehen. Ich werde die Hüterin des Kleides sein. Egal, wo wir in dieser weiten Welt sein werden, in Chicago, Portal –" Sie blickte Joan an. „In England. Ihr bleibt in Kontakt mit mir, und wenn ihr das Kleid braucht, schicke ich es euch."

Evelyn riss die Augen auf. „Genial. Das ist einfach genial. Du bist ein Genie, Betty."

„Die jeweilige Braut", führte Betty weiter aus, „wird das Kleid tragen, es reinigen lassen, sobald sie aus den Flitterwochen zurückkommt, es verpacken und an mich zurückschicken, damit die Nächste es tragen kann."

„Okay, okay", sagte Magda. „Aber was geschieht mit dem Kleid, wenn wir alle es getragen haben?"

Betty nickte. „Noch eine gute Frage." Sie hielt inne. „Die fünfte Braut behält das Kleid. Für immer."

Joan brach in Gelächter aus. Sie konnte sich einfach nicht beherrschen. „Wir sprechen hier von uns als *Bräuten,* und dabei – hatte ich das schon erwähnt? – hat keine von uns auch nur einen Verlobungsring."

Evelyn drückte die Hand auf den Mund. „Aber Joan", sagte sie, als sie die Hand wieder wegnahm, „es besteht doch die *Hoffnung* auf einen Ring." Sie streckte ihre linke Hand aus. Ihr Blick wanderte in die Ferne. „Da ist der Traum, dass ein gewisser Jemand einen Ring an diesen Finger steckt und sagt: ‚Evelyn, willst du mir die Ehre erweisen und meine Frau und die Mutter meiner Kinder werden?'"

Sogar Magda seufzte. „Ja ..."

Joan wechselte einen bedeutungsvollen Blick mit Betty. Inga erhob sich und kam auf sie zu. „Ich finde", sagte sie, „wir sollten es machen." Sie lächelte. „Und, ganz im Ernst, ich glaube, ich werde das Kleid eher früher als später brauchen."

Magda verdrehte die Augen. „Inga ... wenn du denkst, Far würde dir erlauben –"

„Erlauben? Denkst du wirklich, ich bräuchte seine *Erlaubnis*?"

Betty erhob sich und blickte sie alle nacheinander an. „Ich will ganz ehrlich sein. Wenn wir das nicht machen ... nun, ich glaube nicht, dass mir mein Vater ein Brautkleid kaufen wird."

Evelyn senkte den Blick. „Betty ..."

„Ich bin nicht auf Mitleid aus, Evelyn. Ich habe eine Entscheidung getroffen und bleibe dabei." Sie tätschelte Evelyns Hand. „Und, bist du nicht glücklich?"

Evelyn suchte Bettys Blick. „Doch, das bin ich", erwiderte sie leise.

„Also gut. Dann lasst uns abstimmen. Joan? Eigentlich bist du die Einzige, die ihr Votum noch nicht abgegeben hat, aber ich werde trotzdem anfangen." Sie hob die rechte Hand. „Wer ist noch dabei?"

Inga hob ebenfalls die Hand. „Ich."

Dann Evelyn. „Ich auch." Sie blickte Joan an und biss sich auf die Lippe.

Magda hob die Hand. „Ich auch."

Die Aufmerksamkeit richtete sich nun auf Joan, die laut zu lachen begann. „Ich bin immer so vernünftig gewesen, wisst ihr."

„Und?", fragte Betty.

„Ich will damit sagen, dass das Verrückteste, was ich je getan habe, war, ein Schiff zu besteigen und den Atlantik zu überqueren mit wenig mehr als dreißig Dollar in meiner Geldbörse."

„Was sind denn dann sechzig Dollar?", drängte Magda.

„Und jetzt hast du einen Job, Joanie", erinnerte Evelyn sie.

„Mehr als einen", korrigierte Joan und suchte Evelyns Blick in der Hoffnung, sie würde sich daran erinnern, dass sie mit nur einem auskommen wollte.

Inga ließ die Hand sinken. „Sag einfach Ja, Joan."

Joan lachte.

„Was ist denn so lustig?", fragte Inga.

„Dein Akzent", gestand sie. „Er wird stärker, wenn du –"

„Mein Akzent?", fragte sie um eine deutliche Aussprache bemüht.

Alle Hände sanken herab, und Betty räusperte sich. „Also bitte, meine Damen." Sie hob erneut ihre Hand. „Ich."

Evelyn folgte ihrem Beispiel. „Ich."

„Ich auch", sagten Inga und Magda gleichzeitig.

Joan seufzte, hob ihre Hand und ließ sie spaßeshalber sofort wieder sinken, um sie dann erneut zu heben. „Ich auch."

Und dann umarmten sie sich alle miteinander, als würden sie sich schon ihr Leben lang kennen.

„Ich kann nicht glauben, dass wir das tun", sagte Joan.

„Ich auch nicht", flüsterte Evelyn ihr ins Ohr. „Danke, Joanie."

Joan schloss die Augen und lachte leise. „Gern."

Kapitel 21

Betty stürmte in George Volbrechts Vorzimmer und schloss die Tür hinter sich. „Ist er da?"

Josephine griff nach dem Hörer.

„Nein, nein", winkte Betty ab.

„Miss Estes, ich muss –", wandte Josephine ein, doch Betty marschierte entschlossen an ihr vorbei. „Mr Volbrecht, es –"

Betty riss die Tür zu Georges Büro auf. Er saß auf der Schreibtischkante. Ein Golfschläger lehnte an seinem Knie, und in der Hand hielt er den Telefonhörer. Er lächelte sie an. „Das ist schon in Ordnung, Jo. Miss Estes ist der Meinung, die ganze Welt würde ihr gehören." Er legte den Hörer auf. „Wem oder was verdanke ich die Ehre? Und dazu noch um die Mittagszeit? Hast du Hunger?"

Betty schloss die Tür hinter sich. „Hör auf damit. Und sprichst du deine Sekretärin immer mit ihrem Kosenamen an?"

Er zuckte die Achseln, nahm den Golfschläger in die Hand und kam auf sie zu. Liebevoll drückte er ihr einen Kuss auf die Wange. „Du riechst wundervoll, Betts."

Sie wich zurück. „Nun, es ist zwar nicht Chanel, aber für eine arme Arbeiterin reicht ja auch Englischer Lavendel."

Er tippte ihr mit dem Finger auf die Nasenspitze. „Das ist nicht so ganz dein Stil. Möchtest du etwas trinken?"

Betty ignorierte ihn und ließ sich auf dem Sofa nieder, was sie allerdings sofort bereute, als George sich neben sie setzte und den Arm auf die Rückenlehne hinter ihr legte. „Also, warum bist du hier, Betts? Brauchst du einen Anwalt?"

Sie schüttelte den Kopf, zog ihre Handschuhe aus und steckte sie in ihre Handtasche. „George, es hat sich etwas ... ereignet. Evelyn hat dir sicher nichts davon erzählt, aber ich habe das Gefühl, dass wir beide miteinander reden müssen." Sie blickte ihn an und sah, dass er die Stirn in Falten gelegt hatte.

Irritiert schaute er ihr in die Augen. „Was denn? Was ist geschehen?"

„Das kann ich dir nicht sagen." Wie sollte sie erklären, dass fünf Frauen sich gemeinsam ein Brautkleid gekauft hatten? Das klang einfach nur lächerlich, vor allem in den Ohren eines Mannes. Er würde bestimmt keine Zeit vergeuden und alles brühwarm seinen und ihren Eltern erzählen. „Zumindest nicht die Einzelheiten." Sie seufzte. „George Volbrecht, was sind deine Absichten in Bezug auf Evelyn?"

George erhob sich, durchquerte den Raum und goss sich ein Glas Wasser ein. Er trank mehrere Schlucke, stellte dann das Glas ab und lehnte sich an die Theke. „Muss es denn da einen Plan geben, Betts?"

Betty legte ihre Tasche auf das Sofa und erhob sich. „George, bitte. Evelyn ist –"

„Sie wird so langsam etwas, nicht? Ich meine, man spürt deinen positiven Einfluss."

Betty war empört. „Was soll das? Evelyn war schon immer etwas, und ich mag es nicht, wenn du so abfällig über sie redest. Das Äußere ist schließlich nicht so wichtig."

„Das aus deinem Munde!", spottete er.

„George, wenn du nicht der Meinung bist, dass diese Sache mit Evelyn zu einer Ehe führen könnte, dann bitte, bei allem, was heilig ist –"

„Einer *Ehe*? Nun, und was, wenn es so wäre?" Er trank noch einen Schluck Wasser. „Warum nicht? Immerhin ist sie nicht gebunden. Ich bin auch nicht gebunden. Sie liebt mich – und sag mir nicht, das wäre dir entgangen! –, und, nun, ich für meinen Teil mag mich auch ganz gern."

„George!" Betty stampfte mit dem Fuß auf, doch bevor sie noch ein Wort sagen konnte, packte er sie an den Schultern, zog sie an sich und küsste sie. Fest zuerst, dann immer sanfter, und er hielt sie mit solcher Leidenschaft fest, dass sie sich nicht aus seinen Armen hätte lösen können, wenn sie es versucht hätte.

Sie hob die Hand, um ihn zu schlagen, sobald er –

„Betty … Betty", flüsterte er an ihren Lippen. „Du weißt doch, was ich für dich empfinde. Sag nur ein Wort, und ich werde –"

Die Tür zu seinem Büro schwang auf, und sie sahen Evelyn dort stehen, die Hand auf dem Messingknauf der Tür. Sie schnappte nach Luft. „Ich wusste es!", rief sie. „Ich wusste es doch!"

„Evelyn!" Betty stieß George von sich und rannte Evelyn nach.

Joan nutzte ihre Mittagspause und setzte sich mit den Stellenanzeigen und ihrem Mittagessen – Kartoffelbrei, Hackbraten und grüne Bohnen – an einen Tisch in der Ecke in dem Restaurant, in dem sie meistens aßen. Sie war Betty und Evelyn bewusst aus dem Weg gegangen, um in aller Ruhe die Anzeigen studieren zu können. Zum Glück hatte Betty das Büro früh verlassen. Wohin sie wollte, hatte sie nicht verraten. Und Evelyn hatte sich mit George zum Mittagessen verabredet.

„Wonach suchst du denn so aufmerksam in der Zeitung?"

Verblüfft starrte Joan in Magdas Gesicht. „Hallo!", sagte sie. Und als sie sah, dass Magda ein Tablett in den Händen hielt, fügte sie noch hinzu: „Ich hatte nicht damit gerechnet, dich hier zu sehen. Setzt du dich zu mir?“

„Gern“, erwiderte Magda und nahm Joan gegenüber Platz. „Also, was liest du da?“

„Die Stellenangebote. Bei Olson ist nicht zufälligerweise ein Job frei?“

Magda schüttelte den Kopf. „Nicht, dass ich wüsste. Entschuldige kurz“, sagte sie, senkte den Kopf zu einem stillen Gebet, und Joan wartete, bis Magda wieder aufblickte. „Gibt es Probleme mit deiner Stelle?“

Joan schnitt sich ein Stück vom Hackbraten ab. „Nein, es ist alles in Ordnung. Ich brauche nur mehr Geld, und noch mehr Jobs kann ich wirklich nicht machen …“ Sie führte die Gabel zum Mund.

Magda griff nach der gefalteten Zeitung, die Joan auf den Tisch gelegt hatte. „Die Callahan-Agentur sucht eine Chefsekretärin.“

„Die Callahan-Agentur?“

„Ich habe einen Artikel über diese Agentur gelesen. Sie soll ein aufstrebendes Unternehmen sein.“

Joan nahm Magda die Zeitung aus der Hand und überflog die kleine Anzeige. „Pat Callahan …“

„Was?“

„Hier steht, man solle nach Pat Callahan fragen.“

„Genau“, erwiderte Magda strahlend. „Die Callahan-Agentur gehört den Callahans aus Milwaukee, glaube ich.“

„Was genau machen die?“ Joan vertiefte sich erneut in die Anzeige. „Das steht hier nicht.“

„Ich glaube, es ist eine Werbeagentur.“ Sie wackelte mit den Augenbrauen. „Und wenn ich mich recht entsinne, befindet sich das Büro im zweiten Stock des zwanzigstöckigen Hochhauses neben dem Drake Hotel. Du weißt schon, wo die Schönen und Reichen ein- und ausgehen.“

„Perfekt“, sagte Joan halbherzig.

„Joan", wandte Magda streng ein. „Du bist bei Hertz doch in der Buchhaltung, nicht?"

„Mmmm-hmm."

„Was ich sagen will, ist, du bist keine Sekretärin und schon gar keine *Chefsekretärin*. Denkst du denn, du kämst mit dem Wechsel zurecht?"

Joan straffte die Schultern. „Magda, vor dir sitzt ein Mädchen, das alles kann, was es sich vornimmt. Ich werde mich um diesen Job bewerben. Ich werde zum Vorstellungsgespräch gehen und die Stelle bekommen. Und wenn du mir nicht glaubst, dann warte nur ab."

Magda lächelte sie über den Rand ihrer Kaffeetasse hinweg an. „Das gefällt mir so an dir, Joan. Du scheust nicht davor zurück, etwas Neues auszuprobieren."

„Was ist mit dir, Magda? Wie kommst du mit dem Schreiben voran?"

Magda stellte ihre Tasse auf den Tisch. „Ich weiß es nicht so genau, um ehrlich zu sein. Ich denke, ich bin in der richtigen Richtung unterwegs, und dann treffe ich mich mit Harlan, und ... er macht sozusagen alle meine Hoffnungen zunichte. Er sagt mir, ich müsse an meinen Stil feilen und meine Figuren besser ausarbeiten, aber er verbringt mehr Zeit damit, mich über *mich* auszufragen, als sich mit meinen Figuren zu beschäftigen."

Joan spießte eine grüne Bohne auf. „Vielleicht kannst du bessere Figuren erschaffen, wenn du dich selbst besser kennenlernst."

„Jetzt redest du genau wie Harlan."

Joan legte ihre Hand auf Magdas. „Du darfst nicht aufhören, an dich zu glauben Magda. Du wirst das schaffen, davon bin ich überzeugt."

Betty war schon bis zum Ende des Blocks gerannt, als ihr zwei Dinge klar wurden: Zum einen, dass Evelyn verschwunden war, und zweitens, dass ihre Handtasche noch in Georges Büro lag.

Niedergeschlagen machte sie sich auf den Rückweg, der sie an einer Kirche vorbeiführte.

Katholische Kirchen waren immer offen, das wusste sie. Aber bei dieser Kirche standen die Türen buchstäblich sperrangelweit offen. Sie wertete das als Zeichen.

Betty überquerte die Straße und eilte die Treppe hinauf. Ihr Blick wurde von dem keltischen Kreuz angezogen, das im hellen Gegenlicht nur schemenhaft zu erkennen war. Zumindest bis sie durch die Tür und in die kühle Vorhalle der Kirche eintrat und weiterging ins Kirchenschiff, wo ihr der Geruch von alter Möbelpolitur und schmelzendem Wachs entgegenschlug.

Sie bekreuzigte sich, ging durch den Mittelgang zum Altar, ließ sich auf einer der harten, glatt polierten Bänke nieder und faltete die Hände in ihrem Schoß. „Was für ein Schlamassel", flüsterte sie und hoffte, dass keiner der Anwesenden, die zum Beten hergekommen waren, sie hörte. „Was für ein Schlamassel."

Sie hatte nicht nur ihr eigenes Leben ins Chaos gestürzt. Der armen Evelyn hatte sie noch viel Schlimmeres angetan. Evelyn würde das bestimmt nicht verstehen. Und ihr vermutlich nie verzeihen. Und auch sie selbst konnte sich nicht vergeben.

Sie fühlte die Gegenwart einer anderen Person mehr, als dass sie sie sah. Als sie den Blick hob, stand eine Nonne vor der Bank und sah sie an.

Betty erhob sich. „Entschuldigung … ich –"

Das Gesicht der Frau war faltig und freundlich. Sie bedeutete Betty, wieder Platz zu nehmen. „Bleiben Sie doch ruhig sitzen."

Betty folgte der Aufforderung, und die Nonne ließ sich neben ihr nieder. „Sie wirken sehr bedrückt, mein Kind", sagte sie und tätschelte Bettys Hand. „Ich habe Sie gesehen, als sie hereingekommen sind."

„Ach, Schwester", seufzte Betty leise. „Ich fürchte, ich habe einen Menschen, den ich mag, sehr verletzt." Betty erzählte die Geschichte in allen Einzelheiten. Nach fünfzehn Minuten kam sie zum Ende, atmete tief durch und sagte: „Ich weiß nicht, was ich tun soll. Ich sah die offenen Kirchentüren und hatte das Gefühl, dass … *Gott* … hm, ich spürte ihn in meinem Inneren."

Die Nonne tätschelte erneut ihre Hand. „Sagen Sie mir Ihren Namen, Kind", forderte sie sie auf.

Betty lachte leise. „Betty Estes. Und Sie sind?"

„Schwester Brigit. Nun, mal sehen, wo ich anfange." Ihre haselnussbraunen Augen funkelten hinter ihren achteckigen Brillengläsern. „Falls Sie überhaupt wollen, dass ich anfange, heißt das."

„Oh, bitte."

„Sie sagen, Sie haben Ihre Eltern nicht mehr besucht, seit sie Ihnen die finanzielle Unterstützung gestrichen haben."

Betty senkte den Blick und schüttelte den Kopf. „Ich hätte es tun sollen, das ist mir klar, aber – ich weiß nicht, was ich sagen soll, und ich möchte auch nicht immer mit ihnen streiten."

„Bevor Sie im Leben anderer etwas verändern können, sollten Sie zuerst Ihr eigenes Leben in Ordnung bringen. Eins nach dem anderen. In der Bibel heißt es, wir sollen Vater und Mutter ehren."

Betty richtete sich auf. „Dann soll ich George also heiraten?"

Die alte Nonne verdrehte die Augen. „Um Himmels willen, nein." Sie lachte. „Aber Sie müssen sich mit Ihren Eltern versöhnen. Ihren Standpunkt vertreten, aber Respekt zeigen."

„Und Evelyn? Wie soll ich diese Sache mit ihr je wieder in Ordnung bringen?"

„Sagen Sie ihr die Wahrheit." Sie blinzelte Betty zu. „Mehr können Sie nicht tun. Aber zuerst müssen Sie selbst die Wahrheit erkennen."

„Was meinen Sie damit?"

„Haben Sie etwas empfunden, als dieser George Sie geküsst hat?"

Betty lächelte. „Es war … durchaus angenehm. Aber nein, ich habe keine weichen Knie bekommen oder so etwas. Ich empfinde nichts für George und will ihn wirklich nicht heiraten." Sie seufzte. „Manchmal frage ich mich, ob ich wohl je den Richtigen finden werde."

„In der Bibel steht, dass ein Mensch seinen Weg zwar plant, dass der Herr aber seine Schritte lenkt. Er ist jetzt, während wir miteinander reden, am Werk bei Ihnen. Sie brauchen ihm nur den nächsten Schritt anzuvertrauen."

Betty lächelte kurz. „Das tue ich, Schwester, aber … aber was mich noch weit mehr beschäftigt als die Frage, ob Gott einen Mann für mich bestimmt hat, ist, dass George Evelyn so schrecklich an der Nase herumführt. Sie denkt, er sei dieser eine besondere Mann für sie, und ich … ich weiß, dass er sie niemals heiraten wird." Sie suchte den Blick der Nonne. „Ich will wirklich nicht, dass sie verletzt wird."

Schwester Brigit nickte. „Sagen Sie ihr die Wahrheit. Wie sie darauf reagiert, liegt nicht in Ihrer Hand. Sie muss ihren eigenen Weg gehen. Aber wenn Sie mit ihr sprechen, denken Sie an den Rat des Paulus: ‚Eure Worte seien immer freundlich, doch mit Salz gewürzt; denn ihr müsst jedem in der rechten Weise antworten können.'"

„Das ist ein guter Rat", erwiderte Betty. Sie warf einen Blick auf ihre Uhr. „Danke! Ich muss leider gehen, Schwester. Ich bin schon viel zu spät dran."

Schwester Brigit erhob sich mit ihr zusammen. „Ich werde für Sie beten, Liebes. Und ich hoffe, dass Ihr Chef Verständnis zeigt."

„Vielen Dank, Schwester." Sie ging um die alte Nonne herum und blieb am Ende der Bankreihe noch einmal stehen. „Vielleicht sehen wir uns hier mal in der Messe."

„Das wäre sehr schön, Kind. Wirklich sehr schön."

Kapitel 22

Die große Uhr in Magdas Büro tickte laut, und der Minutenzeiger bewegte sich viel zu langsam auf die Zwölf zu. Noch sieben Minuten, dann konnte sie Feierabend machen. Nach Hause gehen. An der Geschichte arbeiten, die den ganzen Nachmittag in ihrem Kopf herumgegeistert war. Sie wusste jetzt, wie es weitergehen würde. Was ihre Charaktere zueinander sagen sollten.

Seit dem Mittagessen hatten sie in ihrem Kopf miteinander geredet; zum Schweigen konnte sie sie erst bringen, wenn sie die Worte zu Papier gebracht hatte, das wusste sie aus Erfahrung.

Die Tür von Mr Coles Büro öffnete sich. „Ah, Magda. Gut. Sie sind noch da."

Sie lächelte angemessen – nicht zu breit, um sich nicht anzubiedern, aber auch nicht zu knapp, um nicht verärgert zu erscheinen. „Wo sonst sollte ich sein, Mr Cole?" Sie blickte ihren Chef an, der jetzt vor ihrem Schreibtisch stand. „Außerdem verabschiede ich mich doch immer, bevor ich gehe, nicht?"

Er lächelte herzlich. „Allerdings. Entschuldigen Sie. Ich habe gerade viel um die Ohren." Er setzte sich den Hut auf. „Meine Tochter hat heute Abend eine Aufführung in der Schule, und sie hat jetzt schon Angst, dass ich nicht rechtzeitig zu Hause bin.“ Er grinste voll väterlichem Stolz. „Ich gehe heute etwas früher als üblich, um sicherzustellen, dass ich meinen Status als ‚Vater des Jahres‘ nicht verliere.“

Magda lachte. „Da wird Ihre Tochter sich sicher freuen, Mr Cole.“

Barry Cole drehte sich um und ging zur Tür. „Wünschen Sie mir Glück, dass die Züge pünktlich fahren und Deanne sich in ihrer kleinen Rolle gut schlägt.“

„Deanne? So heißt Ihre Tochter?“

Er runzelte die Stirn. „Ja.“

„Soweit ich mich erinnere, haben Sie bisher ihren Namen nicht genannt, Sir.“

„Hmm“, sagte er, als er die Tür öffnete und noch einmal über die Schulter zurücksah. „Das stimmt vermutlich. Nun, das werde ich korrigieren. Deanne ist meine Tochter, Douglas mein Sohn.“

„Aha.“ Ihr Blick wanderte erneut zur Uhr. Noch drei Minuten. Sie überlegte, ob sie auch Feierabend machen sollte, aber das wagte sie nicht. Auf keinen Fall sollte Mr Cole sie für eine Faulenzerin halten.

„Dann also auf Wiedersehen.“ Er verließ das Büro und schloss die Tür hinter sich. Dann ging die Tür noch einmal auf, und er steckte seinen Kopf herein. „Übrigens, Sie haben mir eine Arbeit von einer Clarissa Jones gegeben.“

Magda richtete sich auf. Einige Tage zuvor hatte sie einen Artikel gelesen, den sie sehr gut gefunden hatte. Sie hatte ihn an ihren Chef weitergegeben. „Den Artikel über die Frauen hinter den Männern beim Baseball?“

„Genau.“ Er zwinkerte ihr zu. „Das haben Sie gut gemacht.“

Die Tür schloss sich hinter ihm. Sie lächelte.

„Gut gemacht“, wiederholte sie leise, während sie die Papiere auf ihrem Schreibtisch ordnete, die Schreibmaschine abdeckte und die Stehlampe ausschaltete.

Die Tür öffnete sich erneut, als sie gerade ihre Tasche holen wollte.

Magda blickte auf und rechnete damit, wieder Mr Coles Gesicht zu sehen. Doch stattdessen stand Harlan vor ihr.

„Harlan", keuchte sie überrascht. „Was machst du denn hier?"

Er kam herein, schloss die Tür hinter sich und legte den Hut ab. „Ich hatte Angst, ich könnte dich verpassen."

Ein Schauder überlief sie. Noch nie war sie mit ihm ganz allein gewesen. Bisher war immer Mr Cole nebenan gewesen, und die Tür hatte offen gestanden. Oder sie waren in dem belebten Pub unter vielen Leuten gewesen. „Ich wollte gerade nach Hause gehen. Mr Cole ist bereits –"

„Verstehe." Er winkte sie zu sich. „Komm, setz dich hierher zu mir. Ich muss mit dir reden."

Magda seufzte. „Vielleicht sollten wir die Tür öffnen, für den Fall –"

„Für den Fall, dass was?" Seine Augen weiteten sich. „Oh, ich verstehe." Er blickte über die Schulter zurück zur Tür, dann wieder zu ihr. „Mach dir deswegen keine Sorgen. Komm." Er hängte seinen Hut an den Garderobenständer und nahm auf einem der Stühle Platz. „Hier, neben mich", forderte er sie auf und klopfte auf den Stuhl rechts von ihm.

Magda ging zu ihm und hockte sich auf die Stuhlkante.

Harlan blickte sie an, als hätte sie plötzlich eine seltsame Hautkrankheit bekommen. „Was ist los mit dir, Magda? Du tust ja so, als hättest du noch nie neben mir gesessen."

Sie seufzte und lachte gleichzeitig. Er legte den Arm auf die Stuhllehne und zog sie an sich. „So. Das ist schon besser."

Magda blickte ihn an. „Es fühlt sich seltsam an. In einem Club nebeneinander zu sitzen oder vor der Haustür umarmt zu werden ist eine Sache." Ihr Blick schweifte durch den Raum. „Aber das hier ist mein Arbeitsplatz, und … es wäre mir äußerst unangenehm, wenn jetzt jemand hereinkäme –"

Er drückte seine Lippen auf ihre und erstickte so jedes weitere Wort. Sie konnte nichts dagegen tun, sie gab sich seinem Kuss hin, ihre Hände wanderten über seine Schultern, sie krallte die Finger in seine Haare. Schließlich brach er den Bann und löste sich von ihr, und seine blassgrünen Augen wanderten von ihren Lippen zu ihren Augen und wieder zurück. „Ich hatte gehofft, dass du so reagieren würdest", sagte er mit belegter Stimme.

Sie rutschte ein Stück zur Seite, aber nur ein kleines. „Wie bitte?"

Harlan ergriff ihre Hand, drückte sie und verschränkte seine Finger mit ihren. „Ich möchte dir ein Angebot machen."

Ihr Herz klopfte laut, und ganz kurz dachte sie an das Kleid, das zu Hause im Schrank hing, den sie sich mit Betty teilte. „Was für ein … *Angebot*?"

„Ich muss noch intensiv an einer Kurzgeschichte arbeiten, die ich bis zum kommenden Dienstag fertig haben muss."

Magda blickte ihn an. „Und ich soll sie für dich Korrektur lesen?" Die Aussicht auf diese Aufgabe bereitete ihr beinahe so viel Vergnügen wie der Gedanke, dass sie vielleicht die Erste sein würde, die das Brautkleid trug.

Er lächelte. „Ja, aber es ist nicht nur das." Er führte ihre Hand an seine Lippen und küsste ihre Finger. „Ich mag dich wirklich sehr, weißt du."

„Und ich dich."

Harlan hielt ihren Blick fest. „Das höre ich gern", flüsterte er. Dann räusperte er sich, ließ ihre Hand los, rutschte zur Stuhlkante und stützte seine Ellbogen auf seine Knie. „Ich besitze eine Hütte am Lake Michigan."

„Das hast du noch nie erzählt."

Er senkte den Blick zu Boden. „Dorthin fahre ich, wenn ich schreibe. Manchmal eine Woche. Oder einen ganzen Monat. Manchmal auch nur übers Wochenende." Harlan blickte sie an. „Dieses Wochenende fahre ich wieder hin. Ich breche am Freitagnachmittag auf und komme am Sonntagabend zurück. Ich würde mich freuen, wenn du mich begleiten würdest. Du könntest lesen. Lange Spaziergänge machen. Solche Dinge … während ich schreibe. Dann liest du, was ich geschrieben habe, und sagst mir, was du davon hältst."

Magda erhob sich. „Du meinst … aber … wer wird denn sonst noch da sein?"

Harlan erhob sich ebenfalls. „Nur wir beide." Er nahm seinen Hut und setzte ihn auf. „Jetzt sei doch nicht so provinziell, Magda", sagte er und musterte sie. „Du wusstest doch, dass sich unsere Beziehung in diese Richtung entwickelt." Er nahm sie am Ellbogen und führte sie zu ihrem Schreibtisch. „Nimm deine Tasche, meine Liebe, dann begleite ich dich zum Zug. Ich habe dir viel Stoff zum Nachdenken gegeben, das weiß ich. Und ich erwarte auch nicht, dass du sofort antwortest. Aber am Donnerstag brauche ich deine Antwort. Wir treffen uns zum Mittagessen bei Tillie. Dann kannst du mir sagen, wie du dich entschieden hast."

Magda stand in der Tür zur Küche und starrte ihre Schwester an, die mit einer halb vollen Tasse Kaffee vor sich am Tisch saß. „Du siehst so aus, wie ich mich fühle", sagte sie, als sie Ingas besorgtes Gesicht sah.

Inga blickte hoch. „Und wie sehe ich aus?"

„Als hättest du deinen letzten guten Freund verloren." Sie ging zur Kaffeemaschine und legte die Hand an die Kanne. „Soll ich deinen Kaffee aufwärmen?" Sie nahm eine Tasse aus dem Schrank.

„Nein", sagte Inga knapp und dann etwas freundlicher: „Nein, danke."

Magda setzte sich zu ihr an den Tisch, auf dem der Zucker und die Sahne standen. „Was ist los?", fragte sie. „Oder willst du nicht darüber reden?"

„Meine Route wurde geändert", seufzte Inga. „Ich fliege jetzt die Strecke Chicago – New York."

„New York?" Magda warf ein Stück Zucker in ihren Kaffee und rührte um. „Ich wollte New York schon immer mal sehen." Sie trank einen Schluck. „Vielleicht eines Tages." Wenn sie eine berühmte Schriftstellerin wäre und zu geschäftlichen Besprechungen mit ihren Verlegern in die große Stadt reisen müsste. Bestimmt würde ein New Yorker Verlag ihre Bücher herausbringen wollen. Mehr als einer. Sie würden alle um sie kämpfen, vor allem, wenn sie wüssten, dass sie –

„Du hast gut reden", murmelte Inga. „Du hast keinen Freund in Los Angeles."

„Oh." Magda ließ den Atem entweichen. „Ich verstehe." Sie trank noch einen Schluck Kaffee. „Wie lange wirst du diese neue Route denn fliegen?"

Inga zuckte die Achseln. „Keine Ahnung." Sie nahm ihre Tasse, ging zur Kaffeemaschine und schenkte sich nach. „Ich weiß nur: Wenn ich nicht mehr für diesen Flug eingeteilt werde, habe ich keine Möglichkeit, nach Los Angeles zu kommen." Sie ließ sich wieder am Tisch nieder.

„Hast du mit ihm gesprochen? Mit diesem Freund?"

„Mit Frank. Ja. Er sagte, er fände das sehr schade, aber … ich habe Sorge, dass ich …" Ihre Worte verklangen, und Magda wartete.

Als sie nicht weitersprach, fragte Magda: „Was? Worüber machst du dir Sorgen, Inga?" Sie hörte ihren singenden Tonfall, der sie wie ihre Mutter klingen ließ.

Inga schien ihn ebenfalls wahrgenommen zu haben und lächelte schwach. „Denkst du, dass wir jemals davon loskommen werden?"

Magda schüttelte den Kopf. „Ich hoffe nicht."

Inga seufzte erneut und zog die Tasse zu sich heran. „Ihre Stimme in meinem Kopf hat verhindert, dass ich eine Nacht der intensivsten Leidenschaft erlebe, die jemals eine Frau erleben durfte. Nehme ich jedenfalls an."

Magda fuhr hoch. „*Inga …*"

Inga strich mit ihren sorgfältig lackierten Fingernägeln durch ihre Haare. „Ich kann es nicht ändern, Magda. Ich bin nicht wie du."

„Wie ich?"

Inga schwieg. Ihr Blick hing an ihrem noch nicht angerührten Kaffee. „So … so keusch."

„Inga … du hast doch wohl nicht –"

„Nein. Aber … aber beinahe." Sie blickte Magda an. „Am Valentinsabend. Frank ist mit mir in die Berge gefahren, und er … er hat mich praktisch angefleht."

Magda legte die Arme um sich, als wäre es plötzlich kalt geworden im Raum. „Und, hast du?"

„Nein. Mors Stimme, ihre Ermahnungen und Warnungen aus Gottes Wort haben mich davon abgehalten."

Magda begann zu lachen. Sie atmete tief durch. „Aber du wolltest."

„Ich liebe ihn. Natürlich wollte ich." Sie führte die Tasse zum Mund und trank einen Schluck. „Puh! Ekelhaft."

Magda nahm ihr die Tasse ab, ging zum Spülbecken und wusch sie aus. Dann schenkte sie heißen Kaffee ein, kehrte damit zum Tisch zurück und stellte sie wieder auf die Untertasse. „Harlan hat mich gebeten, über das Wochenende mit ihm wegzufahren."

Inga riss die Augen auf. „Und? Fährst du mit?"

Magda schüttelte den Kopf. „Nein. Ich habe auf der Heimfahrt ununterbrochen darüber nachgedacht. Glaub mir, das habe ich wirklich."

„Aber Mors Stimme …"

„Mehr als das, Inga. Ich denke, es war Gottes Stimme."

„Was? Sag mir nicht, dass du jetzt die Stimme Gottes hörst."

Magda lächelte. „Nein. Nicht so, wie du meinst. Aber ich nehme an, es sind nicht nur Mors Worte, die meine Entscheidung beeinflusst haben, obwohl sie natürlich auch eine Rolle dabei spielen. Wir beide sind in einem strengen Elternhaus aufgewachsen –"

„Das kann man wohl sagen."

„Aber wir wussten immer, dass unsere Eltern uns lieben."

Inga nickte nur.

„Die Wahrheit ist, wir haben immer gesagt, dass der Glaube unserer Eltern nicht unserer ist und wir nur gehorcht haben, weil wir mussten. Doch als Harlan mich bat, mit ihm wegzufahren, hatte ich das Gefühl, dass mir … irgendwie Gewalt angetan wurde. Ich fühlte mich … nicht respektiert. Nicht, dass ich ihn nicht liebe, aber … ich glaube nicht, dass er mich genauso liebt. Er hat gar keinen Glauben … und … ich habe Mor gefragt, was sie damals getan hätte, wenn Far nicht Lutheraner gewesen wäre."

„Wann? Wann hast du sie das gefragt?"

„Bei Tante Greta und Onkel Casper."

„Und was hat sie geantwortet?"

Magda trank einen Schluck Kaffee. „Du kennst doch Mor. Sie sagte: ‚Aber er war es nun mal.'"

Inga starrte sie an. „Mehr nicht?"

„Hmm-hmm."

„Ich nenne das blinden Glauben."

„Wenigstens wusste sie, was sie wollte."

Inga erhob sich und schob den Stuhl unter den Tisch. „Ich weiß auch, was ich will, Magda. Und ich will Frank Martindale. Außerdem bin ich nicht so überzeugt von der Religion. Das ist doch alles nur eine Scheinwelt voller Verbote."

„Inga …"

„Tu dies, tu jenes nicht. Falls ich Frank je wiedersehe, dann wird Mors Stimme nicht mehr in meinem Kopf sein. Ich werde sie vertreiben, wenn es sein muss."

„Inga!"

Doch bevor ihre Schwester noch etwas sagen konnte, ging die Wohnungstür auf, und kurz darauf standen Betty und Joan mit sorgenvoll verzogenen Gesichtern in der Tür. Evelyns Mantel lag über Joans Arm.

„Was?", fragte Magda. „Was ist los?"

Joan stieß den Atem aus. „Hat einer von euch Evelyn gesehen?"

Kapitel 23

Evelyn saß in einem der orangefarbenen Sessel in der Lobby des Gebäudes, in dem sich Georges Büro befand. Die Kälte von draußen drang auch ins Innere des Gebäudes, und sie wünschte, sie hätte ihren Mantel angezogen. Aber mittags, als sie das Büro verlassen hatte, hatte die Sonne geschienen. So hell und warm.

Da hatte sie den Mantel nicht gebraucht.

Doch jetzt war alles anders. Das Wetter. Die Welt. Sie selbst. Sie begriff jetzt Dinge, die sie vorher nicht verstanden hatte, und sie hatte den ganzen Tag Zeit gehabt, um darüber nachzudenken.

Erst zwei Wochen zuvor hatte die Verkäuferin bei Carson's ihr auf den Kopf zugesagt, dass Betty nicht verliebt sei. Das wusste sie mit Gewissheit. Betty war kein Mensch, der mit einem Mann oder seiner Zuneigung spielte. Wie Joan immer und immer wieder betont hatte, war Betty der selbstloseste Mensch, den sie je kennengelernt hatte.

George dagegen …

Evelyn schlug die Beine übereinander und schlang die Arme um sich. Sie betrachtete ihr Kleid, ganz angemessen, aber schäbig im Vergleich zu Bettys Sachen. Trotz der neuen Frisur und ihres kunstvollen Make-ups wirkte Evelyn blass im Vergleich zu ihrer Mitbewohnerin. Betty war weltgewandt und wohlerzogen, schon ihr ganzes Leben lang. Evelyn dagegen begann gerade erst an der Oberfläche zu kratzen. Und vielleicht war alles nur Fassade gewesen.

Nachdem sie nun einen ganzen Nachmittag nachgedacht hatte, wusste sie, was sie zu tun hatte. Sie sah Georges hübsche Sekretärin die Lobby durchqueren und zur Tür gehen. Nein, sie ging nicht … sie tänzelte mit wiegenden Hüften, wie diese Schauspielerin … diese blonde. Wie hieß sie noch gleich?

Marilyn. Ja.

Evelyn erhob sich, strich ihren Rock glatt und ging zu den Aufzügen. Dabei ahmte sie den Gang der Sekretärin nach. Sie kam sich ziemlich lächerlich vor, aber Damen schienen so zu gehen.

Im fünften Stock betrat sie Georges Vorzimmer. Ohne anzuklopfen. Aus Georges Büro drang seine Stimme. Er lachte. So herzlich. So fröhlich. Sie fragte sich, wie er so sorgenfrei lachen konnte angesichts dessen, was an diesem Tag geschehen war.

Evelyn atmete tief durch, durchquerte das Vorzimmer und blieb vor Georges Bürotür stehen.

„… um zehn Uhr morgen“, sagte er und schwieg eine Weile. „Wir können mit der eidesstattlichen Aussage aber auch noch eine Woche warten, wie es Ihnen passt … Gut. Dann warten wir.“ George lachte erneut.

Langsam drehte Evelyn den Türknauf und öffnete leise die Tür.

Er hatte ihr den Rücken zugewandt. In seiner grauen Hose und dem weißen Hemd mit den hochgerollten Ärmeln sah er so gut aus, so vollkommen und lässig, dass Evelyn sich fragte, ob sie tatsächlich tun konnte, wozu sie sich entschlossen hatte.

Sie trat ein und wartete, bis er sein Telefonat beendet hatte und sich umdrehte, um den Hörer aufzulegen.

„Hallo“, sagte sie dann leise.

„Evelyn, was um alles in der Welt –?“

Sie hob die Hand. „Ich muss mit dir reden."

George erhob sich, steckte die Hände in seine Hosentaschen und senkte den Blick. „Ich weiß, das muss –"

„Warte", sagte sie. „Ich möchte zuerst sagen, was ich zu sagen habe."

Er blickte auf. Sie versuchte, seinen Gesichtsausdruck zu deuten. George Volbrecht ließ sich nicht gern unterbrechen, und ganz bestimmt war er es nicht gewohnt, Anweisungen entgegenzunehmen. Aber wenigstens einmal hatte sie ihm etwas voraus.

Wenn auch nur für einen Augenblick.

Sie wandte sich zum Sofa. „Können wir uns setzen?"

„Natürlich", erwiderte er. Er reichte ihr die Hand, als sei ihm eben seine gute Erziehung wieder eingefallen. „Bitte." Schnell rollte er seine Hemdsärmel herunter und griff nach seinem Jackett.

Evelyn schluckte und sah ihn an, als er neben ihr Platz nahm.

In diesem Augenblick entdeckte sie Bettys Handtasche auf Georges Schreibtisch.

„Betty hat ihre Handtasche vergessen", bemerkte sie.

Er blickte über die Schulter zu seinem Schreibtisch. „Kannst du ihr das verdenken? Sie ist dir nachgerannt, weißt du?"

Evelyn faltete die Hände in ihrem Schoß und nahm all ihren Mut zusammen, um fortzufahren. „Sie hat mich nicht gefunden, fürchte ich." Sie hob den Blick. „Ich habe mir den Rest des Nachmittags freigenommen, um nachzudenken."

„Sieh mal, Evelyn, ich –"

Sie legte ihre Hand auf seine. „Warte. Ich habe doch gesagt, ich zuerst. Ab morgen kannst du wieder stets der Erste sein, aber im Augenblick bin ich an der Reihe." Sie schluckte erneut. Ihr Blick blieb an dem Grübchen in seinem Kinn hängen. Sie würde das Grübchen ansprechen, beschloss sie. Das wäre leichter.

„Mein Vater ist Farmer", begann sie. „Genau wie sein Vater und dessen Vater vor ihm. Alle meine Vorfahren waren Menschen, die das Land bestellt haben. Und die Frauen meiner Familie sind starke Südstaatenfrauen." Sie lachte leise. „Ich weiß, in Filmen fallen wir dauernd in Ohnmacht oder sitzen untätig auf der Veranda des Herrenhauses einer großen Plantage und fächeln uns Luft zu, und eine schwarze Mammy bringt ein Glas Limonade."

George lächelte und sie auch. „Die Wahrheit ist, wir sind eher wie Scarlett am Schluss von *Vom Winde verweht.*" Sie hielt inne und leckte sich über die Lippen. „Aber meine Mutter und ihre Mutter, nun, sie haben aus Liebe geheiratet, George. Als sie die Worte sprachen: ‚In guten wie in schlechten Zeiten', meinten sie damit eher die schlechten Zeiten. Nicht jeder Farmer in den Südstaaten besitzt eine Plantage. Nicht jeder ist Herr über riesige Baumwollfelder. Meine Mutter hatte sich in den Kopf gesetzt, dass ich Hank Shute heiraten soll. Hank ist kein schlechter Kerl, aber sein Vater ist auch Farmer, und er arbeitet auf der Farm seines Vaters. Eines Tages, wenn Frank selbst einen Sohn hat, wird auch dieser Junge auf der Farm arbeiten. Vor langer Zeit habe ich mir vorgenommen, dass ich mehr wollte." Evelyn blickte George an, um abzuschätzen, was er wohl dachte. Aber sein Blick war nicht zu deuten.

„Hank wollte mich ebenso gern heiraten, wie meine Mutter wollte, dass ich ihn heirate. Aber wie ich schon sagte …"

„Du wolltest mehr."

„Ja. Ich hatte nun den ganzen Tag Zeit, um über diese Sache nachzudenken. Und ich weiß, dass ich nicht Betty Estes bin. Ich bin nicht so kultiviert wie sie und besitze nicht ihre schönen Kleider, und ich trage diese entsetzliche Brille, und ich kenne nicht die Hälfte von dem, was du in den Restaurants bestellst, in die du mich ausführst. Und …" Sie atmete tief durch. „… und ich weiß, dass du sie liebst."

„Evelyn –"

Evelyn legte ihre Fingerspitzen an seine Lippen, um ihn zum Schweigen zu bringen. „Ich weiß auch, dass sie dich *nicht* liebt, George Volbrecht."

Langsam sank ihre Hand wieder herab, so, wie sie es sich vorgestellte hatte, als sie diese Szene vorhin geprobt hatte. Sie versuchte, George nicht zu genau anzusehen, aus Angst, sein Blick könnte sie ablenken.

„Aber *ich* schon", fuhr sie fort. „Ich liebe dich. Und es macht mir nichts aus, George, dass du mich nicht liebst. Allerdings ist es mein großer Wunsch, so zu werden, wie du mich gern hättest. Ich möchte wissen, was du weißt. Ich möchte ein Mädchen sein, dessen du dich nicht mehr schämen musst. Also …" Sie rang die Hände. „Wenn du bereit bist, mein Lehrer zu werden, würde ich gern deine Schülerin sein." Wieder suchte sie seinen Blick und ertrank fast im Blau seiner Augen. „Keine Bedingungen."

Er musterte sie, um herauszufinden, ob sie es ernst meinte. „Eine Art Pygmalion-Projekt also", bemerkte er schließlich.

„Ja."

Seine Augen funkelten. „Du weißt, was *Pygmalion* ist?"

„Natürlich, George. Ich komme vom Land, aber aus *diesem* Land. Ich habe die Highschool besucht und sogar abgeschlossen."

Er lachte und ergriff ihre Hand. „Sieh mich an", sagte er schließlich. „Weißt du, worum es in diesen letzten Monaten gegangen ist? Bei dem, was zwischen dir und mir lief?"

„Ja. Du wolltest Betty eifersüchtig machen. Du dachtest, sie würde zu dir zurückkommen, wenn sie sieht, dass du dich um ein anderes Mädchen bemühst." Evelyn zog die Augenbraue in die Höhe. „Siehst du? So dumm bin ich gar nicht."

„Nein", stimmte George zu. „Aber das macht mich zu einem sehr gemeinen Menschen."

„Ja, das ist wahr."

Er lachte und dieses Mal fiel sie mit ein. „Evelyn", sagte er und warf seine Locken zurück. „Da ist die Tür." Seine Stimme war leise. Ernst. „Ich warne dich. Lauf weg. Lauf davon und schau nicht zurück."

„Würdest du das auch zu Betty sagen? Wenn sie statt meiner hier sitzen würde?“

„Wenn ich kein solcher Schuft wäre, ja. Die Wahrheit ist, ich bin weder für sie noch für dich gut genug.“

Evelyn nahm die Brille ab und legte ihre Hände an seine Wangen. „Das zu beurteilen wird meine Aufgabe sein.“

„Du wirst verletzt werden.“

Es war ihr egal. Vollkommen egal. Wenn Evelyn an diesem Nachmittag eines begriffen hatte, dann, dass sie nicht wieder zurückwollte. Nur weiter nach vorn.

Wo immer sie das hinführen würde.

Sie küsste ihn. Voller Leidenschaft. Und er erwiderte ihren Kuss auf dieselbe Art, wie er vorhin Betty geküsst hatte.

Als sie sich von ihm löste, lächelte sie ihn an, und er lächelte sie an. „Ich denke“, flüsterte sie, „nein, ich weiß, dass du mich jetzt zum Essen ausführen solltest. Ich hatte kein Mittagessen und ich bin am Verhungern.“

George erhob sich und reichte ihr die Hand, um ihr aufzuhelfen. „Du hast Hunger.“

„Genau das habe ich gesagt.“

„Dann lerne, dich richtig auszudrücken. ‚Ich habe Hunger‘ oder ‚Ich bin hungrig‘. Eine Dame ist niemals ‚am Verhungern‘.“ Er sprach mit übertriebenem Südstaatenakzent.

Evelyn schob das Kinn vor. „George“, sagte sie und versuchte, wie Betty zu klingen. „Ich bin hungrig.“

Er zwinkerte ihr zu. „Braves Mädchen.“ Er ging zu seinem Schreibtisch und holte Bettys Handtasche. „Ich nehme an, du wärst unter diesen Umständen bereit, Betty die Tasche mitzubringen?“

Sie nahm die Tasche entgegen. „Gewiss, mit dem größten Vergnügen.“

George lachte erneut. „Braves Mädchen“, wiederholte er. „Sehr braves Mädchen.“

Joan stand im Türrahmen von Bettys und Ingas Zimmer. „Ich habe ein Problem", sagte sie zu Betty, die gerade ihre Perlenohrringe abnahm und in eine herzförmige Glasschale legte.

Betty drehte den Kopf zu ihr um. „Und das wäre?"

„Ich habe morgen Mittag ein Vorstellungsgespräch bei der Callahan-Agentur."

Betty schnappte nach Luft und drehte sich um. „Du machst Witze."

Joan schüttelte den Kopf. „Mit einem Mann namens Pat Callahan."

„Mit *Pat*?"

Joan nickte.

„Pat Callahan!" Das klang nicht wie eine Frage, sondern so, als könne sie nicht glauben, dass Joan den richtigen Namen genannt hatte.

„Ist das gut?" Ihr wurde so schwindelig wie an dem Tag, an dem sie ins Krankenhaus eingeliefert worden war. Doch dieses Mal hatte sie gegessen. „Kennst du ihn?"

Betty schüttelte den Kopf. „Ich habe nur von ihm gehört. Er ist der Vizechef der Agentur, glaube ich. Sein Vater ist der Chef."

Joan strich sich mit der Hand durch die Haare. „Woher weißt du das?"

„Er kennt Mr Ferguson. Vor ein paar Wochen haben sie zusammen zu Mittag gegessen."

Joan lehnte sich gegen den Türrahmen. „Hast du ihn kennengelernt? Ist er nett?"

Betty ging zum Bett, ließ sich darauf nieder und schob ihr Kleid hoch, um die Nylonstrümpfe abzuknöpfen. „Nein, leider nicht. Er hat sich außerhalb mit Mr Ferguson getroffen. Ich kann nicht glauben, dass du Hertz verlassen willst."

Joan seufzte. „Ich muss weiterziehen, Betts. Ich brauche einfach einen besser bezahlten Job."

Betty erhob sich und drehte ihr den Rücken zu. „Mach mir bitte den Reißverschluss auf, ja?"

Joan kam der Bitte nach.

„Und was ist jetzt dein Problem?“, fragte Betty, als sie sich wieder zu ihr umwandte. „Du hast gesagt, du hättest ein Problem.“

„Könntest du mir vielleicht etwas zum Anziehen borgen? Für das Vorstellungsgespräch?“

„Ich habe genau das Richtige für dich“, sagte Betty und eilte zum Schrank. „Schlicht. Cremefarben. Sehr professionell.“ Vorsichtig suchte sie im Schrank herum und nahm einen Bügel heraus. „Hier, bitte.“ Sie reichte Joan das Kostüm. „Brauchst du auch noch die passenden Schuhe dazu?“

Schuhe. Natürlich. Zum Glück hatten sie dieselbe Schuhgröße. „Wenn es dir nichts ausmacht ...“

Betty nahm ein Paar Schuhe vom Regal im Kleiderschrank. „Wenn du den Job bekommst, werde ich dich vermissen“, sagte sie. „Aber ich werde trotzdem mit dir feiern.“

Joan drückte die Schätze an ihre Brust. „Wenn ich den Job bekomme“, versprach sie, „dann werde ich eines Tages etwas Wundervolles für dich tun.“

„Für mich?“

Joan hielt das Kostüm und die Schuhe in die Höhe. „Hierfür ...“

„Das ist doch gern geschehen.“ Betty blinzelte ein paar Mal. „Joan ... wie geht es Evelyn? Ich meine, wirklich? Abgesehen von der knappen Bemerkung, dass sie ausziehen will, hat sie in den letzten Tagen kaum mit mir geredet.“

Joan schüttelte den Kopf. „Evelyn glaubt zu wissen, was sie tut. Ich habe ihr gesagt, dass George meiner Meinung nach nicht gut für sie ist, aber sie meint, so einfach sei das nicht.“

Betty seufzte. „Sie liebt ihn.“

„Absolut. Und sie weiß, dass er sie nicht liebt, aber sie sagt, sie sei trotzdem bereit weiterzumachen.“ Joan winkte ab. „Sie sagte sogar etwas von *Pygmalion.*“

„*Pygmalion?*“

„Genau."

„Du meine Güte."

Joan zuckte die Achseln. „Sie ist ein großes Mädchen, Betty. Sie muss ihren Weg gehen."

Betty senkte den Blick, stemmte die Hände in die Hüften und schüttelte den Kopf. „Arme Evelyn. Sie denkt, sie wüsste, wie sie gegen den Stier kämpfen muss, aber so eine Arena hat sie noch nie betreten." Sie verschränkte die Arme. „Und wo wir gerade von der Stierkampfarena sprechen, ich werde an diesem Wochenende zum ersten Mal seit langer Zeit meine Eltern besuchen. Würdest du mich begleiten?"

„Wann?"

„Am Sonntag."

„Nach der Kirche?"

Betty nickte. „Ich sage Adela Bescheid, dass wir zum Nachmittagskaffee da sind."

„Sehr gern. Abgemacht."

Kapitel 24

Pat Callahan, ein äußerst attraktiver Mann irischer Herkunft, war eindeutig die lebhafteste Persönlichkeit, die Joan je kennengelernt hatte. Im Gegensatz zu Mr Ferguson und Mrs King, die beide während des Vorstellungsgesprächs an ihrem Schreibtisch gesessen hatten, ging Mr Callahan (der darauf bestand, dass sie ihn Pat nannte) mit ihr zu der Sitzecke in seinem Büro.

Der Mann, von dem sie hoffte, dass er ihr nächster Arbeitgeber werden würde, trug ein weißes Hemd mit hochgekrempelten Manschetten. An seinem Handgelenk prangte eine goldene Uhr – echt, wie sie vermutete.

Joan hatte ihre Beine an den Knöcheln übereinandergeschlagen, saß kerzengerade da und hielt ihre Rettungsleine, ihre Handtasche, umklammert, das einzige Teil an ihr, das nicht Betty gehörte. Pat beugte sich vor und stützte seine Ellbogen auf seine Knie. In seinen Händen hielt er ihre Bewerbung.

„Also", sagte er. „Erzählen Sie mir doch ein wenig von sich."

„Die kurze oder die lange Version?"

Er lachte. „Bleiben wir doch lieber bei der kurzen Version. Sie arbeiten zurzeit bei Hertz?"

„Ja, das stimmt."

„In der Buchhaltung."

„Eine Sekretärinnenstelle stand gerade nicht zur Verfügung", erklärte sie. „Aber ich bin eine sehr gute Sekretärin."

„Und was haben Sie vorher gemacht? Sie kommen aus England, wie ich hier lese."

Als ob ihr Akzent sie nicht verraten würde. „Ja. Aus Leigh in Lancashire."

Pat richtete sich auf und faltete ihren Lebenslauf zusammen. „Das ist in der Nähe von Manchester, nicht?"

„Allerdings", erwiderte sie überrascht.

„Ich habe eine Weile in England gelebt." Er zwinkerte ihr zu. „Was hat Sie veranlasst, in die Staaten zu kommen?"

„Eigentlich bin ich hier geboren."

„Was Sie nicht sagen!"

„Aber mein Vater stammt aus Irland und meine Mutter aus Leigh, und während der Großen Depression haben sie beschlossen, wieder in die Nähe der Familie zu ziehen. Und darum haben sie, als ich klein war, ihre Sachen gepackt und sind zurückgekehrt."

Pat tippte mit dem Zeigefinger an seine Lippen. „Interessant." Er schlug erneut ihren Lebenslauf auf. „Und Sie sagen, Sie seien eine gute Sekretärin?"

„Eine sehr gute."

Wieder beugte er sich vor und stützte seine Ellbogen auf seine Knie auf. „Nun, Joan Hunt, ich will ehrlich sein."

„Unter allen Umständen."

„Sie sind nicht besonders qualifiziert und haben wenig Erfahrung, aber …" Er legte den Kopf zur Seite. Licht fiel durch das Fenster und fing sich in dem rötlichen Schimmer seiner blonden Haare. Das Grün seiner Augen vertiefte sich, wie das Meer zur Mittagszeit. „Ich habe vor langer Zeit gelernt, auf mein Bauchgefühl zu hören. Nur so kann man Geschäfte machen, Joan." Er erhob sich und warf den Lebenslauf auf seinen Schreibtisch zu den anderen Papieren und Aktenordnern.

Joan umklammerte ihre Handtasche noch fester, und ihr Instinkt sagte ihr, dass sie einen neuen Job hatte.

„Ich nehme an, dass Sie die zweiwöchige Kündigungsfrist einhalten wollen."

Ihr stockte der Atem. „Selbstverständlich. Mr Ferguson ist sehr freundlich zu mir gewesen. Wie ein Vater."

„Ich kenne Jim Ferguson. Er ist ein guter Mann." Pat verschränkte die Arme vor der Brust und lehnte sich an seinen Schreibtisch. „Also treffen wir uns genau hier", sagte er und deutete auf die Stelle, an der er stand, „am Montag in zwei Wochen. Schaffen Sie das?"

Joan erhob sich und streckte ihm die Hand hin. „Das schaffe ich."

Pat Callahan lachte. „Irgendetwas sagt mir, dass Sie alles schaffen, was Sie sich vornehmen, Joan Hunt." Er ergriff ihre Hand und schüttelte sie.

„Das hoffe ich doch." Sie drehte sich um und ging zur Tür.

„Ach, übrigens ...", sagte Pat, als sie die Tür erreicht hatte.

Joan blickte über die Schulter zurück. „Ja?"

„Ihr Kostüm gefällt mir. Es hat Klasse."

Am Donnerstagmorgen, als die Mittagszeit näher rückte, wünschte Magda, die Zeiger der Uhr würden sich langsamer bewegen. Sie hoffte, nein, sie betete, Mr Cole möge sie in sein Büro rufen und sie bitten, sich eines wichtigen Projekts anzunehmen und die Mittagspause durchzuarbeiten. Nur dieses eine Mal.

Nicht, dass er in der Vergangenheit je eine solche Bitte an sie gerichtet hätte, aber für alles gab es ein erstes Mal. Nur leider nicht an diesem Tag. Als der Zeiger auf die Zwölf zuging, deckte sie ihre Schreibmaschine ab, ordnete die Papiere und Akten auf ihrem Schreibtisch und nahm ihre Tasche aus der Schreibtischschublade.

Die Tür zu Barry Coles Büro öffnete sich, und er kam heraus.

„Ah, Miss Christenson", sagte er. „Ich bin auch auf dem Weg zum Mittagessen. Gut, dass ich Sie noch erwische."

Magda begann zu strahlen. „Brauchen Sie etwas, Sir?"

„Ja", sagte er und holte mehrere hausinterne Aktenmappen aus seinem Büro. „Ich entschuldige mich, dass ich Ihnen diese Unterlagen nicht schon früher gegeben habe." Er legte sie auf ihren Schreibtisch. „Würden Sie sich gleich daran machen, wenn sie vom Mittagessen zurückkommen? Die für Mr Freeman ist besonders dringend." Er ging zur Tür.

„Soll ich mich sofort darum kümmern, Sir?", fragte Magda hoffnungsvoll.

„Aber nein, Miss Christenson. Das hat Zeit bis nach der Mittagspause." Er lächelte sie an, und ihr Herz klopfte laut.

Konnte man schon in so jungen Jahren einen Herzanfall bekommen? „Wie … wie war die Aufführung Ihrer Tochter neulich abends?"

Er drehte sich zu ihr um. „Deanne hat ein Solo gesungen. Hatte ich das erzählt?"

„Nein, Sir."

Er blickte abwesend in die Ferne, als würde er diese Augenblicke noch einmal neu durchleben. „Ich war so stolz auf sie. Sie hat eine wunderschöne Stimme. Genau wie ihre Mutter."

„Mrs Cole hat also eine schöne Singstimme?"

Barry Cole blickte sie an. „Wie ein Engel."

„Sie ist sehr hübsch." Als er nichts erwiderte, deutete sie zu seiner Bürotür. „Das Foto."

„Ach ja", sagte er. „Ja, das war vor ein paar Jahren. Ich glaube, die Kinder waren sechs und acht."

„Tatsächlich? Wie alt sind sie jetzt?"

„Douglas ist zwölf. Dee zehn." Er runzelte die Stirn und lachte dann. „Das ist doch richtig, oder?"

Magda lächelte. „Das würde ich annehmen, Sir. Wenn der Altersunterschied damals zwei Jahre betrug, dann wird das auch heute noch so sein."

Barry Cole lachte. „Na dann, Miss Christenson. Genießen Sie Ihre Mittagspause." Mit diesen Worten öffnete er die Tür und verließ das Büro.

Magda seufzte und murmelte zu sich selbst: „Also gut. Dann sollte ich das mal lieber hinter mich bringen."

Um 12:20 Uhr betrat sie Tillies Café. Sie entdeckte Harlan sofort. Er saß an einem der Tische an der linken Wand. Als er sie erblickte, nickte er und erhob sich.

Mit weichen Knien durchquerte sie das Restaurant. „Ich habe mich schon gefragt", sagte er und gab ihr einen Kuss auf die Wange, „wo du bleibst."

Magda setzte sich ihm gegenüber. „Mr Cole hatte noch einiges mit mir zu besprechen", erklärte sie, fühlte sich aber nicht so ganz wohl bei dieser Halbwahrheit.

„Aha", erwiderte Harlan und nahm ebenfalls Platz. Er winkte die Kellnerin herbei. „Wir sind jetzt so weit." Und an Magda gewandt erklärte er: „Ich habe schon für uns bestellt. Coca Cola und gegrillten Käse für dich. Burger und Kaffee für mich."

Sie lächelte. Harlan kannte sie wirklich gut.

Er ergriff ihre Hand. „Ich kann dir gar nicht sagen, wie sehr ich mich auf dieses Wochenende freue." Er griff nach einem Päckchen Zigaretten auf dem Tisch, ließ es dann jedoch liegen. „Weißt du, ich habe noch nie eine Frau gebeten, mich in die Hütte zu begleiten", erklärte er, als wäre ihm diese Erkenntnis gerade erst gekommen.

„Warum?"

Er zuckte die Achseln. „Ich bin nie einer Frau begegnet, die ich dorthin mitnehmen wollte. Die Hütte ist sozusagen …" Sein Blick wanderte durch das Restaurant und blieb schließlich an ihr hängen. „Ich denke, man könnte sagen, sie ist mein Refugium. Mein Heiligtum."

„Wie eine Kirche?“

Er griff erneut nach den Zigaretten, und dieses Mal nahm er eine aus der Packung. „So könnte man es ausdrücken.“

„Harlan, gehst du in die Kirche?“ Sie wartete darauf, dass er antwortete, doch er zündete schweigend seine Zigarette an.

Eine Rauchwolke kam aus seinem Mund. „Wozu? ‚Die Religion ist der Seufzer der bedrängten Kreatur, das Gemüt einer herzlosen Welt, wie sie der Geist geistloser Zustände ist. Sie ist das Opium des Volks.‘“

„Karl Marx?“

Harlan lachte. „Du kennst das Zitat. Das ist erfrischend.“ Er schien ehrlich erfreut und gleichzeitig vollkommen schockiert zu sein.

„Ja, ich kenne es.“ Magda wartete, bis die Kellnerin ihre Teller vor sie gestellt hatte.

„Die Getränke kommen sofort“, sagte sie.

Magda beschloss zu warten, bis die Getränke auf dem Tisch standen, bevor sie ihren Gedanken zu Ende führte. Obwohl der Duft von Butter und Käse in ihre Nase drang und sie verführen wollte, ihre Entscheidung zu vergessen und sich sofort darüber herzumachen. Aber dann sah sie Far auf der Kanzel stehen und seiner Gemeinde von dem Hunger und den Versuchungen erzählen, die Jesus während der vierzig Tage in der Wüste hatte erdulden müssen.

Vielleicht war dies ihre Prüfung. Diese Versuchung … Ein attraktiver, brillanter Mann, der wollte, dass sie mit ihm wegfuhr … und ihr Lieblingsessen, alles an einem Tisch. Sie schloss die Augen und betete, der Augenblick möge vorübergehen.

„Alles in Ordnung?“, fragte Harlan.

Sie blickte ihn an. „Ja, ich warte nur auf –“ Die Kellnerin kam zurück und stellte ein Glas mit Coca Cola vor sie und eine Tasse mit dampfendem Kaffee vor Harlan.

„Haben Sie sonst noch Wünsche?“, fragte sie Harlan.

„Nein", erwiderte er. „Danke."

Magda wartete noch einen Augenblick, bis sie das Wort ergriff. „Bis zu einem gewissen Grad bin auch ich der Meinung, dass Religion das Opium des Volkes ist. Opium ist eine Droge. Sie hat Einfluss auf die Art, wie man die Dinge sieht. Aber Opium ist todbringend – oder kann es sein. Und in dieser Hinsicht bin ich anderer Meinung." Sie trank einen großen Schluck von ihrer Coke und beobachtete, wie er in seinen Burger biss und nachdenklich kaute. Er hörte ihr zu. Einen Augenblick lang fragte sie sich, ob sie seine Einladung vielleicht voreilig so hart beurteilt hatte. Vielleicht hatte er zwei getrennte Schlafzimmer für sie vorgesehen. Vielleicht waren seine Absichten ja rein platonischer Natur.

„Und?", fragte er, nachdem er hinuntergeschluckt hatte.

„Oh", sagte sie. „Äh – ich weiß, dass Religion in vieler Hinsicht negativ besetzt ist. Das, was wir in den vergangenen fünf oder sechs Jahren gehört haben, ist …" Sie brach ab, unsicher, ob sie fortfahren sollte, aber es musste sein. „Aber ich rede nicht von *Religion*, Harlan", sagte sie, „sondern vom *Glauben*."

Er schluckte. „Welchem Glauben?"

„Meinem."

„Du bist gläubig?"

„Ja. Du nicht?"

Er lehnte sich zurück und verschränkte die Arme vor der Brust. „Ich glaube nicht, dass ich je richtig darüber nachgedacht habe. Ich bin nicht in einem religiösen Elternhaus aufgewachsen, Magda. Mein Vater war Alkoholiker, und meine Mutter hat härter gearbeitet als die meisten Männer in meinem Viertel. Falls Gott existiert, dann hat er sich auf jeden Fall nicht die Mühe gemacht, sich in meiner Straße blicken zu lassen. Was du siehst", sagte er und streckte die Hände aus, „habe ich mir ganz allein erarbeitet. Ich habe mich hochgearbeitet und alles hinter mir gelassen."

„Das wusste ich nicht", flüsterte sie.

„Darüber redet man eben nicht gern“, erklärte er und griff wieder nach seinem Burger. „Mein Vater ist tot, meine Mutter ist tot, und ich bin immer noch hier. Allein.“

„Das muss doch nicht so sein.“ Sie legte die Hand mit der Handfläche nach oben einladend auf den Tisch. Er ließ seinen Burger los und legte seine Hand auf ihre.

„Was denn?“

„Du musst nicht allein sein. Gott ist –“

Er drückte ihre Hand. „Magda“, unterbrach er sie und richtete seinen Blick auf sie. „Wollen wir jetzt die ganze Zeit über diesen Unsinn reden? Und, wichtiger noch, kommst du mit ins Wochenende oder nicht? Das ist der Grund für unser Treffen, schon vergessen? Wir wollten Pläne schmieden.“

Sie entzog ihm ihre Hand. „Ich finde nicht, dass es Unsinn ist, sich über Gott zu unterhalten, Harlan. Und nein, ich werde nicht mit dir wegfahren.“

Sie wartete darauf, dass er etwas sagte. Irgendetwas. Aber das tat er nicht. Er starrte sie nur an, und seine grünen Augen loderten kurz auf, bevor sie wieder ihre ursprüngliche blasse Färbung annahmen. „Es tut mir leid“, sagte sie schließlich. „Ich glaube daran, dass *das* nur ins Ehebett gehört.“

„Du meine Güte“, stöhnte er. „Du bist wirklich konservativ geworden.“

„Nein“, widersprach Magda. „Das war ich schon immer. Es wird mir nur erst jetzt klar.“ Sie griff nach ihrer Tasche und stand auf. „Leb wohl, Harlan. Und vielen Dank. Für alles.“

Kapitel 25

Der Frühling ging in den Sommer über und der Sommer langsam in den Herbst. Joans erstes Jahr in den USA neigte sich dem Ende zu. Nach wie vor modelte sie bei David & DuRand, wenn auch nur noch an ein paar Abenden in der Woche, und ihre Arbeit in der Callahan-Agentur erfüllte sie mit mehr Befriedigung, als sie es je für möglich gehalten hätte. Sie war jetzt in der Lage, regelmäßig größere Summen nach England zu schicken, und konnte trotzdem noch ein wenig für sich zurücklegen und auch das eine oder andere Kleidungsstück kaufen ... mit den passenden Schuhen.

Die anderen bekam sie selten zu Gesicht. Wenn Evelyn, die sie kaum wiedererkannte, weil sie sich so verändert hatte, nicht auf der Arbeit war, war sie mit George zusammen. George, der ihr beigebracht hatte, wie sie zu sitzen, zu reden und zu gehen hatte. George, der sie mit dem Theater, mit Musik und Literatur bekannt machte. Bücher, die Evelyn hasste, wie Joan wusste, die sie aber trotzdem las. Besonders belastete Joan jedoch, dass Evelyn der Meinung war, Gott hätte mit George ihre Gebete erhört. Dass sie ihr Leben nun nicht an der Seite eines Farmers verbringen müsste. Im ständigen Kampf ums Überleben oder in tiefer Traurigkeit, wie ihre Mutter.

Im Laufe der Zeit war es Betty gelungen, wieder eine passable Beziehung zu ihren Eltern aufzubauen. Auch wenn sie nicht jedes Wochenende in den Zug nach Highland Park stieg, so verbrachte sie doch viel Zeit dort. Sie und ihre Mutter hatten sich sogar einige Male auch unter der Woche zum Abendessen oder einem Kinobesuch getroffen. Da sie ihre eigene Mutter so sehr vermisste, freute sich Joan für Betty, dass ihre Beziehung heilte.

Magda zog sich jetzt meistens wieder in ihr Zimmer zurück. Wenn sie abends aus dem Verlag nach Hause kam, arbeitete sie an ihrem Manuskript. Manchmal gelang es Joan, sie zu überreden, ihr ein paar Seiten vorzulesen. Joan war begeistert. „Ich habe schon immer gern gelesen", erzählte sie einmal. „Und ich glaube nicht, dass ich schon jemals etwas so Gutes wie deine Arbeit in den Händen gehalten habe, Magda."

Und das meinte sie ernst.

Inga dagegen klagte weiterhin über ihre neue Flugroute, drohte jede Woche mindestens einmal, alles hinzuschmeißen, tat es dann aber doch nicht. Von April bis Ende Oktober blieb Ingas Stimmung düster.

Doch an einem Abend im November wendete sich das Blatt. Joan und Magda saßen im Wohnzimmer, hörten Musik und überlegten, wie Magda mit ihrem Manuskript weiterverfahren und wann sie es ihrem Chef Barry Cole zeigen sollte, als Inga zur Tür hereinplatzte und Joan erschrocken zusammenfuhr.

Inga ließ ihr Gepäck fallen und rief laut: „Ich fliege wieder nach L.A.! Frank Martindale, ich komme!"

Betty kam aus der Küche, wo sie Abendessen vorbereitete, ins Wohnzimmer gestürmt. „Na, Gott sei Dank. Vielleicht hörst du jetzt endlich auf herumzujammern und schlechte Laune zu verbreiten."

Inga packte Betty an den Schultern und zog sie in eine feste Umarmung. Joan lachte. „Ach, Betty. Du wärst auch niedergeschlagen, wenn du einen Mann wie Frank lieben würdest und ihn dann

Monate am Stück nicht sehen könntest. Wenn du nur seine Stimme am Telefon hören und niemals sicher wissen könntest, ob er allein oder mit einer anderen Frau zusammen ist."

Joan verschränkte die Arme. „Wenn ich mich fragen müsste, ob er mit einer anderen Frau zusammen ist, dann weiß ich nicht, ob ich tatsächlich noch mit ihm telefonieren wollte."

Inga streckte ihr Kinn vor. „Und das von jemandem, der nicht einmal einen Freund hat."

Joan beschloss, ihre Erwiderung hinunterzuschlucken und wartete, bis Inga in ihrem Zimmer verschwunden war. Denn lieber hatte sie keinen Freund, als ständig in der Angst leben zu müssen, dass ihr Freund sich neben ihr noch mit anderen Frauen vergnügte.

Betty deutete auf ihre Uhr. „In zehn Minuten ist das Abendessen fertig", sagte sie und verzog sich wieder in die Küche.

„Weißt du, wann sie wieder in den Westen fliegt?", fragte Joan Magda.

„Kann gar nicht schnell genug gehen", bemerkte Magda. Sie griff nach dem Manuskript, das sie aus der Hand gelegt hatte, als Inga hereinkam. „Und du meinst wirklich, ich soll das Mr Cole zeigen?"

„Unbedingt", versicherte ihr Joan. „Gleich morgen früh."

Magda ging ihren morgendlichen Pflichten nach, bereitete Mr Coles Büro für sein Eintreffen vor und kämpfte gegen ihre Nervosität an. Als sie an ihrem Schreibtisch saß und Mr Cole immer noch nicht da war, schloss sie die Augen und schickte ein schnelles Stoßgebet zum Himmel: „Herr, ich glaube, dass du mir dieses Talent gegeben hast, damit ich es nutze. Ich bitte dich nur, mir eine Gelegenheit zu schenken, wenn das dein Wille ist."

Die Tür ging auf, und sie fuhr erschrocken zusammen. Barry Cole stand in ihrem Büro und schien beinahe genauso aus der Fassung wie sie. „Habe ich Sie erschreckt, Miss Christenson?", fragte er lächelnd. „Hatten Sie geschlafen?"

„Oh nein, Sir, ich habe gerade ge- … ich, äh –“ Sie straffte die Schultern. „Mr Cole?“

Ihr Chef schloss die Tür hinter sich. „Ja, Miss Christenson?“

Sie räusperte sich. „Ich habe … da etwas geschrieben, Mr Cole.“ Sie atmete tief durch und sprach schnell weiter, bevor sie ihre Meinung ändern konnte. „Und ich wollte Sie fragen, ob Sie es wohl einmal lesen würden, Sir.“

Er lachte. „Aber Miss Christenson, ich hatte ja keine Ahnung, dass Sie schreiben.“ Er trat an ihren Schreibtisch. „Natürlich. Sehr gern.“ Er lächelte sie an.

Magda holte das Manuskript, das Ergebnis monatelanger harter Arbeit, aus der untersten Schublade und reichte es ihm. „Nur, wenn Sie Zeit haben, Mr Cole.“

Er nahm es entgegen. „Ich freue mich darauf, Miss Christenson.“ Er wandte sich zu seiner Bürotür um. „Nun, ich denke, ich sollte mich jetzt meiner Arbeit widmen.“

„Ja, Sir“, erwiderte sie. „Um neun Uhr haben Sie eine Besprechung mit Mr van Michaels.“

„In seinem oder meinem Büro?“

„In seinem, Sir.“

„Aha.“ Er lächelte erneut, und ihre Nerven beruhigten sich. „Dann lege ich jetzt mal los.“

Inga konnte ihr Glück kaum fassen. Erst am Tag zuvor hatte man ihr mitgeteilt, dass sie die Route Chicago–Los Angeles wieder übernehmen sollte, und am Morgen hatte ihre Vorgesetzte sie angerufen und ihr gesagt, sie solle ihre Tasche packen und sich auf einen Flug am Vormittag einstellen.

Sobald sie aufgelegt hatte, wählte sie Franks Nummer in Kalifornien, um ihm mitzuteilen, dass sie am Abend da wäre. Dass sie miteinander zu Abend essen könnten. Und dass ein Picknick in den Bergen wundervoll wäre.

Das Telefon klingelte mehrere Male, bis sein Mitbewohner sich verschlafen meldete. Sie sah auf ihre Uhr. In Chicago war es kurz vor 9:00 Uhr, dann war es in L.A. kurz vor 7:00. „Oh, entschuldigen Sie bitte die frühe Störung", sagte sie. „Hier ist Inga. Ich möchte mit Frank sprechen."

„Wie viel Uhr ist es?" Sie stellte ihn sich vor, wie er, die Haare zerzaust, die Augen halb geschlossen, in seinem Pyjama in dem kleinen Wohnzimmer stand.

„Kurz vor sieben. Noch mal, es tut mir sehr leid, aber könnte ich bitte Frank sprechen?"

„Er ist nicht da. Rufen Sie später noch mal an. Bestimmt kommt er rein, bevor er zur Arbeit muss." Damit legte er einfach auf.

Inga runzelte verwirrt die Stirn. Wo um alles in der Welt steckte Frank so früh am Morgen? Übelkeit überfiel sie, und sie zog ihren Morgenmantel fester um sich, als sie in ihre Wohnung zurückkehrte. Nachdem sie die Tür geschlossen hatte, legte sie die Stirn dagegen und versuchte, das Offensichtliche zu verdrängen. *Frank … Frank ist mit einer anderen Frau zusammen.*

Der Abend, den sie in den Bergen über der Stadt verbracht hatten, fiel ihr wieder ein. Wie er sie auf die Decke gelegt hatte. Die Zärtlichkeit, mit der er sie geküsst hatte. Die Worte, mit denen er ihr zu verstehen gegeben hatte, dass er mehr wollte. Sehr viel mehr.

Und sie hatte ihn abgewiesen.

Sie drehte sich um, lehnte sich an die Tür und presste die Augen zusammen. „Ich war so dumm", sagte sie. Wie hatte sie ablehnen können, als Frank sie wollte? Das würde sie nicht noch einmal tun!

„Heute Abend", beschloss sie und ging in ihr Schlafzimmer, um zu packen. „Heute Abend", wiederholte sie. „Ich werde dich nicht an eine andere Frau verlieren, Frank Martindale", sagte sie, als könnte er sie hören, wo immer er sich auch befand. *Bei wem auch immer.* „Nicht wegen der dummen Keuschheitsregeln meiner Mutter. Dafür werde ich nicht meine Zukunft aufs Spiel setzen. Nicht so."

In der Callahan-Agentur herrschte an jenem Tag Ende Oktober große Hektik. Die große Präsentation der neuen Werbekampagne für *Supreme Soups* sollte vorgestellt werden. Der Kunde, Mr Clinton, würde mit seinen Vorstandskollegen jeden Augenblick eintreffen. Joan hatte den Konferenzraum vorbereitet und in der letzten halben Stunde das für diese Gelegenheit engagierte Servicepersonal eingearbeitet. Pat Callahan hatte letzte Hand an die Präsentationstafeln gelegt. Joan beobachtete, wie er hektisch herumhantierte, und half ihm, wo sie konnte.

„Wenn eine Million Dollar auf dem Spiel stehen, dann kann man schon mal ein bisschen nervös werden, nicht, Joan?", fragte Pat sie lachend.

Sie scheuchte ihn von den großen Präsentationstafeln fort. „Ziehen Sie sich doch in Ihr Büro zurück. Ich mache das hier fertig."

Er blickte sie seufzend an wie ein kleiner Junge, der sich verirrt hatte. „Danke, Joan. Sie sind ein Gottesgeschenk."

Er hatte den Raum schon halb verlassen, als sie seinen Namen rief. Er drehte sich zu ihr um.

„Meine Mitbewohnerin Betty kommt heute Abend nach der Arbeit vorbei. Wir wollten zum Essen ausgehen. Haben Sie Lust, sich uns anzuschließen?"

Seine Augen funkelten belustigt. „Wollen Sie mich etwa verkuppeln?"

Joan verschränkte die Arme. „Das will ich in der Tat." Sie ging langsam auf ihn zu. „Sie und Betty sind wie füreinander geschaffen. Sie haben einen ähnlichen Hintergrund und kommen beide aus gut situierten Familien. Und Sie sind beide unglaublich nett. Ich kann mir nicht vorstellen, dass zwei Menschen besser zueinanderpassen könnten."

Er hielt inne und schien über diese Bemerkung nachzudenken. „Also gut, ich bin nicht gebunden, und ich nehme an, dass auch sie keinen Freund hat", meinte er augenzwinkernd.

„In der ganzen Zeit, in der ich Betty jetzt kenne, hatte sie nicht eine ernsthafte Verabredung. Was ich nicht so ganz verstehe. Sie ist nämlich wirklich äußerst attraktiv."

Er nickte, trat einen Schritt zurück und blickte Joan erneut an. „Dann haben wir eine Verabredung." Er wollte weitergehen, blieb jedoch noch einmal stehen und hob den Zeigefinger. „Weiß sie davon?"

Joan schüttelte den Kopf. „Nein. Wir sagen einfach, Sie hätten sich in unsere Verabredung gedrängt, nachdem die Präsentation so gut gelaufen ist."

Pat brach in schallendes Gelächter aus. „Abgemacht", sagte er und warf einen Blick auf seine Uhr. „Also gut. Ich bin in fünfzehn Minuten wieder da."

Joan wartete, bis er nicht mehr zu sehen war, bevor sie zum Telefon im Konferenzraum stürzte und die Nummer von Hertz wählte. Sie ließ sich mit Betty Estes verbinden. „Mr Fergusons Büro, Betty Estes am Apparat. Wie kann ich Ihnen helfen?", meldete sich Betty.

„Die Frage ist", neckte Joan, „wie kann ich dir helfen?"

„Joanie! Was ist los? Müsste nicht jeden Augenblick eure große Präsentation beginnen?"

„Allerdings. Pat ist gerade noch in seinem Büro für die letzten Vorbereitungen, und ich hatte gedacht, es wäre doch schön, wenn wir heute Abend im Pollywog feiern würden. Ich lade dich ein. Was hältst du davon?"

„Du meine Güte. Du musst wirklich in Feierlaune sein, wenn du freiwillig die Bezahlung übernehmen willst. Um wie viel Uhr?"

„Halb sechs?"

„Okay. Bis dann", sagte Betty.

Joan legte den Hörer auf, zufrieden lächelnd in dem Wissen, dass sie endlich einen Weg gefunden hatte, sich bei ihrer Mitbewohnerin für ihre Freundlichkeit zu revanchieren.

Kapitel 26

Betty verabschiedete sich vor dem Bürogebäude von Evelyn, bevor sie sich auf den Weg zu dem Restaurant machte, das Joan für den Abend vorgeschlagen hatte. Joan war noch nicht da, darum wandte sich Betty an den Oberkellner und sagte: „Ich warte noch auf jemanden und nehme schon einmal an einem der Tische Platz, wenn Sie nichts dagegen haben."

„Selbstverständlich, Miss", erwiderte er und führte sie zu einem der vielen mit weißen Tischdecken gedeckten Tische.

Betty zog ihre Handschuhe aus und verstaute sie in ihrer Handtasche. Die Tür öffnete sich, und Joan kam herein. Ihr folgte ein großer und unglaublich attraktiver Mann. Betty winkte, und Joan winkte zurück.

Ihre Freundin raunte dem Fremden etwas zu, bevor sie dem Oberkellner bedeutete, dass sie an Bettys Tisch Platz nehmen würden. Während sie auf sie zukamen, traf Betty die Erkenntnis wie ein Blitzschlag: *Pat Callahan.*

„Um Himmels willen", murmelte sie verhalten, um dann aber strahlend zu lächeln.

„Betty", sagte Joan mit übertrieben munterer Stimme. „Ich möchte dir meinen … äh, Mr Pat Callahan vorstellen.“ Sie blickte Pat erwartungsvoll an. „Pat, das ist Betty Estes, von der ich Ihnen schon viel erzählt habe.“

Betty streckte ihre Hand aus und Pat ergriff sie. „Ich habe mich auf diese Begegnung gefreut, Miss Estes.“

„Bitte, nennen Sie mich doch Betty.“ Sie wartete, bis der Oberkellner Joan den Stuhl zurechtgeschoben und ihnen mitgeteilt hatte, dass ihr Kellner gleich bei ihnen sein würde, bevor sie sich an Pat wandte, der links von ihr saß. „Also, Pat, was hat denn meine gute Freundin Joanie von mir erzählt?“ Sie nahm sich eine Scheibe Brot von dem Teller in der Mitte des Tisches. „Und wie oft? Eine ungefähre Schätzung reicht.“

„Oh je“, stöhnte Joan und blickte sich um, als suche sie eine Fluchtmöglichkeit.

Pat lachte fröhlich. „Nun, mal sehen … Sie erwähnte Sie gegen elf Uhr heute Morgen. Vielleicht war es auch halb zwölf. Dann noch mal um …“, er sah auf seine Uhr, „… ich würde sagen, gegen fünfzehn Uhr. Und auf dem Weg vom Büro zum Restaurant hat sie fast ununterbrochen von Ihnen gesprochen. Insgesamt würde ich sagen, zwischen fünf und zehn Mal.“

Joan drückte ihre Hand auf den Mund. „Ich wurde reingelegt.“

Betty blickte Pat amüsiert an. „Aber nur zu deinem eigenen Besten!“

Sie lachten noch, als der Kellner an ihren Tisch trat, um ihre Wassergläser zu füllen und ihre Getränkebestellung entgegenzunehmen. Er verteilte die Speisekarten und ratterte die Spezialitäten des Tages herunter, und sie bestellten.

Pat ergriff das Wort. „Ich muss das jetzt einfach sagen, Betty: Joan hat zu Recht von Ihrer Schönheit geschwärmt.“

Betty errötete. „Vielen Dank, Pat. Und Sie sind genauso galant, wie Joan Sie mir beschrieben hat.“

Wieder lachten sie. Joan zog ihre Handschuhe aus, und ihr Blick wanderte zwischen den beiden hin und her. „Also gut, ihr zwei. Ihr könnt euch gern darüber lustig machen, aber ganz ehrlich, ich kann mir nicht vorstellen, dass zwei Menschen besser zueinanderpassen könnten als ihr. Um ehrlich zu sein“, sie nahm die Handschuhe in eine Hand und deutete zum Ausgang, „ich weiß gar nicht, warum ich nicht einfach gehe, damit ihr den Abend allein miteinander verbringen könnt. Ich bin ja praktisch das fünfte Rad am Wagen.“

Pat deutete drohend auf sie. „Wenn Sie gehen, sind Sie gefeuert“, sagte er augenzwinkernd und lächelte Betty an. „Wobei ich es auch sehr schön fände, mit Ihnen allein zu speisen, Miss Estes.“

Ein Schauer überlief Betty. „Ich glaube, das ist das Netteste, das mir seit Langem jemand gesagt hat“, erwiderte sie und meinte es ganz ehrlich. Sie blickte von Pat zu Joan, die sie anstrahlte.

Kurz darauf kam der Kellner mit den Getränken, und als Pat mit ihnen auf den Abend anstieß, wusste Betty, dass ganz unerwartet eine neue Seite im Buch ihres Lebens aufgeschlagen worden war.

Joan sehnte den Sonntagabend und Bettys Rückkehr herbei. Seit Samstagmorgen war sie ständig unterwegs. Am Sonntagmorgen war sie auch schon wieder früh aufgebrochen, aber seither hatten Joan, Evelyn und Magda nichts von ihr gesehen oder gehört. Joan fragte sich, ob es richtig gewesen war, Betty und Pat miteinander bekannt zu machen.

Am Sonntagabend trafen sich die drei verbliebenen Wohnungsgenossinnen im Wohnzimmer, um sich *The Big Show* im Radio anzuhören.

„Also, was meinst du, Joan?“, fragte Magda, während sie den richtigen Sender suchte. „Denkst du, dass Mr Cole mein Manuskript morgen früh schon gelesen hat?“

Joan hatte Magdas Manuskript ganz vergessen. „Wann hast du es ihm denn gegeben?“, fragte sie, während sie es sich auf dem Sofa gemütlich machte.

Evelyn saß in einem Sessel ihr gegenüber und blätterte in der neusten Modezeitschrift, die ihr zweifellos George empfohlen hatte. „Welches Manuskript?“, fragte sie.

Das Radio erwachte zum Leben, und die Ansagerin kündigte *The Big Show* an mit den Worten: *„Und hier ist Ihre Gastgeberin … die bezaubernde … die unberechenbare … Tallulah Bankhead.“*

„Später“, erwiderte Magda und setzte sich schnell neben Joan.

Während der Sendung wanderte Joans Blick zu Evelyn, die schweigend in der Zeitschrift blätterte. Das arme Lämmchen konnte nicht einmal die Sendung genießen. Immer mühte sie sich ab, um einem Mann zu gefallen, der sich gar nicht erst die Mühe gemacht hatte, an diesem Abend mit ihr auszugehen.

Die Wohnungstür ging auf, und alle drei wandten die Köpfe. Zufrieden lächelnd kam Betty herein. „Hallo, Mädels.“

Joan sprang auf, drehte das Radio leiser und blickte Betty an. „Und?“

„Er ist ein Schatz“, berichtete sie lächelnd. „Ein Traum im wahrsten Sinne des Wortes.“ Sie seufzte. „Ich kann nicht sagen, dass ich bis über beide Ohren verliebt bin, zumindest noch nicht, aber ich glaube, dass ich kurz davor bin. Ich weiß gar nicht, wie ich den morgigen Tag überstehen soll, ohne ihn zu sehen.“ Sie setzte sich auf Evelyns Armlehne und nahm ihr die Zeitschrift ab. „Hat George dir die als Pflichtlektüre empfohlen?“

„Lass gut sein“, erwiderte Evelyn schmollend, „und konzentrier dich lieber auf deine eigene Romanze.“

Betty legte Evelyn die Hand unters Kinn. „Du hast vollkommen recht.“ Sie erhob sich und wandte sich an Joan. „Morgen Abend erwarte ich einen umfassenden Bericht. Jedes Wort, jedes einzelne Wort will ich wissen, das er zu dir sagt. Und lass bloß nichts aus.“

Joan grinste breit. „Ich verspreche es, Betts. Jedes Wort.“ Sie klatschte in die Hände, begeistert, dass ihre Verkupplungsaktion so schnell Früchte trug. „Ja!“, rief sie.

„Also“, seufzte Betty. „Ich bin hundemüde.“ Sie deutete auf das Radio. „Genießt die Sendung heute Abend ohne mich. Ich gehe ins Bett.“

Sie hatte gerade den Flur erreicht, als die Wohnungstür erneut aufging und Inga hereinkam. Sie wirkte sehr mitgenommen.

Magda sprang auf. „Was ist passiert?“, fragte sie, durchquerte das Zimmer und nahm ihrer Schwester den Koffer ab.

„Nichts. Frag nicht.“

Betty kam ins Zimmer zurück. „Du siehst aus, als hättest du deinen letzten Penny verloren, Schätzchen.“

„Ich habe etwas verloren, das stimmt“, murmelte Inga und winkte ab. „Ich brauche jetzt vor allem eine Mütze Schlaf.“

„Inga“, flüsterte Magda. „Was ist denn passiert?“

Inga warf ihrer Schwester einen unfreundlichen Blick zu, der Joan ins Herz schnitt. Nie hatte eine ihrer Schwestern sie so schlecht behandelt, wie Inga Magda häufig behandelte. „Nichts, das dich etwas anginge.“ Sie blickte Betty an. „Ich verziehe mich ins Bett.“

„Ich komme mit“, sagte Betty und nahm Magda den Koffer ab.

Joan wartete, bis Inga die Zimmertür geschlossen hatte. Dann wandte sie sich an Magda: „Mach dir keine Sorgen, kleine Schwester. Alles wird gut werden. Was immer es ist.“

An diesem Morgen war Magda früher als sonst im Büro. Ihre Nerven waren zum Zerreißen gespannt. In der Nacht hatte sie kaum ein Auge zugetan und sich alle möglichen Szenarien ausgemalt, die passieren könnten, wenn Mr Cole ins Büro kam. Würde er sie direkt anblicken und sagen, sie sei die begnadetste Schriftstellerin, deren Ergüsse zu lesen er je das Vergnügen gehabt hätte? Oder würde er den Blick abwenden, ein Hinweis darauf, dass ihm ihre Arbeit nicht gefallen hatte?

Sie hatte die Post zur Hälfte sortiert, als er das Büro betrat. Er nahm seinen Hut ab und lächelte sie an. Erleichterung durchströmte sie.

„Ich muss schon sagen …“, begann er. Er brach ab, als er ihren Blick bemerkte. Natürlich wusste er sehr genau, worauf sie hoffte.

Er räusperte sich, schloss die Tür hinter sich und trat an ihren Schreibtisch. „Ich muss schon sagen, Ihre Arbeit hat mich … verblüfft.“ Er lächelte sie an.

Sie seufzte erleichtert auf. „Wirklich?“, fragte sie und drückte die Hand an die Brust.

„Miss Christenson …“ Er hielt inne, und sein Blick wanderte zu seiner Bürotür, die sie offen gelassen hatte. „Kommen Sie doch bitte in mein Büro. Reden wir kurz über … nun, darüber, wie ich mir Ihre Zukunft vorstelle.“

Magda sprang so schnell auf, dass sie beinahe stolperte, und ging vor Mr Cole her in sein Büro, in dem es verheißungsvoll nach frisch gebrühtem Kaffee duftete.

„Bitte nehmen Sie doch Platz“, sagte er und deutete auf die beiden Stühle vor seinem Schreibtisch.

Sie deutete zur Kaffeemaschine. „Möchten Sie eine Tasse Kaffee?“, fragte sie. „Er ist schon durchgelaufen.“

Mr Cole legte seine Aktentasche auf den Schreibtisch. „Sehr gern. Nehmen Sie sich doch auch eine.“

Sie unterdrückte ein Lächeln und zwang sich, sich ganz professionell zu geben, als sie die Kaffeetasse vor ihn stellte.

Anschließend nahm sie Platz, trank einen Schluck Kaffee, atmete tief durch und seufzte. „Dann hat es Ihnen also gefallen, Mr Cole?“

Er trank ebenfalls von seinem Kaffee und hob den Zeigefinger. „Zuerst mal“, sagte er, „können wir das mit dem ‚Mr Cole‘ bitte lassen? Natürlich ist diese Förmlichkeit im Büro so üblich, und ich schätze es auch, aber –“, er nahm das Manuskript aus seiner Aktentasche, „– ich denke, wir beide werden künftig mehr sein als Chef und Sekretärin.“ Er errötete bei seinen eigenen Worten. „Das soll nicht despektierlich klingen.“

Magda lächelte. „Mr … Barry. Ich habe viel Zeit in das Manuskript investiert, und …“ Sie unterdrückte ein Lachen. „Dass es Ihnen gefällt, bedeutet mir viel. Mehr, als ich sagen kann.“

„Was erhoffen Sie sich, Magda? Ich darf Sie doch beim Vornamen nennen?“

Magda blinzelte die Tränen zurück. Alles, worauf sie gehofft hatte … alles was sie sich erträumt hatte … hier war es, ausgesprochen von einem Mann, den sie bewunderte und respektierte. „Ja, Sir. Natürlich dürfen Sie das.“

Er wollte gerade etwas sagen, als das Telefon auf Magdas Schreibtisch klingelte. „Ach du meine Güte“, sagte sie, stand auf und stellte ihre Kaffeetasse ab. „Ich bin gleich wieder da.“ Sie eilte in ihr Büro, um den Anruf entgegenzunehmen. Dreißig Sekunden später hatte sie den Hörer wieder aufgelegt und steckte den Kopf in Barrys Büro. „Es ist Mr van Michaels.“

Barry seufzte, sichtlich enttäuscht. Er erhob sich, nahm den Telefonhörer ab, drückte aber nicht den Verbindungsknopf. „Magda?“, sagte er, als sie sich umdrehte.

„Ja, Sir?“

„Ach – ich sage Ihnen was. Es wird heute vermutlich nicht mehr besser werden mit meiner Zeit, fürchte ich.“

Sie hatte seine Termine im Kopf. Es stimmte, was er sagte. „Ja, Sir.“

„Wie wäre es, wenn wir beide essen gehen würden? Heute Abend, nach der Arbeit? Ich würde ja Mittagessen vorschlagen, aber …“ Er deutete auf seinen Terminkalender. „Ich habe bereits einen Termin.“

Die Freude, die sie noch eine Minute zuvor empfunden hatte, verpuffte bei seinen Worten. Ein verheirateter Mann lud sie zum Abendessen ein? Waren denn alle Männer so? Wie Harlan? *Ich helfe dir, Baby, aber lass uns doch zuerst zum Essen ausgehen und …* Und was dann? Allen Anstand beiseiteschieben?

„Mr van Michaels wartet, Mr Cole“, erwiderte sie, so ruhig sie konnte.

Barry Cole wirkte aufrichtig verwirrt. „Miss Christenson?“

Sie schloss die Tür, wandte sich um und starrte auf das rot blinkende Licht, bis es aufhörte. Er hatte den Anruf entgegengenommen.

Sie zog die unterste Schublade ihres Schreibtischs auf, nahm ihre Tasche und verließ das Büro.

Kapitel 27

Als Joan am Montagmorgen ins Büro kam, kletterte Pat Callahan auf seinen Schreibtisch und rief: „Ein Hoch auf Sie, Joan Hunt!“ Er breitete die Arme aus und sprang wieder herunter. „Es ist ein wundervoller Tag, nicht?“

Mit dem breiten irischen Akzent ihres Vaters antwortete sie: „Isso, Mr Callahan. ’s isso.“

„Hahaha.“ Pat warf die Arme um sie und wirbelte sie herum. Als er sie schließlich wieder absetzte, blickte er ihr in die Augen. „Ich könnte Sie küssen. Und ich denke, ich das tue ich auch.“ Er drückte ihr auf jede Wange einen feuchten Kuss, und Joan schwankte überrascht. „Wir Callahan-Männer haben diese Wirkung auf Frauen“, neckte er sie.

Sie deutete auf das Sofa. „Ich denke, ich setze mich einen Augenblick, wenn Sie nichts dagegen haben.“

Pat Callahan sprudelte über vor Freude. Er war immer sehr lebhaft, aber noch nie hatte sie ihn so überschwänglich erlebt. Er führte sie zu dem Ledersofa, bevor er zur Kaffeemaschine eilte. „Ich bringe Ihnen etwas zu trinken.“

„Aber das ist doch meine Aufgabe“, sagte sie halbherzig.

Pat lachte erneut, laut und fröhlich. „Betrachten Sie es als meinen Dank an Sie.“

Joan beobachtete, wie er den Kaffee in die Becher einschenkte und damit zu ihr kam. „Ich nehme also an, Sie hatten ein schönes Wochenende“, sagte sie und nahm den Becher entgegen.

Pat ließ sich in einem Sessel nieder. „Betty hat Ihnen nichts erzählt?“ Ein beunruhigter Ausdruck zeigte sich in seinem Gesicht, verschwand aber sofort wieder. „Natürlich hat sie das. Ihr Mädchen hängt doch immer zusammen und erzählt euch alles.“

Sie schüttelte den Kopf. „Dieses Mal nicht.“

Ihr Chef lehnte sich zurück und streckte seine langen Beine aus. „Du meine Güte, Joan, sie ist wirklich eine außergewöhnliche Frau.“ Sein Blick intensivierte sich. „Finden Sie nicht auch, dass sie eine außergewöhnliche Frau ist?“

Joan nickte. „Oh ja!“

Pat sprang auf und begann zu lachen. „Ich rede wie ein Schuljunge, Joanie. Sehen Sie? Ein völlig verknallter Pennäler.“

Sie konnte gar nicht anders, sie musste in sein Lachen einstimmen. „Ich nehme an, so ist das, wenn man jemanden ... sehr *mag*.“

„Jemanden mag? Nein, nein, Joan. Ich bin verliebt. Hat Betty das nicht erzählt?“ Er stellte seinen Becher auf den Couchtisch und trat hinter seinen Sessel. „Danke, danke“, rief er und hob die Hände zum Himmel. „Gott ist gut, Mädel“, sagte er. „Gott ist gut.“

„Ja, das ist er.“

Mit seinen langen Fingern umklammerte Pat die Sessellehne. „Sind Sie schon mal verliebt gewesen, Joan?“

Sie verschluckte sich beinahe an ihrem Kaffee. „Wer, ich?“ Sie schüttelte den Kopf. „Nein, und ich habe es auch nicht vor. Jetzt zumindest noch nicht.“

Pat beugte sich vor. „Sie haben nur noch nicht den richtigen Mann getroffen.“ Er zwinkerte ihr zu. „Haben Sie keine gebrochenen Herzen in England hinterlassen?“

„Du meine Güte, nein", erwiderte sie. „Wer hat schon Zeit für solche Oberflächlichkeiten? Seit ich alt genug war, um Essensreste für Mr Higginbottoms Schweine zu sammeln, habe ich mich auf die Arbeit konzentriert."

Pats Lachen erfüllte den Raum. „Mr *wer*?"

„Das gehört zu der langen Version meiner Geschichte", erinnerte sie ihn. „Wissen Sie noch? Sie wollten an dem Tag, an dem Sie mich eingestellt haben, lieber nur die Kurzfassung hören." Sie deutete auf die Tür zu ihrem Vorzimmer. „Da wir gerade von der Arbeit sprechen, sie wartet auf mich …"

Pat wurde ernst. Er trat an seinen Schreibtisch, lehnte sich dagegen und verschränkte die Arme. „Warten Sie. Sie und Betty sind einzigartige Frauen, Joan. So modern und selbstständig. Ihnen macht die Arbeit Spaß, nicht?"

„Ich will nicht behaupten, dass ich keinen Mann, keine Kinder und kein Haus in der Vorstadt will. Aber …" Sie seufzte niedergeschlagen.

„Aber?"

„Sie liegen ganz richtig, wenn Sie sagen, dass mir die Arbeit Spaß macht." Sie lachte leise. „Würden Sie wollen, dass Betty weiter arbeiten geht, wenn Sie beide …? Falls es so weit kommt, meine ich."

Er schüttelte den Kopf. „Ich weiß nicht, ob mir das gefallen würde. Bisher bin ich der Meinung gewesen, dass ich für meine Familie sorgen kann und werde, falls ich jemals eine haben sollte."

Da sie Betty so gut kannte – oder so wenig, wie man es nahm –, fragte sich Joan, wie sie eine solche Äußerung wohl aufnehmen würde. Sie hatte sich ihre Position bei Hertz hart erarbeitet. Wäre sie wohl bereit, ihre Arbeitsstelle für Liebe und Ehe aufzugeben, auch wenn es sich um einen so charismatischen Mann wie Pat Callahan handelte? „Nun", erwiderte sie und wählte ihre Worte mit Bedacht, „ich denke, wir werden abwarten und sehen müssen, was das Leben bringt." Sie verfiel wieder in den Akzent ihres Vaters. „Nicht, Laddie?"

Pat Callahan brach wieder in Gelächter aus. „Das werden wir, Lassie. Das werden wir."

Inga hatte den ganzen Tag Zeit zu schlafen. Zu essen. Musik zu hören oder ein Buch zu lesen. Einen ganzen langen Tag. Allein.

Sobald es ruhig geworden war in der Wohnung, stand sie auf, zog ihre Pantoffeln an und ging in ihrem babyblauen Baumwollpyjama in die Küche. Es war kühl, fand sie. Eine ungewöhnliche Kälte, die sie nicht empfand, wenn die anderen da waren. Vielleicht hatte Betty aber auch nur die Heizung heruntergedreht. Anfang November waren die Temperaturen drastisch gefallen. Sie schlang die Arme um sich, als sie die Küche betrat, um frischen Kaffee aufzusetzen. Anschließend würde sie im Schlafzimmer ihren Morgenmantel holen.

Sie hatte nicht die Absicht, sich an diesem Tag anzukleiden. Sie würde den ganzen Tag in ihrem Pyjama verbringen. Sie würde schlafen, Radio hören und Zeitschriften durchblättern, aber sie würde sich nicht anziehen.

Inga gab Wasser und Kaffeepulver in die Kaffeemaschine und schaltete sie ein. Sie erwachte sofort zum Leben. Innerhalb von wenigen Sekunden begann sie zu gurgeln. Wie ein Uhrwerk.

Eilig lief sie in ihr Zimmer zurück, nahm ihren Morgenmantel vom Fußende des Bettes und streifte ihn über. Aus dem Spiegel schaute ihr ihr Spiegelbild entgegen, und sie runzelte die Stirn.

Hatte sie sich verändert? Sie strich mit ihren erdbeerrot lackierten Fingernägeln durch ihre Haare. *Kleide dich der Rolle entsprechend, spiele die Rolle, sei die Rolle ...* Sie schlug mit der Faust so fest auf die Kommode, dass die Lampe klirrte. „Oh", stöhnte sie. „Was habe ich nur getan?"

Es war so leicht gewesen. Viel zu leicht. Und sie war so dumm gewesen zu denken, dass Frank dasselbe für sie empfand wie sie für ihn. Dass der „Morgen danach" zärtliche Küsse und das Versprechen eines gemeinsamen Lebens für sie bereithalten würde. Stattdessen hatte Frank so getan, als sei das, was sie in der Nacht getan hatten, die normalste Sache der Welt. Nur eine Nacht, eine weitere Eroberung. Und anstatt über ihre gemeinsame Zukunft zu reden, hatte er geschnaubt, als sie davon angefangen hatte.

„Wovon redest du?", hatte er sie gefragt. „Denkst du, damit wäre alles besiegelt zwischen uns? Du meine Güte, nein. Nicht hier, Süße. Wenn du das gedacht hast …" Und dann begann er zu grinsen. „Aber hey", sagte er und breitete die Arme aus. „Was für eine Nacht! Wir hatten doch unseren Spaß, nicht? Hatten wir nicht Spaß?"

Inga band den Gürtel ihres Morgenmantels fest um ihre Taille, fester als nötig, und kehrte in die Küche zurück, wo sie der Duft von frisch aufgebrühtem Kaffee empfing. Beinahe wärmte. Sie nahm eine Tasse vom Abtropfgestell auf dem Spülbecken, goss sie so voll, dass der Kaffee beinahe überschwappte, und verzog sich damit ins Wohnzimmer.

Zwei Wochen, schätzte sie. Höchstens drei. In zwei Wochen würde sie wissen, ob sie die Dummheit einer Nacht ihr Leben lang bereuen würde. Sie nahm einen großen Schluck. Als die Tür hinter ihr aufgeschlossen wurde, fuhr Inga zusammen und verschüttete beinahe ihren Kaffee.

Inga drehte sich um und erblickte ihre Schwester. „Was machst du denn zu Hause?", fragte sie.

„Ich habe meinen Job geschmissen", erklärte Magda trotzig. „Und ich werde nicht zurückgehen."

Joan beschloss, während der Mittagspause einen langen Spaziergang im Loop zu machen. Ein Sandwich und eine Getränkedose hatte sie sich aus dem Automaten gezogen. Langsam schlenderte sie durch die Straßen und betrachtete die Schaufenster. Chicago summte seine übliche Mittagsmelodie. Der Verkehr wälzte sich durch die Straßen, Menschen redeten durcheinander, und das Hupen eines Lastwagens ließ die Schaufenster klirren.

Sie lief ziellos herum, bis es schon fast wieder an der Zeit war, umzukehren und zur Agentur zurückzukehren. Sie überquerte die Straße und schaute sich auch die Schaufenster auf dieser Seite an. Ihre Mittagspause näherte sich jetzt dem Ende, und sie musste sich beeilen. Doch vor einem Schaufenster blieb sie stehen. Auf einem Plakat war zu lesen:

Möchten Sie in Europa arbeiten?
Qualifikationstests für eine Stelle in Übersee
für die US-Regierung
am kommenden Samstag um 9:00 Uhr.
Anmeldung hier.

Eine unerwartete Welle der Nostalgie und des Heimwehs nach England erfasste sie. Sie hatte Sehnsucht nach den Kochkünsten ihrer Mutter, dem Lachen ihres Vaters und den ständigen Streitereien ihrer Geschwister. Sie vermisste es, in ihrer Nähe zu wohnen und sie zu besuchen, wann immer sie wollte. Und dieses Plakat könnte eine Fahrkarte nach Hause sein. Ein Weg, England näher zu kommen.

Joan warf das Wachspapier, in dem ihr Sandwich eingewickelt gewesen war, und die leere Dose in einen Mülleimer, straffte die Schultern und betrat das Ladenlokal.

Der mit Schreibtischen und Aktenschränken, unförmigen Telefonen und grauen Schreibmaschinen aus Metall ausgestattete Raum wirkte sehr nüchtern. Ein junger Mann in Uniform saß an einem Schreibtisch. „Kann ich Ihnen helfen?“, fragte er.

Joan deutete auf das Plakat. „Ich wollte mich anmelden.“

Sein Blick folgte der Richtung, in die ihr Finger wies. „Sie möchten nach Übersee gehen? Nach Europa?“ Er zog die oberste Schublade auf, nahm ein Formular heraus und schob es Joan zu.

„Allerdings.“ Sie blickte auf das Formular, dann wieder zu dem jungen Mann.

„Sie kommen aus …"

„Chicago. Ich wohne an der Greenleaf draußen in …" *Oh.* „Sie meinen, ursprünglich?"

Er lächelte, und seine braunen Augen funkelten. „Ja, Madam."

„Leigh, Lancashire, England."

Er runzelte leicht die Stirn. „Und Sie sind sicher, dass Sie nach Deutschland gehen wollen?"

„Warum nicht?"

„Sie sind Britin, Madam. Sie wären …" Seine Stimme verklang.

„Eher ein Feind als die Amerikaner?", beendete Joan den Satz für ihn.

„Nun, ja." Er räusperte sich. „Ja, Madam."

Sie presste die Lippen zusammen, und ihr Blick wanderte erneut zu dem Plakat.

Möchten Sie in Europa arbeiten?

Selbst in Spiegelschrift rührten diese Worte etwas in ihr an, beinahe, als würde Gott ihr etwas ins Ohr flüstern. Joan blickte den jungen Mann an und nahm das Formular zur Hand. „Ich brauche nur das auszufüllen?"

„Ja, Madam. Aber Sie können es auch mitnehmen. Bringen Sie es am Samstag mit."

Joan wandte sich zum Gehen. „Und nur damit Sie es wissen …" Sie richtete ihren Blick auf ihn. „Ich bin Amerikanerin."

Die Mittagszeit rückte näher und verstrich, und bisher hatte sich Barry Cole nicht die Mühe gemacht, die in Magdas Lebenslauf angegebene Nummer zu wählen. Die Nummer, die zu dem Telefon im Flur gehörte.

Seit sie nach Hause gekommen war, hatte sie auf das Klingeln gelauscht. Aber das Telefon läutete nicht.

„Du bist verrückt", sagte Inga, bevor sie sich in ihr Zimmer zurückzog.

„Und was ist mit dir los?", schrie Magda, als es an der Wohnungstür klopfte.

Sie sprang auf und stolperte beinahe über ihre Füße, dann packte sie den Türknauf und riss die Tür auf. Barry Cole stand vor ihr.

„Mr Cole!", keuchte sie.

„Magda - Miss Christenson."

„Was machen Sie denn hier?" Sie trat vor und zwang ihn dadurch, einen Schritt zurückzuweichen und dann noch einen, bis sie in dem schmalen Hausflur standen.

„Kann ich mit Ihnen reden?", fragte er.

Sie deutete auf die Haustür. „Gehen wir doch nach draußen."

„Können Sie mir sagen", begann er, als sie die Treppe zur Hälfte hinuntergestiegen waren, doch dann hielt er inne, bis sie auf den Bürgersteig getreten waren. „Können Sie mir erklären, warum Sie einfach weggegangen sind? Habe ich Sie irgendwie beleidigt?"

Sie verschränkte die Arme vor der Brust. Draußen war es ziemlich kalt. Sofort zog er seine Jacke aus und legte sie um ihre Schultern. „Mr Cole", sagte sie und zitterte trotz der Wärme, die noch von seinem Körper in der Jacke war. „Sie haben mich zum Abendessen eingeladen, obwohl Sie ein verheirateter Mann sind. Angeblich, um über das Manuskript zu sprechen. Verstehen Sie mich richtig. Ich möchte es wirklich gern veröffentlicht sehen … aber nicht zu diesem Preis."

Seine Augen weiteten sich, und er blickte sich um, als würde er die Antwort auf ihr Dilemma auf der Straße finden. „Verheiratet? Das denken Sie? Und Sie glauben, ich hätte bei der Einladung Hintergedanken gehabt?"

„Aber Sie sind doch verheiratet."

„Nein, ich –" Er blickte auf seine Hand, auf den schmalen Goldring, der im Sonnenlicht funkelte. „Das …", sagte er und hielt ihn ihr hin. „Ich habe es Ihnen nie erzählt …?"

„Was denn?"

„Miss Christenson, meine Frau … meine Frau ist … meine Frau starb vor einigen Jahren. Sie bekam eine Hirnhautentzündung, als Deanne sieben und Douglas neun war. Innerhalb von einer Woche war sie tot."

Magda presste die Hand auf den Mund. „Oh. Ich, Mr Cole. Ich bin so – ich wusste nicht … ich –" Sie überlegte, was er vor mehreren Monaten von seiner Frau erzählt hatte. Dass sie wie ein Engel sang. Dass das Foto von ihr mit den Kindern vor mehreren Jahren aufgenommen worden sei. „Als ich Sie nach dem Foto fragte … Warum haben Sie es mir da nicht erzählt?"

„Vermutlich dachte ich, Sie wüssten Bescheid", erwiderte er. Er setzte den Hut wieder auf. „Miss Christenson, bitte verzeihen Sie mir, dass ich Ihnen nichts davon gesagt habe. Darüber zu reden fällt mir nicht leicht, wie Sie sich sicher vorstellen können. Meinen Ring habe ich nicht abgenommen, weil … nun, zum Teil, weil ich keine falschen Hoffnungen wecken möchte. Die meisten Leute bei Olson wissen Bescheid, aber immer wieder habe ich mit Frauen zu tun, auch bei Dinnerpartys und Ähnlichem, und ich gebe mir Mühe, diese Beziehungen unverbindlich zu halten."

„Natürlich." Sie bereute es sehr, dass sie ihm falsche Motive unterstellt hatte. „Verzeihen Sie mir bitte."

„Dann kommen Sie also wieder zur Arbeit? Heute?"

Magda rannte die Treppe ein Stück hoch, dann wieder hinunter und zog die Jacke aus. „Hier, Mr Cole. Äh, Barry. Ich hole nur schnell meinen Mantel und meine Tasche und … dann fahren wir gemeinsam in die Stadt zurück." Sie legte die Hand auf seinen Arm. „Noch einmal, es tut mir wirklich sehr leid." Sie drehte sich noch einmal halb zu ihm um. „Und … Barry? Ich würde sehr gern heute Abend mit Ihnen Essen gehen."

Kapitel 28

Evelyn zählte die Minuten, bis Joan nach Hause kam. Der amtlich wirkende Brief, der am Kopfkissen ihrer Freundin lehnte, neckte sie und führte sie in Versuchung, ihn einfach aufzureißen. Um zu sehen, was dieser dicke braune Umschlag enthielt.

Sie war allein an diesem Abend. Betty war mit Pat Callahan ausgegangen, und Magda arbeitete schon wieder mit Mr Cole an ihrem Manuskript. Inga war auch nicht zu Hause. Sie war im Lauf der vergangenen Wochen zunehmend unleidlich geworden. Selbst wenn sie da gewesen wäre, dann hätte sie Evelyns Neugier in Bezug auf den Brief ganz sicher nicht geteilt.

Evelyn hockte im Schneidersitz auf ihrem Bett, dick eingepackt in einen warmen Pyjama und wollene Socken zum Schutz gegen die Kälte. Ihr Französischbuch lag aufgeschlagen vor ihr auf der Decke. „*Un, deux, trois, quatre* –" Die Wohnungstür wurde aufgeschlossen, und sie sprang auf. „Joanie?

„Ja?", antwortete Joan.

Evelyn traf sie im Flur. „Oh, gut." Sie half Joan aus ihrem Mantel.

„Wo sind denn alle?", fragte Joan, während sie ihren Mantel und ihre Tasche aufhängte.

„Betty ist mit Pat ausgegangen."

Joan hob den Finger. „Das wusste ich bereits."

„Und Magda ist mit ihrem Chef zusammen."

Joan hakte sich bei Evelyn ein und ging mit ihr zu ihrem Zimmer. „Ich glaube, dass sich da noch eine Romanze entwickelt, Evelyn."

„Wirklich?"

Joan nickte. „Ich glaube, ihr liegt in Wirklichkeit mehr an Barry Cole als an der Kurzgeschichte, an der sie arbeiten."

Evelyn drückte ihren Arm, als sie ihr Zimmer betraten. „Da ist ein Brief für dich gekommen", sagte sie und deutete mit dem Kopf darauf. „Sieht sehr offiziell aus. Etwas von der US-Regierung."

Sie versuchte, sich ungezwungen zu geben, aber an Joans Gesichtsausdruck merkte sie, dass ihr das nicht gelungen war.

„Oh." Joan starrte den Brief an.

„Was ist das, Joanie?" Sie trat an ihr Bett und klappte ihr Französischbuch zu.

„Bist du fertig für heute Abend?", fragte Joan.

Evelyn schüttelte den Kopf. „Nein. Zum Unterricht morgen Abend muss ich bis zwanzig zählen können. Ich bin aber erst bis fünfzehn gekommen."

Joan zuckte die Achseln. „Das sind doch nur noch fünf Zahlen. Das schaffst du schon." Sie ließ sich auf dem Stuhl nieder, um ihre Nylonstrümpfe herunterzurollen. „Evelyn, bist du dir sicher, dass du Französisch lernen solltest, nur um George zu gefallen."

„*Oui, oui*", antwortete sie kichernd. „Georges Mutter meint, ich würde die Sprache nie lernen, und ich merke auch, dass sie mich überhaupt nicht mag, aber ich habe mir vorgenommen", sagte sie und hielt einen Finger in die Höhe, „zu Weihnachten in der Lage zu sein, mit der Cousine, die über die Feiertage aus Paris zu Besuch kommt, ein Gespräch führen zu können."

„Nun", meinte Joan augenzwinkernd, „wenigstens wirst du bis dahin zählen können."

„Haha, Joan.“ Evelyn schnappte sich den Umschlag und schwenkte ihn durch die Luft. „Na los, mach ihn schon auf. Ich sterbe vor Neugier.“

Joan nahm den Umschlag entgegen und starrte ihn an, als enthielte er streng geheime Dokumente. Mit der anderen Hand tippte sie mehrmals darauf und seufzte. „Das ist entweder eine Ablehnung, oder ich bin angenommen“, erklärte sie. „Nach dem Gewicht zu urteilen, würde ich eher sagen, dass ich eine Zusage erhalten habe.“

Evelyn richtete sich auf. „Was für eine Zusage?“

„Von der US-Regierung. Wenn das stimmt, werde ich in den kommenden zwei Jahren in Deutschland arbeiten. Für die US-Streitkräfte.“

Evelyn fuhr zusammen. „Was? Du willst weggehen?“

„Wenn das hier das ist, was ich glaube, dann … ja.“ Sie setzte sich neben Evelyn aufs Bett. „Verstehst du denn nicht, Evelyn? Dann bin ich meiner Familie wieder näher, wenigstens für zwei Jahre.“

„Aber … aber was ist mit mir? Du lässt mich hier allein?“

Joan tätschelte ihre Schulter. „Du bist doch in guten Händen.“

„Du meinst George?“

Joan lachte laut auf. „Nein. Ich meine Betty.“

Sie starrten sich eine Weile an, bis Evelyn sagte: „Mach ihn auf, Joanie.“ Gespannt verfolgte sie, wie Joan den Umschlag aufriss, einen dicken Packen Papiere herausholte und die erste Seite las. „Und?“

Joan blickte lächelnd hoch. „Sieht ganz so aus, als würde ich im kommenden Januar nach Deutschland fliegen.“

Magda genoss jeden Augenblick, den sie mit Barry Cole verbrachte, und ganz besonders die Zeit nach Feierabend. Trotz ihrer Entschlossenheit, keine Gefühle für ihn zu entwickeln, war ihre Zuneigung zu ihm immer mehr gewachsen. Und das hatte nichts damit zu tun, dass er in der Lage war, ihre Geschichten zu veröffentlichen.

Mindestens zweimal in der Woche hatte er sie zum Abendessen

eingeladen, und bei ihren Gesprächen war es immer um ihr Manuskript gegangen. Doch gelegentlich – zum Glück, wie sie fand –, erzählte er auch etwas von seiner Familie oder fragte sie nach ihrer.

Und dann, kurz vor Thanksgiving, erzählte er ihr auf dem Weg zum Bahnhof von einem Auftritt seiner Tochter in der Kirche und fragte, ob Magda Lust hätte, die Aufführung gemeinsam mit der Familie zu besuchen. „Am Sonntagabend. Sieben Uhr." Er hielt seinen Hut in der Hand und drehte ihn nervös in den Händen, als fieberte er ihrer Antwort entgegen.

„Ich würde sehr gern mitkommen. Denken Sie –" Sie brach ab, als sie sich dem Bahnsteig näherten. Sie wollte nicht, dass der Abend schon zu Ende ging. „Denken Sie, dass Ihre Familie damit einverstanden ist? Dass eine Frau … ich meine, ich bin ja nur Ihre Sekretärin … aber dass ich an einem Familienereignis teilnehme?"

Er setzte seinen Hut auf und drückte ihn fest. „Ich denke, Magda, mittlerweile haben Sie gemerkt, dass Sie für mich deutlich mehr sind als eine Sekretärin."

Ihr Herzschlag beschleunigte sich. „Aber ich …", murmelte sie und nahm an, dass er sie über den Lärm der kreischenden Bremsen des Zuges hinweg nicht verstehen konnte.

Sie zog ihren Mantel fester um sich, und er legte seine Hände um ihre Ellbogen. „Magda", sagte er. „Sieh mich an."

Langsam hob Magda den Blick. Vorsichtig. Sie wollte die Grenze nicht überschreiten, aber sie wollte … mehr als alles andere wollte sie …

Barry schob mit dem Zeigefinger seinen Hut aus dem Gesicht und trat näher an sie heran … wundervoll nah. Sie hielt den Atem an, schloss die Augen und wartete … gefühlt stundenlang … tagelang. Als ihre Lippen sich endlich berührten, sprühten Funken. Er schlang die Arme um sie und vertiefte den Kuss, während ihre Hände sich in den Stoff seines Mantels krallten.

Als der Kuss zu Ende ging, legte er den Finger unter ihr Kinn und zwang sie, ihn anzublicken. „Das kann so nicht weitergehen, das ist mir bewusst. Wir können nicht weiter in demselben Büro arbeiten. Das verbietet die Firmenpolitik. Aber bis wir eine Lösung gefunden haben", sagte er und drückte ihr schnell noch einen Kuss auf die Lippen, „müssen wir dafür sorgen, dass es funktioniert."

Dieses Mal nickte sie.

Sein Blick wanderte zum Bahnsteig. „Ich muss dich jetzt in deinen Zug setzen und zusehen, dass ich nach Hause komme, bevor die Großmutter der Kinder denkt, ich hätte sie für immer verlassen."

Magda lachte. Seine Kinder. Seine Schwiegermutter. Diese Menschen würden bald zu ihrem Leben dazugehören. Und sie würde zu ihrem dazugehören.

„Ich hole dich am Sonntagnachmittag ab. Sagen wir, um vier. Wir werden zum Essen ausgehen, damit du alle kennenlernen kannst und sie dich."

Sie lächelte ihn an. „Ich freue mich."

Das Licht von den Straßenlaternen fiel auf sein Gesicht. Sie musterte seine dunklen Augen. Sein attraktives Gesicht. Alles an Barry Cole war sanft. Freundlich. Aufrichtig.

„In welche … zu welcher Kirche gehörst du eigentlich?", fragte sie, in erster Linie deshalb, weil ihr nichts anderes einfiel und sie etwas sagen wollte.

„Ich bin Lutheraner", erwiderte er.

Sie packte seine Mantelaufschläge. „Du bist *Lutheraner*?!"

Er legte die Hände an ihr eiskaltes Gesicht. Der Duft nach Leder und seinem Aftershave drang ihr in die Nase, und sie atmete tief ein.

„Ja, das bin ich", erwiderte er. „Ist das ein Problem?"

Irgendwie gelang es Inga, sich während ihrer Aufenthalte in L.A. von Frank fernzuhalten. Und tatsächlich kam es so, dass sie über Thanksgiving arbeiten musste, wie sie es sich erhofft hatte. Sie konnte sich nicht vorstellen, den Feiertag mit Mor und Far und Magda bei Onkel Casper und Tante Greta zu verbringen. Vor allem jetzt, wo Magda ununterbrochen strahlte wie ein Leuchtturm und durch die Wohnung schwebte und vollkommen verrückt geworden war, weil ihr Chef so begeistert von ihrer literarischen Arbeit war. So, wie sie sich verhielt, könnte man meinen, sie wäre zur besten Schriftstellerin seit Jane Austen avanciert.

Aber auf der anderen Seite … falls sie doch gezwungen war, die Verwandtschaft zu besuchen, dann würde Magdas Überschwang zumindest das Interesse von ihr ablenken. Dann würde niemand den Ausdruck in ihren Augen bemerken. Vielleicht würde auch niemandem ihre Appetitlosigkeit auffallen. Oder die Tatsache, dass sie aufgedunsen aussah.

„Wann wirst du es ihm sagen?", fragte Retta sie auf dem Weg nach Los Angeles am Morgen jenes Donnerstags. Sie standen in der hinteren Bordküche und bereiteten die Tabletts für die Passagiere vor.

„Erst, wenn ich ganz sicher bin", erwiderte Inga. „Und sprich nicht so laut."

„Keine Sorge, Süße", erwiderte Retta, „bei diesem Motorenlärm kann uns niemand hören."

Ja, wann wollte sie es Frank sagen? Nun, ganz gewiss erst, wenn sie es selbst sicher wusste. Sie hatte für Mitte Dezember einen Arzttermin in der Stadt vereinbart, unter dem Namen Henrietta Swift. Ein paar Tage später würde sie Bescheid wissen. Und dann hatte sie auch einen Plan. Einen durchführbaren Plan. Einen Plan, der beinhaltete, dass sie in dem weißen Kleid von Carson's vor den Altar trat.

Inga schüttelte den Kopf, während sie eine Thermoskanne mit Kaffee auf ein Tablett stellte. War das Kleid jetzt wirklich noch so wichtig?

Falls es stimmte, was sie befürchtete, würde Frank doch ganz bestimmt ehrenhaft handeln und sie heiraten. In aller Stille natürlich. Doch das Dreihundert-Dollar-Kleid würde sie auf jeden Fall tragen. Und da sie ihren Zustand schon so früh bemerkt hatte, könnte es als besonderer Segen Gottes durchgehen, dass sie direkt nach der Hochzeit schon ein Kind erwartete. Far und Onkel Casper würden Frank auf den Rücken schlagen, wie das bei Männern üblich war, und so tun, als hätte er eine große Leistung vollbracht. „Guter Mann!", würden sie sagen und lachen.

Sie würde angemessen erröten. Und sie würde sich von ihrer Mutter und ihrer Tante umsorgen lassen und ihre Umstandskleider und kleinen Babyschühchen annehmen, die sie mit Liebe gestrickt und genäht hatten. Sie und Frank würden natürlich in Kalifornien leben, und wenn das Baby zu früh zur Welt kam, nur ein ganz klein wenig, würden sie so tun, als hätten sie große Sorge um seine Gesundheit und erklären, Gott sei doch wirklich gnädig, dass es trotzdem mit einem passablen Gewicht zur Welt gekommen sei.

Sie nahm das Tablett und hielt es mit einer Hand.

Das Einzige, was sie an dem ganzen Szenario beunruhigte, war die Tatsache, dass sie Frank Martindale gar nicht mehr heiraten wollte. Nicht jetzt. Nicht nach seinem unfeinen Benehmen. Es war, wie Retta nach der ganzen leidigen Affäre bemerkte: „Du warst offensichtlich nicht seine erste Frau, Süße, und wirst ganz bestimmt nicht seine letzte sein. Mit oder ohne Ring."

Eine Ehe mit Frank würde ein Leben voller Zweifel bedeuten. Sie würde ihn immer misstrauisch betrachten und jeden seiner Termine infrage stellen. Alle Überstunden im Büro. Das wäre ihre verdiente Strafe, nicht nur ihren Eltern gegenüber, ob sie nun darüber Bescheid wussten oder nicht, sondern auch Gott gegenüber. Sie hatte Ava Gardner nachgeeifert, sich sinnlich und sexy gegeben, und sie war auf einen Playboy hereingefallen. Dabei war sie doch nur ein einfaches Mädchen aus Minnesota. Ein Mädchen, das nach den Sternen gegriffen, aber nur eine Handvoll Sand bekommen hatte.

Kapitel 29

Noch nie hatte Thanksgiving Betty in solche Aufregung versetzt. Aber andererseits hatte sie den Feiertag bisher auch immer mit ihren Eltern verbracht. Und mit Adela. Der Gedanke, den Tag mit der Familie des unglaublichsten Mannes der Welt zu feiern, bereitete ihr gemischte Gefühle.

Betty drehte sich in ihrem champagnerfarbenen Kostüm, das sie für zwölf Dollar erworben hatte, einmal um die eigene Achse. „Schick, nicht?"

„*Magnifique*", erwiderte Evelyn, die auf dem Stuhl zwischen dem Bett und der Frisierkommode saß und sich mit ihrem Französischbuch beschäftigte. „Du siehst sehr hübsch aus."

„*Très bien.*" Sie blickte sich suchend um. „Wo ist Joan?"

Evelyn zuckte die Achseln. „Ich glaube, im Bad."

Betty verschränkte die Arme vor der Brust. „Bist du sicher, dass es ihr nichts ausmacht, heute allein zu sein?"

Evelyn klappte ihr Lehrbuch zu und warf es auf das Bett. „Sie sagt, das sei kein Problem für sie." Sie warf einen Blick auf ihre Uhr. „Ich muss mich jetzt auch fertig machen. George will mich in einer Stunde abholen."

Betty seufzte. „Und, wie läuft es mit ihm?"

Evelyn schob ihre Brille hoch. „Neuerdings verhält er sich mir gegenüber aufmerksamer."

„Aufmerksamer als wann?"

Evelyn runzelte die Stirn. „Du glaubst, ich wüsste nicht, was ich tue."

„Ich *weiß*, dass du nicht weißt, was du tust, Evelyn."

„Aber wenn alles so läuft wie geplant, Betty, dann denke ich, dass George mir zu Weihnachten einen Heiratsantrag machen wird, was praktisch unser Jahrestag ist. Das ist perfekt."

Joan kam aus dem Bad und trat um Betty herum. „Was ist, Betty?", fragte Joan.

Betty schüttelte den Kopf und stöhnte. „Nichts. Hey, Joan, macht es dir wirklich nichts aus, heute hier allein zu sein? Pat hat darauf bestanden, dass ich dich mitbringe."

Joan schüttelte den Kopf. „Das stimmt nicht." Sie schwieg.

Evelyn entschuldigte sich und verließ das Zimmer. „Außerdem", fuhr sie fort, „triffst du Pats Familie zum ersten Mal. Ich werde mich ganz bestimmt nicht dazwischendrängen."

Betty presste die Lippen aufeinander. „Vielleicht wäre es aber ganz gut, wenn du mitkommen würdest. Vielleicht brauche ich moralische Unterstützung."

„Sei nicht dumm. Wenn die Familie auch nur ein bisschen so ist wie Pat, bist du in den besten Händen."

Wie auf jeder Fahrt zu Georges Elternhaus bestaunte Evelyn die Gärten und die Häuser, an denen sie vorbeikamen. Ganz besonders das Haus, in dem er wohnte. Er hatte es vor etwas mehr als einem Jahr gekauft, „für einen Spottpreis von fünfzehntausend Dollar". Als er noch glaubte, Betty würde als „Dame des Hauses" einziehen.

Doch Betty hatte ihn abgewiesen. *Pech für Betty*, dachte Evelyn jetzt, *Glück für mich*. Evelyn versuchte sich vorzustellen, sie sei

Georges Ehefrau. Sie hatte das Haus noch nie betreten, das hätte sich nicht gehört, aber in ihrer Fantasie hatte sie die verschiedenen Räume gesehen. Die hohen Decken, die geräumigen Schränke und die lichtdurchfluteten Zimmer mit den großen Fenstern. Sie hatte sich vorgestellt, wie ihre Kinder lachend durch das Haus laufen würden und wie sie und George miteinander alt werden würden. Grauhaarig und glücklich. Bis der Tod sie schied.

Sie seufzte. „*Joie de vivre*", flüsterte sie.

„Was hast du gesagt?", fragte George.

Sie blickte ihn lächelnd an, und er erwiderte ihr Lächeln. Aufrichtig. *Oh Betty, du irrst dich in Bezug auf ihn. Ich weiß es einfach.* „Nichts", erwiderte sie. „Eigentlich habe ich *joie de vivre* gesagt, ohne darüber nachzudenken." Sie verschränkte ihre Finger in den braunen Lederhandschuhen.

Evelyn runzelte die Stirn, als sie daran dachte, wie George ihr die Handschuh-Etikette eingetrichtert hatte. Ihr ganzes Leben lang hatte sie Handschuhe getragen, und niemand hatte sie jemals darauf hingewiesen, dass es bestimmte Regeln gab. Wann man Handschuhe trug, wie man sie trug, wann man sie auszog und wie.

Natürlich war sie, bevor sie nach Chicago gekommen war und George kennengelernt hatte, nie mit jemandem zusammen gewesen, den es interessierte, ob sie ihre Handschuhe auszog, *bevor* sie zum Abendessen Platz genommen hatte oder *danach*. Vielleicht war es doch ganz gut gewesen, dass er ihr die Regeln erklärt hatte.

„Ich habe den Eindruck, dass sich der Französischunterricht auszahlt", bemerkte George, „wenn du jetzt schon französische Wörter benutzt, ohne darüber nachzudenken."

„Bist du stolz auf mich?", fragte sie hoffnungsvoll.

Er antwortete nicht, sondern konzentrierte sich darauf, in die Einfahrt seiner Eltern einzubiegen.

„George?"

Er schaltete den Motor aus. „Hmm?"

„Ich habe gefragt, ob du stolz auf mich bist."

George wandte sich zu ihr um und nahm sich Zeit mit seiner Antwort. Er strich mit der Hand über seine perfekt frisierten Haare und beugte sich zu ihr hinüber. „Ja, Süße, ich bin stolz auf dich." Er legte seinen rechten Arm auf ihre Rückenlehne. „Komm. Gib mir einen Kuss."

Sie gehorchte. Das tat sie immer, wenn er sie darum bat ... die wenigen Male, die das vorgekommen war. Und wie immer meldeten sich die Schmetterlinge in ihrem Bauch, und sie betete, dass es ihm genauso gehen möge.

„Lass uns hineingehen", sagte er, nachdem er sich von ihr gelöst hatte. „Sieht so aus, als seien Sandy und ihre Familie noch nicht da", meinte er mit einem Blick durch die Windschutzscheibe.

Evelyn seufzte, hin- und hergerissen zwischen Frustration und Zufriedenheit. „Ich freue mich darauf, sie wiederzusehen", sagte sie und meinte es ernst. Denn immerhin würden sie im nächsten Jahr um diese Zeit ihre Familie sein.

Sie wusste es einfach.

„Du bist so schrecklich still", sagte Pat, als sie sein Elternhaus verließen. Es lag in Lake Forest, einer fast hundert Jahre alten Stadt am Ufer des Lake Michigan nur wenige Meilen nördlich von Bettys Elternhaus entfernt. „Einen Penny für deine Gedanken."

Betty zog ihren Mantel über die Knie. „Ich hatte keine Ahnung, dass deine Familie so groß ist."

Pat lachte fröhlich. „Du wusstest doch, dass ich noch fünf Geschwister habe. Und übrigens, ich möchte einmal genauso viele Kinder haben."

„Sechs Kinder, ach ja?" Sie zwang ein Lächeln auf ihr Gesicht. „Das solltest du deiner zukünftigen Frau aber mitteilen, bevor du ihr einen Heiratsantrag machst."

Bettys Blick wanderte über den Ärmel seines schwarzen Mantels zu seinem Gesicht. Seine grünen Augen hielten ihre einen ganz kurzen Augenblick fest, bevor er sich wieder auf die Straße konzentrierte. „Das habe ich gerade getan."

Betty hörte seine Bemerkung, beschloss aber, sie lieber vorerst zu ignorieren. „Ich hatte nicht damit gerechnet, dass so viele Mitglieder deiner Familie heute da sein würden. Tanten. Onkel. Cousinen und Cousins." Sie hob die Hände. „Sogar deine Großeltern."

„Ich nehme an, dass deine Familie nicht so groß ist."

Betty suchte eine bequemere Sitzposition. „Du weißt doch, dass ich Einzelkind bin."

„Und deine Eltern? Waren sie auch Einzelkinder?"

„Nein, ich habe durchaus ein paar Tanten und Onkel, aber wir treffen uns nicht an den Feiertagen."

„Nicht?", fragte Pat, als sei ihm diese Vorstellung vollkommen fremd.

„Nein", erwiderte Betty und blickte zum Fenster hinaus. Sie näherten sich ihrem Zuhause. Ein ereignisreicher Tag neigte sich dem Ende zu. Pats Familie hatte sie in ihrem Heim sehr herzlich willkommen geheißen, aber dass sie so schnell in die Familie aufgenommen wurde, war ihr fast ein wenig unangenehm gewesen. „Das Haus deiner Eltern ist übrigens sehr beeindruckend", sagte sie.

„Ich weiß", erwiderte Pat augenzwinkernd. „Das hast du bestimmt ein halbes Dutzend Mal gesagt."

Betty verschränkte die Arme vor der Brust. „Das stimmt nicht."

„Natürlich stimmt das. Schon in der Eingangshalle hast du zu meiner Mutter gesagt, wie wunderschön das Haus sei. Und dann hast du immer wieder dieses Gemälde oder jenes Möbelstück bewundert." Er schüttelte den Kopf. „Ganz ehrlich, Lassie" sagte er und klang dabei genau wie sein Großvater väterlicherseits, wie sie jetzt wusste, „ich hatte keine Ahnung, dass du dich so gut mit solchen Dingen auskennst."

Sie lachte. „Du kennst meine Mutter noch nicht."

Er griff nach ihrer Hand und drückte sie. „Das würde ich sehr gern bald ändern, wenn du keine Einwände hast."

Betty rutschte näher an ihn heran und legte den Kopf an seine Schulter. „Ich fände das auch schön." Sie seufzte. „Aber zuerst sollte ich meinen Eltern vielleicht von dir erzählen."

Pat fuhr an den Straßenrand und hielt an. Betty richtete sich auf, als er sich ihr zuwandte. „Sie wissen also noch nichts von mir? Aber Betts, wir sind doch jetzt schon einige Wochen ein Paar!"

Betty legte ihre Hand an Pats Wange. Durch ihre Handschuhe hindurch spürte sie seinen leichten Bartwuchs. „Wochen, Liebling. Nicht *Monate*."

Er küsste sie. „Ich wusste es bereits nach einem Tag."

Sie rieb ihre Nase an seiner. „Was wusstest du?", fragte sie mit gesenktem Blick.

„Dass du die richtige Frau für mich bist, Betty Estes. Du bist das Mädchen, auf das ich mein ganzes Leben gewartet habe."

Betty schlang die Arme um seine breiten Schultern und spürte seine Muskeln, als er sie in seine Arme zog. „Ich empfinde es genauso, Pat, wirklich. Aber …"

Er wich fast unmerklich zurück. „Aber?"

Sie kuschelte sich wieder in seine Arme. „Aber ich denke, es ist an der Zeit, dir von einem gewissen George Volbrecht zu erzählen."

Magda probierte nicht weniger als sechs verschiedene Kombinationen an, bevor sie sich für ein einfaches Kleid mit Dreiviertelärmeln und einem Gürtel um die Taille entschied. Als sie sich im Spiegel anschaute, fand sie, dass die hellgrüne Farbe ihr sehr gut stand.

Sie seufzte.

Es klopfte an der geöffneten Tür. „Inga!", sagte sie, ehrlich überrascht, ihre Schwester zu sehen. Sie breitete die Arme aus. „Wie sehe ich aus?"

Inga musterte sie. „Hmmmm", machte sie anerkennend und

blickte Magda an. „Nicht zu aufreizend, nicht zu brav. Ich würde sagen, du hast die richtige Wahl getroffen."

Magda seufzte erleichtert auf. „Oh, gut." Sie ergriff Ingas Hände. „In solchen Sachen hast du viel mehr Ahnung als ich."

Ein Ausdruck von Traurigkeit – oder war es Bedauern? – huschte über Ingas Gesicht, doch nur ganz kurz. „Ich habe nur mehr Übung", erwiderte sie sanft.

„Inga, ist alles in Ordnung?"

Tränen schimmerten in Ingas Augen, doch sie nickte trotzdem. „Ich bin nur müde von der Arbeit in letzter Zeit." Sie atmete tief durch. „Ich freue mich jetzt auf einen freien Sonntag."

Magda wandte sich zu ihrer Frisierkommode um und holte aus ihrer Schmuckkassette die einzigen Ohrringe, die sie besaß, Ohrclips in der Form eines Gänseblümchens, das sein erstes Blütenblatt verliert. Seufzend steckte Magda sie an.

„Ich habe etwas für dich", sagte Inga.

Magda drehte sich um. Inga legte ihr ein Perlenarmband um. „Wenn du die Handschuhe ausziehst, hast du etwas Hübsches vorzuzeigen."

„Wo hast du das denn her?", keuchte Magda. „Es ist wunderschön."

Inga zuckte die Achseln. „Das war ein Geschenk. Keine große Sache."

Magda drückte ihrer Schwester einen Kuss auf die Wange. „Ich gebe es dir ganz gewiss zurück", sagte sie, als es an der Wohnungstür klopfte. Magda drückte die Hand auf ihren Bauch. „Oh, du meine Güte." Sie blickte in Ingas Augen, die ihren so ähnlich waren. „Ich wünsche mir so sehr, dass sie mich mögen, Inga."

Inga nahm sie in die Arme. „Sie haben gar keine andere Wahl", beruhigte sie sie. „Du wirst schon sehen."

Kapitel 30

Offensichtlich hatten seine Kinder und seine Schwiegermutter nicht das Gefühl, sie mögen zu müssen, dachte Magda. Sie saß mit Barry und seiner Familie in dem elegantesten Restaurant, das sie je besucht hatte, und wartete auf ihren Salat.

Oder genauer, seine Schwiegermutter und eins seiner Kinder hatten dieses Gefühl offensichtlich nicht. Die kleine Deanne schob ihren Stuhl näher an den ihres Vaters heran und warf Magda über den Tisch hinweg misstrauische Blicke zu. Ein paarmal ertappte Magda die Zehnjährige dabei, wie sie sie mit finster gerunzelter Stirn anstarrte.

Magda versuchte es mit allen Tricks, die ihr einfielen: Sie bewunderte die Locken des Mädchens, die sie mit einem weißen Band zurückgebunden hatte, und betonte, wie sehr sie sich darauf freue, sie später singen zu hören. „Dein Vater hat mir erzählt, dass du wie ein Engel singst“, sagte sie mit einem Lächeln.

Doch das Kind erwiderte nur: „Ich singe wie meine Mutter, die tatsächlich mit den Engeln singt.“

„Deanne“, ermahnte Barry leise.

„Aber das stimmt doch“, beharrte Deanne.

„Dein Vater“, warf Magda ein, „hat mir erzählt, dass deine Mutter eine wunderschöne Stimme hatte.“ Als niemand auf diesen Einwurf reagierte, versuchte Magda es noch einmal anders. „Du hast ein sehr hübsches Kleid für deinen Auftritt gewählt.“

Daraufhin zog Deanne ihren Rock über die Knie und sagte: „Danke schön, Miss Christenson. Das war ein Geschenk von meiner Nana.“ Ihr Blick wanderte zu der eleganten Dame, die neben Magda saß. Ihre „Nana“, die Magda als Harriet Nielson vorgestellt worden war, war etwa Mitte sechzig. Ihre Haare waren gefärbt, und ihre rot geschminkten Lippen schienen sich nur selten zu einem Lächeln zu verziehen. Die Falten um ihre Augen waren definitiv keine Lachfältchen, sondern stammten vermutlich eher von den finsteren Blicken, mit denen sie die Menschen bedachte, die sie verabscheuungswürdig fand. Wie zum Beispiel Magda.

Barry legte seine linke Hand auf die rechte seiner Tochter. „Liebes, du darfst sie Magda nennen, wenn du möchtest“, sagte er. Magdas Blick fiel auf den goldenen Ehering an Barrys Finger.

Das Mädchen verzog schmollend die Lippen und sagte: „Ich möchte aber nicht, Papa. Eigentlich weiß ich gar nicht so genau, was sie hier macht.“

Wie auf ein Stichwort stützte nun Douglas seine Ellbogen auf den Tisch. „Ach, komm schon“, stöhnte er. „Sollen wir den ganzen Abend über dieses Thema sprechen?“ Er funkelte seine Schwester an. „Im Ernst? Sie scheint doch sehr nett zu sein, Dee. Außerdem würde Dad sicher keine dumme Gans in die Kirche mitnehmen, oder?“

„*Douglas Cole!*“, ermahnte ihn seine Großmutter streng. Magda dagegen hielt krampfhaft die Luft an, um ihr Lachen zu unterdrücken.

„Junge“, sagte Barry und biss sich auf die Lippen, weil er ebenfalls grinsen musste, was ihn für Magda noch liebenswürdiger machte. „Wörter wie *dumme Gans* benutzen wir nicht in Gesellschaft.“ Dann besann er sich. „Besser gesagt, wir benutzen sie überhaupt nicht.“

Magda schwieg und knetete die Leinenserviette auf ihrem Schoß. Anfangs hatte sie sie sehr elegant gefunden, jetzt lag sie rau und schwer in ihrer Hand. Sie betrachtete das Perlenarmband und hoffte, es würde ihr Kraft geben. Eine Kraft, wie Inga sie immer zu besitzen schien.

Mrs Nielson warf ihrem Schwiegersohn einen vorwurfsvollen Blick zu. „Nana", setzte Barry an, doch in diesem Augenblick trat der Kellner mit einem ovalen Tablett mit Salatschalen an den Tisch. „Ah", seufzte Barry. „Vom Salat gerettet!" Er warf Magda einen entschuldigenden Blick zu.

„Dann lasst uns dem Salat danken", sagte Douglas trocken, und wieder musste Magda ein Grinsen unterdrücken. Barry schaute sie über den Tisch hinweg halb amüsiert, halb entschuldigend an.

Später, nach dem zum Glück kurzen Thanksgiving-Konzert, brachte Barry Magda nach Hause. Die Kinder fuhren bei Nana mit.

Magda blickte ihn an. „Das lief nicht so besonders gut."

Barry brach in herzliches Gelächter aus. „Nein. Nein, meine Liebe, ganz und gar nicht. Nicht so, wie ich mir das vorgestellt habe."

„Vielleicht war es noch zu früh, Barry. Ihre Mutter ist doch erst seit drei Jahren tot."

„Drei Jahre sind eine lange Zeit", erwiderte er mit etwas gepresster Stimme. Schließlich lächelte er sie an, und seine dunklen Augen funkelten im Licht der Straßenlaternen. „Bisher habe ich niemals eine Frau mit nach Hause gebracht, Magda. Um ehrlich zu sein, bin ich nicht ein einziges Mal ausgegangen, seit meine Frau –", er holte tief Luft. „Seit Barbaras Tod."

„Du hast ihren Namen in meiner Anwesenheit noch nie ausgesprochen." Sie musterte sein Gesicht, suchte nach dem Ausdruck von Liebe und Bewunderung für die Frau, mit der er sein Leben hatte verbringen wollen. Für die Frau, die ihm zwei wundervolle Kinder geschenkt hatte. Für die Frau, die er hatte sterben sehen und an deren Sarg er gestanden hatte, als er in die Erde hinabgelassen wurde.

„Nicht?“, fragte er und parkte vor ihrer Wohnung am Straßenrand, ließ den Motor aber laufen. Er rutschte näher an sie heran und zog sie in seine Arme.

Die Umarmung schien eine Ewigkeit zu dauern. Magda lauschte auf seinen langsamen und gleichmäßigen Atem und fragte sich schon beinahe, ob er wohl eingeschlafen wäre.

Doch dann löste er sich von ihr. „Ich möchte dich um etwas bitten“, sagte er, und er sah sie mit einer solchen Zärtlichkeit an, dass sie glaubte, dahinschmelzen zu müssen.

„Um was denn?“, fragte sie.

Er zog seinen linken Handschuh aus. Zum Vorschein kam der Ehering, der ihr früher am Abend so ins Auge gestochen war. „Du sollst diejenige sein, die diesen Ring von meinem Finger zieht.“

Magda legte fast erschrocken eine Hand an ihren Hals. „Aber … Barry, nein. Ich –“

„Es ist richtig so“, erklärte er. „Barbara hat ihn mir angesteckt, und du sollst die Frau sein, die ihn mir abnimmt.“ Er umfasste behutsam ihr Kinn und zwang sie, ihn anzublicken. „Ich wünsche mir, dass du das tust, Magda.“ Seine Lippen streiften ihre. „Bitte“, murmelte er.

Sie nickte und legte Daumen und Zeigefinger um den Ring. Ein sanfter Zug, und sie kam bis zu seinem Knöchel. Dort ging es erstmal nicht mehr weiter, und sie fragte sich, ob Barbaras Liebe ihn aus dem Jenseits dort festhielt.

Wenn sie an so etwas glauben würde … Sie zog an dem Ring und brachte ihn über den ersten Knöchel. Danach ging es ganz leicht. Er fiel in ihre Hand, und sie hielt ihn dem Mann hin, dem ihr Herz gehörte.

Er nahm ihn und steckte ihn in seine Jackentasche. „Danke“, sagte er.

Magda erschauderte. Der Ring, das Symbol ihrer Ehe, war nur weggesteckt, existierte aber noch. Und würde nie aufhören zu existieren, für immer sichtbar in den Gesichtern von zwei Kindern. Würde … könnte er sie je so lieben, wie er seine erste Frau geliebt hatte?

„Ist dir kalt?“, fragte er sie.

„Nein“, erwiderte sie, überlegte es sich dann aber anders. „Vielleicht ein wenig.“

Er zog sie wieder an sich und küsste sie. „Ich liebe dich, Magda Christenson“, sagte er schließlich.

„Ich liebe dich auch, Barry Cole“, erwiderte sie. „Aber irgendwann werden wir über deine Schwiegermutter reden müssen und –“

Er erstickte ihre Worte mit einem Kuss.

Erst nach einer langen Weile gelang es ihr, ihren Satz zu Ende zu führen. „… und über Deanne.“

„Mach dir keine Gedanken wegen Deanne und Nana, Liebling“, beruhigte er sie und richtete sich auf. „Ich habe bereits eine nette kleine Rede für diese beiden sehr bösen Mädchen vorbereitet.“ Er tippte ihr mit dem Finger an die Nasenspitze. „Sie sind mein Problem, nicht deins.“

„Sei nicht zu streng mit ihnen“, mahnte sie. „Versprich es mir.“

Er lächelte. „In Ordnung, Miss Christenson.“ Sein Blick wanderte zu ihrer Haustür. „Wäre es dir recht, wenn ich dich jetzt zu deiner Haustür begleite?“, fragte er.

„Eigentlich nicht“, neckte sie. „Aber es muss wohl sein.“ Sie seufzte. „Immerhin ist morgen ein Arbeitstag.“

Er warf einen Blick auf seine Uhr, während er seinen Handschuh wieder anzog. „Was bedeutet, dass ich dein schönes Gesicht schon in weniger als zehn Stunden wiedersehen werde.“

Magda seufzte. „Bei dir klingt das, als seien es nur Minuten.“ Sie deutete auf ihr Herz. „Hier drin fühlt es sich an wie Monate.“

Er lachte und öffnete die Tür. „Ach, Magda!“, sagte er. „Du hast so viel Freude in mein Leben gebracht.“

Und so besiegelte er ihr Glück.

Inga konnte nicht einmal sagen, dass sie schockiert war. Das war sie nicht. Mitte Dezember, als alle Schaufenster Weihnachtsvorfreude ausstrahlten und die Auslagen Kinder dazu veranlassten, an einen fröhlichen alten Mann hoch oben im Norden zu schreiben, war Ingas Verzweiflung einer überwältigenden Düsternis gewichen. Nicht einmal der kleine Baum, den ihre Mitbewohnerinnen irgendwo aufgetrieben und mit Popcorn und Cranberrys geschmückt hatten, konnte Licht in ihre Hoffnungslosigkeit bringen.

Sie war schwanger, das stand jetzt fest. Und es war an der Zeit, den Vater des Kindes davon in Kenntnis zu setzen.

Und da war er. Als Inga und Henrietta das Hotel betraten, entdeckte Inga ihn gleich. Er unterhielt sich mit einer äußerst attraktiven Frau und lächelte dabei wie eine Spinne, die eine Fliege in ihr Netz lockte.

„Sieh ihn dir nur an", murmelte Retta, als sie die Halle durchquerten. „Der Wolf mit dem unschuldigen Rotkäppchen."

Inga versuchte zu lächeln, doch das gelang ihr nicht so recht. Retta packte Ingas Arm. „Sag es ihm. Heute Abend noch."

Inga nickte. „Ich verspreche es, Retta. Heute Abend." Sie legte ihre Hand auf ihren Bauch. „Ich kann wirklich nicht mehr länger warten. Früher oder später müssen wir heiraten."

Retta schob ihren Arm in Ingas und zog sie zur Rezeption. „Ich bin nach wie vor der Meinung, dass es einen besseren Weg gibt als eine Heirat mit diesem … diesem …"

„Frettchen?", half Inga aus und lachte. „Ich habe einmal gehört, wie Evelyn diesen Ausdruck benutzt hat."

Inga gelang es, Frank in der Lobby aus dem Weg zu gehen, doch sobald sie ausgepackt hatten, rief sie ihn an.

„Ich meinte doch, dich vorhin gesehen zu haben", sagte Frank, und seine Stimme ließ eine Flut von Erinnerungen wieder lebendig werden. „Ich war – äh – ziemlich beschäftigt, sonst hätte ich dich begrüßt."

„Das habe ich gesehen. Hey – wie wäre es, wenn ich dich heute Abend zum Essen einlade? Es gibt da etwas, das ich mit dir besprechen muss."

„Klingt ja geheimnisvoll."

Sie presste die Lippen aufeinander. *Nur ruhig, Mädchen.* „Gar nicht. Ich dachte nur, wir könnten reden."

„Um acht Uhr habe ich Feierabend", erklärte er.

Sie warf einen Blick auf ihre Uhr. Es blieben ihr also noch drei Stunden, um sich vorzubereiten. „Das ist in Ordnung", erwiderte sie. „Wie wäre es, wenn ich dich um viertel nach acht an deinem Zimmer abhole?"

„Das passt gut. Bis dann."

In den vergangenen drei Stunden hatte Inga hin und her geschwankt, ob sie es ihm tatsächlich sagen sollte oder nicht. Um kurz nach acht schließlich verabschiedete sie sich von Retta und machte sich auf den Weg zu Franks Zimmer.

Er begrüßte sie mit einem innigen Kuss, als hätte es nie irgendwelche Unstimmigkeiten zwischen ihnen gegeben. Inga löste sich schließlich von ihm und wandte sich zum Gehen. „Sollen wir?"

„Möchtest du nicht hereinkommen?", fragte er beinahe hoffnungsvoll.

Inga lächelte mühsam. „Danke, nein. Ich bin sehr hungrig. Du nicht?"

Er warf ihr einen vielsagenden Blick zu. „Nur auf dich, Schätzchen."

Sie zog die Augenbrauen in die Höhe. „Auf mich und halb Hollywood, wette ich." Sie eilte in Richtung Aufzug und blickte über die Schulter zurück, als sie Franks Zimmertür zufallen hörte. Er zog beim Gehen seine Anzugjacke über seine grün-rote Weste. „Die ist übrigens sehr festlich", sagte sie mit Blick auf die Weste.

Er grinste und hielt ihr den Arm hin. Sie ergriff ihn und schweigend fuhren sie hinunter in die Lobby.

„Möchtest du im Hotelrestaurant zu Abend essen oder lieber in einem intimeren Etablissement?“, fragte er, als die Aufzugtüren aufglitten. „Ich habe ein ganz entzückendes kleines Lokal hier in der Nähe entdeckt.“

Ingas Blick wanderte zur Tür. „Dann gehen wir dorthin.“

Er beugte sich vor und drückte ihr einen Kuss auf die Wange. „Ihr Wunsch ist mir Befehl, Mylady.“

„Ganz der Ritter in glänzender Rüstung“, gab sie zurück und fragte sich gleichzeitig, wie galant er wohl noch sein würde, wenn er ihre Neuigkeiten gehört hatte.

Auf dem Weg zu dem kleinen Lokal plauderten sie oberflächlich miteinander. Im Restaurant roch es sehr intensiv nach verschiedenen Gewürzen, und Inga wurde ein wenig übel. Sie atmete tief durch die Nase ein und langsam durch die geöffneten Lippen wieder aus.

Frank sah sie fragend an. „Alles in Ordnung, Schätzchen?“

Sie nickte mühsam. „Die Gewürze“, stieß sie hervor.

„Menschen aus dem Mittleren Osten lieben starke Gewürze“, flüsterte er. „Aber es lohnt sich, das verspreche ich. Das Essen hier ist unglaublich gut. Das Beste, was ich seit London gegessen habe.“

„Guten Abend, Mr Martindale“, begrüßte sie der attraktive Oberkellner mit der olivfarbenen Haut.

Frank reichte ihm die Hand. „Guten Abend, Gabir. Darf ich Ihnen Miss Inga Christenson vorstellen?“

Gabir lachte leise, und das Licht des Kronleuchters spiegelte sich in seinen dunklen Augen. „Eine wunderhübsche Dame“, sagte er. „Bitte folgen Sie mir“, forderte er sie dann auf und führte sie an einigen Gästen vorbei, die Shisha rauchten.

Inga hielt den Atem an, während sie ihm zu einem der hinteren Tische folgte.

Sobald sie Platz genommen hatten, blickte sie Gabir an und fragte: „Sagen Sie, Gabir, kann ich einen Tee bekommen?“

Gabir lächelte sie an. „Wir haben einen hervorragenden marokkanischen Grüntee.“

Grün. Genau wie ihr Gesicht, wie sie annahm. Falls Gott sie für die schlechte Entscheidung bestrafen wollte, die sie vor ein paar Wochen getroffen hatte, dann gelang ihm das sehr gut.

„Bitte“, erwiderte sie und schluckte. „Und je früher, desto besser.“

Frank hob die Hand. „Wissen Sie was, Gabir, ich bestelle schon für uns.“

Inga schloss die Augen und versuchte sich auf das zu konzentrieren, was sie sagen wollte, statt auf die Speisen, die Frank herunterratterte, als sei er selbst aus dem Mittleren Osten: Weinblätter, *Harira*, gebackene *Kibbeh*…

„Inga?“

Langsam öffnete Inga die Augen.

„Ist wirklich alles in Ordnung mit dir? Du siehst krank aus.“

Sie schüttelte den Kopf. Zu schnell. Mit der Hand klammerte sie sich am Tisch fest, damit sie nicht zu Boden sank.

„Ich bin nicht krank“, sagte sie. „Ich bin schwanger.“

Kapitel 31

Frank rutschte instinktiv ein Stück von ihr fort. Sein Mund öffnete sich, als wollte er etwas sagen, hätte jedoch die Sprachfähigkeit verloren. Dann blinzelte er. Einmal. Zweimal. Und er schluckte. Mühsam.

Inga blinzelte ebenfalls, und ihre Übelkeit war mit einem Mal wie weggeblasen. Bei dem schockierten Gesichtsausdruck des Erzeugers ihres Kindes musste sie beinahe lachen. „Frank?"

Er stieß mühsam den Atem aus, räusperte sich und blickte auf, als ein exotisches Wesen ein Tablett mit heißem Tee für zwei Personen zum Tisch brachte. In angespanntem Schweigen warteten sie ab, bis die Bedienung den Tee auf den Tisch gestellt und sich verbeugt hatte. „Ihre Vorspeisen kommen gleich", sagte sie.

Inga wartete darauf, dass Frank etwas sagte. Als er das nicht tat, übernahm sie die Führung. Sie schenkte den Tee in die winzigen Tassen ein und atmete den entspannenden Duft ein.

„Hier, bitte", sagte sie und stellte Franks Tasse vor ihn hin. „Allerdings siehst du so aus, als könntest du etwas Stärkeres vertragen."

Er trank einen Schluck, bevor er sie mit mahlenden Kiefern anblickte. „Warum erzählst du mir das?"

Sie trank ebenfalls einen Schluck Tee. „Nun, du kannst dir sicher denken, warum. Es ist von dir."

Er lachte. „Und woher weiß ich das, Inga?"

Sie starrte ihn an und atmete ganz bewusst. *Ein. Aus. Ein. Aus.* „Weil du der einzige Mann bist, mit dem ich zusammen gewesen bin. Das weißt du doch."

Er schenkte sich Tee nach und trank ihn in einem Zug aus. „Gar nichts weiß ich", erklärte er, stellte die Tasse ab und wandte sich ihr zu. „Und du kannst es nicht beweisen."

Die Übelkeit war wieder da. Ganz langsam, um Zeit zu schinden, trank sie einen Schluck Tee. Schließlich lachte sie zynisch. „Das läuft ein wenig anders, als ich es mir vorgestellt habe."

Seine Augen richteten sich auf sie, eisenhart und eiskalt. „Ich nehme an, du dachtest, ich würde dich heiraten und wir würden glücklich bis an unser Lebensende."

Natürlich hatte sie das gedacht. Eine andere Reaktion war ihr nicht einmal in den Sinn gekommen. Und dass er andeutete, sie wäre vielleicht mit einem anderen Mann …

„Ich habe nur mit einem Mann geschlafen, Frank, und das bist du." Sie zuckte die Achseln. „Aber es stimmt natürlich: Beweisen kann ich das nicht." Sie straffte die Schultern und kämpfte die Tränen zurück. „Ich kann es nicht ertragen, auch nur eine Minute länger hier sitzen zu bleiben", sagte sie und erhob sich. „Entschuldige mich bitte bei Gabir. Ich bin sicher, sein Essen schmeckt wundervoll." Inga atmete tief durch. „Du weißt, wo du mich finden kannst, wenn du über alles nachgedacht hast. Wenn du zur Vernunft gekommen bist."

Er starrte die Wand an, und als ihr klar wurde, dass er nichts mehr sagen würde, drehte sie sich um und ging davon. Sein Blick bohrte sich beinahe schmerzhaft in ihren Rücken.

Zu Magdas Morgenroutine gehörte es nun auch, die Weihnachtssterne zu gießen, die Barrys Schwiegermutter ins Büro gebracht hatte. Bei dieser Geste ging es vermutlich eher darum, Magda zu überprüfen, als darum, das Büro festlich zu schmücken. Aber Magda hatte nichts dagegen. Im Büro redeten sie sich nur mit „Miss Christenson“ und „Mr Cole“ an. Nicht ein einziges Mal hatte Barry die Bürotür hinter sich geschlossen, sie in die Arme genommen und geküsst. Manchmal wünschte sie sich, er würde es tun, aber er hielt sich zurück.

Trotzdem war ihnen beiden klar, dass sie ihre Gefühle füreinander auf Dauer nicht würden verstecken können. Barry hatte sich nach anderen freien Stellen im Verlag erkundigt, aber so kurz vor Weihnachten gab niemand seinen Job auf.

„Der Weihnachtsmann muss ja schließlich bezahlt werden“, meinte er augenzwinkernd.

Der Weihnachtsmann und Harriet Nielson, dachte Magda, während sie den Blumen in Barrys Büro Wasser gab. In den vergangenen zwei Wochen war es dieser Frau gelungen, sie vollkommen zu ignorieren. Und sie hatte die kleine Deanne ermutigt, ihrem Beispiel zu folgen. Douglas dagegen zeigte ganz offen, dass er Magda mochte.

„Guten Morgen.“ Barrys Stimme riss sie aus ihren Gedanken.

Magda drehte sich um. „Guten Morgen.“ Sie trat auf ihn zu. „Um neun steht eine Besprechung mit –“

Barry hob die Hand und stellte seine Aktentasche auf den Schreibtisch. „Ich weiß.“ Seufzend knöpfte er seinen Mantel auf.

„Was ist los?“, fragte sie und blieb vor ihm stehen. „Du siehst ja schrecklich aus.“ Mit dem Daumen deutete sie auf die Kaffeemaschine. „Möchtest du eine Tasse Kaffee?“

Er legte den Mantel ab und lächelte dankbar. „Sehr gern sogar. Und schenk dir auch eine Tasse ein, wenn du schon mal dabei bist. Ich muss etwas mit dir besprechen.“

Magda stellte die Gießkanne neben der Kaffeemaschine ab und schenkte zwei Tassen Kaffee ein.

„Hier, bitte.“ Sie stellte die Tasse vor ihn hin, nahm Platz und trank einen großen Schluck. „Was ist los? Du siehst so aus, als hättest du gestern Nacht kein Auge zugetan. Ist etwas mit den Kindern?"

Er umschloss seine Kaffeetasse mit beiden Händen und führte sie an die Lippen. Nachdem er einen Schluck getrunken hatte, blickte er sie an. „Wir sind aufgeflogen."

Ihre Kaffeetasse begann zu wackeln, und sie stellte sie auf den Schreibtisch, damit sie den Kaffee nicht verschüttete. „Wie das?", fragte sie leise. „Wir sind doch so vorsichtig gewesen."

Barry schüttelte den Kopf. Magda bemerkte das zornige Funkeln seiner Augen. „Du bist aufgebracht", sagte sie.

„Du etwa nicht?" Er blinzelte. „Solltest du es nicht sein?"

Magda ließ die Luft entweichen. „Ich glaube, es ist bei mir noch nicht angekommen. Was … was bedeutet das? Für uns?"

„Für *uns*, nichts. Für *dich* …"

Die Erkenntnis traf sie wie ein Faustschlag. „Mein Job …"

„Ich fürchte ja."

Ihr Herz krampfte sich zusammen. „Wann … wann hast du es erfahren?"

„Gestern Abend. Nachdem du gegangen warst, bekam ich Besuch von Mr van Michaels."

Magdas Blick wanderte zur Tür zwischen ihren Büros, und sie bemerkte, dass er sie zum ersten Mal geschlossen hatte. Das war ihr gar nicht aufgefallen. Hatte er das gemacht, als er hereingekommen war? Als sie die Weihnachtssterne gegossen hatte? Oder später, als sie den Kaffee geholt hatte?

„Und er … hat er gesagt, woher er seine Informationen hat?"

„Nein. Er kam einfach herein und fragte mich ganz offen, ob wir beide …" Seine Stimme verklang.

„Eine Affäre hätten?" Magda umklammerte die Armlehnen. „Ich hoffe, du hast das richtiggestellt."

Barry erhob sich, trat um seinen Schreibtisch herum, ging vor ihr in die Hocke und legte seine Hände um ihr Gesicht. „Natürlich,

Liebling. Er fragte mich, ob wir eine Affäre hätten. Ich habe Nein gesagt. Dann fragte er, ob wir uns außerhalb des Büros treffen würden." Er seufzte. „Das habe ich bejaht. Ich habe –"

Magda wartete, und als er nicht weitersprach, fragte sie: „Was hast du?"

„Ich habe ihm gesagt, dass ich versucht hätte, eine andere Stelle innerhalb des Verlags für dich zu finden, aber ..."

„Es gibt keine."

„Nein."

Der Raum begann sich um sie zu drehen, und Magdas Hände krallten sich in das Lederkissen. „Was soll ich jetzt tun?", fragte sie. „Ich brauche einen Job, sonst kann ich nicht hier in Chicago bleiben."

Barry setzte sich neben sie. „Ich habe die ganze Nacht darüber nachgedacht. Du erinnerst dich doch noch an Harlan Procter?"

Magda fuhr herum. „Was ist mit ihm?"

„Er ist ja Schriftsteller. Gestern Abend habe ich ihn angerufen –"

„Das hast du nicht getan."

„Was war denn verkehrt daran?"

Magdas Kehle schnürte sich zusammen. Auf keinen Fall sollte Barry erfahren, dass sie mit Harlan ausgegangen war. „Nichts. Natürlich nichts."

„Ich habe ihm gesagt, du hättest erstaunlich viel Talent."

„Und was hat er darauf geantwortet?"

Barry lächelte. „Er meinte, er würde gern ein paar Arbeiten von dir lesen." Seine Hand lag auf ihrer. „In erster Linie habe ich mit ihm zusammen überlegt, wie wir genug Aufträge für dich auftreiben könnten, damit du dich als freiberufliche Autorin über Wasser halten kannst. Und ich werde persönlich dafür sorgen, dass jeden Monat mindestens eine deiner Kurzgeschichten in einer Zeitschrift veröffentlicht wird, das verspreche ich dir. Und ... ich möchte, dass du auch weiterhin die Manuskripte liest, die auf meinem Schreibtisch landen. Ich denke, so müsstest du gut hinkommen."

Magda zog ihre Hand unter Barrys heraus und legte sie in ihren Schoß. „Hat Har- … hat Mr Procter noch etwas gesagt?“

„Nein.“

Sie schloss die Augen.

„Er meinte nur, wenn ich dich für so talentiert hielte, dann müsstest du wohl wirklich gut sein.“

„Hast du … hast du ihm von … uns … erzählt?“

„Nein. Nein, natürlich nicht.“

Magda atmete tief durch. Sie zwang ein Lächeln auf ihr Gesicht und drehte sich zu ihm um. „Und wann fange ich mit meinem neuen Job an?“

„Heute, fürchte ich. Sofort.“ Er erhob sich, streckte ihr die Hand hin und half ihr auf. „Aber weißt du auch, was das bedeutet?“

Sie schüttelte den Kopf.

Barry legte die Arme um sie und drückte seine Lippen auf ihre. „Das bedeutet, dass ich das von jetzt an tun darf, hier in diesem Büro, und es geht niemanden außer uns etwas an.“

„Ich wünschte nur, die Fluggesellschaft würde diese frühen Flüge einstellen“, beschwerte sich Retta. Sie saß auf einem der Stühle in ihrem Hotelzimmer und überprüfte, ob die Naht ihrer Nylonstrümpfe auch in der Mitte saß. „Die Sonne ist noch nicht mal aufgegangen, und wir müssen schon zum Flughafen fahren.“

Inga lächelte sie an, bevor sie ihren Koffer zuklappte. „Ich persönlich kann es kaum erwarten, von hier wegzukommen.“

„Entschuldige, Süße“, sagte Retta, während sie ihren Strumpf festhakte. „Ich weiß, dass du die ganze Nacht auf das Klingeln des Telefons gewartet hast, aber –“

„Oder dass er zumindest an die Tür klopfen würde.“

Retta erhob sich und zog den Rock ihrer Uniform nach unten. „Wenigstens musst du das nicht allein durchstehen.“

„Soll heißen?“

„Du hast eine Familie, die dich liebt. Deine Leute werden dich nicht im Regen stehen lassen."

Bei dem Gedanken, wie „liebevoll" ihr Vater auf die Neuigkeiten reagieren würde, begann Ingas Herz zu klopfen. „Komm schon", sagte sie zu Retta. „Je früher wir dieses Hotel verlassen, desto früher sind wir zu Hause."

Kurz nach dem Mittagessen schloss Inga die Wohnungstür auf. Magda hockte im Schneidersitz auf dem Sofa, eine Schüssel Haferbrei in der einen, einen großen Löffel in der anderen Hand.

„Was ist denn dieses Mal los, dass du mitten am Tag hier bist?", fragte sie. „Und sag mir nicht, dass du wieder deinen Job hingeschmissen hast." Sie schloss die Tür hinter sich. „Rieche ich da Haferbrei?"

Magda nickte und schaufelte sich einen Löffel voll in den Mund. Solange Inga sich erinnern konnte, hatte Magda immer Haferbrei gegessen, wenn sie Trost brauchte. Sie ließ ihr Gepäck fallen und spähte in die Küche. „Ist noch was da?"

„Jede Menge", erwiderte Magda.

Kurz darauf ließ sich Inga neben ihrer Schwester auf dem Sofa nieder und tauchte den Löffel in den mit Zimt bestreuten Haferbrei. „Also, erzähl. Was ist es dieses Mal?"

Magda rührte in ihren Haferflocken, bevor sie die Schale sinken ließ. „Ich wurde gefeuert."

„Was?" Inga streifte ihre Schuhe von den Füßen und drehte sich zu ihr um. „Wieso wurdest du gefeuert? Ich dachte, du wärst mit deinem Chef liiert?"

Magda stocherte mit dem Löffel in ihren Brei herum. „Das ist ja der Grund, warum ich gefeuert wurde." Ihr Gesicht hellte sich auf. „Aber keine Angst, Schwesterherz, ich werde freiberufliche Autorin." Sie reckte die Faust in die Luft. „Übertrumpfe das, wenn du kannst."

Inga steckte einen Löffel Haferbrei in den Mund, atmete den Duft tief ein und schluckte genussvoll. „Oh, das kriege ich hin."

Magda verschränkte die Arme vor der Brust und zog einen Schmollmund. „Natürlich nicht. Egal, was ich tue, du meinst immer, mich übertrumpfen zu können. Aber dieses Mal nicht." Ihr Blick wanderte durch den Raum, von dem jämmerlich kleinen Weihnachtsbaum zur Tür, wo die Weihnachtskarten an einem Band hingen. „Es ist Weihnachten, und mein Freund hat mich gerade gefeuert und dann darüber informiert, dass ich von nun an in der Welt der Freiberufler arbeiten solle. Er hat sogar meinen ehemaligen Verehrer angerufen, um ihm von meinem Talent vorzuschwärmen." Ihre Schultern sackten in sich zusammen. „Ich bin gespannt, wie du das steigern willst!"

„Sicher", sagte Inga und stellte sich der Herausforderung. „Du wirst freiberufliche Autorin? Nun, wenigstens hast du eine Zukunft. Ich dagegen … meine Zukunft ist vorbei."

„Oh, Inga, du bist immer so dramatisch. Was soll das denn heißen?"

„Es soll heißen, liebe Schwester, dass ich Mutter werde."

Kapitel 32

Hast du mit deinen Mitbewohnerinnen schon Geschenke ausgetauscht?“, fragte Pat Betty auf dem Weg zu seinem Elternhaus.

„Wie bitte?“, fragte Betty und drehte sich zu ihm um. Bisher hatte sie die Landschaft betrachtet, die am Fenster von Pats Auto vorbeiflog, die im Sonnenlicht glitzernden schneebedeckten Felder.

Pat lachte leise. „Ich habe gefragt, ob du und die Mädchen heute schon Geschenke ausgetauscht habt.“

„Oh. Nein.“ Sie zuckte die Achseln. „Das heißt, in gewisser Weise schon.“

Pat schüttelte den Kopf. „Frauen und ihre uneindeutigen Aussagen“, neckte er.

Sie deutete mit ihrem perfekt manikürten, rot lackierten Fingernagel auf ihn. „Vorsicht!“ Sie lächelte zufrieden. „Was ich meinte, ist, dass wir Namen gezogen haben. Keine von uns kann es sich leisten, für jede der anderen ein Geschenk zu kaufen, darum haben wir beschlossen, Namen auszulosen, und jede beschenkt nur eine.“ Betty rutschte etwas näher an ihn heran, sodass Pat den Arm um sie legen konnte.

„Hmm“, sagte er. „Du riechst so gut.“

„Das Parfum heißt Joy", erklärte Betty und legte ihren Kopf an seine Schulter. „Ein frühes Weihnachtsgeschenk von meinem Vater."

„Jean Patou? ‚Das teuerste Parfum der Welt'?"

Betty richtete sich hoch auf. „Du kennst es?"

„Ich bin in der Werbebranche, Betts. Natürlich kenne ich es." Er grinste sie an. „Hey", flüsterte er. „Leg deinen Kopf wieder dahin, wo er hingehört."

Nur zu bereitwillig kam sie seiner Bitte nach.

„Ich habe gerade nachgedacht."

„Worüber?"

„Wie schwer es ist, das Geschenk deines Vaters zu übertrumpfen."

Betty hob den Kopf und gab ihm einen Kuss auf die Wange. „Mach dir nun wirklich keine Gedanken darüber, wie du meinen Vater übertrumpfen kannst, Pat Callahan. Dass ich mit dir zusammen sein kann, reicht mir vollkommen. Mehr Geschenke brauche ich nicht."

Er lachte. „Oh, gut. Das ist wirklich eine große Erleichterung."

Betty bohrte einen Finger in seine Seite, bis er aufschrie. „Übrigens", sagte sie, als sie den Kopf wieder an seine Schulter gelegt hatte, „meine Eltern möchten, dass wir nicht so spät zu ihnen kommen."

„Das hatte ich auch nicht vor", erwiderte er.

Sie richtete sich wieder auf. „Wirklich? Und du wolltest mir nichts davon sagen?"

Pat wandte kurz seinen Blick von der Straße und sah sie an. „Ich sage es dir jetzt nur noch einmal, junge Dame – leg deinen Kopf wieder dahin, wo er hingehört."

Betty schlang die Arme um ihn und drückte ihren Kopf wieder an seine Schulter. „Wie Sie wünschen, Mr Callahan", sagte sie. „Wenn es nach mir ginge, bräuchten wir gar nicht bei deiner Familie anzuhalten. Ich könnte den ganzen Tag so weiterfahren."

Heute könnte der Tag sein. Heute könnte der Tag sein.

Diese Worte geisterten auf dem Weg zu Georges Familie durch Evelyns Kopf. An irgendeinem Punkt, überlegte sie, noch vor dem Ende der Feiertage, würde George Volbrecht sie ganz bestimmt bitten, seine Frau zu werden. Sie wusste es einfach.

Immerhin gingen sie nun schon seit über einem Jahr miteinander aus. Exklusiv. Und auch wenn er ihr bisher noch nicht gesagt hatte, dass er sie liebte, glaubte sie fest daran, dass es so war. Und falls er sie aus irgendeinem Grund nicht liebte – noch nicht –, so zweifelte sie doch nicht im Mindesten daran, dass sie seine Liebe gewinnen könnte, wenn sie erst einmal verheiratet waren. Sobald der Hochzeitstag vorbei, das Brautkleid von Carson's gereinigt und an Betty zurückgeschickt wäre, würde George Volbrecht sich zum glücklichsten Mann der Welt erklären, weil niemand je solche Liebe erfahren hatte wie die, mit der sie ihn überschütten würde. Und was seine Familie betraf – welche Defizite auch immer sie an Evelyn zu entdecken geglaubt hatten, sie wären ausgemerzt, wenn sie die Bewunderung erleben würden, die sie für ihren Goldjungen empfand. Und wenn erst die Kinder kamen … Ein Junge zuerst. Dann zwei Mädchen.

Evelyn kniff die Augen zu. *Bitte, lieber Gott. Erhöre mein Gebet. Ich weiß, dass du George aus einem bestimmten Grund in mein Leben geführt hast. Und ganz bestimmt hat es auch einen Grund, dass ich das hier erlebe.*

„Aufwachen, Schlafmütze", sagte George. Als sie die Augen öffnete, merkte sie, dass sie in der Einfahrt seines Elternhauses parkten.

„Ich habe nicht geschlafen, George", erklärte sie. „Ich habe gebetet."

„Gebetet?" Sein erstaunter wich einem amüsierten Blick.

„Betest du manchmal, George?"

„Ich bin Katholik, Evelyn. Ich bete in der Messe."

„Aber …“ Sie drehte sich zu ihm. „Ich meine, in deinem Herzen. Hörst du auf Gott? Denkst du, dass er zu dir spricht? Dich führt?“

Er starrte sie lange an, bevor er ihr Kinn in die Hand nahm. „Evelyn, es ist Weihnachten. Heute ist nicht der richtige Zeitpunkt für eine solche Diskussion.“

Evelyn hob die Hände. „Aber an Weihnachten feiern wir doch die Geburt von Jesus, der in die Welt gekommen ist, um unter den Menschen zu leben, George. Das ist genau der richtige Zeitpunkt für ein Gespräch über ihn. Wenn nicht heute, wann denn dann, um Himmels willen?“

George riss die Tür auf. Während er sprach, hielt er den Blick auf das Lenkrad gerichtet. „Evelyn, du wusstest, was für ein Mensch ich bin, als du dich auf diese Sache eingelassen hast. Wenn du erwartet hast, dass ich mich verändere, dann wiederhole ich noch einmal, was ich dir bereits sagte: *Lauf davon.*“ Sein Blick suchte ihren, und sie machte sich innerlich Vorwürfe wegen der Tränen, die sich in ihren Augen sammelten. „Ich bin rücksichtslos, bei meiner Arbeit und auch außerhalb.“

„Das glaube ich nicht“, sagte sie gepresst. „Wenn ich dich ansehe, sehe ich einen Mann, der … der vielleicht glauben möchte, er sei rücksichtslos, aber der tief in seinem Innersten ein guter Mensch ist. Ein liebevoller Mann. Denn schließlich war ich Landei aus Georgia dir wichtig genug, dass du mir beigebracht hast, wie ich mich angemessen zu kleiden, wie ich zu sprechen und mich bei gesellschaftlichen Anlässen zu benehmen habe. Du hast sogar dafür gesorgt, dass ich eine neue Sprache erlerne, eine wunderschöne Fremdsprache. Das alles hast du für mich getan, George. Und ich glaube, dass nur ein guter und anständiger Mann all dies tun würde.“

George beugte sich zu ihr hinüber, legte die Hand an ihren Hinterkopf und küsste sie hart und fordernd. Es war ein Kuss, der sie erschütterte und seltsamerweise Hoffnungen in ihr weckte. Als er sich von ihr löste, suchte er ihren Blick, während er mit dem Daumen eine verirrte Träne von ihrer Wange wischte. „Und genau in diesem Punkt irrst du, Evelyn", sagte er. „Ich habe das nicht für dich getan, sondern für mich."

Auf dem Weg zu ihren Eltern musste Betty sich eingestehen, dass es durchaus seine positiven Seiten hatte, aus einer großen Familie zu kommen. Noch nie hatte sie an einem Weihnachtstag so viel gelacht, nie hatte sie so viel Freude am *Schenken* erlebt, nicht am *Bekommen*.

„Und wieder bist du so nachdenklich", bemerkte Pat und legte den Arm auf ihre Rückenlehne. „Rutsch doch rüber und denk hier weiter nach."

Betty rückte näher an ihn heran. Sie nahm seine Hand und legte seinen Arm um ihre Schultern. „Sag mal, warum wolltest du eigentlich, dass wir unsere Geschenke erst nach dem Besuch bei meinen Eltern auspacken? Weißt du nicht, dass Frauen nicht gut warten können? Schon gar nicht, wenn es um Geschenke geht!"

Er zuckte die Achseln. „Eigentlich gibt es keinen besonderen Grund dafür." Er drückte ihr einen Kuss auf die Stirn. „Ist es denn falsch, wenn ich mit meinem Mädchen allein sein will, wenn ich ihr ein Geschenk gebe, nach dem ich so lange gesucht habe?"

Betty blickte nach vorn und bemerkte, dass sie sich ihrem Elternhaus näherten. „Diese Straße dort hinten", erklärte sie, dann: „Jetzt nach rechts. Und nein, das ist natürlich nicht verkehrt." Eigentlich war es sogar ziemlich in Ordnung.

Pat bog nach rechts in die Straße ab, in der ihre Eltern wohnten. „Noch weiter?"

„Nein. Es ist vor der nächsten Querstraße, auf der linken Seite." Sie richtete sich auf. „Da ist es." Sie deutete auf ein Haus. „Das mit dem großen Weihnachtsbaum."

„Nett", bemerkte er. Nachdem er in die Einfahrt eingebogen war, grinste er sie an. „Erinnere mich daran, deiner Mutter zu sagen, wie wunderschön ihr Haus ist."

Betty boxte ihn gegen den Arm und gab vor, beleidigt zu sein.

„Das war der Arm, der die Geschenke verteilt", beschwerte er sich neckend. „Was mache ich denn jetzt?" Pat bremste ab und schaltete den Motor aus. „Nun, meine Süße ..."

„Ja, mein Süßer?"

Er küsste sie flüchtig. „Ich wollte nur zwei Dinge sagen."

„Und das erste wäre?"

„Dass ich dich liebe."

„Ich liebe dich auch. Und Nummer zwei?"

„Ich würde dir einen leidenschaftlicheren Kuss geben, aber deine Mutter beobachtet uns vom Wohnzimmerfenster aus."

„Das glaube ich gern." Betty legte ihre Hand in seinen Nacken und zog ihn zu einem richtigen Kuss zu sich heran.

Als sie sich voneinander lösten, schnappte er erst mal nach Luft. „Du meine Güte, Mädchen. Was hat Rhett Butler noch gesagt? ‚Du solltest geküsst werden, und zwar oft.'"

„Hut ab vor Mr Butler", kicherte Betty.

Pats Blick wanderte zum Fenster. „Deine Mutter ist weg. Ich denke, wir sollten jetzt lieber aussteigen, bevor dein Vater mit einem Gewehr oder etwas Ähnlichem nach draußen gestürmt kommt."

Betty richtete sich auf. „Das wäre wohl eher Adelas Aufgabe. Eins noch ..."

Er öffnete die Fahrertür und blickte sie an.

„Sag nachher nicht, ich hätte dich nicht gewarnt."

Pat lachte fröhlich. „Lass uns gehen", forderte er sie auf, „und sehen, was dieser Abend uns bringen wird."

Evelyn betrat leise das Zimmer, das sie mit Joan teilte, zumindest noch für die nächsten paar Wochen. Sie hoffte, dass ihre Mitbewohnerin bereits schlief.

Das war nicht so. Joan saß an das Kopfteil des Betts gelehnt und las einen Krimi von Agatha Christi, den Betty ihr zu Weihnachten geschenkt hatte. „Hallo“, sagte sie und blickte von ihrem Buch hoch.

„Ist es gut?“, fragte Evelyn, während sie die Tür hinter sich schloss.

„Sehr gut. Ein Krimi aus der Miss Marple-Reihe.“

Evelyn stellte ihre Handtasche auf die Frisierkommode. „Ich erinnere mich noch an unsere Briefe … wie du immer von den Büchern erzählt hast, die du gerade liest. Ich wünschte mir dann immer, ich wäre auch ein Bücherwurm.“

„Das ist doch nicht schlimm. Wie war es heute mit George?“ Joan legte das Buch aus der Hand und zog die Beine an.

Evelyn ließ sich auf Joans Bett nieder und strich ihre Haare zurück, um ihr die wie eine Rose geformten Diamantohrstecker zu zeigen. „Die sind von Dior“, erklärte sie.

Joan beugte sich vor, um sie besser ansehen zu können. „Oh, sie sind wunderschön, Evelyn.“

Evelyn legte ihre Hände in den Schoß und starrte sie an. „Aber sie sind eben kein Diamantring.“

Joan ergriff ihre Hände. „Evelyn …“

Tränen schimmerten in Evelyns Augen. „Ich benehme mich kindisch. Ich weiß.“

„Bitte sag mir, dass du dich wie ein großes Mädchen verhalten hast, als George sie dir geschenkt hat.“

Evelyn nickte. „Natürlich“, flüsterte sie mit einem gezwungenen Lächeln. „Ich staunte angemessen und sagte: ‚*Ils sont beaux*‘, woraufhin die Cousine seiner Mutter, die in Paris lebt, applaudierte und dasselbe sagte.“

„Und dann?“

„Und dann nahm ich meine Ohrstecker heraus, du weißt schon, die in der Form von Silberglocken, und sagte zuckersüß: ‚George, würdest du sie mir bitte anstecken?‘“ Bei der Erinnerung daran seufzte sie. „Ehrlich, Joanie, das war einer der intimsten Augenblicke in unserer Beziehung.“

Joans Augen weiteten sich. „Evelyn, du hast doch nicht etwa mit George –"

„Oh nein, nein ... Nein. Meine Eltern haben mir schon früh beigebracht, dass kein Mann eine Kuh kauft, wenn die Milch jeden Morgen gratis vor der Tür steht."

Joan blickte sie verblüfft an und brach schließlich in herzliches Lachen aus. Evelyn stimmte mit ein. Und das tat so gut. Als hätte durch dieses Lachen mit der liebsten Freundin alles in der Welt wieder seinen richtigen Platz gefunden.

„Nein, das denke ich mir", keuchte Joan schließlich.

„Ich bin nicht so dumm, dass ich *das* wegwerfe, nicht einmal für George."

„Das höre ich gern." Joan versuchte sich zu beruhigen. „Und wie hat George dein Geschenk gefallen?"

Wochenlang hatte Evelyn die Geschäfte durchstreift, um das perfekte Geschenk für George auszusuchen. Sie hatte sich schließlich für Manschettenknöpfe aus Kopien römischer Münzen entschieden. Ihr gefielen sie gut, und zum Glück scheinbar auch George.

„Allem Anschein nach gut. Galant bat er mich, die Manschettenknöpfe, die er trug, gegen die neuen auszutauschen." Sie lächelte. „Das Ganze war ziemlich romantisch."

Joan tätschelte ihre Hand. „Bestimmt."

„Und du? Hast du dich heute sehr gelangweilt?"

Joan schüttelte den Kopf. „Keine Spur." Sie deutete auf das Buch. „Die meiste Zeit habe ich gelesen. Ein bisschen geschlafen."

„Hast du deine Familie vermisst? Warst du traurig, dass du über die Feiertage nicht in England sein konntest?"

„Natürlich. Ein wenig. Aber ganz ehrlich, ich glaube, dass es für mich nicht so schlimm ist wie für dich. Du erzählst immer von euren Traditionen und von den Kastanien, die ihr geröstet habt. Bei uns verlief Weihnachten meist recht karg." Joan zuckte die Achseln. „Da gibt es nicht viel zu vermissen."

„Wegen des Krieges?“

„Ja, schon. Meine Eltern hatten nicht viel Geld für Geschenke und außerdem gab es kaum etwas zu kaufen.“ Sie lächelte. „Doch meine Eltern haben immer dafür gesorgt, dass wir ein schönes Weihnachtsessen hatten. Das habe ich heute tatsächlich vermisst. Und bei uns gab es auch aufgehängte Strümpfe für die Geschenke. Aber natürlich richtige alte Strümpfe. Nicht solche schönen, wie ich sie in der Stadt gesehen habe.“

„Meine Mutter hat unsere selbst gestrickt“, erzählte Evelyn. „Und unsere Namen daraufgestickt. ‚Selbst gemacht ist immer noch das Beste‘, behauptete sie immer.“

„Am Weihnachtsmorgen“, erzählte Joan weiter, „sind wir nach unten gerannt, um zu sehen, was in unseren Strümpfen steckte.“

„Und das war?“

„Meistens Obst. Manchmal etwas Süßes oder Gebrauchsartikel. Handschuhe, Socken, ein Griffelkasten.“ Sie blickte Evelyn an.

„Und hattet ihr einen Baum?“

„Oh nein, nein. Aber manchmal haben wir Weihnachtsschmuck aus Buntpapier gebastelt, den meine Mutter im Haus aufgehängt hat. Und in der Kirche stand eine Weihnachtskrippe.“

„Kein Lametta im Haus?“

„Ach du meine Güte, nein. Keine Lichter, keine dekorierten Fenster. Aber die Kinder sind durch die Straßen gezogen und haben Weihnachtslieder gesungen.“ Sie lachte leicht. „Und sogar die lieben Seelen, die selbst nichts besaßen, haben ihnen immer ein paar Kupfermünzen gegeben.“

„Kupfermünzen?“

„Ja. Viertelpennys oder Pennys.“

Evelyn ergriff Joans Hand. „Entschuldige bitte, Joanie. Hier sitze ich und bin traurig, weil ich Diamantohrringe statt eines Rings bekommen habe, und du hast den ganzen Tag allein verbracht und dich an Kupferpennys erinnert.“

Joan schüttelte den Kopf. „Das braucht dir nicht leidzutun, Evelyn. Die Zeiten waren schlecht, aber wir kannten es doch nicht anders. Für uns war das *normal.* Wir waren daran gewöhnt. Und meistens waren wir alle auch sehr glücklich."

Evelyn stand vom Bett auf. „Meine Mutter hat mir geschrieben, dass Hank eine Freundin hat. Habe ich dir das eigentlich erzählt? Dixie Monroe." Sie runzelte die Stirn. „Das dümmste Mädchen in der Schule. Vielleicht auf der ganzen Welt."

„Ach ja? Und wieso kümmert dich das?", fragte Joan und zog ihren Krimi wieder heran.

Evelyn starrte auf die Ohrringe, die sie nun in der Hand hielt. „Ich liebe George", sagte sie. „Aber ich möchte auch nicht, dass Hank so jemanden heiratet." Aus ihrer Tasche holte sie die schwarze Samtschachtel, in der sie die Ohrringe überreicht bekommen hatte. Von der sie für einen kurzen Moment gedacht hatte, darin warte ein Diamantring auf sie. „Ich möchte, dass er glücklich wird. So wie ich."

Kapitel 33

Sobald Pat mit Bettys Vater den Raum verlassen hatte, um sich die eindrucksvolle Briefmarkensammlung von Mr Estes anzuschauen, ließ Chloe Estes sich auf ihrem Lieblingsplatz auf dem Sofa nieder. „Ich muss zugeben, er ist bezaubernd, Betty."

Betty setzte sich neben ihre Mutter. „Das ist er wirklich, nicht?"

„Ich nehme an, du glaubst ihn zu lieben."

„Ich liebe ihn, Mutter. Das bilde ich mir nicht nur ein. Es ist richtige Liebe."

Chloe griff seufzend nach dem kleinen Glöckchen auf dem Couchtisch. Kurz darauf kam Adela mit Eierflipp in kleinen Kristalltassen auf einem Silbertablett herein, das sie auf dem Couchtisch abstellte.

„Ist auch genügend Muskat drin, Adela?", neckte Betty.

„Deine Mama sagte, ich solle es dieses Jahr nur dazustellen", erwiderte Adela. „Ich hole es gleich."

Sobald sie das Zimmer verlassen hatte, wandte sich Betty an ihre Mutter. „Ich kann nicht verstehen, dass du ihr nicht freigegeben hast."

Chloe verschränkte die Arme. „Ich habe ihr freigestellt, ob sie kommen will. Doch sie wollte unbedingt dabei sein." Sie zwang ein Lächeln auf ihr Gesicht. „Diese Frau hätte es sich nicht entgehen lassen, deinen ganz besonderen Jemand kennenzulernen, wenn der Herr höchstpersönlich an diesem Feiertag in ihr Haus gekommen wäre."

Betty unterdrückte mühsam ihr Lachen. „Mutter … was für ein Frevel!"

Chloe richtete sich auf. „Ach, aber lassen wir das. Ich will dir ein paar Fragen stellen, solange ich die Gelegenheit dazu habe."

„Nur zu."

„Ich nehme an, dass die Sache mit George endgültig vorbei ist?"

„Mutter, es gab nie eine *Sache* mit George, die vorbei sein könnte. Immer wieder habe ich versucht, euch das klarzumachen, aber niemand hat mir zugehört. Am wenigsten George."

„Und was hältst du von diesem Dummchen, mit dem er sich jetzt seit gut einem Jahr abgibt? Seine Mutter ist außer sich. Ich hoffe, das ist dir klar."

Betty unterdrückte den Zornesausbruch, der in ihr aufsteigen wollte. In der Küche verströmte Adelas leckeres Weihnachtsessen die köstlichsten Düfte. Schinkenbraten, Kartoffelbrei und Spargel mit Sauce Hollandaise.

„Mutter, bitte. Evelyn ist kein Dummchen. Du meine Güte, wusstest du, dass George sie veranlasst hat, Französisch zu lernen? Ausgerechnet Französisch."

In diesem Augenblick kehrte Adela mit dem Muskat zurück. „Das ist aber wirklich ein netter junger Mann, kleine Miss", sagte sie. „Er unterhält sich mit deinem Papa über Briefmarken, als würde er sich selbst dafür interessieren."

Betty lachte. „Er ist auch in jeder anderen Hinsicht ein netter junger Mann."

„Soll ich Ihnen beiden jetzt servieren, Miz Estes?", fragte Adela.

Chloe richtete sich noch weiter auf, falls das überhaupt möglich war. „Wir sehen mal, wie lange es noch –" Sie brach ab, als die beiden Männer ins Zimmer traten.

Bettys Vater schlug Pat mit der Hand auf den Rücken. „Chloe", sagte er begeistert, „Bettys junger Mann kommt viel herum."

„Was du nicht sagst", erwiderte Chloe mit einem falschen Lächeln, wie Betty sofort erkannte. Ihr Blick folgte ihrem Mann, als er sich in einem Sessel auf der anderen Seite des Couchtischs niederließ. Adela servierte die Getränke.

„Setzen Sie sich, Junge, setzen Sie sich …", forderte Harrison Estes Pat auf und deutete auf einen Sessel.

„Wenn es Ihnen recht ist", sagte er, als Adela ihm seinen Eierflipp reichte, „würde ich gern unser Gespräch von eben fortsetzen, Mr Estes." Er stellte den Kristallbecher auf den Couchtisch.

„Dann nur zu."

Betty blickte ihren Vater an. „Was denn für ein Gespräch?"

„Sieh nicht mich an, Tochter", erwiderte er. „Wenn du deine Fragen beantwortet haben willst, solltest du den ansehen, der dir eine Antwort darauf geben kann." Er deutete mit dem Kopf zu Pat.

„Pat?" Betty blickte ihn verwirrt an.

„Nun", sagte Pat und steckte seine Hände in seine Jackentaschen. „Wie ich deinem Vater bereits gesagt habe, kennen wir beide uns ja noch nicht so lange, Betty."

„Das stimmt."

„Aber", fuhr Pat fort, „ich bin schon über dreißig und du bist nur wenig jünger."

Betty drohte ihm mit dem Zeigefinger. „Pass auf, was du sagst." Noch während sie die Worte aussprach, traf sie die Erkenntnis, und sie wusste auf einmal, sie wusste es einfach, worauf Pats Rede abzielte. „Ach du meine Güte", keuchte sie.

„Ich habe deinem Vater gerade gesagt, dass ich lange gewartet habe, um jemanden zu finden wie dich, Betty Estes …"

„Pat …" Sie presste die Hand auf den Mund.

„Lange genug, um sicher zu sein. Ich habe einen guten Job, ich komme viel herum, wie dein Vater betonte, und ich glaube, dass ich dir das Beste werde bieten können, was das Leben zu bieten hat."

Etwas wie ein Wimmern stieg tief in Betty hoch. Die Zeit blieb stehen, und auch wenn sie deutlich erkennen konnte, wie seine Lippen sich bewegten, hörte sie absolut nichts. Kein einziges Wort. Nicht einmal eine Silbe. Und gerade als sich ihr Gehör wieder erholte, holte er eine kleine Schmuckschachtel aus seiner rechten Jackentasche und kniete vor ihr nieder. „Und darum frage ich dich hier und jetzt … vor den beiden Menschen, die dich auf die Welt gebracht haben, und natürlich vor Miss Adela: Betty Estes, willst du mir die Ehre erweisen, meine Frau zu werden?"

Betty starrte den Ring an, einen Brillanten, eingebettet in sechs kleinere Diamanten. Im Licht der Stehlampe sprühte er Funken. „Oh Pat", sagte sie. „Ich weiß nicht, was ich sagen soll …"

„Ich hätte da eine Idee", flüsterte er. „Sag Ja."

Sie blickte in seine wunderschönen grünen Augen, so voller Liebe zu ihr. „Ja!", sagte sie und hielt ihm ihre linke Hand hin.

„Oh, Preis sei Gott", rief Adela, die hinter Bettys Vater stand. Ihre Arme flogen in die Höhe. „Das Mädchen hat es endlich getan. Sie hat den richtigen Mann gefunden."

„Adela, bitte", rügte Chloe Estes. Sie griff nach der Hand ihrer Tochter und begutachtete eingehend den Ring, bevor sie sich an ihren Mann wandte. „Du wusstest darüber Bescheid, nehme ich an?"

„Dein zukünftiger Schwiegersohn hat um ihre Hand angehalten, als wir eben im Arbeitszimmer waren."

Betty blickte Pat an, der immer noch vor ihr kniete. „Du bist ein Schuft, Pat Callahan." Sie legte die Hände um seine Wangen und küsste ihn zärtlich. „Und ich liebe dich."

Er drückte seine Stirn an ihre und sagte: „Ich liebe dich auch."

„Ich denke", sagte ihre Mutter und zog die Aufmerksamkeit damit auf sich, „wir sollten über Termine reden. Und ich würde mich gern mit Ihrer Mutter treffen, Mr Callahan –"

„Sagen Sie doch bitte Pat."

„Und Betty, wir müssen über dein Kleid nachdenken. Deine Mitgift."

Betty wandte sich zu ihrer Mutter um. „Um ehrlich zu sein, Mutter … das Kleid braucht dich nicht zu kümmern. Ich habe bereits eins gekauft."

Chloe Estes erbleichte. „Was? Warum hast du –?"

„Die Mädchen und ich waren in der Stadt und haben gemeinsam ein Brautkleid von Carson's gekauft."

Ihre Mutter schnappte nach Luft, und ihre Augen wurden groß. „Bitte sag mir, dass das nur ein Scherz ist, Betty."

Pat erhob sich und ergriff beschützend Bettys linke Hand. „Die Mädchen? Du meinst, deine Mitbewohnerinnen?"

Betty nickte. „Es ist wunderschön."

„Du wärst selbst in einem Kartoffelsack wunderschön."

Harrison Estes lachte laut. „Was habt ihr gemacht, Betty? Ihr habt den Kaufpreis unter euch aufgeteilt?"

„Ganz genau so."

Adela brummte anerkennend, doch Chloe schüttelte den Kopf. „Betty, das geht einfach nicht. Mir ist egal, ob das Kleid von Carson's ist."

„Lass sie in Ruhe, Chloe!", donnerte ihr Vater. Und an Pat gewandt sagte er: „Nun, Junge, ich denke, ich kann eines sagen: Seit Betty sich selbst finanzieren muss, ist sie sparsam geworden. Das wird sich eines Tages positiv für Sie auswirken."

Pat lächelte ihren Vater an, doch sein Blick wurde ernst, als er an ihr hängen blieb. „Keine Sorge, Mr Estes. Ich werde dafür sorgen, dass Betty nie zu kurz kommt." Er drückte ihre Hand. „Frohe Weihnachten, Liebling."

Obwohl es nicht ihrer Vorstellung von einem romantischen Silvesterabend mit dem Mann entsprach, mit dem sie ihr Leben zu verbringen hoffte, sagte Magda zu, den Tag mit Barry und seiner Familie zu verbringen. Mit Douglas, Deanne und natürlich mit Nana. Allein mit ihm war sie nur, als er sie von ihrer Wohnung abholte und zu seinem Haus in Evanston fuhr und nach Mitternacht wieder zurückbrachte.

„Bist du nervös wegen deines Besuchs bei mir zu Hause?", fragte er, als sie sich seinem Haus näherten.

„Warum fragst du?"

Er zuckte die Achseln. „Du bist so still, und ich dachte ... dein erster Besuch bei mir ... du weißt schon ..."

Er brach ab, und sie beendete den Satz für ihn. „Du meinst, weil dies das Haus ist, in dem du mit Barbara gelebt hast?"

Er schluckte. „Ja."

Bis zu diesem Augenblick war ihr dieser Gedanke noch gar nicht gekommen. Doch jetzt fragte sie sich, ob sie wohl die geisterhaften Spuren der Frau finden würde, die das Haus zu einem Heim gemacht hatten. Würde der Duft ihres Parfüms noch in den Räumen hängen? Würde ihre unsichtbare Hand die Vorhänge in Bewegung bringen, als würde eine sanfte Brise durch den Raum streichen?

„Eigentlich nicht", erwiderte Magda schließlich.

Barry seufzte erleichtert. „Das ist gut. Ich habe heute Nacht kaum ein Auge zugetan." Er bog nach rechts ab. „Wo bist du denn dann mit deinen Gedanken? Du wirkst so abwesend. Denkst du an deine nächste Kurzgeschichte?"

Magda lachte leise. „Vielleicht ein wenig." Sie betrachtete die Gegend, die kahlen Bäume, die in ein paar Monaten neue Blätter hervorbringen würden. Auf den Rasenflächen lagen sechs Zentimeter Schnee, und an vielen Stellen waren die Fußabdrücke von Kinderfüßen und die Pfotenabdrücke ihrer besten Freunde zu erkennen. Magda lächelte bei der Erinnerung daran, wie sie und Inga früher im Schnee gespielt und „Schneefrauen“ gebaut hatten, keine Schneemänner. Selbst damals schon hatte Inga gegen alles rebelliert.

„Eigentlich“, gestand sie, „denke ich an Inga.“ *Und an den Schlamassel, in den sie sich hineinmanövriert hat.*

„Deine Schwester?“

Magda nickte.

„Muss sie heute arbeiten?“

Magda drehte leicht den Kopf zu ihm hin. „Ja.“ *Sie sagt, sie würde erst aufhören, wenn es sich nicht mehr umgehen lässt. Wenn man es ihr ansieht … oder Frank zur Vernunft kommt.*

„Bist du traurig, weil sie am Feiertag arbeiten muss?“

„Nein. Das ist es nicht.“ Sie rutschte näher an ihn heran. „Wie weit ist es noch?“

Barry deutete nach links. „Siehst du das Haus dort? Das amerikanische Foursquare?“

Magda lachte. „Das hier sind doch alles amerikanische Foursquares, Barry.“

Er stimmte in ihr Lachen ein. „Also gut. Das graue Ziegelhaus.“

„Du meinst das Haus, in dessen Einfahrt wir gerade einbiegen?“, neckte sie.

Er hielt den Wagen an und schaltete den Motor aus. „Das ist es. Ziemlich weitläufig. Die Rohre geben Geräusche von sich, und die Zimmer werden im Winter nicht richtig warm und kühlen im Sommer nicht richtig ab. Aber wir mögen es.“

„Es ist euer Zuhause“, bemerkte sie sanft.

Barry betrachtete das Haus mit der breiten vorderen Veranda und den beiden Säulen am Eingang. „Das stimmt.“ Er ergriff ihre Hand. „Magda … eines Tages … wenn es uns nicht gefällt … können wir umziehen, weißt du.“

Das Haus schien sie einzuladen, auch wenn die aktuellen weiblichen Bewohnerinnen sie am liebsten vertrieben hätten. Girlanden schmückten die schmale Treppe vom Eingangsbereich in den ersten

Stock. Gerahmte Fotos von den Kindern von der Geburt bis zur Gegenwart an den Wänden begleiteten einen auf dem Weg nach oben. Ein verschwenderisch geschmückter Weihnachtsbaum dominierte das Wohnzimmer rechts von der Eingangshalle. Gemütliche und doch elegante Möbel verliehen dem Raum eine wohnliche Atmosphäre, in der alle Anspannung von Magda abfiel. Auf dem Couchtisch stand ein Tablett mit Appetithäppchen, und aus der Küche drang der Duft des Abendessens herüber. Sie schloss die Augen und versuchte sich vorzustellen, dies wäre tatsächlich ihr Zuhause, sie sei die Hausherrin, und all dies würde ihr gehören.

„Nana!", rief Barry und riss Magda damit aus ihren Träumereien. Beinahe wünschte sie, er würde die anderen nicht hereinrufen, sondern ihnen gestatten, sie zu begrüßen, wenn sie dazu bereit wären. Doch als sie die Augen öffnete, kam Douglas aus dem hinteren Esszimmer angerannt, in dessen Mitte ein bereits mit feinem Porzellan festlich gedeckter Tisch stand.

„Hallo, Miss Christenson", sagte er und hob grüßend seine Hand. Er trug exakt dieselben Sachen wie an jenem ersten Abend, als sie ihn kennengelernt hatte – als ginge er zur Kirche –, und sie fragte sich, ob man dieses Kind wohl jemals in Spielhose und Spielpullover sah.

Barry räusperte sich diskret, woraufhin der Junge ihr die Hand entgegenstreckte und sagte: „Willkommen in unserem Zuhause."

Magda reichte ihm lächelnd die Hand. „Bitte sag doch Magda zu mir, Douglas."

„Nur wenn Sie mich Rock nennen."

„Rock?"

„Mein Sohn möchte der nächste Rock Hudson werden", erklärte Barry ihr mit leiser Stimme.

Magda zog die Augenbrauen in die Höhe. „Ah, ich verstehe."

„Ich habe *Meuterei am Schlangenfluss* fünf Mal im Kino gesehen. Kennen Sie den Film, Miss … Magda?"

„Aber ja, Rock“, erwiderte Magda und schob das Kinn vor. „Ich kenne ihn. Und ich finde Rock Hudson ausgesprochen attraktiv.“

„Attraktiv, pfff. Wen interessiert denn das? Aber haben Sie gesehen, wie er mit dem Gewehr umgehen kann?“

„Oh, schon wieder dieselbe Leier“, stöhnte Deanne, als sie mit ihrer Großmutter ins Zimmer kam. In den Händen hielt sie eine voll beladene Fleischplatte.

„Ich hoffe, Sie mögen Schinken, Miss Christenson“, rief Harriet ihr zu. „Denn davon gibt es reichlich.“

„Ich liebe Schinkenbraten“, erwiderte Magda. „Kann ich irgendwie helfen?“

Doch Harriet war bereits wieder in der Küche verschwunden. Magda blickte Deanne an, die sich ebenfalls schick gemacht hatte. „Du siehst sehr hübsch aus heute Abend.“

Deanne zeigte keine Regung. „Ich muss mich heute Abend von meiner besten Seite zeigen, sonst bekomme ich einen Monat Hausarrest. Und ich darf dann nicht mal fernsehen.“ Sie funkelte ihren Vater böse an, und Magda biss sich auf die Unterlippe, um das Lachen zu unterdrücken. Sie legte ihre Hand auf Deannes Rücken, doch als sie spürte, wie das Mädchen sich versteifte, nahm sie die Hand schnell wieder fort. „Ich bin sicher, dein Vater hat nur Spaß gemacht.“

„Nein, das hat er nicht“, warf Barry ein, während er sich den Mantel auszog. „Gib mir deinen Mantel, Liebling“, sagte er, was Deanne einen entnervten Seufzer entlockte. „Junge Dame, geh und hilf deiner Großmutter.“

Magda reichte ihren Mantel Barry, der beide Kleidungsstücke an Douglas weitergab. „Hier, Rock“, meinte er neckend. „Häng die doch bitte für den alten Sheriff auf, ja?“

„Häng sie auf und häng sie hoch“, rief Douglas auf dem Weg in den Flur.

Magda lachte leise. „Er ist wirklich ein ganz besonderer Junge“, sagte sie. Und mit gesenkter Stimme setzte sie noch hinzu: „Ich glaube, er mag mich."

Barry drückte ihr einen Kuss auf die Wange, bevor er ihr ins Ohr flüsterte: „Nicht halb so sehr wie der alte Sheriff."

Trotz ihrer Umgebung erwiderte Magda seinen Kuss.

Kapitel 34

Amsterdam, Januar 1953

Nach sieben Tagen auf See legte das Schiff am Dienstagvormittag in Amsterdam an. Den fast zwanzig Zivilisten an Bord hatte man am Abend zuvor mitgeteilt, wo sie sich einzufinden hätten, nachdem sie von Bord gegangen seien. Welche Papiere bereitgehalten werden müssten, mit wem sie kommunizieren dürften und mit wem nicht.

Joan achtete darauf, frühzeitig am Treffpunkt zu sein, wo sie von einem Soldaten in Uniform erwartet wurde. In der Hand hielt er ein Klemmbrett. „Hallo“, begrüßte sie ihn. Joan schätzte den Jungen auf nicht älter als achtzehn. Höchstens neunzehn.

„Name, Madam“, sagte er knapp.

„Joan Shirley Hunt“, erwiderte sie. Sie beugte sich vor und warf einen Blick auf die Formulare. „Sieht so aus, als wäre ich die Erste.“

Der Soldat überprüfte Joans Namen, als eine weitere Frau schwer atmend auf sie zugeeilt kam. „Treffen sich hier die Zivilisten, die für die US-Streitkräfte arbeiten werden?“, fragte sie kaum hörbar.

„Das ist richtig, Madam“, erwiderte der junge Offizier. „Ihren Namen bitte.“

„Ruby“, erwiderte sie, während sie sich einige Strähnen ihrer dunkelblonden Haare aus dem Gesicht strich. „Ruby Shaw.“

Joan packte die junge Frau am Arm und zog sie ein paar Schritte fort. „Haben Sie Ihren Gepäckschein?“, fragte sie.

„Ach, du meine Güte.“ Sie seufzte, öffnete ihre kleine braune Handtasche und nahm ein rotes Ticket heraus. „Das hier?“

„Ja“, bestätigte Joan. „Und Ihren Ausweis. Haben Sie den?“

Ruby zog mit der linken Hand einen Umschlag heraus, der genauso aussah wie der, den Joan am Abend zuvor bekommen hatte. „Hier ist er. Ist das alles, was wir brauchen?“

„Nun“, erwiderte Joan, „so wurde es uns erklärt, dann wird es hoffentlich auch so sein.“

Joan blickte sich um. Sie stand an einem Kai in Amsterdam. *In Amsterdam.* Etwas weiter hinten lag das Schiff vor Anker, und das Wasser schwappte in sanften Wellen gegen die Kaimauer. Selbst von hier aus konnte sie die Schönheit der Stadt erkennen. Die gediegene Erhabenheit der grau-roten Gebäude und den schwarzen Asphalt der Straßen, auf denen Männer und Frauen zu Fuß, in kleinen Autos und auf Fahrrädern unterwegs waren. In die würzige Meeresluft mischte sich der Duft von Gebäck und Fleisch.

„Ich bin Ruby“, stellte sich das Mädchen neben Joan vor. „Ruby Shaw.“

„Ja, das sagten Sie bereits“, erwiderte sie. „Mein Name ist Joan Hunt.“

„Ich komme aus Michigan.“

„Oh“, sagte Joan schnell. Sie deutete auf sich. „Chicago.“

„*Chicago*? Sie reden –“

„Ich bin in England aufgewachsen“, erklärte Joan. „Aber ich lebe in Chicago, seit –“

„Hören Sie bitte“, sagte der junge Mann in Uniform zu der kleinen Gruppe, die sich mittlerweile am Treffpunkt gesammelt hatte. „Ich bin Sergeant Daniel Martin. Wir holen jetzt Ihr Gepäck, das mittlerweile von Bord gebracht sein müsste. Sie können Ihre Sachen heraussuchen, und dann begeben wir uns zum Treffpunkt, wo der Bus uns abholen und zum Bahnhof bringen wird. Falls jemand noch zur Toilette muss, wäre jetzt, bevor wir das Gepäck holen, Gelegenheit dazu. Noch Fragen?"

Eine Frau hob wie ein Schulmädchen die Hand. „Und dann steigen wir in den Zug nach Heidelberg?"

„Das ist korrekt, Madam." Er blickte sich um. „Die Fahrtzeit nach Heidelberg beträgt fünf Stunden, mit einem kurzen Zwischenstopp in Düsseldorf. Sie müssen aber den Zug nicht verlassen. Sonst noch Fragen?"

Joan zuckte die Achseln und fragte sich, wieso es noch Fragen geben sollte. Für sie waren seine Anweisungen klar und deutlich.

Chicago

Pat drängte auf eine baldige Hochzeit, was Bettys Mutter kaum Zeit zur Planung ließ … und Betty zahlreiche schlaflose Nächte bescherte.

Sie starrte auf den Wecker auf ihrem Nachttisch und war froh, dass wenigstens Inga nicht da war und sich gestört fühlen könnte. „Zwei Uhr", murmelte sie. Resignierend knipste sie die Nachttischlampe an und griff nach dem Block und dem Stift, die sie bereitgelegt hatte.

Entschlossen warf sie die Decke zurück, steckte ihre Füße in ihre Pantoffeln, zog ihren Morgenrock über und verließ das Zimmer. Unter Evelyns Tür drang ein Lichtschimmer hervor, und Betty fragte sich, ob sie wohl bei Licht eingeschlafen war. Doch als sie sich der Küche näherte, merkte sie, dass Evelyn wach war. Sie stand vor dem Kühlschrank und schenkte sich ein Glas Milch ein.

„Kannst du auch nicht schlafen?", fragte Betty und machte Licht.

Evelyn fuhr zusammen. „Hast du mich erschreckt", flüsterte sie. Ihr Blick wanderte zu Magdas geschlossener Zimmertür. „Ich wollte niemanden aufwecken. Entschuldige bitte."

„Du hast mich nicht aufgeweckt", erwiderte Betty flüsternd. „Ich konnte nicht schlafen. Mir gehen so viele Gedanken durch den Kopf."

Evelyn holte ein zweites Glas aus dem Schrank.

„Danke", sagte Betty. „Lass uns ins Wohnzimmer gehen", schlug sie vor, nachdem Evelyn ihr Glas gefüllt hatte.

Kurz darauf saßen sie nebeneinander auf dem Sofa, die Beine unter der selbst gestrickten Decke, die Evelyns Mutter zu Weihnachten geschickt hatte.

„Bist du aufgeregt?", fragte Evelyn. „Kannst du deswegen nicht schlafen?"

Betty nickte. „Ein wenig, denke ich. Vor allem, weil Pat auf eine schnelle Hochzeit drängt. Ich kann die Einzelheiten gar nicht in Ruhe durchdenken." Sie trank einen Schluck kalter Milch. „Und meine Mutter ist auch keine Hilfe. Sie macht aus jeder Mücke einen Elefanten."

„Trotzdem", sagte Evelyn und umklammerte ihr Milchglas, „denk doch nur – du planst deine Hochzeit …"

Betty überlegte, was sie antworten sollte. „Evelyn, ich –"

„Es braucht dir nicht leid zu tun für mich, Betts."

So war es nicht. Immer wieder hatte sie Evelyn vor George gewarnt, doch sie glaubte ihr nicht, dass er nichts Gutes im Sinn hatte. Evelyn klammerte sich an die Hoffnung, dass George Volbrecht sich ändern würde. Dass er sich leidenschaftlich in sie verlieben würde. Dass er sie bitten würde, ihn zu heiraten. Aber Betty kannte George besser. Er war ein verwöhnter kleiner Junge, der immer seinen Willen durchsetzte. Und wenn das einmal nicht klappte …

„Weiß George Bescheid, Evelyn? Über Pat und mich?"

Evelyn trank einen großen Schluck Milch, blickte Betty an und nickte. „Aber ich habe es ihm nicht erzählt."

„Ich frage mich, wer – ach, egal. Ich kann es mir denken. Ich wette, meine Mutter hat mit seiner Mutter telefoniert." Betty schüttelte den Kopf. „Was glaubst du, Evelyn, wie wird das mit dir und George weitergehen?"

Evelyn lächelte. „In meinen wildesten Träumen wird er mir am Valentinstag einen Heiratsantrag machen. Und wir werden glücklich und zufrieden in seinem hübschen Haus in Highland Park leben."

Das er gekauft hatte, als er noch glaubte, dass Betty seinen Heiratsantrag annehmen würde.

„Aber in meinen Albträumen", fuhr Evelyn fort, „werden wir in zehn Jahren immer noch gelegentlich ausgehen, und mir wird endlich klar werden, dass ich nie gut genug für ihn sein werde."

Betty wandte sich zu ihr um. „Jetzt hör mir mal gut zu, Evelyn Alexander: Du bist absolut gut genug für ihn. Eigentlich bist du sogar viel zu gut für ihn, verstehst du?"

Tränen schimmerten in Evelyns Augen.

„George Volbrecht, oder jeder andere Mann, könnte sich glücklich schätzen, dich zur Frau zu bekommen. Du bist klug, warmherzig und witzig, du liebst Gott und verdienst einen Mann, der Gott ebenfalls liebt. Im Ernst, Evelyn." Betty legte die Hand auf Evelyns. „Denk darüber nach."

„Das werde ich", versprach Evelyn.

Betty trank ihr Glas leer. „Und was hat dich wach gehalten?"

Evelyn wischte sich die Tränen aus den Augen. „Ohne Joanie schlafe ich schlecht."

Betty nickte. „Das verstehe ich. Immer, wenn ich mich daran gewöhnt habe, dass Inga weg ist, ist sie wieder für ein paar Tage zu Hause."

Evelyns Schultern sackten nach unten. „Inga … hast du es auch bemerkt? Sie hat sich irgendwie verändert."

„Ja, das ist mir auch aufgefallen."

„Hat sie dir etwas erzählt?“

„Wir reden wenig miteinander. Und Inga gibt nicht viel von sich preis.“

„Hmm … sie ist ziemlich launisch in letzter Zeit.“

Betty erhob sich. „Vielleicht hat sie Liebeskummer.“

Evelyn erhob sich ebenfalls und warf die Decke über die Sofalehne. „Wer hat den nicht? Außer dir. Und wie es scheint, können selbst Hochzeitsvorbereitungen einen nachts wach halten.“

Heidelberg

In einem Farbenmeer flog die deutsche Landschaft am Fenster vorüber – grün, gelb, rot und blau, Ebenen und Berge. Joan hatte einen Fensterplatz und nahm alles in sich auf. Ruby hatte den Platz neben ihr gewählt.

Langsam rollte der Zug Heidelberg entgegen. Joan fand das passend. Sie beugte sich so weit zum Fenster wie möglich, verrenkte den Hals und wartete auf den Augenblick, in dem das Heidelberger Schloss in Sicht kam. Der Anblick des schönen alten Gemäuers ließ ihr den Atem stocken. Es sah genauso aus, wie sie es sich von den Fotos her vorgestellt hatte.

Der Zug bremste ab, als er sich dem Bahnhof näherte. Die vom Krieg angerichtete Zerstörung war nicht zu übersehen. Doch schon vom Zug aus waren auch die Bemühungen des Wiederaufbaus und Neuanfangs deutlich zu erkennen.

Als sie ausstiegen und sich als Gruppe zusammenfanden, um neue Anweisungen entgegenzunehmen, begann Joans Magen zu knurren. Wie auf ein Stichwort beugte sich Ruby vor und fragte: „Denkst du, dass wir bald etwas zu essen bekommen?“

Joan lächelte. „Das hoffe ich doch sehr.“

Kurz darauf führte Sergeant Martin sie zu einem Bus, der sie zu einem von den US-Streitkräften requirierten Hotel in der Stadt brachte.

Zusammen mit den anderen stieg Joan aus und begab sich schweigend ins Innere des Gebäudes. Ruby eilte an ihre Seite. In der Lobby stellte Joan ihre Koffer ab, die ihr jetzt viel schwerer erschienen als noch am Morgen. Neugierig blickte sie sich um. Eine breite, mit Teppich ausgelegte Treppe führte in den ersten Stock. An der Decke der mit dunklem Holz getäfelten Lobby war noch schwach ein Fresko zu erkennen. Joan fragte sich, wie es wohl früher ausgesehen haben mochte, in einer anderen Zeit. In einer besseren Zeit.

Sergeant Martin wies ihnen ihre Zimmer zu und händigte ihnen die Schlüssel aus. Sie sollten sich um Punkt 18:00 Uhr wieder in der Lobby einfinden. So hätten sie fast zwei Stunden Zeit, um auszupacken und sich frisch zu machen.

„Dies", erklärte Sergeant Martin und blickte sich um, „ist Ihr Zuhause für die nächsten zwei Wochen."

Schweigend schleppten sie sich die Treppe hoch und verteilten sich auf ihre Zimmer.

Sobald Joan ein paar Minuten Zeit erübrigen konnte, schrieb sie an Evelyn.

Auf der einen Seite ist das Leben hier trostlos und traurig. Aber mittlerweile sind die Studenten wieder an die Heidelberger Universität zurückgekehrt und bringen Hoffnung und neuen Lebensgeist mit. Sie konzentrieren sich nicht auf das, was früher einmal war, sondern auf das, was in der Zukunft sein kann. In ihrer Zukunft.

Sie werden Deutschland wieder aufbauen, wie auch England wieder aufgebaut werden wird, und eines Tages werden wir alle uns fragen, ob es den Zweiten Weltkrieg, diesen Horror, tatsächlich gegeben hat.

Aber natürlich wissen wir, dass es so war. Wie könnten wir das jemals vergessen? Wie können wir erfolgreich weitergehen, wenn wir diesen Schandfleck in der Geschichte der Menschheit vergessen?

Ich muss Dir von einem Mädchen erzählen, das ich kennengelernt habe, als ich von Bord ging. Sie heißt Ruby und kommt aus Michigan. So ein schüchternes Mäuschen! Evelyn, ich staune mehr darüber, dass sie nach Deutschland gekommen ist und jetzt in einem von den US-Streitkräften besetzten Hotel in der Altstadt von Heidelberg wohnt, als ich darüber gestaunt habe, dass Du damals Georgia verlassen hast. Oft scheint es fast so, als hätte sie zu viel Angst, morgens ihr winziges Zimmer zu verlassen. Dass sie es gewagt hat, aus ihrem Elternhaus fortzugehen, wundert mich wirklich sehr. Sie muss sehr klug sein, aber sie ist unglaublich schüchtern, und sie hat sich an mich angeschlossen.

Wir werden zwei Wochen hierbleiben, und die erste ist schon fast um. Wenn Du diesen Brief bekommst, werde ich wohl schon meine erste Aufgabe zugeteilt bekommen haben und nach München weitergereist sein. Mir wurde gesagt, dass Ruby und ich uns dort ein Zimmer teilen werden.

Sobald ich mich dort eingerichtet habe, werde ich Dir wieder schreiben. Bitte lies meinen Brief auch den anderen vor. Ich vermisse Euch alle.

Liebe Grüße,
Joan

Kapitel 35

Chicago

Da bis zur Hochzeit nur noch fünf Wochen Zeit blieben, wusste Betty nicht so recht, ob sie am Valentinstag abends ausgehen sollte oder nicht. „Wir haben so viel zu tun", hatte sie Pat am Wochenende erklärt. „Ich denke, wir sollten uns lieber darauf konzentrieren."

Aber er hatte in einem der beliebtesten Restaurants der Stadt einen Tisch reserviert. „Außerdem ist es ein ganz besonders romantisches Restaurant", fügte er noch hinzu. „Und du liebst doch Romantik, nicht?"

Betty schüttelte ergeben den Kopf. „Aber nur am Valentinstag, fürchte ich."

Und damit war es beschlossen. Am Dienstag eilte sie nach der Arbeit noch zu Peck & Peck und fand das perfekte altrosa Chiffonkleid, das sie auch auf die Hochzeitsreise mitnehmen würde. *Vielleicht*, dachte sie, als sie am Abend des Valentinstags mit dem Reißverschluss am Rücken kämpfte, *hat Vater ja recht. Vielleicht bin ich tatsächlich sparsam geworden.*

Betty zog ihre ellbogenlangen Handschuhe an und warf noch

einen letzten Blick in den Spiegel. Ihre Haare hatte sie mit einem strassbesetzten Perlmuttkamm nach hinten gesteckt. Jetzt brauchte sie nur noch auf Pat zu warten, der, wie ein Blick auf den Wecker ihr bestätigte, jeden Augenblick da sein würde.

Betty nahm ihr Abendtäschchen und ging ins Wohnzimmer, wo Magda neben der schniefenden Evelyn stand. „Ach, du meine Güte", sagte Betty und blieb stehen. Ihr Blick blieb an der mit einem Morgenrock bekleideten Evelyn hängen. Magda trug für ihre Verabredung mit Barry ein rotes Satinkleid. „Du siehst toll aus", sagte sie an Magda gewandt.

Magda dankte Betty mit den Augen. „Evelyn ist krank."

Betty legte ihre Handtasche auf den Couchtisch. „Wann hat das angefangen?"

„Heute Mittag." Evelyn war heiser, und ihre Nase war verstopft. Mit einem Taschentuch betupfte sie ihre Augen. „Ich habe George gegen drei Uhr angerufen und ihm gesagt, dass ich heute Abend vermutlich nicht mitkommen kann." Erneut traten ihr Tränen in die Augen. „Er hat für uns einen Tisch reserviert … irgendwo."

„Ach, meine Liebe", sagte Betty und ließ sich neben ihr auf dem Sofa nieder. „Ich fürchte, das sind jetzt richtige Tränen."

„Es ist so schade!", krächzte Evelyn. „Es ist so … ich hatte gehofft … George würde …" Sie bekam einen Schluckauf. „Heute wäre der Abend, an dem er …" Ihre Worte gingen in haltlosen Schluchzern unter.

Bettys Blick wanderte zu Magda, die mit gerunzelter Stirn sagte: „Evelyn? Wenn er dir wirklich einen Heiratsantrag machen will, dann wird er das an einem anderen Abend nachholen. Natürlich wäre es sehr romantisch am Valentinstag, aber andererseits ist es nicht so schön, einen Heiratsantrag zu bekommen, wenn man die Grippe hat, oder?"

„Da wir gerade davon sprechen", meinte Betty, „warum bist du nicht im Bett?"

Evelyn putzte sich die Nase. „Ich wollte euch beide bewundern."

Betty tätschelte ihr den Rücken. „Na, du hast uns ja jetzt gesehen. Steh auf, Kleine."

Evelyn erhob sich und griff nach der Decke, die ihre Mutter gestrickt hatte.

Betty erhob sich ebenfalls. „Und jetzt ab ins Bettchen mit dir. Ich sehe noch mal nach dir, wenn ich zurückkomme."

„Ich auch", rief Magda Evelyn nach.

Sie warteten ab, bis die Tür hinter Evelyn ins Schloss gefallen war. „Was meinst du?", fragte Magda. „Hätte George ihr heute Abend einen Antrag gemacht?"

Betty griff nach ihrer Handtasche. „Ich bezweifle es, aber bei George weiß man nie." Sie blickte sich um. „Ist Inga in L.A.?"

Magda nickte. „Ja."

„Hat sie etwas Schönes mit ihrem Mr Wundervoll geplant?"

Magdas Kopf ruckte hoch. „Ich glaube, sie hat vor, mit ihm zu reden, aber …"

„*Nur reden*? Sind sie nicht mehr zusammen?"

„Nein. Aber ich glaube, Inga hofft, dass diese Reise das ändern wird."

„Ich will doch nichts weiter", sagte Inga in der Telefonzelle am Flughafen, „als dass wir darüber reden. Ganz vernünftig. Wie zwei Erwachsene."

Frank seufzte so tief, dass sie glaubte, seinen Atem an ihrem Ohr zu spüren. „Ich sehe keinen Sinn darin, Inga. Du hast mir vor über einem Monat mitgeteilt, dass du ein Kind erwartest. Gratuliere. Ich bin sicher, dass du und der Vater euch sehr darüber freut."

Inga lehnte den Kopf an die Scheibe. „Frank. Ich habe dir schon einmal gesagt, und ich wiederhole es noch mal …" Sie richtete sich auf. „*Du* bist der Vater. Ist dir das vollkommen egal? Interessierst du dich dann gar nicht für das Wohlergehen deines Kindes?"

Frank seufzte erneut. „Sieh mal, Schätzchen. Ich bin bei der Arbeit, wie du ja weißt. Ich kann jetzt nicht mit dir darüber reden."

„Und genau darum bitte ich dich um ein Treffen heute Abend. Wenn ich im Hotel bin."

Er zögerte kurz. „Und wo bist du jetzt?"

„Am Flughafen."

„Ich sage dir was. Ich bin heute Abend verabredet, aber erst um acht Uhr." Ingas Herz zog sich zusammen. „Wir könnten uns ja um halb sechs auf einen Cocktail treffen."

Einen Cocktail ... „Na gut. Mehr will ich gar nicht."

„Ich erwarte dich in der Hotelbar." Noch einmal seufzte er. „Bis dann", sagte er und legte auf.

Betty musste wirklich zugeben, dass ihr Verlobter Sinn für Romantik bewiesen hatte, als er einen Tisch in diesem Restaurant reservierte. Üppige Blumenarrangements in Silberschalen in Rot und Rosa rahmten die korinthischen Säulen in dem großen Saal ein. Auf einer Bühne spielte ein Streichquartett, begleitet von einem Pianisten, eine bezaubernde Version von Debussys „Claire de Lune".

„Oh, Pat", flüsterte Betty, als sie ihren Arm in seinen schob. Sie folgten dem Oberkellner zu ihrem Tisch. „Ich gebe zu, das ist besser, als sich Gedanken über Kuchenformen und die Kleider der Brautjungfern zu machen."

Der Oberkellner führte sie an einen festlich gedeckten Tisch. Quer über Bettys Teller lag eine einzige rote Rose.

Betty nahm sie zur Hand und atmete ihren Duft ein. „Pat, das ist überwältigend", sagte sie, als er ihr gegenüber Platz nahm. „Ich bin beinahe sprachlos."

Er zwinkerte ihr zu. „Aber nur beinahe ..."

Der Oberkellner reichte ihnen eine Speisekarte und teilte ihnen mit, dass Maurice sofort bei ihnen sein würde. Die kleine Musikgruppe spielte nun „Für Elise" von Beethoven.

„Hör nur", sagte Betty, „ich habe dieses Stück auf dem Klavier gespielt, als ich –" Sie drehte sich zur Bühne um und zuckte zusammen. Ihr Lächeln erstarb, und sie schaute genauer hin. Das konnte doch nicht sein …

„Was ist denn los, Schatz?", fragte Pat und ergriff ihre Hand.

Betty blickte ihn an. „Dahinten sitzt George."

Pat reckte sich und blickte sich suchend um. „Wo?"

Betty schaute noch einmal hin, nur um sicher zu sein … „Der Mistkerl am Ecktisch dort, der seine Lippen im Hals dieser Frau vergraben hat."

„Ohhh. Ja, ja … sie nutzen die Gelegenheit, dass sie hinter der Säule nicht zu sehen sind, nicht?"

„Wie kann er es wagen?" Betty sah erneut hinüber. Georges Lippen waren vom Hals zum Ohrläppchen der Frau weitergewandert. Sie hatte den Kopf in den Nacken gelegt. Üppige blonde Haare, von einem perlenbesetzten Kamm zurückgehalten, flossen über ihre nackten Schultern.

Betty erhob sich.

„Betts", warnte Pat.

Sie blickte ihn an.

„Das geht dich doch nichts an, Schatz", warnte er erneut.

Betty strich ihr Kleid glatt. „Oh, da irrst du dich, Pat. Es geht mich sehr wohl etwas an." Als sie seinen beunruhigten Gesichtsausdruck bemerkte, legte sie ihre Hand kurz auf seine. „Ich bin gleich wieder da."

Sie schritt zu der gegenüberliegenden Ecke und blieb vor der kleinen Nische stehen. Die Frau bemerkte sie zuerst. Langsam, als erwache sie aus einem Traum, hob sie den Blick. Dann weiteten sich ihre Augen, als hätte sich der Traum gerade in einen Albtraum verwandelt.

„George", kündigte Betty mit fester Stimme ihre Anwesenheit an.

Erst jetzt löste er sich vom Ohrläppchen der Frau, blickte hoch und blinzelte. „Hmm?“, sagte er. Doch als er sie erkannte, errötete er immerhin. Er nestelte an seiner Krawatte und räusperte sich. „Betty … Du siehst bezaubernd aus.“

„Georgie?“, schmollte die Frau. Ihre Stimme war zuckersüß und spuckte gleichzeitig Gift und Galle.

„Ist schon gut.“ Er machte Anstalten aufzustehen. „Das ist eine alte Freundin –“

„Halt“, befahl Betty, und er gehorchte. „Eine alte Freundin, du meine Güte.“ Sie verschränkte die Arme vor der Brust. „Wie kannst du nur? Wie kannst du Evelyn das antun? Sie sitzt zu Hause und ist tieftraurig darüber, dass sie heute Abend nicht mit dir ausgehen kann.“

„Wer ist Evelyn?“, fragte die Frau.

George legte seine Hand auf ihre. „Niemand, Süße. Nur –“ Er wollte erneut aufstehen, doch Betty stellte sich ihm schnell in den Weg. Er deutete zu ihrem Tisch. „Sag, ist das dein Verlobter?“

„Das braucht dich nicht zu interessieren. Oh, wenn ich daran denke, wie Evelyn versucht hat, dir zu gefallen! Sie hat sogar Französisch gelernt, um die Cousine deiner Mutter zu beeindrucken. Wie kannst du ihr so etwas antun?“

Georges blaue Augen blitzten nun. Er lehnte sich zurück und nahm die Hand der Frau neben ihm in seine.

„Ich habe sie gewarnt“, erwiderte George und blickte Betty an. „Ich habe Evelyn mehr als einmal geraten, lieber die Flucht zu ergreifen. Aber das wollte sie nicht.“ Er beugte sich vor, küsste die Frau auf die Wange und flüsterte ihr etwas ins Ohr, bevor er sich Betty wieder zuwandte. „Und was das Französisch betrifft, ich bin sicher, für irgendetwas wird Evelyn das noch gebrauchen können.“ Er schüttelte den Kopf. „Erstaunlich, dass sie dort unten in Podunk keine Fremdsprache gelernt hat, nicht?“

„In Portal, George“, korrigierte Betty und beugte sich vor. „Eine nette Stadt voller netter Menschen. Und was die Sprache betrifft, kann ich nur eins sagen: *Vous me dégoutez.*"

„Was heißt denn das?", fragte die Frau, und sie klang eher wie eine Hure als wie eine Dame der feinen Gesellschaft.

Betty richtete sich lächelnd wieder auf. Offensichtlich beherrschte die Dame, die vermutlich Georges Bett teilte, die französische Sprache auch nicht. Was natürlich bedeutete, dass Evelyn, die arme, liebe Evelyn, ihr etwas voraushatte.

„Das bedeutet", sagte Betty, „dass er Evelyn Alexander nicht das Wasser reichen kann." Sie wandte sich zum Gehen, drehte sich aber noch einmal zu der Frau um. „Was Sie betrifft, wer immer Sie auch sein mögen: Falls Sie eine Zukunft mit diesem Mistkerl planen, dann hoffe ich nur, dass Sie Ihren Spaß gehabt haben."

„Ginger Ale mit Eis, bitte", bestellte Inga bei der Kellnerin.

Frank starrte sie an, ohne zu blinzeln, bevor er sich zu der zierlichen Frau umwandte, die mit einem Tablett an ihrem Tisch stand. „Ich nehme das Übliche."

Die Frau warf ihm ein freundliches Lächeln zu. „Sehr gern, Mr Martindale."

Frank blickte ihr nach.

„Weiß sie es?", fragte Inga und zwang ihn damit, ihr seine Aufmerksamkeit wieder zu schenken.

„Was denn?"

„Dass du im Juli Vater wirst."

Frank beugte sich vor und stützte den Arm auf den Tisch. „Das ist bisher noch nicht erwiesen, nicht? Dass ich der Vater bin, meine ich."

Inga zwickte sich in den Arm, um sich in Erinnerung zu rufen, dass sie sich vorgenommen hatte, freundlich zu sein. Vernünftig mit ihm zu reden. „Entschuldige. Das stimmt natürlich. Wir haben bereits festgestellt, dass ich es nicht beweisen kann." Sie atmete tief durch und bereitete sich auf die Rede vor, die sie allein an diesem Tag schon ein Dutzend Mal geprobt hatte. „Frank“, begann sie, brach jedoch ab, als die Kellnerin mit ihren Getränken an den Tisch kam.

Er trank einen Schluck und blickte zu der Kellnerin hoch, die abwartend am Tisch stand. „Perfekt“, lobte er und zwinkerte ihr zu.

Sie lächelte ihn an, bevor sie sie allein ließ.

„Eine Freundin?“, fragte Inga.

„Mir gefällt die Vorstellung, dass alle Frauen meine Freundinnen sind.“ Er stellte das Glas ab. „So wie auch du, Inga.“ Er ließ langsam die Luft entweichen. „Pass auf. Sag mir, was du zu sagen hast, anschließend sage ich, was ich zu sagen habe, und dann kann jeder seiner Wege gehen, okay?“

Inga zwickte sich noch fester. „Frank … wie du schon betont hast, kann ich nicht beweisen, dass dieses Kind von dir ist. Ich kann dir nur versichern, dass es so ist. Ich bin nur mit einem Mann zusammen gewesen – mit dir. Jene Nacht … jene Nacht war meine erste …“

Frank trank einen weiteren Schluck. „Ja, ich weiß, dass ich der Erste war. Aber woher soll ich wissen, ob ich auch der Letzte war?“

Inga holte aus ihrer Tasche ein gefaltetes Blatt Papier. Sie faltete es auf und schob es ihm zu.

„Was ist das?“

„Der Arztbericht. Das Kind kommt genau neun Monate nach unserer gemeinsamen Nacht im vergangenen Oktober zur Welt. Wie wahrscheinlich ist es wohl, dass ich unmittelbar nach meinem ersten Mal losziehe und mit einem anderen Mann schlafe?“ Sie beugte sich vor. Tränen brannten in ihren Augen. „Du wusstest doch, was ich für dich empfinde. Ich –“

Sie brach ab. Die Wahrheit war: Sie empfand nichts mehr für ihn. Der einzige Grund, warum sie jetzt hier war, war der, dass sie glaubte, eine Heirat mit ihm sei der einzige Weg, um ihr Kind davor zu bewahren, ohne Vater aufzuwachsen, ohne Namen. Um sich selbst vor den Vorwürfen ihres Vaters zu schützen, Tag für Tag, Jahr für Jahr. „Ich bitte dich doch nur, das Richtige zu tun. Für *dein* Kind."

Frank vertiefte sich in den Arztbericht. Inga stellte sich vor, wie er die Daten berechnete, die Wochen zählte und an jene Nacht zurückdachte. Jene eine Nacht. Dieses eine Mal.

Seufzend faltete er das Blatt wieder zusammen. „Sieh mal, Inga", sagte er und blickte sie an. In seiner Stimme lag eine Zärtlichkeit, die sie seit Oktober nicht mehr bei ihm wahrgenommen hatte. Auf die sie gehofft hatte. Von der sie geträumt hatte ... „Sieh mal." Er blinzelte und senkte den Blick, als er das Blatt zu ihr zurückschob. „Ich habe große Pläne. Das weißt du."

Sie ließ es liegen. „Ich weiß. Und ich könnte Teil dieser Pläne sein ..."

„Nein, nicht meiner Pläne."

„Aber stell es dir doch mal vor." Sie griff nach seiner Hand, doch er zog sie fort. „Stell dir vor", fuhr sie fort, „wir suchen uns eine kleine Wohnung. Eine bezaubernde kleine Wohnung. Und du kommst am Abend nach Hause zu einem selbst gekochten Abendessen und zu einer Frau und einem Kind, die dich lieben. Nach welchen Sternen du auch greifst, wir werden dir helfen, dass du sie erreichst. Ich verspreche es." Sie atmete tief durch. „Nur ... *bitte* ... tu jetzt das Richtige. Mehr will ich nicht."

Frank starrte das Blatt an. „Ich sage dir was", erklärte er schließlich. „Wir suchen uns diese bezaubernde kleine Wohnung." Er suchte ihren Blick, und sie seufzte erleichtert auf, „und du kochst das Essen und kümmerst dich um das Kind. Aber ... keine Heirat. Zumindest jetzt noch nicht. Nicht, bis absehbar ist, ob ... bis ich ganz sicher bin." Seine Kiefer mahlten. „Und das könnte noch lange dauern, nur damit du dich darauf einstellst. Keinerlei Verpflichtungen über das hinaus, was ich gerade gesagt habe." Er trank sein Glas leer. „Wenn du deiner Familie erzählen willst, dass wir verheiratet sind, habe ich nichts dagegen.“ Er blickte sich in der Bar um. „Aber niemandem hier. Nicht in dieser Stadt, verstanden?“

Inga ließ den Atem entweichen, den sie angehalten hatte. „Du meinst … wir ziehen einfach so zusammen?“

„Keine Ehe. Kein ‚Mr und Mrs Martindale‘. Kein ‚bis dass der Tod uns scheidet‘. Das sind meine Bedingungen.“ Er führte sein Glas erneut an die Lippen, stellte dann aber fest, dass nur noch Eiswürfel darin schwammen. Schnell stellte er es wieder ab und sah auf die Uhr. „Ich muss jetzt los“, sagte er. „Du hast bis morgen früh Zeit, zu einer Entscheidung zu kommen. Danach ist mein Angebot hinfällig. Ich bin um neun an meinem Platz.“

Inga blickte ihm nicht nach. Sie konnte es nicht. Sie starrte auf die Schnörkelmuster des Teppichs. Hin und her wanderte ihr Blick, aber niemals ganz zurück zum Anfang. Sie schloss ihre Augen, ermahnte sich zu atmen … und öffnete sie schnell wieder.

Irgendwie hatte sie in diesem einen Augenblick das Brautkleid von Carson’s vor Augen gehabt. Ein unbeschreibliches Kleid. Weiß und rein. Ein Kleid, das sie so gern getragen hätte.

Kapitel 36

Es musste wahr sein. Betty würde sich so etwas niemals ausdenken. Etwas so Grausames.

George. Mit einer anderen Frau. Einer Frau, mit der ihn ganz eindeutig nicht nur Freundschaft verband.

Er musste sich unmittelbar nach Evelyns Absage mit dieser Frau verabredet haben. Die Frau, wer immer sie war, war die Lückenbüßerin. Der Ersatz. Ja, ja … so war es. Der Tisch war schließlich reserviert gewesen. Mehr steckte nicht dahinter. Bestimmt nicht.

Aber andererseits … Betty hatte erzählt, dass er ihre Hand gehalten hätte. Dass er ihren Hals geküsst, an ihrem Ohrläppchen geknabbert hätte.

Oh George!

Evelyn drehte sich um und vergrub ihr Gesicht in dem Kissen. Sie drückte es an sich und wünschte, Joan wäre hier und würde ihr raten, was sie tun sollte.

Aber Joanie hatte sie verlassen. Sie war nach Deutschland gegangen, um etwas Neues und Anderes zu beginnen. Vielleicht etwas Besseres.

Evelyn richtete sich auf und griff nach der Box mit den Papiertaschentüchern auf ihrem Nachttisch. Diese dumme Erkältung. Wenn sie nur nicht krank geworden wäre. Zu krank, um am Morgen zur Kirche zu gehen. Zu krank, um am Abend zuvor mit George auszugehen.

Sie barg ihr Gesicht in den Händen und weinte, bis ihr der Kopf schmerzte. Schließlich ebbte das Schluchzen ab und sie wandte sich an den Himmel um Beistand. „Lieber Herr Jesus", das klang wie der Hilferuf eines kleinen Mädchens, „bitte sag mir doch, was ich tun soll. Ich habe geglaubt, du hättest George in mein Leben gebracht. Ich habe geglaubt, er sei der Richtige für mich, aber …"

Was hatte Betty am Morgen noch gesagt, bevor sie zur Messe gegangen war? Sie hatte von einer Nonne erzählt, die ihr vor ein paar Wochen erklärt hatte, sie könnten zwar Pläne schmieden, doch Gott würde ihre Schritte lenken.

Was genau bedeutete das? Hieß das denn nicht, dass Gott sie mit George zusammengebracht hatte? Hätte an jenem Abend, als George hergekommen war, um mit Betty zu sprechen, nicht eins der anderen Mädchen die Tür öffnen können? Aber Gott hatte es so gefügt, dass sie diejenige gewesen war. Dass sie Bettys Botschaft überbrachte. George hätte auch jede andere von ihnen ausführen können, aber er hatte Evelyn eingeladen. Bedeutete das denn nicht …?

Vielleicht … obwohl … vielleicht war sie es ja selbst gewesen, die die Pläne geschmiedet und ihre Schritte gelenkt hatte. Vielleicht hatte sie selbst die Zügel in die Hände genommen und war losgeprescht, ohne zuerst darüber zu beten. Was sagte Tante Dovalou noch immer, wenn sie sie im alten Haus der Familie in Savannah besuchte? Dass wir oft zu Gott beten und ihn bitten, unser Leben zu lenken, dass wir ihm das Steuer aber nie ganz überlassen.

Hatte sie das getan?

Tante Dovalou. Ihre schöne alleinstehende Tante. Die Schwester ihrer Mutter, die der Liebe stets aus dem Weg gegangen war. Oder war die Liebe ihr aus dem Weg gegangen? Evelyn wusste es nicht so genau. Über die Gründe, warum ihre Tante lebenslang allein geblieben war, hatte ihre Mutter nie gesprochen.

Evelyn drückte sich das Kissen auf den Kopf und freute sich über die Dunkelheit, die es brachte. Wenn sie nur schlafen könnte … wenn sie nur ein Weilchen länger ausruhen könnte … *Jesus*, betete sie erneut, *sag mir doch, was ich tun soll.*

Inga seufzte. „Auf dem Heimflug habe ich nachgedacht. Ich habe das verdient, diese … Strafe. Ich war nicht immer besonders nett."

Dem konnte Magda nicht widersprechen. Sie beide wussten, dass Inga bisweilen sehr verletzend sein konnte. Trotzdem war sie ihre Schwester, und sie liebte sie.

Darum wartete sie, bis Inga weitersprach. „Mir kam der Gedanke", fuhr sie schließlich fort, „dass Gott mich wirklich hassen muss."

„Nein, Inga. Das stimmt nicht."

Inga wandte sich zu Magda um. „Ich habe gegen ihn gesündigt. Und jetzt muss ich die Konsequenzen tragen."

Magda hörte plötzlich die Stimme ihres Vaters in ihrem Kopf. Genau das lehrte er seine Studenten doch immer: Dass Jesus den Preis der Sünde bereits bezahlt hatte, ein für alle Male. Dass die Menschen oft unter den Konsequenzen ihres Handelns litten, doch dass der Preis bezahlt war.

Sie wollte ihre Schwester daran erinnern, unterließ es aber lieber. Dies war nicht der richtige Zeitpunkt. „Was wirst du jetzt tun?", fragte sie schließlich.

„Nun, auf keinen Fall werde ich unverheiratet mit Frank zusammenleben. So viel steht fest." Sie griff nach ihrem Glas Milch und trank einen Schluck. „Gestern Abend habe ich tatsächlich noch mal gebetet, Magda."

„Beten ist immer gut."

„Und ich kam zu dem Schluss, dass zwei falsche Handlungsweisen nicht eine richtige ergeben."

Oh, wie oft hatte Far das zu ihnen gesagt! „Wann willst du es Mor und Far erzählen? Das mit dem Kind?"

Inga griff nach einer Papierserviette und tupfte ihre Mundwinkel ab. „Ich bin jetzt fast im fünften Monat", sagte sie und starrte auf die Serviette in ihrer Hand. „Retta hat erzählt, bei ihrer Schwester hätte man es erst gesehen, als sie schon beinahe im achten Monat war. Ich denke, wenn ich mich beim Essen zurückhalte, kann ich bis mindestens zum Ende des siebten Monats arbeiten."

„Aber …"

Wieder suchte Inga Magdas Blick. „Ich muss einen Weg finden, mein Kind allein großzuziehen. Deshalb muss ich jetzt noch möglichst viel Geld zur Seite legen. Wenn ich es nicht mehr länger verbergen kann, werde ich es ihnen gestehen, und … was dann passiert … das passiert eben."

Magdas Schultern sackten nach unten. „Oh weh. Ich weiß nicht, was ich sagen soll."

Inga erhob sich. „Sag am besten nichts." Sie legte die Hand auf die Schulter ihrer Schwester. „Versprich mir, dass du mich nicht verrätst."

Es gefiel ihr gar nicht, in eine solche Lage gebracht zu werden, aber … „Also gut. Ich verspreche es."

Ferngespräche waren am Sonntagnachmittag preiswerter.

Evelyn stand auf und schlurfte ins Bad, um sich das Gesicht zu waschen und die Zähne zu putzen. Anschließend schleppte sie sich hinaus in den Hauptflur des Gebäudes, wo das Telefon an der Wand hing.

Sie wartete, bis die Vermittlung sich meldete und nannte dann den Namen und die Adresse ihrer Tante in Savannah. Sie hatte sich bereits die Münzen zurechtgelegt, mit denen sie drei Minuten telefonieren konnte.

„Einen Augenblick bitte", erklärte die Dame von der Vermittlung.

Als ihre Tante sich meldete, teilte die Vermittlung ihr mit: „Ich habe ein Ferngespräch für eine Miss Dovalou Smith."

„Ich bin Dovalou Smith", erwiderte die Angesprochene alarmiert.

„Tante Dovalou?", sagte Evelyn schnell, da ihre Tante sich keine Sorgen machen sollte.

„Evelyn? Evelyn, bist du das?"

Die Telefonistin räusperte sich. „Sie können jetzt sprechen."

„Evelyn, du hörst dich ja schrecklich an. Hast du geweint, Liebes?"

„Ich bin erkältet", erklärte sie. „Eine ganz dumme Sache."

„Oh. Wie gut zu wissen, dass du nicht geweint hast. Ist es kalt in Chicago? Hier ist es schon ziemlich frostig, darum nehme ich an, dass es dort sehr kalt ist. Deine Mama hat mir erzählt, dass sie seit zwei Wochen nichts mehr von dir gehört hat."

Hatte sie sich tatsächlich schon so lange nicht mehr gemeldet? Das konnte hinkommen. „Ich weiß, Tante Dovalou. Hör zu, ich habe nur drei Minuten. Ich … ich rufe von einem Münzfernsprecher aus an."

„Nun, Liebes, was ist los?"

„Ich wollte dich fragen, ob ich zu dir kommen kann."

„Für einen Urlaub oder so etwas? Liebes, warum besuchst du in der Zeit nicht einfach deine Mama?"

„Nein, Tante Dovalou. Ich meine, um bei dir zu wohnen. Ich möchte … ich möchte zurück in den Süden, aber nachdem ich jetzt in Chicago gelebt habe, kann ich nicht wieder nach Portal und bei meinen Eltern wohnen." Und außerdem wäre Hank dort. Und nicht nur Hank. Hank und Dixie …

„Aber … Liebes, mit so etwas habe ich gar nicht gerechnet."

„Tante Dovalou, ich möchte wirklich gern zurückkommen, und ich werde auch nur so lange bei dir wohnen, bis ich eine eigene Wohnung gefunden habe. Das wird bestimmt nicht lange dauern."

„Jetzt sei nicht dumm. Ich wohne ganz allein in diesem großen Haus. Ich fände es schön, wenn du zu mir ziehen würdest. Aber,

Liebes … hast du mit deiner Mama darüber gesprochen? Ich möchte keine Unstimmigkeiten zwischen uns, verstehst du?“

„Mama wird das verstehen“, erwiderte Evelyn, und Hoffnung breitete sich in ihr aus. Das war leichter gegangen, als sie erwartet hatte. „Sie wird sich freuen, wenn ich wieder in George – äh, in *Georgia* bin.“

„Und wann willst du kommen?“

Die Stimme der Telefonistin meldete sich. „Ihnen bleibt noch eine Minute. Bitte werfen Sie weitere fünf Cent ein oder beenden Sie Ihren Anruf innerhalb von sechzig Sekunden.“

Wie gern hätte Evelyn „Morgen!“ geantwortet, oder zumindest „in zwei Wochen“ … nachdem sie bei Hertz gekündigt hätte. Doch sie sollte Brautjungfer bei Bettys Hochzeit sein, und es war unsinnig, nach Georgia umzuziehen, um dann ein paar Wochen später wieder nach Chicago zu fahren. „Ende März“, erklärte sie schnell. „Meine Mitbewohnerin heiratet am einundzwanzigsten, und danach kann es losgehen. Und sobald ich da bin, mach ich mich auf die Suche nach einem Job.“

„Ich freue mich auf dich, Liebes. Und wegen des Jobs könnte ich ja schon mal meine Fühler ausstrecken.“

„Oh, danke“, sagte Evelyn. „Ich schreibe noch diese Woche. Dir und Mama. Ich hab dich lieb, Tante Dovalou.“

„Und ich dich.“

Evelyn legte auf und putzte sich die Nase. Sie hatte es getan. Sie hatte einen Plan entwickelt und ihn ins Rollen gebracht. „Jetzt, Herr“, flüsterte sie, „sei bitte so freundlich und führe mich.“

Kapitel 37

München

An einem sonnigen Samstagmorgen Mitte März saß Joan in einer Ecke des Sofas. Ihre Mitbewohnerin Ruby hatte sich im Schneidersitz in einen Sessel gehockt. Beide tranken ihren Morgenkaffee und lasen die Zeitung. Im Radio spielte leise Musik.

Nachdem Joan die letzte Seite ihres Zeitungsteils überflogen hatte, streckte sie sich. „Wie wäre es, wenn wir heute mal König Ludwigs Schloss besichtigen würden?", fragte sie Ruby.

Ruby blickte von ihrer Zeitung auf. Sie legte die Hand auf ihre Lockenwickler, und ihr Mund öffnete sich zu einem perfekt geformten O. „Aber …"

„Ich weiß. Wie kommen wir hin?" Diese Frage hatte Ruby schon ein Dutzend Mal gestellt.

„Gestern beim Abendessen hat Jackson gesagt, er würde heute in seinem Zimmer bleiben. Schon vergessen? Er wollte seine Erkältung auskurieren, die ihn seit einer Woche quält."

Jackson war einer ihrer Kollegen, ebenfalls in München stationiert. Ein junger Mann aus Tennessee, auf den Ruby eindeutig ein Auge geworfen hatte … und der sich leider mehr für Joan interessierte. Er war sehr gut darin, ein Taxi zu ergattern oder die öffentlichen Verkehrsmittel zu durchschauen, wenn sie einen Ausflug machen wollten. „Ich weiß", sagte Joan schließlich.

„Das bedeutet, dass er uns nicht begleiten und uns nicht helfen kann, in den richtigen Bus zu steigen."

Auch das wusste Joan. Schließlich hatte sie in dem Restaurant, in dem sie am Abend zuvor eingekehrt waren, mit am Tisch gesessen.

„Ruby, also ehrlich. Wieso denkst du, wir bräuchten Jackson für die einfachsten Dinge? Er war doch auch nicht bei uns, als wir in den Zug nach New York gestiegen oder an Bord des Schiffes nach Amsterdam gegangen sind. Bestimmt konntest du zu Hause auch ohne einen Mann als Begleitung durch die Straßen laufen." Der Ausdruck auf Rubys Gesicht, verwirrt und ängstlich, hielt Joan davon ab weiterzusprechen. „Oder etwa nicht?"

„Mein Vater und mein ältester Bruder haben meine Mutter und mich immer begleitet, wenn wir ausgingen." Sie runzelte die Stirn. „Bestimmt wäre alles einfacher, wenn wir ein Auto hätten."

Joan biss sich auf die Lippe, um ihr Lächeln zu unterdrücken, und faltete die Zeitung zusammen, bevor sie aufstand und sich in das kleine Schlafzimmer zurückzog, das sie sich teilten.

„Was hast du vor?", fragte Ruby.

„Ich ziehe mich an", erwiderte Joan, die bereits am Fußende ihres noch nicht gemachten Bettes stand und ihren Morgenrock ablegte.

„Wozu?"

In ihrem Pyjama ging Joan zur Schlafzimmertür und lehnte sich an den Rahmen. „Ich gehe aus", erklärte sie beiläufig, dann drehte sie sich um und rief über die Schulter zurück: „Um ein Auto zu kaufen."

Noch an diesem Nachmittag, an dem Schneeflocken in der Luft tanzten und das Gesicht eines Autohändlers glücklich strahlte, erstand Joan einen Kleinwagen, in den eine junge Frau perfekt hineinpasste.

Der Preis, umgerechnet etwa sechshundert amerikanische Dollar, war kein Problem. Bei der Regierung verdiente sie gutes Geld; sie brauchte keine Miete zu zahlen und auch die Verpflegung war kostenlos. So hatte sie sich eine ansehnliche Summe zurücklegen können.

Das Problem war ein anderes.

Sie konnte nicht Auto fahren.

„Ich habe bisher kaum einmal als Beifahrerin in einem Auto gesessen“, erklärte Joan Jackson, als sie am Nachmittag vor ihrem Wohngebäude standen. „Kannst du mir das Autofahren beibringen?“

Jackson beugte sich vor und spähte ins Wageninnere. Er schien nicht so genau zu wissen, was er von der Sache halten sollte. „Um Himmels willen, ich kann nicht glauben, dass du das getan hast. Ich kann es nicht fassen.“

„Also“, erwiderte Joan ungerührt. „Machst du es?“

Jackson schniefte. Er schlug den Mantelkragen hoch und zog seinen Hut über die Ohren. „Was?“

„Mir das Autofahren beibringen.“ Joan verschränkte die Arme vor der Brust. Es war wirklich unglaublich kalt an diesem Märztag.

„Oh-oh. Ich weiß nicht.“ Erneut beäugte er das Auto.

„Aber du hast doch einen Führerschein, oder?“

Er richtete sich auf und wickelte den Wollschal zweimal um seinen Hals und über den Mund. „Natürlich habe ich einen Führerschein.“ Seine Worte klangen gedämpft. „Ich kann seit meiner Kindheit Auto fahren.“

„Wo ist dann das Problem?“

Er schnäuzte sich erneut. „Können wir nicht wenigstens in die Lobby gehen, um das zu besprechen, bevor ich mir hier in der Kälte noch den Tod hole? Meine Nase ist kalt wie eine Hundeschnauze, und mein Kopf platzt gleich.“

Sie legte eine Hand auf seinen Arm. „Oh, Jackson. Entschuldige bitte", sagte sie und meinte das sehr ernst. „Natürlich können wir reingehen. Ich wollte nur … Ich wollte dir den Wagen zeigen."

Seine Augen richteten sich auf sie. „Jetzt habe ich ihn ja gesehen."

Die drei fanden freie Sitzplätze in einer Ecke der Lobby vor dem Heizkörper. Wie immer saß Jackson zwischen den beiden Frauen. „Das Problem ist", sagte er, während er seinen Schal abnahm, „der mangelnde Platz zwischen dem Lenkrad und dem Fahrersitz."

„Ich kann dir nicht folgen."

„Ich schon", bemerkte Ruby. „Jackson ist sehr groß, Joan."

Joans Blick wanderte zu Jacksons langen Beinen. Seine Hände steckten immer noch in den Manteltaschen.

„Knapp eins neunzig", erklärte Jackson.

„Blaue Augen", fügte Ruby hinzu und zitierte damit einen bekannten Liedtext.

Jackson blickte sie an. Lächelte fröhlich. Ruby schien der Atem zu stocken.

Der Mann meiner Träume … Irgendwie sprudelten die Worte ihres Aufsatzes von früher in Joan hoch. *Und es wäre schön, wenn er knapp ein Meter neunzig wäre, blaue Augen hätte und …* „Dichte dunkle Haare", murmelte sie, als die Erinnerung sie überfiel.

Jackson knöpfte seinen Mantel auf und zog ihn aus. Er deutete auf seinen Kopf. „Blond, fürchte ich."

Der Raum drehte sich um sie, und sie blinzelte. „Wie bitte?"

„Du hast gesagt: ‚Dichte dunkle Haare.'" Er schniefte. „Meine Haare sind blond."

Joan konzentrierte sich wieder auf das Gespräch. „Entschuldige bitte." Sie lachte gezwungen. „Ich hatte gerade an etwas anderes gedacht." Sie rutschte auf ihrem Stuhl ein Stück vor, um Jackson besser ansehen zu können. „Du hattest über das Platzproblem gesprochen?"

„Ich bin nicht sicher, ob ich in dieses kleine Auto hineinpasse." Er überlegte kurz. „Aber vielleicht kann ich auf der Beifahrerseite sitzen und dich anleiten."

„Und ich könnte hinten mitfahren", ließ Ruby sich vernehmen.

Jackson seufzte so leise, dass Joan es beinahe nicht mitbekam. Sie konnte nur hoffen, dass Ruby es nicht gehört hatte.

„Also gut", sagte sie. „Dann lerne ich das Fahren eben am Steuer."

Jackson lächelte. „Wann willst du anfangen?", fragte er.

„Das ist leicht", erwiderte sie strahlend. „Gestern."

Chicago

„Du siehst erschöpft aus", sagte Pat zu Betty. Sie saßen am Küchentisch und hatten sich die Liste mit den Dingen vorgenommen, die vor der Hochzeit noch zu bedenken und zu erledigen waren. Der Kaffee in der Kanne verströmte seinen köstlichen Duft. Zwei Tassen standen auf dem Tisch und warteten darauf, gefüllt zu werden.

Betty blickte auf. „Ich bin tatsächlich ziemlich müde. Ich fürchte, in unseren Flitterwochen werde ich vermutlich nichts anderes tun als schlafen."

Pat runzelte die Stirn, doch sein Gesicht hellte sich sofort wieder auf. „Dagegen werde ich etwas zu unternehmen wissen", sagte er und beugte sich vor, um ihr einen Kuss zu geben.

„Übrigens", sagte sie, während die Kaffeemaschine vor sich hin gurgelte, „du machst ein großes Geheimnis um das Ziel unserer Hochzeitsreise. Ich weiß gar nicht so genau, was ich einpacken soll. Willst du es nicht einmal der Braut verraten?"

Pat stützte die Ellbogen auf dem Tisch ab. „Nein", neckte er sie. „Ich habe doch gesagt, du sollst für warmes Wetter packen. Ein elegantes Kleid, aber ansonsten luftige Kleidung und auf jeden Fall deinen Badeanzug."

Betty erhob sich, um den Kaffee zu holen. „Meine Mutter ist außer sich", erzählte sie. „Du weißt ja, dass sie es nicht mag, wenn sie nicht über alles genau Bescheid weiß." Sie nahm die Kaffeekanne und brachte sie zum Tisch. „Und ich fürchte, der Apfel fällt in diesem Punkt nicht weit vom mütterlichen Stamm."

Pat lachte. „Da gibt es noch etwas, über das ich gern mit dir reden würde. Ich … äh – ich weiß nicht genau, ob jetzt der richtige Zeitpunkt dafür ist."

Betty ließ sich wieder auf ihrem Stuhl nieder. „Was ist los?", fragte sie besorgt.

Er schien ihre Beunruhigung zu spüren, denn er beeilte sich zu sagen: „Nichts Schlimmes. Ich habe neulich nur nachgedacht … Du hast Ferguson ja gesagt, dass du für zwei Wochen in die Flitterwochen fährst, aber hast du schon weiter gedacht … du weißt schon … also, was danach wird?"

Betty schenkte Pat Kaffee ein und anschließend sich selbst. Damit erkaufte sie sich ein wenig Zeit für ihre Antwort. Sie hatte schon darauf gewartet, dass er dieses Thema ansprechen würde. Mehrmals hatte er angedeutet, dass sie nach der Hochzeit nicht mehr arbeiten gehen sollte, aber er hatte die Frage nie offen gestellt. „Wir reden also darüber, dass ich meinen Job aufgeben soll." Sie schob ihm die Tasse zu.

„Ich bin ziemlich altmodisch, Betts. Mir gefällt die Vorstellung, dass ich gut für uns beide sorgen kann …"

Betty legte die Hände um ihre Tasse. „Darum geht es doch gar nicht." Sie waren bei der Bank gewesen und hatten ein Konto auf ihrer beider Namen eröffnet. Sie wusste also über seine finanzielle Situation Bescheid. Für einen jungen Mann, der noch nicht lange im Geschäft war, war diese gar nicht übel. Eigentlich sogar beeindruckend. Aber trotzdem … „Was soll ich denn den ganzen Tag anstellen?"

Pat grinste. „Wenn ich sage: ‚Kochen und putzen', wirst du mich dann aus der Wohnung werfen?"

Betty zog die Augenbrauen in die Höhe und sagte nichts.

Er lachte. „Ich weiß es auch nicht, Liebes. Unsere Mütter sind doch sehr engagiert in ihren Clubs und Wohltätigkeitssachen. Du sollst den Freiraum haben, dich auch für soziale Projekte zu engagieren."

Eine nette Vorstellung, aber Betty war nicht sicher, ob das ihren Wünschen entsprach. Wollte sie eine *Dame der Gesellschaft* werden wie ihre Mutter? Immer ein wenig auf die Menschen herabsehen, die nicht dazugehörten?

Sie legte ihre Hand auf Pats. „Können wir diese Entscheidung nicht aufschieben und erst mal unsere Flitterwochen genießen?"

Sein Blick, so voller Liebe, suchte ihren. Egal, was sie von ihm erbat, sie wusste, er würde für sie sorgen. Heute. Morgen. Für immer. Sie seufzte zufrieden trotz der kleinen Unsicherheit.

Schließlich verzog sich sein Mund zu einem Lächeln. „Natürlich", sagte er. „Ich möchte nur, dass du glücklich bist, Betts."

Sie beugte sich über den Tisch, um ihm einen Kuss zu geben. „Das bin ich, Pat Callahan. Mehr, als du dir vorstellen kannst."

Er legte seine Hände auf den Tisch. „Und was steht morgen an?"

Betty schob die Papiere zusammen. „Die Mädchen und ich haben nachmittags noch einen Termin zur endgültigen Anprobe, und danach gehen wir zum Essen aus."

„Das hört sich gut an", erwiderte er.

Das wäre es, dachte Betty, *wenn meine Mutter nicht mitkommen würde.*

„Da scheint aber jemand etwas zugelegt zu haben", sagte die Schneiderin in der Umkleidekabine zu Inga.

„Wie bitte?" Panik stieg in ihr hoch. Sie betrachtete ihr Spiegelbild, drehte sich um und begutachtete den Reißverschluss an dem türkisgrünen Kleid, der sich nur zur Hälfte hochziehen ließ. „Das muss ein … Fehler sein", erwiderte sie. „Vielleicht ist die falsche Größe bestellt worden."

Die Schneiderin, eine Frau von Mitte fünfzig, richtete sich auf und zwinkerte ihr zu. „Wann ist denn der Termin, meine Liebe?", fragte sie flüsternd.

Ingas Lippen begannen zu beben. „Was … was meinen Sie? Ich –"

„Meine Liebe", begann sie sanft, „ich habe acht Kinder, und fünf davon sind Mädchen. Drei dieser Mädchen haben mir Enkelkinder geschenkt. Ich weiß, wie eine Taille verloren geht, und der Grund dafür ist nicht, dass Sie zu viel Eis gegessen haben." Sie lächelte. „Wenn es ein Trost für Sie ist: Eine meiner Töchter war nicht verheiratet, als sie schwanger wurde." Ihr Blick wanderte zu Ingas linker Hand. „Mir ist aufgefallen, dass Sie keinen Ehering tragen. Und auch keinen Verlobungsring."

Inga kämpfte gegen die Tränen an, die ihr in die Augen stiegen. Wenn sie jetzt weinte, würden die Mädchen alles erraten. „Nein", flüsterte sie und legte ihre Fingerspitzen an die Lippen. „Ich dachte … ich habe gehofft, ich hätte noch etwas Zeit, bevor …"

Die Schneiderin tätschelte ihr die Schulter und reichte ihr ein Taschentuch. „Hier. Tupfen Sie Ihre Augen ab, bevor die Wimperntusche verläuft."

Inga drehte sich zum Spiegel um und betupfte ihre Augen. „Was soll ich denn jetzt machen?", fragte sie. „Ich meine, wegen des Kleides?"

Die Schneiderin lächelte. „Das ist gar kein Problem. Ich lasse es an der Taille ein wenig heraus, dann merkt es niemand." Sie legte die Hände auf Ingas Schulter. „Der Schnitt und die Naht in der Mitte der Taille werden das Bäuchlein gut kaschieren, aber … ich würde sagen, lange können Sie es nicht mehr verbergen." Sehr mitfühlend blickte sie Inga im Spiegel an. „Weiß der Vater Bescheid?"

Inga nickte.

„Aber er will die Verantwortung nicht übernehmen?"

Inga schüttelte den Kopf.

„Und Ihre Eltern? Wissen sie es?"

„Nein. Nur meine Schwester."

„Also gut. Ziehen Sie das Kleid aus, und ich sehe mal nach, wie viel Spielraum wir auf beiden Seiten noch haben."

Inga kam der Aufforderung nach. „Reden Sie zuerst mit Ihrer Mutter", riet ihr die Schneiderin. „Mütter können das mit den Vätern besser regeln, wie ich festgestellt habe." Sie nahm Inga das Kleid ab. „Ihre Mutter ist eine gute Frau?"

„Sehr."

„Dann vertrauen Sie mir. Was Sie getan haben, wird ihre Liebe für Sie nicht erschüttern. Sicher, sie ist vielleicht zunächst enttäuscht, aber sie wird Sie trotzdem weiterlieben."

Inga senkte den Kopf. „Ich werde es ihr sagen", versprach sie. „Danke."

Sie wartete, bis sie allein war, bevor sie sich in ihrer Unterwäsche auf den kleinen Sessel sinken ließ und weinte, bis sich die verräterischen Anzeichen ihres Kummers auf ihrem Gesicht nicht mehr verbergen ließen. Doch das war ihr egal. Sie musste alles aus sich herausweinen, um es dann rational betrachten zu können.

Als sie wieder angezogen war, hatte sie einen Plan gefasst: Ihr standen noch zwei Wochen bezahlter Urlaub zu, also würde noch ein wenig Geld hereinkommen. Am Sonntag – dem Tag, an dem Evelyn nach Georgia abreisen wollte – würde sie in den Zug nach Minnesota steigen. Sie würde den Rat der netten Schneiderin befolgen und zuerst mit Mor reden. Gemeinsam würden sie Far alles erzählen … einem Mann, der immer auf den Willen Gottes hörte.

Und wenn sie den Montag überlebte, würde sie versuchen zu tun, was auch immer Gott für sie vorgesehen hatte.

Kapitel 38

Chicago, 21. März 1953

Fasziniert starrte Betty in den ovalen Spiegel im Brautraum. In der Vergangenheit hatte sie schon viele elegante Abendkleider getragen, aber in dem Brautkleid von Carson's erkannte sie sich kaum wieder. Und sie war nun die Erste, die es trug. Sie wirkte … *zart.* Wie zartes Porzellan.

Atemberaubend. Wie eine richtige Braut.

Ihre Brautjungfern und ihre Trauzeugin Colleen, ihre Freundin seit Kindheitstagen, wuselten im Raum herum, probten ihre Schritte und wie ihre kleinen Magnoliensträuße zu halten waren. Betty beobachtete sie über die Schulter hinweg.

Sie wandte sich wieder zum Spiegel um und atmete tief durch. In weniger als einer Stunde würde sie Mrs Callahan sein. *Mrs Pat Callahan.* Darauf legte ihre Mutter großen Wert.

Betty schloss die Augen. Würde sie das schaffen? Sie liebte Pat. Natürlich. Mehr, als sie je geglaubt hatte, einen Menschen lieben zu können. Auf der anderen Seite kannten sie sich erst so kurz. Und außerdem hatte sie die ganze Woche über der Gedanke gequält, sie könnte so werden wie ihre Mutter.

Als Pat sie bat, seine Frau zu werden, war ihr nie der Gedanke gekommen, ihre Arbeit bei Hertz aufzugeben. Sie und Joan waren sich in dieser Hinsicht sehr ähnlich. Sie liebten ihre Arbeit. Anders als die anderen, für die der Job nur ein Zeitvertreib war, bis der Richtige kam. Na ja, mit Ausnahme von Magda vielleicht. Aber Magda konnte auch schriftstellerisch tätig sein, wenn ihre Kinder schliefen …

Sie spürte, wie ihre Mutter hinter sie trat, und schlug die Augen auf. „Na, Lampenfieber?"

Betty nickte. Aber es war nicht nur das. Sie konnte ja schlecht sagen: „Ich habe Angst, Mutter, dass ich so werden könnte wie du, wenn ich Pat heirate." Es würde ihre Mutter nur verletzen, die zufrieden war mit dem Leben, das sie führte. Und vielleicht hatte Chloe ja auf ihre Weise viel mehr Gutes getan, als Betty ahnte.

Chloe legte die Hände auf Bettys Schultern. „Keine Sorge", flüsterte sie ihr ins Ohr. „Was auch passiert, selbst wenn du stolperst und in der Kirche hinfällst, in einer Stunde bist du verheiratet."

Betty lachte leise. „Mutter …"

„Aber bitte tu mir das nicht an, dass du stolperst." Mit den Fingerspitzen strich sie über den Schleier auf Bettys Kopf. „Es ist nett, dass du deinem Vater gestattest, den Schleier zurückzuschlagen. Ich soll dir das eigentlich nicht erzählen, aber er probt seine Zeile schon seit letzter Woche."

„‚*Ihre Mutter und ich*'", sagte Betty und atmete tief durch, als die Tür zu dem breiten Flur geöffnet wurde. Betty drehte sich um, und alle ihre Sorgen waren mit einem Schlag verschwunden. „Schwester Brigit!", keuchte sie erfreut.

„Ah, da ist sie ja", sagte die alte Nonne und kam auf sie zu. „Die errötende Braut."

„Wer –?", begann Chloe.

„Mutter, dies ist meine Freundin Schwester Brigit", stellte Betty die Nonne vor, die auf sie zukam. Große Freude erfüllte sie, und auch Erleichterung.

Schwester Brigit ergriff Bettys Hände. „Sie sehen bezaubernd aus", sagte sie mit ihrem ausgeprägten irischen Akzent.

„Schwester", sagte Betty und drückte die Hände der alten Nonne, „dies ist meine Mutter, Chloe Estes."

Die Nonne nickte Chloe zu.

„Schwester? Kann ich einen Augenblick allein mit Ihnen reden?" Bettys Blick wanderte zu ihrer Mutter. „Ich möchte, dass die Schwester mit mir betet."

„Oh", erwiderte Chloe. „Selbstverständlich." Sie scheuchte die Brautjungfern in den Flur. „Aber es bleibt nicht viel Zeit."

Betty führte Schwester Brigit zu den mit Chintz bezogenen Stühlen.

„Wie ist das nun mit dem Beten?", fragte die Schwester.

„Schwester, mehr als ein Gebet brauche ich eine Antwort."

„Das Gebet ist oft die Antwort, meine Liebe. Sie brauchen nur geduldig zu sein und zuzuhören."

Betty lächelte schwach. „Ich wollte Sie schon früher aufsuchen, aber diese Woche war verrückt … Schwester, Pat bat mich zu überlegen, ob ich meine Arbeitsstelle nach unserer Hochzeit nicht aufgeben will. Dass ich mich in wohltätigen Vereinen engagieren könnte wie …" Ihr Blick wanderte zur Tür.

„Wie Ihre Mutter?"

Betty nickte.

„Ah, ich verstehe." Sie strich mit dem Finger über ihre Haube. „Ihr Problem sitzt im Kopf." Sie tätschelte Bettys Hand wie an jenem Tag, an dem sie sich kennengelernt hatten. „Schließen Sie doch einen Kompromiss: Sie gehen zur Arbeit, bis Sie beide sich entscheiden, eine Familie zu gründen. Dann können Sie sich immer noch für wohltätige Zwecke engagieren."

Für eine unverheiratete Frau hatte sie unfassbar schnell eine Antwort zur Hand. „Dieser Gedanke ist mir gar nicht gekommen."

„Aber da ist noch mehr, nicht?"

Betty schluckte den Kloß herunter, der ihr die Kehle zuschnürte. „Ich liebe meine Mutter, aber ich … ich will nicht so werden wie sie. Bei allem sozialen Engagement ist Chloe Estes ein Snob. Was, wenn …, wenn ich durch meine Heirat mit Pat genauso werde?“

Schwester Brigit lachte herzlich. „Darüber brauchen Sie sich keine Sorgen zu machen, meine Liebe. Was Sie tief in ihrem Herzen sind, werden Sie immer sein. Mein Vater sagte immer: ‚Freundliche junge Damen werden freundliche alte Damen.‘ Und ich kann sehen, dass Sie eine freundliche Dame sein werden, ungeachtet des Alters.“

Betty seufzte erleichtert auf. Sie glaubte der alten Nonne. „Danke.“ Sie beugte sich vor und drückte der Frau, die sie so sehr bewunderte, einen Kuss auf ihre faltige Wange. „Ich hatte schon halb überlegt, die Hochzeit abzublasen.“

Die Tür öffnete sich, und Chloe steckte den Kopf herein. „Betty, es wird Zeit.“

Betty erhob sich. „Sicher, Mutter. Komm herein.“ Sie lächelte Schwester Brigit zu. „Ich bin jetzt bereit.“

Plymouth, Minnesota

Eine dicke Schneeschicht deckte immer noch die Erde zu, obwohl die Sonne strahlend vom Himmel schien. Die kahlen Äste der Bäume reckten sich in den Himmel wie die Finger einer alten Frau. Immergrüne Zweige beugten sich unter der Last des frisch gefallenen Schnees, ein letztes Aufbäumen des Winters.

Das hoffte Inga zumindest. Obwohl man das in Minnesota nie so genau sagen konnte.

Sie stand am Fenster im Wohnzimmer ihres Elternhauses, einem zugigen viktorianischen Bau aus der zweiten Hälfte des 19. Jahrhunderts, und wartete darauf, dass ihr Vater von der Arbeit nach Hause kam.

Sie wartete, und es war genau wie damals, als ihre Mutter sie bei einer Lüge ertappt hatte. Mor war entsetzt gewesen, dass ihre geliebte Tochter so etwas getan hatte, und sie hatte erklärt, Far würde sie bestrafen, wenn er nach Hause käme. Diese Wartezeit war die schlimmste ihres jungen Lebens gewesen. Aber nicht ganz so schlimm wie die, die sie im Augenblick erlebte.

Durch das Fenster drang ein kalter Luftzug. Inga drehte sich um und ging in die Küche, um sich eine Tasse Tee zu kochen. Sie brauchte jetzt etwas, das sie wärmte und beruhigte. Ihrem nervösen Magen guttat. Kurz darauf goss sie das kochende Wasser auf die Teeblätter.

Die Schritte ihrer Mutter ließen sie innehalten. Inga blickte auf. Das verquollene Gesicht ihrer Mutter machte sie traurig. „Möchtest du auch eine Tasse Tee, Mor?"

„Ja", sagte ihre Mutter so leise, dass sie es kaum verstehen konnte.

Schweigend bereiteten sie ihren Tee zu. Inga ging zum Esstisch und setzte sich. „Komm doch zu mir, Mor."

Ihre Mutter folgte der Aufforderung, doch sie ließ einen Platz zwischen ihnen frei. „Was ich nicht verstehe, ist …", begann Mor schließlich, brach jedoch sofort wieder ab, als warte sie darauf, dass Inga den Satz zu Ende brachte.

„Mor, bitte sag mir einfach nur, dass du mich immer noch liebst. Dass du mich nicht aus deinem Leben ausschließen wirst."

Ihre Mutter runzelte die Stirn. „Sei doch nicht albern. Natürlich liebe ich dich. Du bist meine Tochter und …" Sie wandte den Blick ab. „Dieses Kind ist mein Enkelkind."

Inga begann zu weinen. „Das alles tut mir so leid. Ich habe nie gedacht … Mor, ich versichere dir, es ist nur einmal passiert. Nur ein einziges Mal. Ich bin kein Flittchen."

Mor erhob sich, ging zu ihrer Tochter und zog sie an sich. „Ich will davon nichts mehr hören. Und ich brauche keine Einzelheiten zu wissen. Ich glaube dir. Aber wir beide müssen uns jetzt deinem

Vater stellen, wenn er nach Hause kommt. Das wird nicht leicht sein, für keinen von uns, aber wir werden das gemeinsam durchstehen."

Savannah, Georgia

Eigentlich hatte sie vorgehabt, unmittelbar nach ihrer Ankunft auf Jobsuche zu gehen.

Doch ihre Tante hielt sie davon ab. „Nimm dir doch ein paar Tage Zeit und komm erst mal zur Ruhe", riet ihr die zierliche rothaarige Dovalou am Dienstagnachmittag, als sie in dem geräumigen Wohnzimmer des herrschaftlichen Hauses saßen. Ihre Tante hielt eine Stickarbeit in den Händen, und Evelyn blickte zum Fenster hinaus auf den Rasen vor dem Haus, wo der Hartriegel und die Azaleenbüsche bereits in voller Blüte standen.

„Meine Güte, Tante Dovalou", sagte sie und schob ihre Brille auf der Nase hoch, „erst jetzt wird mir klar, wie sehr ich den Frühling im Süden vermisst habe."

„Oh Evelyn …", rief ihre Tante, brach jedoch ab, als es an der Tür läutete. „Ah, gut", sagte sie und warf ihre Handarbeit in den Korb zu ihren Füßen. „Ich glaube, ich weiß, wer das ist."

„Wer denn?"

„Das wirst du gleich sehen", sagte sie und eilte zur Tür. „Ich bin gleich wieder da."

Evelyns Blick wanderte zu den Säulen zwischen dem Wohnzimmer und der geräumigen Eingangshalle.

„Evelyn", sagte ihre Tante und lenkte ihre Aufmerksamkeit auf den attraktiven Mann, der im Türrahmen stand. „Dies ist Pastor Edwin Boland. Er ist der Pastor der Baptistengemeinde an der Habersham Street."

Evelyn wollte sich erheben, doch schnell sank sie wieder zurück.

„Nein, nein, Evelyn. Eine Dame steht niemals auf. Und du streckst deine Hand zuerst aus, nicht anders herum, Schätzchen."

Schätzchen ... Evelyn stockte der Atem, als sie ihre Hand ausstreckte. „Wie schön, Sie kennenzulernen, Pastor –"

„Bitte", bat der junge Pastor lächelnd, „sagen Sie doch Ed." Er ergriff ihre Hand. Anders als bei George spürte sie an dieser Hand Schwielen. Er war zwar Geistlicher, aber offensichtlich konnte er auch anpacken.

Wie eine stolze Mutter wich Tante Dovalou ihm nicht von der Seite. „Ed, soll ich Ihnen etwas zu trinken holen? Eine Cola?"

Er lächelte sie an. „Das wäre sehr nett, Miss Dovalou."

Sie setzte sich in Bewegung, blieb aber noch einmal stehen. „Mit Eis?"

Seine ockerfarbenen Augen funkelten. „Sehr gern."

Als ihre Tante den Raum verlassen hatte, ließ Ed sich auf einem der zierlichen Stühle in Evelyns Nähe nieder. Bei seiner Statur wirkte das Sitzmöbel wie ein Stück aus einer Puppenstube. Unwillkürlich musste Evelyn grinsen. „Pastor – Ed, sollen wir hinüber ins Herrenzimmer gehen? Die Stühle dort sind viel robuster."

Ed Boland errötete wie ein Schuljunge. „Das ist vielleicht besser", erwiderte er. Sie erhoben sich und gingen hinüber in den nächsten Raum.

„Diese alten Häuser sind wirklich toll", sagte er, bevor er auf einem der robusteren Stühle Platz nahm. Sie hatte das Sofa gewählt.

„Sie meinen die vielen Räume?"

Er schlug die Beine übereinander, und seine Arme lagen entspannt auf den Armlehnen. „Genau. Also, erzählen Sie mir doch ein wenig von sich, Evelyn. Ihre Tante hat sich so auf Ihr Kommen gefreut."

In diesem Augenblick kam Tante Dovalou mit einer Flasche Cola und drei mit Eis gefüllten Gläsern auf einem Tablett herein. Evelyn erhob sich, nahm ihr das Tablett ab und stellte es auf den Couchtisch. Tante Dovalou schenkte die Cola ein.

Lächelnd nahm Ed sein Glas entgegen. „Oh, das sieht gut aus." Er nahm einen großen Schluck und schluckte dabei geräuschvoll. Strahlend lächelte er sie an. „Ich glaube, mein Durst war doch größer, als ich gedacht hatte."

Alle lachten, und Evelyn entspannte sich.

Sie nahm ihrer Tante ein Glas ab. „Was führt Sie heute her, Pas- … Ed?", fragte sie. „Woher kennen Sie Tante Dovalou?"

Der junge Pastor strahlte sie an. „Ihre Tante hatte mir freundlicherweise gestattet, hier zu wohnen, während das Pfarrhaus nach dem Auszug des alten Pastors renoviert wurde."

„Gab es denn bei den Baptisten niemanden, bei dem Sie hätten wohnen können?"

„Evelyn!", ermahnte ihre Tante sie. „Ich bin schockiert über deine Taktlosigkeit! – Vergeben Sie ihr, lieber Edwin. Ich fürchte, sie ist zu lange im kühlen Norden gewesen."

Evelyns Wangen brannten. „Verzeihen Sie", sagte sie und spülte ihre Scham mit einem Schluck Cola hinunter. „So habe ich das nicht gemeint …"

Ed warf den Kopf in den Nacken und brach in fröhliches Gelächter aus. „Bitte, Evelyn", sagte er, nachdem er sich wieder beruhigt hatte. „Sie sind genauso erfrischend, wie Ihre Tante Sie mir beschrieben hat." Er beugte sich vor und stellte das leere Glas auf den Couchtisch. „Also … nun zu der Frage, warum ich hier bin." Er stützte die Ellbogen auf die Knie und rieb seine Hände. „Wie ich hörte, suchen Sie einen Job. Ich hätte da eine Idee …"

Kapitel 39

Magda hatte nicht nur eine Entscheidung zu treffen, sondern gleich mehrere.

Die Frage, was sie zu Mittag essen wollte, war leicht und schnell beantwortet.

Gegen elf Uhr an jenem Morgen ging sie zum Telefon im Hausflur und rief Barry an, nachdem sie sich seit dem Frühstück den Kopf über ihr Problem zermartert hatte. Sie fragte, ob sie sich mittags treffen wollten.

„Mit meinem Lieblingsmädchen? Aber sehr gern“, sagte er. Sie konnte ihn durch das Telefon hindurch lächeln hören. „Wie wäre es mit einem fettigen Burger in unserem Stammlokal?“

„Klingt gut. Wir treffen uns dort.“

Magda legte einen Hauch Lippenstift und Puder auf, bevor sie die Wohnung verließ. Als sie in dem kleinen Lokal eintraf, war Barry bereits dort, und es war ihm sogar gelungen, einen Tisch für sie zu ergattern.

„Ziemlich voll hier“, bemerkte sie, als er ihr aus der Jacke half.

„Es ist Donnerstagmittag, und dies hier ist Chicago.“ Er zwinkerte ihr zu. „Oder hast du das vergessen?“

„Nein, habe ich nicht."

„Ich habe schon für uns bestellt", erklärte er ihr. „Burger mit Pommes frites und Cola. Ist das in Ordnung?"

Sie nickte. „Perfekt."

Barry musterte sie eine Weile, dann ergriff er ihre Hand. „Hey. Was ist denn los?"

Magda blinzelte, und die Tränen, die sie unbedingt hatte zurückhalten wollen, rollten über ihre Wangen.

Er drückte tröstend ihre Hand. „Magda?"

„Ich wollte dich damit eigentlich nicht behelligen", sagte sie und schluckte. „Aber ich muss mir eine neue Unterkunft suchen." Sie lachte leise. „Oder vier neue Mitbewohnerinnen zum Ende des Monats. Da bleibt mir wirklich nicht viel Zeit."

„Ich verstehe nicht ganz." Er ließ ihre Hand los, als die Kellnerin an ihren Tisch trat.

„Burger ohne Zwiebeln mit Pommes frites für die Dame", sagte sie und stellte den dampfenden Teller vor sie. Magda nutzte die Ablenkung, um die Tränen von ihren Wangen zu tupfen. „Dasselbe für den Herrn, und zweimal Cola." Sie warf Barry ein aufreizendes Lächeln zu, Magda dagegen ignorierte sie. „Brauchen Sie sonst noch etwas? Ketchup und Senf stehen auf dem Tisch."

„Vielen Dank", sagte Barry. „Ich denke, für den Augenblick haben wir alles." Dann konzentrierte er sich wieder auf Magda. „Also, noch mal von vorne. Ich weiß, dass Joan und Betty weg sind, aber was ist mit den anderen? Mit Evelyn und Inga?"

„Evelyn ist am Sonntag nach Savannah abgereist. Sie wollte wieder nach Hause in den Süden." Magda nahm die Ketchupflasche und gab einen ansehnlichen Klecks auf ihre Pommes frites, dann hob sie den Brötchendeckel an und zog einen Kreis um die Tomatenscheibe. „Was Inga betrifft …" Magda reichte Barry die Flasche. „Meine Schwester ist nach Minnesota zurückgekehrt."

Barry hielt im Schütteln der Ketchupflasche inne. „Und ihr Job?"

Magda starrte auf den Serviettenhalter zwischen ihnen. Irgendwie fiel es ihr leichter, ihn anzusehen, als ihren Freund. „Sie hat gekündigt. Sie … sie ist schwanger."

Überrascht stellte er die Flasche wieder auf den Tisch. „Du machst Witze." Er hielt inne. „Wie lange weißt du es schon?"

„Sie hat es mir kurz vor Weihnachten erzählt." Sie schaute ihn an.

Sein Blick hielt ihren fest. „Warum hast du mir das verschwiegen?"

„Ich musste ihr versprechen, es keiner Menschenseele zu sagen. Außerdem … das ist ein wenig … ich meine, wenn Nana das wüsste, dann wäre ich bei ihr endgültig unten durch."

Barry schwieg eine Weile, ein sicheres Zeichen, dass sie mit ihrer Annahme nicht ganz falsch lag. „Und der Vater des Kindes?"

„Er bestreitet, dass es von ihm ist. Er hat ihr zwar immerhin angeboten, sie könnte zu ihm ziehen, aber …" Sie blinzelte. „Inga hat es Mor und Far am Montag erzählt. Far hat seither nicht mehr mit ihr gesprochen. Er sagt, er müsste beten, bis Gott ihm eine Antwort gibt."

Barry seufzte, als wären sie am Ende einer langen Woche angekommen. „Manche Männer verstehe ich nicht …" Er blickte sie an. „Ich meine nicht deinen Vater. Für seine Reaktion habe ich ein gewisses Verständnis. Ich spreche von dem Vater des Kindes."

Die Worte klangen in Magda nach und wärmten den Teil ihrer Seele, der seit Dezember litt. „Es ist so typisch für dich, dass du nicht meiner Schwester die Schuld gibst, sondern den Mann kritisierst."

Sie tunkte ein Kartoffelstück in den Ketchup und steckte es sich in den Mund.

Barry nahm seinen Burger in beide Hände. „Also gut … ich denke, diese Situation beschleunigt meine Entscheidung." Mit großem Appetit biss er in seinen Burger und kaute andächtig.

Furcht kroch in ihr hoch. „Soll das heißen …?" Würde er wegen des Fehltritts ihrer Schwester ihre Beziehung beenden?

Er legte den Burger ab. „Ich wollte eigentlich noch warten und dir mindestens ein Jahr in aller Form den Hof machen …"

„Den Hof machen? Wie wunderhübsch antiquiert."

Er winkte ab. „Ich wollte Deanne Zeit geben und meiner … und Nana –"

„Zeit? Wofür?"

„Um dich zu akzeptieren. Uns. Dich und mich."

Magda blinzelte. „Machst du … machst du mir etwa gerade einen Heiratsantrag, Barry Cole? In diesem Lokal, ich in alten Tretern und du mit Fett von deinem Burger am Kinn?"

„Würdest du mich mehr lieben, wenn ich mich herausgeputzt und dich in ein schickes Restaurant eingeladen hätte? Ich weiß aus eigener Erfahrung, Magda, dass eine Ehe nicht immer leicht ist. Da gibt es nicht immer Rosenblätter und Kerzenlicht." Barry nahm eine Serviette und wischte sich die Finger ab. Erneut griff er nach ihrer Hand, die sie ihm bereitwillig überließ. „Aber ich weiß, dass ich dich liebe. Und ich denke, dass du mich liebst."

„Du weißt, dass es so ist." Sonst hätte sie Harriet Nielson wohl nicht ertragen können.

Er grinste. „Wenn du willst, knie ich vor dir nieder, hier und jetzt."

Magda hustete. „Nein, bitte nicht. Aber … du musst wirklich zuerst mit Deanne und *Rock* reden." Sie seufzte. „Und mit Nana."

Sein Gesicht wurde ernst. „Meine Kinder bestimmen nicht mein Leben, Magda. Und sie sind auch nicht meine besten Freunde. Das werden sie hoffentlich einmal sein, wenn sie erwachsen sind und mich nicht länger als Vater brauchen."

„Ich verstehe." Mit ihrer freien Hand hob sie ihr Glas. „Können wir wenigstens auf dieses Ereignis anstoßen?"

Barry nahm ebenfalls sein Glas, stieß mit ihr an und sagte: „Miss Christenson, worauf stoßen wir an? Auf unsere Hochzeit oder darauf, dass du dir ein finsteres Loch mietest?"

Lächelnd stieß Magda mit ihm an. „Auf uns."

München

Joan stand in der Lobby und riss ungeduldig den Umschlag auf.

Liebe Joanie,

herzliche Grüße aus Savannah. Ja, ich bin in den Süden zurückgekehrt. In das Land der Baumwolle, wo die alten Zeiten nicht vergessen sind. Du wirst das vermutlich nicht verstehen, nachdem du so lange in England gelebt hast.

Das stimmte. Sie verstand es nicht.

Ich hatte gehofft, Dir früher schreiben zu können, aber ich fürchte, bis der Brief den Ozean überquert hat und bei Dir ankommt, wird es wohl eher später sein. Kennst Du das alte Sprichwort: „Das Einzige, was gleich bleibt, ist die Veränderung"? Nun, das stimmt. Während ich dies schreibe, ist Magda die Einzige von uns fünf, die noch in der Wohnung wohnt. Inga ist nach Minnesota zurückgegangen. (Warum, weiß ich nicht, aber sie hat auch ihren Job aufgegeben, also ist es offenbar etwas Wichtiges.) Du bist in Deutschland, ich bin hier. Und Betty ist natürlich in den Flitterwochen.

Ach, Joan! Die Hochzeit war wundervoll. Ich gestehe, ich habe noch nie eine katholische Messe besucht, aber sie war so inhaltsreich. Und wie Pat Betty angesehen hat, als sie ihr Eheversprechen abgaben, war wirklich denkwürdig. Du kannst Dir auf die Schulter klopfen, Joan, dass Du die beiden zusammengebracht hast.

Ich gewöhne mich langsam an mein neues Leben hier in Savannah, das sich sehr von Portal unterscheidet. Das Haus meiner Tante steht in einem Viertel mit vielen alten Herrenhäusern aus einer längst vergangenen Ära. Wenn George mich in diesem Haus sehen könnte, würde er seine Einstellung bestimmt noch einmal überdenken. Auch wenn meine Mutter einen armen Farmer geheiratet hat, so kann sie doch mit einer guten Herkunft aufwarten. Meine Tante hat den Familienbesitz zwar geerbt, aber ich glaube nicht, dass noch Geld übrig ist. Sie behauptet, dass sie ganz gut zurechtkommt, doch sie will das Haus eines Tages der Kirche überschreiben für den Pastor und seine Familie.

Da wir gerade davon sprechen: Meine Tante hat doch tatsächlich ein Vorstellungsgespräch für mich bei einem Baptistenpastor arrangiert, der, das will ich Dir gleich sagen, eigentlich viel zu jung und zu attraktiv ist, um ein Geistlicher zu sein. Auf jeden Fall suchte er eine Sekretärin. Er hat meiner Tante Dovalou davon erzählt, und … nun, ich habe den Job bekommen. Nächste Woche fange ich an.

Ich habe meine Bedenken, mit einem ledigen jungen Mann zusammenzuarbeiten, Joan. Ich will nicht, dass die Leute reden. Und nichts lieben die Frauen aus dem Süden mehr als ein wenig Klatsch und Tratsch. Außerdem werde ich noch eine Weile brauchen, um über George Volbrecht hinwegzukommen.

Ach ja. Falls Du Dich fragst, was mit Hank Shute ist, er und Dixie sind verlobt. Also alle Gedanken daran, ob er nicht doch Heiratsmaterial wäre, sind damit hinfällig.

Schreib mir bald.

Liebe Grüße,
Evelyn

Joan faltete den Brief zusammen. *Heiratsmaterial* … Sie seufzte. „Arme Evelyn“, sagte sie und steckte den Brief ein. „Ich bin sicher, Gott weiß, was das Beste für dich ist. Für uns alle.“

Schnell rannte sie die Treppe zu der Wohnung hoch, die sie mit Ruby teilte. Sie wollte Evelyn direkt schreiben und ihr von den Wochenenden erzählen, an denen sie die deutschen Schlösser erkundeten.

Plymouth, Minnesota

Inga und Mor saßen auf dem Sofa im Wohnzimmer und blickten Far an, der vor dem Klavier stand. Unbeugsamer Unmut seiner Tochter gegenüber stand ihm ins Gesicht geschrieben. Die Lippen hatte er fest aufeinandergepresst. Draußen regnete es, ein sicheres Zeichen dafür, dass noch vor dem Morgen Schnee fallen würde.

Far faltete die Hände vor dem Bauch. „Ich habe in den vergangenen Tagen ohne Unterlass gebetet“, sagte er schließlich. „Ich habe Gott gebeten, mir schnell eine Antwort zu schicken, da meine Tochter ihren Zustand nicht mehr lange verbergen kann.“

Ingas Magen krampfte sich zusammen. Wie hatte sie sich nur in eine solche Situation bringen können, fragte sie sich. Warum war sie nicht einfach weggegangen. Weit fort. Sie hätte ihr Kind bekommen und zur Adoption freigeben können. Oder sie wäre zu Frank gezogen, wie er vorgeschlagen hatte. Alles wäre besser gewesen als das hier … wie immer ihr Schicksal aussehen mochte.

Mor am anderen Ende des Sofas rutschte vor. „Und hat Gott dir geantwortet, Lieber?“

Far nickte kurz. „Das hat er.“

Inga hätte gern gefragt, wie die Antwort denn gekommen sei. Per Telegramm? Oder hatte Gott sie in den Schnee auf dem Rasen geschrieben?

Aber das wagte sie nicht, nicht einmal heute, am ersten April.

Sie war das Risiko eingegangen, nach Hause zu kommen, in der Hoffnung auf Absolution durch die Strafe, die ihr Vater ihr zugedacht hatte, wie immer sie auch aussehen mochte. Sie würde sitzenbleiben und zuhören, was er zu sagen hatte.

„Ich muss vielleicht eins vorausschicken", setzte Far erneut an. „Es gibt da einen jungen Mann, der vor einem Jahr sein Examen abgelegt hat. Vor nicht ganz einem Jahr. Er ist einer der intelligentesten Studenten, die je an unserem College studiert haben, ein junger Mann, den ich persönlich sehr ins Herz geschlossen habe."

Langsam, ganz langsam wich das Blut aus Ingas Gehirn, und irgendwie gelang es ihr, neben sich zu treten und ihren Vater zu Ende anzuhören.

„Er hat immer den Kontakt zu mir gehalten. Im Augenblick ist er Pastor einer kleinen Gemeinde, aber sein Wunsch ist es, einer größeren Gemeinde vorzustehen und eines Tages Frau und Kinder zu haben. Ich habe alle nötigen Telefonate geführt, Inga. Er ist bereit, dich in aller Stille zu heiraten. Hier. Und ihr beide werdet dann nach Indianapolis ziehen, wo Axel Pastor einer gemäßigten Lutheranergemeinde werden wird."

Die Worte drangen wie durch Watte in Ingas Ohren. „Axel", sagte sie.

„Axel Johansson. Er hat mir sein Einverständnis gegeben." Far sprach mit fester Stimme, als stünde er vor einer Klasse. „Und er hat mir versprochen, dass er gut zu dir und zu deinem Kind sein wird."

Inga griff nach der Hand ihrer Mutter, doch Mors Gesicht war genauso verschlossen wie das ihres Vater. Sie wandte sich wieder zu ihrem Vater um und fragte sich, wie es sein konnte, dass sie, die einmal eine unabhängige Frau gewesen war, sich auf einmal mit einem solchen Plan konfrontiert sah. „Und ich habe dazu gar nichts zu sagen?"

„Tochter!", donnerte Far, und sie zuckte zusammen.

Inga erhob sich. „Entschuldige, Far, aber … denkst du nicht, auch ich sollte das Recht und die Zeit haben, darüber zu beten? Um zu entscheiden, was für mich und mein Kind das Beste ist?“

„Deine Zeit zu beten wird später kommen“, widersprach er. „Und wenn du das früher getan hättest, dann hätte es dich vielleicht davon abgehalten, dich zu diesem Kerl zu legen.“ Mor schnappte nach Luft, und er beruhigte sich. „Ich entschuldige mich, Liebes.“ Sein Blick wanderte erneut zu Inga. „Axel wird morgen früh herkommen, um dich kennenzulernen. Ihr werdet am kommenden Freitag heiraten. Ich werde die Trauung vollziehen, und deine Mutter und Magda werden die Trauzeugen sein.“

„Aber ich … ich brauche doch mein Kleid“, sagte Inga, obwohl es ihr töricht vorkam.

„Dein Kleid?“, fragte Mor sichtlich verwirrt.

Inga wandte sich zu ihr um, und zum ersten Mal wich Mor ihrem Blick nicht aus. „Ich habe ein Brautkleid, Mor. Meine Mitbewohnerinnen und ich haben es gemeinsam bei Carson's gekauft.“ Die Worte sprudelten nur so hervor. „Betty hat gleich nach ihren Flitterwochen wieder zu arbeiten begonnen, und sie hat es bestimmt noch nicht in die Reinigung gebracht, und …“ Sie atmete tief durch und erschauderte. Wollte sie das wirklich durchziehen? War das Kleid von Carson's tatsächlich so wichtig? „Ich besitze ein Brautkleid“, betonte sie noch mal.

„Ein Kleid“, seufzte Mor, als hinge es vor ihnen.

„Das wird nicht nötig sein“, erklärte Far. „Dies wird nicht die Hochzeit sein, von der du geträumt hast, Inga. Dies wird die Hochzeit einer –“

„Einer Sünderin sein?“

„Inga, nein“, sagte Mor und erhob sich.

Ihr Vater legte die Hand auf das Klavier. Sie rührte sich nicht, während sich seine Hand zur Faust ballte und wieder öffnete. „Widersetze dich mir nicht, Inga.“ Seine Stimme war ruhig, beinahe unheimlich. „Das würde dir nicht bekommen.“

Sie spürte, wie alles Blut aus ihren Wangen wich, und sie biss sich auf die Unterlippe, um nicht loszuschreien. „Also gut, Far. Ich werde diesen Mann heiraten.“ Schließlich brauchte man ja nicht verheiratet zu bleiben. Sobald das Kind auf der Welt war, und wenn die Gesichtszüge seines Vaters zu erkennen waren, würde sie nach L.A. zurückkehren. Selbst eine Ehe mit Frank war mit Sicherheit besser als eine Ehe mit einem Fremden, den ihr Vater für sie ausgesucht hatte. „Aber ich werde mein Kleid tragen. Schließlich habe ich sechzig Dollar dafür bezahlt.“

Ihre Mutter ergriff ihre Hand. „Ist es … ist es weiß, Inga?“

Inga nickte. „Ja.“

„Das ist unmöglich“, verkündete Far und drehte sich um. „Ich erwarte dich um zehn Uhr morgen früh hier unten. Du bleibst nicht den halben Tag im Bett liegen. Und du wirst dich von deiner besten Seite zeigen.“ Er durchquerte das Wohnzimmer. An der Tür drehte er sich noch einmal um. „Nach morgen werden wir nie wieder von dieser Sache sprechen. Du wirst heiraten, hier weggehen und erst wieder zurückkommen, wenn das Kind alt genug ist, dass niemand sich fragt, wer wohl der Vater ist. Es wird keine weiteren Kommentare geben. Niemals. Habe ich mich klar ausgedrückt?“

Sie hatte es sich ja vorgenommen, oder nicht? Dass sie annehmen würde, was Gott ihr zugedacht hatte. Doch angesichts dieses Gesprächs war sie nicht sicher, ob sie das konnte. Ob sie so tun konnte, als wäre das alles nie geschehen, als hätte es ihre Liebe zu Frank nie gegeben. Das war mehr, als sie ertragen konnte.

Und doch. „Ja, Far, du hast dich klar ausgedrückt.“

Fars kalter Blick wurde weicher, als er sich auf ihre Mutter richtete. „Komm, Liebes.“

Mor folgte ihm nach draußen, und Inga rannte die Treppe hoch in ihr Zimmer und schloss die Tür hinter sich.

Am nächsten Morgen, bevor der Mann, den sie heiraten würde, vor ihrer Tür stand, rief sie in Mr Fergusons Büro in Chicago an.

Kapitel 40

Wenn Far die ganze Welt abgesucht hätte, hätte er keinen Mann finden können, der sich äußerlich mehr von Frank Martindale unterschied als Axel Johansson. Wo Frank dunkle Haare, dichte Augenbrauen und strahlend blaue Augen hatte, war Axel blond, und seine Haare waren konservativ nach hinten gekämmt. Seine Augenbrauen begannen am Nasenrücken und schienen stets fragend in die Höhe gezogen. Und in seinen Augen von der Farbe blauer Glasmurmeln las sie Staunen und Unschuld.

Aber er war groß, das musste Inga ihm zugute halten, und hatte breite Schultern. Die Oberlippe war sanft geschwungen, was den Eindruck erweckte, dass er immer leicht lächelte. Sein jungenhafter Charme, dachte sie, noch bevor sie einander vorgestellt worden waren, würde sich in der Gemeindearbeit sicher zu seinen Gunsten auswirken. Aber wie er auf sie wirken würde …

Im Wohnzimmer stellte Far sie einander vor. Axel ergriff Ingas Hand und schüttelte sie, als hätten sie sich gerade bei einer Party kennengelernt. Ganz kurz flog sein Blick zu ihrem leicht vorgewölbten Bauch, doch sofort richtete er seine Augen wieder auf ihre und entschuldigte sich mit seinem Blick. Mor kam mit einem Tablett herein, auf dem zwei Tassen ihres besten Porzellans standen. Kaffeeduft gewürzt mit frisch gemahlenem Zimt breitete sich im Zimmer aus.

Axel lächelte. „Meine *Mormor* gibt auch Zimt in ihren Kaffee."

Mormor. Natürlich hatte Far einen Schweden für sie ausgesucht.

„Mein Mann und ich werden unseren Kaffee in seinem Arbeitszimmer einnehmen", verkündete Mor, während sie das Tablett auf den Couchtisch stellte. „Inga, du kümmerst dich bitte um unseren Gast." Damit schob Mor ihren Arm durch Fars und drängte ihn aus dem Zimmer.

„Wie nehmen Sie Ihren Kaffee, Mr Johansson?", fragte Inga, nachdem sie ihre Stimme wiedergefunden hatte.

„Schwarz, ein Stück Zucker", erwiderte er. Das überraschte sie. Sie hatte gedacht, er würde Sahne nehmen. Jede Menge Sahne.

Inga trug ein hochgeschlossenes türkisgrünes Kleid, das sie bei David & DuRand gekauft hatte. Während sie seinen Kaffee zubereitete, war ihr bewusst, dass sie ziemlich altbacken auf ihn wirken musste.

Sie reichte ihm den Kaffee. Mit gesenktem Blick nahm er die Tasse entgegen. „Danke", sagte er.

„Möchten Sie sich nicht setzen?"

Er antwortete nicht, sondern nahm wortlos Platz.

„Mr Johansson –"

Er räusperte sich und trank einen Schluck von seinem Kaffee. „Sagen Sie doch Axel", sagte er und lächelte unbehaglich. „Immerhin werden wir in einer Woche verheiratet sein."

Inga verschränkte ihre Finger und schwieg.

„Trinken Sie keinen Kaffee?", fragte er.

„Nein", erwiderte Inga. „Ich fürchte, meine Mutter hat vergessen … ich sollte nicht – ich bevorzuge Tee."

Axel errötete. „Oh."

„Darf ich Sie fragen, wie alt Sie sind, Axel?"

„Dreiundzwanzig." Er trank einen Schluck Kaffee. „Nächsten Monat werde ich vierundzwanzig."

Zwei Jahre jünger als sie. Und anscheinend noch so unschuldig. Indianapolis würde ihn zum Mittagessen verspeisen. „Gibt es irgendwelche Fragen, die Sie mir stellen möchten?"

Axel stellte die Tasse auf den Tisch vor seinem Sessel. „Ich – äh – Ihr Vater sagte, wir sollten nicht darüber sprechen." Er deutete mit dem Kopf auf ihren Bauch. „Über den Vater. Das Kind. Wir sollten nur darüber sprechen, als wäre es unseres."

„Und Sie wollen sich nicht mit meinem Vater anlegen, nehme ich an."

Seine Augen weiteten sich. „Ich möchte –", begann er und brach dann ab.

Inga wartete, doch als er nicht weitersprach, beendete sie den Satz für ihn. „Sie wollen diese Gemeinde in Indianapolis." *Für die du eindeutig noch viel zu jung bist.* Was hatte sich ihr Vater nur dabei gedacht?

„Ja, das stimmt. Mehr als alles andere."

Sie lachte leise. „Selbst wenn Sie Ihr Leben verkaufen müssen, um sie zu bekommen?"

„Ich sehe das nicht so, Inga."

Inga zuckte zusammen, als er zum ersten Mal ihren Namen aussprach. „Wie sehen Sie es denn?"

„Ich vertraue darauf, dass Gott mein Leben führt. ‚Der Herr freut sich an einem aufrichtigen Menschen und führt ihn sicher', lesen wir in der Bibel." Er hielt inne. „Ich war mit meiner gegenwärtigen Position unzufrieden, darum habe ich drei Tage lang gebetet, dass sich eine neue Tür öffnen oder ich neue Freude an meiner gegenwärtigen Aufgabe finden möge. Am Ende der drei Tage rief Ihr Vater an, und ich hatte den Eindruck, dass Gott nicht nur mein Gebet, sondern auch das Ihres Vaters erhört hat."

Aber hat er auch meines erhört? „Ich verstehe."

„Wirklich?“

Nein. „Ja, natürlich.“

Er strich sich über die Nase, bevor er sagte: „Aber im Augenblick hadern Sie mit Ihrem Glauben.“

Inga blinzelte. Wie nett, sein Versuch, den Pastor zu spielen. „Ich will ehrlich zu Ihnen sein, Axel: Da gibt es nicht viel, mit dem ich zu hadern hätte.“

„Nun, ich hoffe, dass ich einen Beitrag dazu leisten kann, das zu ändern“, sagte er. „Wenn Sie mir gestatten, es zu versuchen, denke ich, dass ich Ihnen zu einem gewissen Maß an Glück verhelfen kann. Auf jeden Fall kann ich für Sie und das Kind sorgen.“

„In einer nur auf dem Papier existierenden Ehe.“ Die Worte waren ausgesprochen, noch bevor sie darüber nachgedacht hatte. Sie errötete.

Auch er errötete. „Von meiner Seite wird es keinen Druck geben, Inga.“

Sie schlug die Beine übereinander. „Also gut. Ich finde es wichtig, dass wir von Anfang an ehrlich zueinander sind“, sagte sie.

Axel erhob sich – wollte er etwa gehen? – und kam auf sie zu. Unsicher erhob sich Inga ebenfalls und wartete, bis er ihr die Hand hinstreckte, die sie ergriff. „Dann also Freunde“, sagte er und schüttelte ihre Hand wie bei einem Geschäftsabschluss.

Sie lächelte und staunte selbst darüber, dass ihr das gelang. „Freunde.“

An diesem Abend schrieb sie Frank einen Brief und teilte ihm den Namen des Mannes mit, den sie heiraten würde, falls er sie nicht durch einen Anruf aufhielt, und wo sie wohnen würde. *Ich werde dir ein Foto deines Kindes schicken*, versprach sie. *Damit du eines Tages die Wahrheit erkennst.*

Evanston, Illinois

Barry mietete ein Zimmer für Magda in einer Pension ganz in der Nähe des Hauses, in dem er mit seinen Kindern und ihrer Großmutter lebte.

„Ich muss unbedingt aufhören, sie meine Schwiegermutter zu nennen", sagte er zu Magda, als er ihr half, ihre Sachen in die Pension zu bringen. Allerdings war es ihm nicht gestattet, ein anderes Zimmer als das Wohnzimmer zu betreten. Jessie Higgins, eine unverheiratete Freundin von Harriet, der die Pension gehörte, duldete keinen Herrenbesuch. Magda musste ihre Sachen selbst hinauftragen.

Später, als sie auf der vorderen Veranda saßen, lachte Barry leise. „Sie ist ein giftiges altes Weib", murmelte er.

„Schsch." Magda biss sich auf die Unterlippe, um das Lachen zu unterdrücken. „Am Ende hört sie dich noch."

Barry wandte sich zu ihr um. „Ich muss jetzt gehen", sagte er.

Sie legte den Kopf an die Lehne. „Ich weiß. Ich wünschte, das wäre nicht so." Sie lächelte ihn an. „Aber wenn sie schon nicht erlaubt, dass du mir eine Kiste hochträgst, wird sie wohl kaum zulassen, dass wir beide die ganze Nacht hier draußen sitzen."

„Ganz bestimmt nicht."

Magda richtete sich auf. „Barry, wie verkraften die Kinder es? Dass ich in die Nähe ziehe und dass wir bald heiraten? Du hast mir zwar versichert, sie würden schon damit klarkommen, aber …"

Barry blickte sie an. „Du weißt ja, wie Douglas das sieht."

„*Rock*", korrigierte Magda.

„Rock." Er grinste, und sie seufzte. Sie liebte diese Augenblicke, in denen er sie anlächelte, als hätte sie gerade etwas gesagt, das die Welt gerade rückte. „Keine Sorge. Deanne wird sich schon damit abfinden. Genau wie Nana. Die hat übrigens neulich ein gerahmtes Foto von Barbara ins Wohnzimmer gestellt."

„Wo war es vorher?"

„In ihrem Zimmer."

„Nun ja, wir beide wissen wohl, was sie damit sagen wollte." Magdas Blick wanderte über den Rasen zu den Häusern auf der anderen Straßenseite. Warmes Licht erhellte viele der Fenster. In dem Haus unmittelbar ihnen gegenüber saß eine Familie am Tisch. Mutter, Vater und zwei Kinder, ein Junge und ein Mädchen. „Das ist wie auf einem Gemälde von Norman Rockwell", flüsterte Magda.

„Wie bitte?"

„Nichts", sagte sie. In ihrem Kopf nahm die Idee für eine Geschichte Gestalt an. Die perfekte Familie … von außen gesehen. Vielleicht saßen sie in ihrem warmen Heim und sahen durch das Fenster einen Mann und eine Frau, die auf der Veranda einer Pension saßen und sich an den Händen hielten. Junge Liebende, so dachten sie, vor denen eine strahlende Zukunft lag. Aber im realen Leben war nichts perfekt, und nur wenig war strahlend.

Das würde ihre nächste Geschichte für die Zeitschrift werden. Sie sprang auf. „Ich muss nach oben gehen", sagte sie und beugte sich schnell vor, um ihm einen Kuss zu geben. „Ich habe eine Idee."

Barry lachte, als würde er verstehen, und vielleicht war das ja auch so. „Ich dachte, wir wollten heute Abend das Hochzeitsdatum festlegen."

Magda schüttelte den Kopf. „Lass uns noch ein paar Monate warten, okay?"

„*Monate*?" Seine Stimme überschlug sich wie die eines Jungen im Stimmbruch.

„Lassen wir meinen Eltern etwas Zeit, über diese Sache mit Inga hinwegzukommen, und geben wir Deanne Zeit, sich daran zu gewöhnen, dass ich jetzt in der Nähe wohne." Ihr Blick wanderte zu dem Haus auf der anderen Straßenseite. „Ich muss jetzt wirklich hochgehen", sagte sie und küsste ihn erneut. „Grüß die Kinder von mir."

„Und was ist mit Nana?", neckte er. Sie konnte ihn jetzt deutlich im Licht der Straßenlaterne erkennen, die gerade angegangen war. Ein zufriedenes Lächeln stahl sich auf ihr Gesicht. Bald würde er ihr Mann sein, für immer.

„Ich liebe dich", sagte sie, öffnete die Tür und jagte die Treppe hoch, ohne Jessie Higgins eine gute Nacht zu wünschen.

Plymouth, Minnesota

Die Hochzeit würde in der Kirche stattfinden, das zumindest hatte Ingas Vater ihr zugestanden. Aber ohne Musik. Ohne Hochzeitstorte und ohne Empfang. Far würde die Trauung vollziehen, Axel zu seiner Linken und Inga zu seiner Rechten. Mors Platz wäre unmittelbar hinter der Braut. Und Magda sollte vor ihr durch die Kirche schreiten.

„Hast du es mitgebracht?", raunte Inga Magda am Donnerstagabend unmittelbar nach ihrer Ankunft im Elternhaus zu.

Magda nickte wortlos.

Natürlich hatte Far sich gewundert, warum Magda für einen so kurzen Besuch zwei Koffer gepackt hatte. Magda hatte nur mit den Achseln gezuckt. „Ich habe ein paar Sachen mitgebracht."

„Was denn für Sachen?", fragte Mor.

Wieder zuckte Magda nur die Achseln. „So dies und das." Dann umarmte sie ihren Vater. „Far, versuch doch, dich zu freuen, ja? Deine älteste Tochter wird heiraten, und schon bald wirst du wieder das Getrappel kleiner Füße in diesem Haus hören. Wird das nicht schön werden?"

Far lächelte seine jüngere Tochter an, doch das Lächeln erreichte seine Augen nicht. „Wir werden sehen."

„Far", sagte Magda und drückte seine Hände. „Kannst du dir vorstellen, wie sich Marias Eltern gefühlt haben mögen, als sie ihnen gestand, dass ein Kind unterwegs war?“ Sie winkte ab. „Natürlich will ich damit nicht sagen, dass ihre Schwangerschaft mit Ingas vergleichbar ist, aber Kinder sind doch ein Gottesgeschenk, oder nicht? Und dieses Kind, Far, wird vielleicht das Christenson-Funkeln in den Augen haben oder den Schwung von Mors Nase. Ist das denn nicht schön?“

Zeigte sich da etwa wieder ein Hauch der Liebe in Fars Augen, die er für Inga empfand?

Sobald die Schwestern sich nach oben in ihre alten Zimmer zurückgezogen hatten, warf Magda einen der Koffer auf das Bett und öffnete ihn. Da lag das Kleid in all seiner Pracht. „Oh, Magda!“, hauchte Inga, während sie es aus dem Koffer nahm. „Es ist wirklich genauso atemberaubend, wie ich es in Erinnerung habe.“

„Komm, probier es an“, sagte Magda. „Hoffen wir nur, dass es noch passt.“

Inga legte ihre Sachen ab, und Magda half ihr dabei, das Kleid über den Kopf zu streifen. „Ich habe versucht, nicht zu viel zu essen“, flüsterte sie, als sie die Arme in die Ärmel steckte. „Oder zumindest nur Hasenfutter.“

Magda lachte. „Okay, lass mal sehen, ob wir die Knöpfe in der Mitte noch zubekommen.“ Sie begann mit den unteren Knöpfen, und als sie Ingas Taille erreichte, machte sie von oben weiter und arbeitete sich nach unten vor. Inga spürte, wie sie zerrte und zog. „Und?“, fragte sie, obwohl sie den Luftzug an ihrem unteren Rücken deutlich spürte.

Magda ging stirnrunzelnd um sie herum. „Da ist ein Spalt von etwa zwei Zentimetern.“

Ingas Schultern sanken herab. „Nun, dann hat Far wohl gewonnen.“ Sie hob den Rock an und trat an den Kleiderschrank. „Hier findet sich bestimmt etwas, das ich anziehen kann.“

Magda schob sie zur Seite. „Geh zum Spiegel und bewundere dich. Ich suche nach einer Lösung für unser Problem.“

Wenn sie das Kleid nur diese wenigen Minuten in ihrem Zimmer tragen konnte, dann war es eben so. Langsam trat sie an die Kommode, den Blick auf ihr Gesicht gerichtet, und sie stellte sich vor, wie sie durch die Kirche auf Frank zuschritt und er ihr erwartungsvoll entgegenblickte. Mit einem Blick voller Liebe. Voller Staunen, dass er eine so wunderschöne Braut die Seine nennen konnte.

„Inga", rief Magda.

Inga wandte sich um.

„Sieh nur." Sie hielt ein breites rosa Satinband in die Höhe, die Schärpe von einem Kleid, das sie zu einem Schulball getragen hatte. „Komm her."

Inga breitete die Arme aus. Magda legte die Schärpe um ihre Taille und band sie zu einer großen Schleife. Erneut trat sie um ihre Schwester herum und legte prüfend die Hand an die Lippen. „Perfekt", seufzte sie dann und biss sich auf die Unterlippe.

Langsam drehte Inga sich um, bis sie im Spiegel das Bild einer jungen Braut in Weiß erkennen konnte. *Nicht ganz wie Maria*, dachte sie wehmütig. *Aber auch nicht Hoseas Gomer.*

Kapitel 41

3. April 1953

Am folgenden Morgen stellte sich Magda darauf ein, den Zorn ihres Vaters und die Enttäuschung ihrer Mutter aushalten zu müssen. Bisher hatte sie nie den Unmut ihrer Eltern auf sich gezogen, aber wenn sie Inga so eine kleine Freude machen konnte, dann war sie gern dazu bereit. Falls Far und Mor nachfragten, würde sie die ganze Schuld auf sich nehmen.

Während Inga die letzten Augenblicke im Brautzimmer der Kirche verbrachte, das eigentlich kaum mehr war als ein größeres Bad, betrat Magda die Kirche, wo ihre Mutter bereits Platz genommen hatte und ihr Vater in seinen pastoralen Gewändern mit einem jungen Mann im Anzug, der an einen zu groß geratenen Jungen erinnerte, vor dem Altar stand. Mitten im Gang hielt sie inne, schluckte und ging schließlich weiter.

„Du musst Axel sein“, sagte sie und hielt ihm die Hand hin.

Er ergriff sie. „Und du Magda.“

Sie nickte. „Das stimmt.“

„Wo ist deine Schwester?“, fragte Far, und Magda bemerkte, dass die Verdrießlichkeit in seine Stimme zurückgekehrt war.

„Sie pudert sich die Nase, Far. Bist du nicht derjenige, der immer sagt, dass Geduld eine Tugend sei?“

Mor erhob sich. „Ich gehe mal nachschauen, ob ich ihr behilflich –“

„Mor, nein.“ Magda hoffte nur, dass ihre Stimme nicht zu eifrig klang. „Ich mache das schon.“ Sie tätschelte die Schulter ihrer Mutter. „Du setzt dich hier hin und genießt es, die Mutter der Braut zu sein.“

Sie eilte zurück und stieß beinahe mit Inga zusammen, die im Vestibül wartete. Die Schwestern lächelten sich an, und Magda hob die Hand. „Moment, geh noch nicht rein.“

Sie betrat noch einmal das Kirchenschiff und holte aus ihrer Tasche ein kleines Buch. „Hier“, sagte sie zu Inga und überreichte ihr eine in weißes Leder gebundene Bibel.

Inga nahm sie und betrachtete sie ehrfürchtig. „Wo hast du die denn her?“

„Ich habe sie besorgt. Du solltest etwas in den Händen halten, wenn du durch die Kirche schreitest, und ich dachte mir schon, dass Far dir keine Blumen gestatten würde.“ Sie griff nach Ingas Hand. „Versprich mir, dass du dem Kind, wenn es ein Mädchen ist, diese Bibel an seinem Hochzeitstag schenken wirst.“

Inga lächelte sanft. „Ich verspreche es. Und wenn es ein Junge ist, werde ich sie seiner Braut schenken.“ Doch dann runzelte sie die Stirn. „Hast du zufällig gesehen, ob ein Brief für mich angekommen ist?“

„Nein. Warum?“ Furcht beschlich sie. „Was hast du getan?“

Inga zuckte die Achseln. „Nichts. Offensichtlich nichts. Ich hatte nur gehofft …“ Sie spähte durch die geöffnete Tür ins Kirchenschiff. „Ist Axel da?“

Magda nickte.

„Und? Was denkst du über ihn? Sei ehrlich.“

Magda hätte ihr ruhigen Gewissens sagen können, was sie dachte.

Dass es schlimmer hätte kommen können und dass er nett zu sein schien. Doch sie wählte andere Worte. „Eigentlich tut er mir leid."

Inga zog die Stirn in Falten. „Er tut dir leid? Er bekommt Frau und Kind und die Gemeinde seiner Träume. Warum tut er dir leid?"

„Weil er", erwiderte Magda langsam, „den Rest seines Lebens mit dir verbringen muss." Damit grinste sie Inga breit an und deutete mit dem Kopf ins Innere des Kirchenschiffs. „Gib mir eine Minute, und dann schwebst du durch den Gang. Lass diesen Augenblick genau so sein, wie du ihn dir immer gewünscht hast, okay?"

Inga nickte, und Tränen glitzerten in ihren Augen.

„Bereit?", fragte Magda.

„So bereit, wie ich nur sein kann."

Acht Monate später
Dezember 1953

Lake Forest, Illinois

Magda parkte Barrys Wagen vor dem Café, das Betty ihr genannt hatte.

„Es ist in der Innenstadt von Lake Forest", hatte sie gesagt. „Du kannst es gar nicht verfehlen."

Magda zupfte an ihren Wollhandschuhen, bevor sie aus dem Wagen ausstieg. Eine starke Windbö vom Lake Michigan her schlug ihr ins Gesicht und drückte sie gegen den Wagen zurück, bevor es ihr gelang, den mit Schnee bedeckten Bürgersteig zu erreichen. Mit gesenktem Kopf, ihr Gesicht in ihrem Schal vergraben, erreichte sie schließlich die Eingangstür des Cafés. In seinem Innern klopfte sie sich die Schneeflocken vom Mantel und blickte sich suchend um. Betty war schon da und saß an einem Zweiertisch, die Hände um eine Tasse dampfenden Kaffee gelegt. Als sie Magda entdeckte, stellte sie die Tasse ab und winkte.

Lächelnd schlängelte sich Magda zwischen den mit kleinen Tannenzweigen geschmückten Tischen hindurch.

Betty stand auf und breitete die Arme aus. „Sieh dich nur an!", rief sie.

„Mich?" Magda strahlte sie an, nachdem sie sich umarmt hatten. „Sieh *dich* an!" Sie streckte die Hand aus und wollte Bettys vorgewölbten Bauch berühren, doch dann hielt sie inne. „Darf ich?"

Betty nickte lächelnd. „Warum nicht? Das machen doch alle."

Magda zog ihren Handschuh aus und legte ihre Hand auf Bettys Bauch, in dem ein Kind heranwuchs. Und es dauerte auch tatsächlich nicht lange, bis sie eine Bewegung spürte.

Beide Frauen lachten.

„Setz dich und erzähl mir alles!", forderte Betty sie auf.

Magda legte Mantel und Schal ab, bevor sie Platz nahm und sich suchend nach der Kellnerin umblickte. Als diese an ihren Tisch trat, bestellte sie Kaffee. „Ist es zu glauben, dass Barry und ich endlich heiraten?"

Betty stützte ihr Kinn in der Hand ab. „Wieso hat das so lange gedauert?"

„Es gab mehrere Gründe. Zum einen Ingas Heirat ..." Magda verzog das Gesicht bei diesem Thema, das ihr immer noch Unbehagen bereitete, obwohl es schon so lange zurücklag.

„Wie geht es ihr?"

„Gut. Sie hat im Juli ein kleines Mädchen bekommen. Sieben Pfund." Sie seufzte. „Mit einem unglaublich dichten Schopf dunkler Haare. So etwas hast du noch nicht gesehen. Ich habe Axel, ihrem Mann, gesagt, er soll schon mal Geld für Shampoo zurücklegen."

Die Frauen lachten erneut. „Es tut mir leid, dass Inga das alles durchmachen musste", sagte Betty schließlich. „Aber wie geht es ihr?"

„Ganz gut, denke ich. Sie erzählt nicht viel von ihrem Leben. Aber sie versucht, eine gute Mutter zu sein. Konzentriert sich auf das Kind."

„Wie heißt die Kleine?" Betty führte ihre Kaffeetasse an die Lippen. „Und bitte sag jetzt nicht Frances."

„Nein. Far hat nach der Hochzeit einen Monat nicht mehr mit uns gesprochen, weil Inga das Brautkleid getragen hat. Wenn sie das Kind nach seinem Vater genannt hätte, hätte unser Vater uns vermutlich enterbt."

„Und wie heißt sie nun?" Betty stellte ihre Tasse auf den Tisch.

„Emma. Sie hat sie Emma genannt."

„Emma." Betty sprach genüsslich den Namen aus. „Wenn wir ein Mädchen bekommen, wollen wir sie Patricia nennen."

„Und wenn es ein Junge wird?" Magda legte die Hände um ihre Tasse und genoss die Wärme.

Betty lächelte. „Wie sein Vater." Sie tätschelte Magda den Arm. „Und jetzt erzähl. Ich will alles wissen. Also, warum habt ihr so lange gewartet?"

„Na gut." Magda trank einen Schluck Kaffee. „Ja, erst mal wegen Inga. Aber vor allem hatte ich gehofft, dass Barrys Tochter und die Großmutter der Kinder mich irgendwann akzeptieren würden."

„Das ist noch nicht passiert, oder?"

„Nicht einmal annähernd. Manchmal habe ich sogar das Gefühl, dass alles nur noch schlimmer geworden ist." Sie senkte den Kopf. „Also habe ich mich auf meine Arbeit konzentriert. Bis Barry mich überzeugt hat, dass wir vermutlich alt und grau werden, wenn wir warten wollen, bis sie so weit sind." Sie lachte leise. „Wo ist übrigens das Kleid? Du hast es doch mitgebracht, oder?"

Bettys Blick wanderte zur Tür. „Im Kofferraum meines Wagens. Sag mal, Pat hat in der Zeitung gelesen, dass du einen Preis gewonnen hast."

Magda zuckte die Achseln, doch sie konnte ein Lächeln nicht

unterdrücken. „Eines Abends, als ich mit Barry auf der Veranda saß, kam mir eine Idee. Ich schrieb die Geschichte, reichte sie bei einem Wettbewerb ein und … voilà. Aber kannst du dir das vorstellen … ausgerechnet Harlan Procter hat den Preis verliehen." Sie schüttelte den Kopf. „Und mit was für einer herablassenden Haltung er ihn mir überreicht hat."

„Weiß Barry eigentlich Bescheid? Über euch beide?"

„Da gibt es wirklich nichts zu wissen. Wir sind ein paarmal ausgegangen, und er hat mir ein paar Tipps gegeben. Das ist schon alles."

Betty zog die Augenbrauen in die Höhe. „Und du dachtest, du seist in ihn verliebt …"

„Nein. Nun, vielleicht damals, aber seit Barry sehe ich die Dinge anders. Es gibt Liebe … und es gibt *Liebe*."

Betty grinste. „Dem kann ich nicht widersprechen." Sie lachte leise und fuhr fort: „Schwester Brigit sagt, dass wir zwar Pläne schmieden können, doch dass Gott unsere Schritte lenkt. Egal, was wir zu brauchen glauben, er hat alles in seiner Hand."

„Da kann ich nur zustimmen." Sie legte die Hände auf den Tisch. „Also, Betts. Was tust du den ganzen Tag, wo du jetzt jede Menge Freizeit hast?"

Betty legte die Hand auf ihren Bauch. „In erster Linie bereite ich alles für das Kleine vor. Und ich engagiere mich für einige Hilfsorganisationen, für die sich auch meine und Pats Mutter einsetzen." Sie hob den Finger. „Bevor du jetzt irgendetwas denkst –"

„Ich denke gar nichts", neckte Magda.

„Nun, aber bevor du das tust, nein, ich werde nicht wie meine Mutter." Sie seufzte. „Aber die Arbeit macht mir wirklich Spaß. Viel mehr, als ich gedacht hätte. Oh, und Schwester Brigit hat mir Mut gemacht, mich in der Wohltätigkeitsarbeit von St. Vincent de Paul zu engagieren."

Magda lehnte sich zurück. „Das ist gut." Sie seufzte. „Gut für dich."

„Hast du etwas von –", sagten beide zusammen und lachten erneut.

Betty deutete auf sie. „Du zuerst."

„Ich wollte dich fragen, ob du von Evelyn oder Joan gehört hast. Ich nehme an, du wolltest mich dasselbe fragen."

Betty nickte. „Ich habe einen Brief von Evelyn bekommen …" Ihre Stimme verklang, und sie biss sich auf die Unterlippe, als sie überlegte, wann das gewesen war. „Du meine Güte, ich glaube, es war im September. Sie arbeitet als Sekretärin in einer Baptistengemeinde in Savannah."

Magda grinste und trank noch einen Schluck Kaffee. „Und? Ist Evelyn über George hinweggekommen? Trifft sie sich mit jemandem? Wie hieß noch mal der Junge, den sie damals zurückgelassen hat?"

„Hank. Und nein. Der hat geheiratet. Und … sie sagt, sie trifft sich nicht mit jemandem, aber sie schreibt auffällig viel über ihren Arbeitgeber." Betty nickte. „Ja, sie hat nach George gefragt. Aber ich habe es nicht übers Herz gebracht, ihr zu schreiben, dass wir ihn von Zeit zu Zeit treffen, und jedes Mal hängt ein anderes Mädchen an seinem Arm. Darum werde ich, wenn ich ihr antworte, George mit keinem Wort erwähnen."

Magda seufzte. „Arme Evelyn. Ohne George ist sie viel besser dran."

„Das sind wir alle."

„Und was ist mit Joan? Hat sie dir geschrieben?"

Betty schob ihre Kaffeetasse zurück und signalisierte der Kellnerin, sie solle noch einmal nachschenken. „Allerdings … etwa einmal im Monat." Sie öffnete ihre Handtasche und nahm einen Brief heraus. „Erst heute Morgen habe ich diesen Brief bekommen." Sie nahm das Blatt aus dem Umschlag und faltete es auf.

Liebe Betts,

ich bin nach Nürnberg versetzt worden, wo ich die Sekretärin von General Richard C. Partridge werden soll, der in der Militärverwaltung tätig ist. Das wird dann die letzte Station meines Aufenthalts in Deutschland sein, noch ungefähr ein Jahr.

Der Anblick der Stadt Nürnberg hat mich tief erschüttert. Diese früher einmal so wunderschöne alte Stadt liegt total in Trümmern. Aber ich habe Respekt vor den Deutschen. Nach dem Krieg haben sie sofort begonnen, die Infrastruktur und das Herz ihrer Städte wieder aufzubauen – Lokale, Bäckereien, Läden. Doch leider stehen auch immer noch viele Ruinen als Mahnmal der Zerstörung da. Selbst nach so langer Zeit finde ich das höchst deprimierend.

Betty trank einen Schluck Kaffee. Magda schüttelte den Kopf. „Klingt wirklich traurig … was schreibt sie sonst noch?"

Nach meiner Ankunft in der Stadt habe ich mich sofort im Justizgebäude der Militärverwaltung gemeldet, wo ich den General kennengelernt habe. Er ist ein sehr netter Mensch. Groß, stämmig, ernst. Vom Alter her könnte er natürlich mein Vater sein. Aber ich denke, dass wir gut miteinander klarkommen werden. Dort bekam ich auch die Adresse meiner Unterkunft (Du findest sie auf dem Umschlag, wenn Du mir antworten willst), anschließend wurde ich durch die Büros geführt (die ziemlich beeindruckend sind). Der Ausblick von dem Büro, in dem ich sitzen werde, ist nicht schön, aber das ist mir wirklich vollkommen egal. Ich bin hier, um zu arbeiten, nicht, um aus dem Fenster zu sehen.

„Joan hat sich wirklich nicht verändert." Magda lachte. „Arbeit, Arbeit, Arbeit."

„Das macht sie nun mal aus", erwiderte Betty.
Magda deutete mit dem Kopf auf den Brief. „Sonst noch was?"
Betty wandte ihre Aufmerksamkeit wieder dem Brief zu.

Mit meinem rostigen kleinen Auto fuhr ich zu meiner neuen Unterkunft, fünfzehn Minuten von der Altstadt von Nürnberg entfernt. Es ist ein kleines, möbliertes Häuschen, das ich allein bewohnen werde. Meine Nachbarin habe ich schon kennengelernt. Sie ist sehr nett und lebt mit ihren zwei großen Schäferhunden allein in ihrem Haus. Lucy Cole heißt sie, ist Anfang vierzig, und ich habe das Gefühl, dass wir uns gut verstehen werden.

Zum ersten Mal in meinem Leben werde ich allein wohnen. Allein in einer fremden Stadt in einem fremden Land. Zwick mich bitte nicht. Ich fürchte, ich könnte aufwachen. (Mit anderen Worten, ich glaube, dass es eine gute Sache für mich war, nach Deutschland zu gehen.

Liebe Grüße,
Joan

Kapitel 42

Nürnberg

Für ihren ersten Arbeitstag wählte Joan ein klassisches Kleid, das sie in Chicago gekauft hatte. Dunkelgrau, mit einer rosa karierten Einfassung, einem schmalen Gürtel und einer verdeckten Knopfleiste vom Saum bis zum Nacken. Sie hatte sich dreimal im Spiegel angeschaut, bevor sie ihr neues Heim verlassen hatte, das erstaunlicherweise kleiner war als die Wohnung, die sie sich mit Ruby geteilt hatte.

Joan erreichte das Justizgebäude genau eine Viertelstunde zu früh. So würde sie noch Zeit haben, sich an ihrem Schreibtisch einzurichten und sich mit den Büros und den Aktenschränken vertraut zu machen. Entschlossen betrat sie das Gebäude durch den Haupteingang. Nach der Ausweiskontrolle und Sicherheitsschleuse streifte sie gut zehn Minuten auf der Suche nach ihrem neuen Büro durch die Flure.

Der erste Teil des Vormittags verlief ohne Probleme. Doch irgendwann zwischen ihrer Frühstückspause und der Mittagspause meldete sich General Partridge über die Gegensprechanlage. „Können Sie kurz zu mir kommen, Joan?“

„Natürlich, Sir."

Joan betrat sein Büro, wo Zigarrenrauch in der Luft hing. Vor dem Schreibtisch des Generals blieb sie stehen. In der Hand hielt sie einen Stenoblock und einen Bleistift, um sich Notizen zu machen.

„Joan, Sie müssen für mich zum TWX-Büro gehen."

Sie zog fragend die Augenbrauen in die Höhe. „Entschuldigen Sie, Sir. Sagten Sie Twix-Büro?"

Mit ausdruckslosem Gesicht blickte er von seinen Akten hoch. „*T-W-X*. Ein wichtiges Büro. Dort werden alle für mich bestimmten Nachrichten entschlüsselt und vorbereitet."

Sie notiert sich die Buchstaben TWX.

„Drei Türen weiter, in diese Richtung", erklärte er und deutete mit einem Stift in Richtung von Colonel Wooldriges Büro. „Sie können es gar nicht verfehlen; es ist gekennzeichnet."

„Jawohl, Sir. Ich erinnere mich jetzt an die Räume."

Er lächelte kurz. „Sie müssen dort jeden Morgen um diese Zeit, dann noch einmal gegen zwei und kurz vor dem Feierabend meine Nachrichten abholen."

Sie notierte die Anweisung. „Dann tue ich das gleich jetzt, Sir."

Joan fand das TWX-Büro sofort. Genau wie General Partridge es beschrieben hatte, war es deutlich gekennzeichnet. Sie atmete tief durch, straffte die Schultern und trat ein. Von den sechs Schreibtischen im Raum waren nur zwei besetzt. Beide Männer trugen Uniform, und beide waren, wie ein flüchtiger Blick bestätigte, noch jung.

Joan wandte sich nach rechts und erklärte so ruhig wie möglich: „Ich möchte die Nachrichten für General Partridge abholen."

„Du meine Güte", ließ sich eine Stimme in der Nähe des Fensters vernehmen, „das ist ein Südstaatenmädchen, wenn ich je eins gehört habe."

Sie drehte sich langsam um und starrte den Mann in Uniform an, der sich langsam erhob. Er war sehr groß.

„Entschuldigung?"

„Kann es sein, dass Sie aus South Carolina kommen?“ Seine Augen in einem wundervollen tiefen Blau funkelten unter dunklen Augenbrauen und einem dichten schwarzen Haarschopf.

„Und warum sollte ich Ihnen das verraten?“, sagte Joan kokett.

Er lachte, nahm einen kleinen Stapel Papiere und kam hinter seinem Schreibtisch hervor. „Hier habe ich das, was Sie suchen, meine Dame“, sagte er und reichte ihr die Nachrichten. „Ich bin Gefreiter zweiter Klasse Robert Zimmerman“, setzte er augenzwinkernd hinzu. „Aber Sie können Robert zu mir sagen.“ Er hielt inne und blickte zu dem Offizier hinüber. „Und das ist Unteroffizier McCorkle.“

„Harry“, sagte der Mann und grinste Joan an. „Sergeant Harry McCorkle.“

„Sarge“, sagte der Gefreite neckend. „Lass sie in Ruhe, ja? Ich habe sie zuerst gesehen! Madam?“ Joan blickte ihn wieder an. „Wenn Sie die Nachrichten für den General brauchen, kommen Sie einfach zu mir.“

Joan blinzelte und versuchte herauszufinden, ob der Gefreite Robert Zimmerman sich gerade einen Spaß mit ihr erlaubt hatte oder ob er von Natur aus einfach nett und offen war. Sein Akzent war dem von Evelyn und Jackson auf jeden Fall sehr ähnlich, was seltsam tröstlich war. „Vielen Dank“, sagte sie und nahm die Papiere an sich.

Sein Blick hielt sie fest, und Joan hätte den Blickkontakt nicht brechen können, selbst wenn sie es versucht hätte. „Gern geschehen“, erwiderte er. Er beugte sich vor und fügte noch hinzu: „Ich würde Harry dort drüben lieber aus dem Weg gehen, wenn ich an Ihrer Stelle wäre. Er hält sich für einen Frauenhelden.“

Sie umklammerte die Papiere mit ihrer linken Hand. „Ich verstehe“, stieß sie mühsam hervor. „Dann bringe ich das hier jetzt mal zu General Partridge.“

„Tun Sie das.“ Er blickte auf seine Uhr. „Und wir sehen uns dann gegen vierzehn Uhr wieder.“

„Ja." Joan drehte sich um und drückte die Nachrichten an ihre Brust.

Savannah, Georgia

„Mittagspause in zehn Minuten", sagte Ed.

Evelyn hob den Blick. Der Pastor lehnte in der Tür seines Arbeitszimmers und schaute auf seine Uhr. „Schon?", fragte sie. Sie warf selbst einen Blick auf die Uhr und runzelte die Stirn. „Der Vormittag ist unglaublich schnell vorbeigegangen. Wie kommt das nur?"

Als er keine Erwiderung von sich gab, blickte Evelyn hoch. Sein Blick ruhte auf ihr, und seine ockerfarbenen Augen blitzten. Schnell senkte sie wieder den Blick. „Vermissen Sie die Stadt?", fragte er schließlich.

Evelyn umklammerte die Bücher, bis ihre Knöchel weiß hervortraten. „Nicht die Winter." Sie lachte leise und fand den Mut, ihn anzusehen. „Ich freue mich auf ein schönes Weihnachtsfest in Georgia."

Er holte ein Taschenmesser aus der Hose, öffnete es und strich mit der Klinge über seinen Daumennagel. „Ich habe mir einen Nagel eingerissen", erklärte er.

Evelyn wandte sich eifrig um. „In meiner Handtasche habe ich eine Nagelfeile, falls Sie eine brauchen."

Aber Ed hatte das Messer schon wieder in die Tasche gesteckt. „Bemühen Sie sich nicht. Schon in Ordnung."

Eine schöne Erinnerung stieg in ihr hoch. „Ich erinnere mich, dass mein Vater das auch immer so gemacht hat."

„Dann ist er vermutlich ein Junge vom Land, genau wie ich."

Sie verschränkte die Arme und lehnte sich an der Schreibtischkante an. „Das wissen Sie doch." Sie legte den Kopf zur Seite. „Irgendwie kommen Sie mir gar nicht vor wie ein Junge vom Land."

Er lachte. „Glauben Sie mir, wenn ich in eine Latzhose steigen kann, dann bin ich glücklich. In einem kleinen Ruderboot mitten auf einem See zu sitzen oder weit vor der Morgendämmerung aufzustehen und auf einen Hochstand zu klettern, das ist das Schönste, was ich mir vorstellen kann." Er grinste. „Egal, wie kalt es ist."

Evelyn versuchte sich George auf einem Hochstand vorzustellen oder in einem Ruderboot auf einem See, aber das gelang ihr nicht.

George Volbrecht, das wurde ihr erst jetzt klar, konnte nichts einfach tun, weil es ihm Spaß machte. Bei George ging es immer nur darum, etwas zu erwerben oder zu verbessern. Und das war auch der Grund, warum er sie zu seinem Protegé gemacht hatte.

Traurigkeit drohte das kleine Glück zu dämpfen, das sie in den vergangenen neun Monaten gefunden hatte. Wie konnte es sein, dass dieser Mann nach all der Zeit ihre Gedanken immer noch so stark beherrschte?

„Evelyn?", fragte Ed und riss sie aus ihren Gedanken. „Habe ich Sie verloren?"

Sie seufzte und errötete. „Entschuldigung. Ich habe nur gerade an jemanden aus Chicago gedacht."

„Einen besonderen Menschen?"

Sie wollte gerade Ja sagen, hielt sich aber gerade noch zurück. Das könnte Ed vielleicht dazu verleiten, weitere Fragen zu stellen. Fragen, die sie nicht beantworten wollte. Nicht beantworten konnte.

„Nein", sagte sie stattdessen kaum hörbar, und ihr war sehr wohl bewusst, dass das ihre Lüge verriet. Sie nahm ihre Brille ab und putzte sie mit dem Saum ihres Pullovers. „Nur ein … Bekannter."

Nürnberg

Der Nachmittag war ungewöhnlich warm für Dezember, und Joan hatte sich vorgenommen, sich eine Dosensuppe zum Abendessen aufzuwärmen. Doch als sie nach Hause kam, musste sie feststellen, dass sie die letzte Dose am Samstag aufgebraucht hatte. Nach einem Blick auf die Uhr beschloss sie, zum Supermarkt auf der Militärbasis zu fahren.

Dunkelheit hatte sich bereits über die Stadt gesenkt und überdeckte gemeinsam mit der Weihnachtsbeleuchtung und der Fröhlichkeit der Menschen ihre Kriegsnarben. Liebespaare wanderten Hand in Hand durch die Straßen.

In der Nähe der Kantine fand sie einen Parkplatz und stieg aus. Amerikanische Musik spielte in der Ferne.

„Ja, ist es denn …!"

Ihr Kopf ruckte hoch.

„Hallo, Joan." Robert kam auf sie zu. Er trug einen Mantel über seiner Uniform. Den Hut hielt er in der Hand.

„Robert Zimmerman!", sagte sie wenig originell.

Er deutete auf den kleinen Stand vor dem Supermarkt. „Meine Freunde und ich trinken gerade eine Tasse Kaffee. Möchten Sie uns Gesellschaft leisten?"

Sie blickte hinüber. Drei Männer saßen an einem kleinen Tisch vor dem Gebäude, jeweils eine Tasse mit dampfendem Kaffee vor sich. Sie winkten, und Joan winkte zurück.

„Rechts am Tisch sitzt Bob McPherson", erklärte Robert. „Links ist Leo Poitras und Harold Moss in der Mitte." Robert lächelte sie an. „Setzen Sie sich doch zu uns."

„Zu einer Tasse Kaffee."

„Ja. Zu einer Tasse Kaffee. Wir genießen noch ein wenig den lauen Abend. Denn morgen soll es wieder richtig kalt werden."

Er wandte sich zum Gehen, und Joan ging neben ihm her. Es fühlte sich ganz normal an. „Davon weiß ich gar nichts", erklärte sie. „Dass es kälter werden soll."

„Oh ja", sagte er und führte sie zu dem Tisch. „Es soll sogar ziemlich kalt werden. Sie müssen vorsichtig fahren mit Ihrem kleinen Auto."

Die Männer erhoben sich, als sie den Tisch erreichten, und begrüßten sie. „Ich hole Ihnen eine Tasse Kaffee", erbot sich Robert. „Setzen Sie sich. Ich bin gleich wieder da."

Joan nahm an dem Tisch Platz. „Also", sagte sie und legte ihre Handtasche auf ihren Schoß, „wo kommen die Herren denn her?"

Bob zeigte auf sich. „Aus Hope in Arkansas."

Sie blickte Leo an. „Aus Boston in Massachusetts."

Und schließlich Harold. „Kansas City in Missouri."

„In Missouri? Ich hätte gedacht, dass Kansas City in Kansas liegt."

Die drei Männer grinsten sie an und nickten. „Das ist auch so", erklärte Harold. „Es gibt ein Kansas City in Missouri, das direkt an Kansas City in Kansas angrenzt. Verwirrend, aber wahr."

„Das wusste ich nicht", erwiderte sie. „In den Staaten habe ich in Chicago gelebt, und um ehrlich zu sein, habe ich mich selten von dort wegbewegt."

„Sie klingen aber nicht so, als kämen Sie aus Chicago", bemerkte Harold.

In diesem Augenblick erschien Robert mit Joans Kaffee. „Genau. Ich vermute, dass South Carolina Ihre Heimat ist."

Joan griff nach ihrer Tasse. „Ich habe nachgeschaut, wo dieses South Carolina liegt", erzählte sie. „Im Süden, in der Nähe von Georgia. Eine Freundin von mir lebt in Georgia."

Robert beugte sich vor und suchte Joans Blick. „Ich wusste nicht, wie Sie Ihren Kaffee mögen. Ich kann schnell noch Zucker und Sahne holen, wenn Sie möchten."

„Nein, nein", murmelte sie. „Das ist genau richtig. Ich trinke ihn schwarz."

„Eine richtige Frau, Zimmerman", bemerkte Bob. „Das habe ich doch gesagt, nicht?"

Robert setzte sich lächelnd neben sie und nahm seine Tasse zur Hand. „Also, woher kommen Sie nun, Joan? Denn South Carolina war nur ein Spaß."

„Aus Leigh, Lancashire. In England. Aber ich kam in Chicago zur Welt und bin dann später dorthin zurückgekehrt."

„Chicago?" Robert beugte sich vor. „Ich hatte schon mal in Chicago zu tun."

„Ach wirklich? Sie haben in Chicago gelebt, bevor Sie sich zur Armee gemeldet haben?"

Robert lachte. „Nein. Ich habe gesagt, ich hätte dort zu tun gehabt." Sein Blick wanderte zwischen seinen Freunden hin und her. „Und wie diese Jungs hier genau wissen, habe ich mich nicht unbedingt zur Armee gemeldet."

Kapitel 43

Wie meinen Sie das?", fragte Joan und trank einen Schluck von dem starken Kaffee. „Wenn Sie sich nicht freiwillig gemeldet haben, dann wurden Sie eingezogen, nehme ich an?"

Robert lachte leise. „Genau. Ich habe mich um den Armeedienst gedrückt, so lange es ging, aber irgendwann hat mich das Glück verlassen."

„Na ja", gab Joan zurück, „das ist eine Frage der Perspektive."

„Soll heißen?"

„Wenn Sie nicht in der Armee wären, würden Sie nicht hier sitzen. Vor dem PX. In Nürnberg. Und Kaffee mit Ihren Freunden trinken." Sie blickte nacheinander Roberts Freunde an und wieder ihn. „Und mit mir."

Die Männer lachten.

„Also, erzählen Sie. Wo kommen Sie her, und wie ist es Ihnen gelungen, sich so lange vor der Armee zu drücken?"

„Ich komme aus Greensboro."

„Liegt das in South Carolina?"

„Äh, nein. In North Carolina."

„Ich verstehe."

„Und um Ihre nächste Frage gleich zu beantworten: Ich wurde nicht eingezogen, weil ich das Guilford College besucht habe."

Joans Herzschlag beschleunigte sich. Wie gern hätte sie ein College besucht. Um mehr zu lernen und sich intellektuell weiterzuentwickeln. Doch das hatten sich ihre Eltern mitten in einem Weltkrieg und mit einem Haus voll Kindern nicht leisten können. „In Greensboro?"

„Ja."

„Und was haben Sie an diesem Guilford College studiert?"

„Wirtschaft."

„Und das hat Sie vor der Einberufung bewahrt?"

„Na ja, es hat geholfen", erklärte Robert augenzwinkernd. „Aber vor allem habe ich nachts und an den Wochenenden im Geschäft meines Vaters gearbeitet." Er hielt inne. „Das Geschäft meines Vaters, müssen Sie verstehen, war sehr wichtig für die Farmer."

Joan konnte ihm nicht folgen, aber sie wollte ihn nicht unterbrechen. Mit einem Nicken forderte sie ihn auf, weiterzuerzählen.

„Ich bekam also zweimal einen Einberufungsbescheid, aber beide Male wurde ich wieder zurückgestellt."

„Einziger Sohn", ergänzte Leo. „Und die Arbeit, die er verrichtete, diente der Landwirtschaft. Sie verstehen?"

Nicht so ganz, doch sie wollte den Rest der Geschichte von Robert hören. „Ich verstehe. Und beim dritten Mal?"

Robert lachte. „Nun, da hat mich das Glück verlassen."

Und meins begann … Dieser Gedanke war ganz unerwartet da.

Harold erhob sich. „Ich hole mir noch Kaffee. Sonst noch jemand?"

Bob schob seinen Stuhl zurück. „Ich begleite dich."

Leo folgte seinem Beispiel. „Ich auch."

Joan hielt ihre Tasse in die Höhe. „Ich habe noch genug", sagte sie.

Robert nickte. „Ich auch."

Schweigend sahen sie den drei Männern nach. Schließlich wandte sich Joan zu Robert um und sagte: „Wie sind Sie hierhergekommen? Nach Nürnberg, meine ich."

Wieder lachte er. „Eine wirklich lustige Geschichte, wenn Sie Zeit dafür haben."

Sie hatte alle Zeit der Welt. Ihr Hunger war mittlerweile vergessen. „Ich habe nichts Besonderes vor." Denn zu Hause wäre sie allein. Hier mit ihm zu sitzen, obwohl die Temperaturen empfindlich sanken, war angenehm. Warm.

„Mein guter Freund und ich wurden gleichzeitig eingezogen. Phal Hodgin heißt er."

„Phal?"

„Ja. Phal. Ungewöhnlicher Name, aber ein toller Kerl."

„Sie und Phal wurden also zur gleichen Zeit eingezogen."

„Genau." Roberts Blick wanderte zum Kaffeestand. Er lachte leise und sagte: „Ich glaube, meine Freunde verschaffen uns etwas Privatsphäre."

Joan folgte seinem Blick und nickte. Sie trank noch einen Schluck von ihrem mittlerweile abgekühlten Kaffee. „Erzählen Sie weiter."

„Phal hatte auch schon mehrmals einen Einberufungsbefehl bekommen, aber auch er war freigestellt worden, weil er Kriegsdienstverweigerer aus Gewissensgründen war."

„Was bitte?"

„Kriegsdienstverweigerer. Er ist Quäker. Diese Glaubensgemeinschaft lehnt Blutvergießen ab. So könnte man das, glaube ich, ausdrücken."

„Aha."

Robert wollte einen Schluck Kaffee trinken, stellte seine Tasse aber sofort wieder zurück. „Kalt", bemerkte er mit blitzenden Augen. „Soll ich uns noch eine Tasse holen?"

„Nein, danke", lehnte sie ab.

„Phal verließ also das Glück, und mich auch, und wir beide wurden zur Grundausbildung nach Fort Jackson geschickt."

„Wo liegt das?“

„In Columbia, South Carolina.“

Joan lachte. „Ah, South Carolina. Wo die Mädchen wie Briten sprechen!“

Er stimmte in ihr Lachen ein. „Genau.“

„Und dann?“

„Als ich die Grundausbildung zur Hälfte hinter mir hatte, bekam ich eine schlimme Lungenentzündung. Ich sage Ihnen, Joan, ich war wirklich richtig krank.“

„Kamen Sie ins Krankenhaus?“

„Allerdings. Als ich entlassen wurde, nahm mich die Armee erst mal aus der Grundausbildung und schickte mich für ein paar Monate wieder nach Hause. Danach musste ich wieder zur Ausbildung antreten. Aber mittlerweile waren Phal und alle meine neuen Kumpel in alle Himmelsrichtungen verstreut.“ Er schüttelte den Kopf. „Es war in der letzten Woche meiner Grundausbildung – in der zweiten Runde – und ich fragte mich, wo ich wohl landen würde. Die ganze Kompanie hatte Aufstellung genommen, als der Sergeant fragte: ‚Kann einer von euch Schreibmaschine schreiben?‘“ Robert grinste. „Mein erster Gedanke war: ‚Ich kann das.‘ Das hatte ich in der Highschool gelernt. Auf einer mechanischen Schreibmaschine kann ich etwa neunzig Wörter in der Minute tippen.“

„Beeindruckend.“

„Mein zweiter Gedanke war, dass ich mit meinen Schreibmaschinenkenntnissen wohl einen Bürojob irgendwo erledigen sollte. Und ich ging davon aus, dass es bei der Aufgabe nur um diesen einen Tag ging. Es sollte sehr heiß werden, und ich fand, alles sei besser, als draußen in der Hitze zu schwitzen.“ Er lachte erneut. „Ich hatte noch nicht gehört, dass man sich in der Armee niemals freiwillig melden sollte, also hob ich die Hand und sagte: ‚Ich kann Schreibmaschine schreiben, Sir.‘ Der Sergeant sah mich an und sagte: ‚Beim Kommandeur melden.‘ Das tat ich.“

„Und was ist dann passiert?"

„Das werde ich nie vergessen, Joan. Ich ging hinein, und der Hauptmann sagte: ‚Ich habe gehört, dass Sie Schreibmaschine schreiben können.' Ich sagte: ‚Ja, Sir.' Er sagte: ‚Packen Sie Ihre Sachen und begeben Sie sich ins Hauptquartier.' Ich fragte: ‚Meine Sachen, Sir?', und er sagte: ‚Zimmerman, packen Sie alles, was Sie besitzen, in Ihre Tasche und melden Sie sich im Hauptquartier.' Nun, das habe ich getan. Und ehe ich mich versah, war ich auf dem Weg nach New York und von dort nach Deutschland." Er brach in Gelächter aus.

Joan konnte nicht anders, sie stimmte mit ein. „Wurde denn je überprüft, ob Sie tatsächlich tippen können?"

Er grinste sie an. „Nein."

Roberts drei Freunde kamen zurück. „Er hat Ihnen wohl erzählt, wie es ihn hierher verschlagen hat", meinte Harold. In der Hand hielt er zwei Tassen mit dampfendem Kaffee. Eine davon stellte er vor Joan, die andere behielt er für sich. „Wir dachten, ihr zwei könntet noch eine Tasse vertragen."

„Und er kann wirklich tippen", fügte Bob hinzu. Er reichte Robert eine Tasse und setzte sich mit seinem Kaffee wieder hin. Auch Leo nahm wieder Platz.

„Das ist eine lustige Geschichte", sagte Joan. „Stellen Sie sich nur vor, das wäre alles nicht passiert. Sie wären nicht zweimal zurückgestellt worden, bevor Sie eingezogen wurden, und nicht krank geworden. Sie hätten sich nicht gemeldet, als der Sergeant fragte, ob jemand Schreibmaschine schreiben könnte." Sie trank einen Schluck Kaffee. „Bei mir war es eine ähnliche Aneinanderreihung von Zufällen. Ich habe in meiner Mittagspause einen Spaziergang durch den Loop von Chicago gemacht und die Anzeige für den Job in Europa entdeckt. Wenn ich das nicht gemacht hätte, säße ich jetzt nicht hier und würde mich mit euch unterhalten. Vielleicht sind das ja alles keine Zufälle gewesen. So führt Gott uns, meint ihr nicht?"

Robert klatschte in die Hände und blickte nach oben. „Meine

Güte, Jungs", rief er. „Ich glaube, ich werde dieses Mädchen heiraten!"

„Nun", gab Joan schlagfertig zurück, „ich bin noch nicht vergeben." Und sie fragte sich, wenn auch nur kurz, ob sie sich vielleicht bei einer zweiten Begegnung mehr zurückhalten sollte.

Die vier Männer lachten.

„Und", fügte sie hinzu, ehe sie sich aufhalten konnte, „ich habe sogar schon ein Brautkleid …"

Savannah, Georgia

Evelyn schritt die breite Treppe im Haus ihrer Tante herunter und wandte sich nach rechts, von wo der Duft nach Gemüsesuppe zu ihr herüberwehte. Auf dem Weg zur Küche blieb sie im Esszimmer stehen.

„Ach, hier bist du", sagte Tante Dovalou. „Was um alles in der Welt machst du denn da?"

Evelyn lächelte. „Die Aussicht bewundern." Sie deutete auf eine der Vasen. „Hast du die Limoges-Vasen gekauft oder war das meine Großmutter?"

Tante Dovalou verschränkte die Arme. „Was?"

„Die Lim-" Evelyn nahm eine der Vasen zur Hand. „Warte mal … für den Fall, dass ich mich irre." Ganz vorsichtig drehte sie die Vase um. „Ja, das ist Limoges-Porzellan. Sieh nur, hier steht nicht nur *J.P.L.*, sondern auch der Name des Künstlers. Und das Datum. 1906."

Tante Dovalou kam um den Tisch herum und warf einen Blick auf die Inschrift. „Grundgütiger. Ich glaube, Mama hat sie gekauft. Ich habe keine Ahnung. Für solche Sachen habe ich mich nie interessiert, aber ich habe es auch nicht gewagt, sie wegzugeben."

„Das hoffe ich doch. Die sind sehr wertvoll, Tante Dovalou."

Ihre Tante lehnte sich an einen der Stühle. „Woher weißt du so etwas? Deine Mama hat dir das bestimmt nicht beigebracht …"

Evelyn schüttelte den Kopf. „Mein Freund George kannte sich in solchen Dingen sehr gut aus, und ich … ich schätze, ich habe mehr aufgeschnappt, als mir bewusst war." Sie musterte ihre Tante. „Tante Dovalou, warum seid du und Mama –?" Sie brach ab.

„Du meinst, warum wir nicht mehr nach *unserer* Mutter kamen?", fragte sie.

Evelyn nickte. „Nach allem, was ich gehört habe, war sie doch eine vornehme Dame."

„Mama sagte immer, wir Mädchen hätten viel mehr von ihren Eltern als von ihr." Sie deutete mit dem Kopf zum Flur. „Komm mit."

Evelyn folgte ihrer Tante die Treppe hinauf in den ersten Stock und durch den langen Flur ins Elternschlafzimmer. „Mamas und Papas Zimmer", erklärte Tante Dovalou. „Ich betrete es nur selten." Sie seufzte. „Sarah Beth macht hier einmal im Monat sauber." Sie winkte sie an ihre Seite. „Komm, sieh dir das hier an."

Evelyn trat vor eine Reihe von Familienfotos verschiedener Größen. „Dieser bärtige alte Mensch war mein Urgroßvater Zachariah Doyle."

„Der Prediger."

„Genau. Besaß keinen Penny, war aber ein guter Mann." Ihr Finger wanderte weiter zum ausdruckslosen Gesicht der Frau, die neben ihm saß. „Seine Frau Rebekah Matthews. Wirkt nicht besonders glücklich, was?"

Evelyn schnaubte. „Wahrhaftig nicht."

„Dort drüben, das ist ihre Tochter Eloise und ihr Mann Thomas Hinton."

„Deine Eltern. Deine und Mamas."

„Genau."

Evelyn beugte sich vor und studierte das Familienfoto. „Sie war sehr schön, nicht?"

„Meine Mutter war einmalig. Genauso freundlich wie schön. Wenn sie ein Zimmer betrat, wurde es hell." Man spürte die Bewunderung aus ihren Worten. „Und Papa – was für ein Charmeur."

Evelyn lächelte. „Das sieht man ihm an. Ihm blitzt der Schalk aus seinen Augen."

„Und außerdem war er ein gewiefter Geschäftsmann."

„Und darum haben sie in diesem prächtigen Haus gelebt."

„Es hat Mama beinahe umgebracht, als dein Papa in unser Leben kam." Sie ließ sich auf einem Stuhl nieder. „Ich habe immer viel von ihm gehalten, aber Mama hatte sich eine gute Partie für uns gewünscht. Aber –" Sie seufzte. „Deine Mutter lernte Colton bei einem Tanzabend kennen, als sie bei den Doyles in Portal zu Besuch war."

„Und sie verliebten sich …"

„Genau", bestätigte sie. „Arme Mama. Manchmal denke ich, die Heirat deiner Eltern hat sie ins frühe Grab gebracht. So etwas würde ich natürlich nie vor Judith sagen." Sie sprang auf. „Du meine Güte, lass uns wieder hinuntergehen, sonst brennt mir das Maisbrot noch an." Sie eilten die Treppe hinunter. „Liebes, deck doch schon mal den Tisch, ja?", rief sie über die Schulter zurück, als es an der Tür läutete. „Ach, und deck bitte für drei", fügte Tante Dovalou mit zuckersüßem Lächeln noch hinzu. „Pastor Ed kommt zum Abendessen."

„*Tante Dovalou!*", rief Evelyn entrüstet. „Glaub nicht, dass ich nicht merke, was du vorhast."

Tante Dovalou holte das Maisbrot aus dem Ofen. „Ich habe keine Ahnung, wovon du redest." Es läutete erneut. Sie winkte Evelyn fort. „Nun mach schon."

Evelyn eilte durch den Flur. Ein Bibelvers, den sie als Kind auswendig gelernt hatte, ging ihr durch den Kopf. *Ich will vor dir hergehen und einebnen, was sich dir in den Weg stellt.* „Jesaja 45, Vers 2", flüsterte sie lächelnd.

Als sie Ed die Tür öffnete, lag eine ganz neue und überschwängliche Begeisterung auf ihrem Gesicht.

„Was ist los?", fragte Ed, als er eintrat. „Freuen Sie sich so, mich zu sehen?"

„Nein", erwiderte Evelyn, als sie die Tür hinter ihm schloss. „Ich meine, ja." Sie verdrehte die Augen, und Ed lachte leise. „Ich wollte sagen, ich wusste nicht, dass Sie kommen würden, aber –" Evelyn nahm ihm den Hut ab und half ihm aus dem Mantel. „Ich hatte gerade eine wundervolle Idee, und ich –" Er drehte sich zu ihr um. „Ich möchte Ihnen gern davon erzählen."

Kapitel 44

Nürnberg

Joan stand vor der Tür ihres kleinen Häuschens und blickte in den grauen Himmel hinauf. Eine Tür ging auf, und ihre neue Freundin Lucy Cole kam aus ihrem Haus und gesellte sich zu ihr.

„Guten Morgen“, grüßte Joan. Gegen die bittere Kälte hatte sie den Mantelkragen hochgeschlagen.

„Ist ziemlich kalt geworden, nicht?“ Lucy zupfte an ihren Handschuhen. „Ich glaube, der Winter steht jetzt vor der Tür.“

Gemeinsam gingen sie zu ihren Autos. „Lucy“, sagte Joan, „so allmählich kann ich bestimmte Akzente im Amerikanischen unterscheiden. Sagst du mir, wo du herkommst?“

„Aus South Carolina. Dort geboren und aufgewachsen.“

Joan blieb abrupt stehen. „Aus South Carolina? Es gibt achtundvierzig Staaten unter Eisenhowers Präsidentschaft, und in letzter Zeit treffe ich immer nur auf Leute aus diesem Staat.“

Lucy lächelte und holte ihre Schlüssel aus der Handtasche. „Soll heißen?“

„Das erzähle ich dir später“, erwiderte Joan. „Wie wäre es, wenn wir nach der Arbeit einen Happen zusammen essen?“

„Bei dir oder bei mir?“ Lucy öffnete die Wagentür.

„Bei mir“, erklärte Joan. „Ich laufe nach Feierabend schnell zum Supermarkt und kaufe ein.“

„Klingt gut. Ich bringe Nachtisch mit.“

Am Vormittag marschierte Joan ins TWX-Büro und geradewegs zu Roberts Schreibtisch.

„Wollen Sie die Nachrichten für den General holen oder haben Sie mich vermisst?“, neckte er.

„Ich bin wegen der Nachrichten für den General hier“, erwiderte Joan.

Robert fasste sich an die Brust. „Mein Herz bricht“, sagte er. „Ich bin nicht sicher, ob es repariert werden kann.“

Doch er reichte ihr die Nachrichten trotzdem.

„Robert“, sagte sie mit fester Stimme. „Ich frage mich gerade … wären Sie daran interessiert, ein Mädchen kennenzulernen, das tatsächlich aus den Südstaaten kommt?“

Er runzelte die Stirn. „Was meinen Sie?“

„Ich kenne ein Mädchen, das aus South Carolina kommt. Eine Freundin. Sie wohnt neben mir.“ Sie versuchte, seinen Gesichtsausdruck zu deuten, um zu sehen, was er davon hielt, dass sie versuchte, ihn mit einer anderen Frau zu verkuppeln.

Er blieb jedoch gelassen, sodass sie sich bereits zu fragen begann, ob es ein Fehler gewesen war, ihm diese Frage zu stellen. Dann verzogen sich seine Lippen zu einem Grinsen, und seine blauen Augen begannen zu funkeln. „Ich würde sehr gern ein Mädchen aus South Carolina kennenlernen.“

„Na dann“, erwiderte Joan und trat einen Schritt zurück. „Wie wäre es mit morgen Abend? Da ich einen Wagen habe und Sie nicht, könnte ich Sie an der Kaserne abholen. Wir drei könnten einen Kaffee trinken gehen. Und da Freitag ist, können wir den Abend ausdehnen, so lange wir möchten.“

Sein Blick hielt ihren fest. „Prima. Sagen wir neunzehn Uhr?“

„In Ordnung."

„Ich werde draußen warten."

Joan nickte. „Bis dann." Sie wandte sich zum Gehen und hatte die Tür beinahe erreicht, als Robert ihren Namen rief.

„Ja?", fragte sie und drehte sich noch einmal um.

„Wie heißt sie?"

„Lucy", erwiderte Joan. „Lucy Cole."

Savannah, Georgia

Evelyn wand sich auf ihrem Stuhl am Küchentisch ihrer Tante. Tante Dovalou saß neben ihr, Ed gegenüber. Jeder hatte zwei Schalen Suppe geleert, und das gebutterte Maisbrot war fast aufgegessen.

„Also? Ihr habt die Idee gehört. Was meint ihr?", fragte Evelyn die beiden.

„Dafür willst du dieses Haus nutzen?", fragte ihre Tante.

„Nur die Salons und das Speisezimmer. Vielleicht noch das Kutscherhaus draußen, aber …" Sie schob ihre Brille hoch. „Das können wir später noch entscheiden."

„Und wir werden dieses Haus für die jungen Menschen von Savannah öffnen, Jungen wie Mädchen?", fragte Ed. „Die Jugendlichen von den Baptisten und den Methodisten?"

„Nur um zu sehen, wie es läuft. Wenn es sich gut anlässt, können wir auch die anderen Gemeinden in der Stadt mit einbeziehen. Und vielleicht könnte ich auch mit den Lehrern an den Schulen zusammenarbeiten."

Tante Dovalou seufzte. „Stellen Sie sich das vor, Ed", sagte sie und legte ihre Hand auf seine. „Eine Schule für gute Umgangsformen für junge Leute, hier im Haus meiner Mutter." Mit tränenfeuchten Augen blickte sie Evelyn an. „Oh, Liebes, Mama wäre so stolz, wenn sie das wüsste."

„Und Sie denken, dass Sie den jungen Leuten alles beibringen können, was sie wissen müssen?", fragte Ed.

„Nun, ich werde die Mädchen unterrichten und Sie die Jungen. Außerdem kann ich meinen Beitrag leisten zu Themen wie Tischmanieren und gesellschaftlicher Etikette, sowie die Grundbegriffe der französischen Sprache." *Zum Beispiel das Zählen …* „Und wie man edles Porzellan erkennt." Sie zwinkerte ihrer Tante zu.

Ed stützte die Ellbogen auf den Tisch und legte sein Kinn auf seine Hände, nahm sie jedoch sofort wieder herunter. „Hoppla. Die Ellbogen gehören nicht auf den Tisch", sagte er neckend.

Evelyn drohte ihm spielerisch mit dem Finger. „Doch. Nach dem Essen ist das erlaubt."

Er blickte Tante Dovalou an. „Das wusste ich nicht …", murmelte er und nahm seine ursprüngliche Position wieder ein. „Ich würde sagen, die Etiketteregeln, die Sie bei Hertz gelernt haben, zahlen sich jetzt aus."

Etikette-Ausbildung bei Hertz … diese Halbwahrheit war ihr leicht von der Zunge gegangen, und für den Augenblick sollte es auch dabei bleiben. Vielleicht für immer. Ihre Tante und Ed brauchten von George Volbrecht und den vielen Stunden, in denen er ihr die Benimmregeln eingetrichtert hatte, nichts zu erfahren.

„Das ist witzig, nicht?", fragte Evelyn, erhob sich und begann, das Geschirr zusammenzustellen.

„Was ist witzig?", fragte Ed.

Evelyn richtete sich auf. „Wir denken immer, dass wir etwas aus einem ganz bestimmten Grund lernen oder dass wir es ganz umsonst gelernt haben, doch Gott führt es so, dass wir es für etwas ganz anderes brauchen." Sie stellte die Teller in die Spüle.

„So witzig ist es dann auch wieder nicht", erwiderte Ed. „So ist Gott. Er weiß, was gut ist, lange bevor wir das erkennen."

Evelyn drehte sich zu ihnen um. „Das stimmt allerdings", erwiderte sie leise.

Die Kaltfront in Bayern hielt das Land fest in ihren Krallen. Am nächsten Tag hatte der Wind aufgefrischt, die Temperaturen waren beträchtlich gefallen, und durch den Niederschlag bildete sich eine dünne Eisschicht auf den Straßen.

Am Freitagnachmittag, als Joan nach der Arbeit nach Hause fuhr, geriet ihr Wagen auf der Straße ins Rutschen. Zum Glück konnte sie ihn wieder abfangen und kam heil nach Hause. Dort bereitete sie sich schnell ein Sandwich zu und spülte es mit einem Glas Milch hinunter.

Was sie anziehen wollte, darüber brauchte sie nicht lange nachzudenken. Schnell streifte sie ein ausgeschnittenes, langärmeliges Kleid mit enger Taille und einem weiten Rock über.

Und schon schlüpfte sie in ihren Wintermantel und eilte zu Lucy hinüber. Bellen und das Kratzen von Krallen auf Holzfußboden begrüßten sie, bevor Lucy die Tür öffnete, ihren Mantel überstreifte und die Hunde zurück in die Wohnung scheuchte.

„Geht schlafen", sagte sie und schloss lachend die Tür hinter sich. „Die beiden sind immer ganz wild auf einen Spaziergang, selbst bei diesem Wetter."

Joan stimmte in ihr Lachen mit ein. „Also, sind wir bereit?", fragte sie auf dem Weg zu ihrem kleinen Auto.

„Ich schon. Die Frage ist, bist du es auch?"

„Bin ich. Definitiv."

Nachdem sie eingestiegen waren, legte Joan den Rückwärtsgang ein. „Ich muss dich warnen", sagte sie. „Ich bin eine lausige Fahrerin."

„Ich weiß", erwiderte Lucy mit wissendem Blick. „Ich habe beobachtet, wie du vorhin praktisch angeflogen kamst. Vermutlich wirst du für deine Rückkehr in die Staaten kein Flugzeug brauchen."

Joan lachte, schaltete das Radio ein und brauste in halsbrecherischer Geschwindigkeit los.

„Um Himmels willen, ich glaube, mein Herz ist hinten auf der letzten Kreuzung zurückgeblieben."

Joan lächelte, obwohl sich ihr Magen zusammenkrampfte. Sie war unbeabsichtigt zu schnell geworden. Wenn sie jetzt zu fest auf die Bremse trat, würde das Auto bestimmt ins Schleudern geraten. Aber wenn sie dieses Tempo beibehielten …

Die Kasernenschranke kam in Sicht, als sie um die Straßenecke bogen. Das Wachhäuschen war mit mindestens zwei Soldaten besetzt, das wusste Joan von früheren Besuchen. Vielleicht sogar mit vier. Die Wachen waren bewaffnet und würden es nicht sehr freundlich aufnehmen, wenn ein Wagen in diesem Tempo auf sie zuraste.

„Joan", rief Lucy, „ich fürchte, du bist –"

Joan trat mit dem linken Fuß die Kupplung und mit dem rechten Fuß die Bremse. „Ich kann nicht anhaaaaaalten", rief sie, während Metall gegen Metall knirschte, und das Auto die Schranke durchbrach.

„Joan!"

„Halt dich fest!"

Der kleine Wagen rutschte über das Eis, drehte sich einmal herum und kam direkt vor einem großen Mann zum Stehen. Joan schnappte nach Luft und warf einen Blick in den Rückspiegel. Vier Wachen mit angelegten Waffen kamen auf sie zu. Im Radio schmetterte Eddie Fisher: „Oh mein Papa", begleitet von Trompetenstößen, und Lucy konnte sich einfach nicht mehr beherrschen und brach in Gelächter aus.

„Joan!", rief Robert von draußen und versuchte, die Wachen zurückzuhalten, die das Auto umstellt hatten.

„Aussteigen!", brüllten sie. „Aus dem Wagen!"

Joan blickte Lucy an. „Ich denke, wir sollten jetzt besser aussteigen."

„Du zuerst", forderte Lucy sie auf.

Joan öffnete die Fahrertür und stieg aus.

„Alles in Ordnung?", fragte Robert. Er wandte sich zu den Wachen um. „Ich kümmere mich um das hier", keuchte er.

Auf keinen Fall wollte Joan, dass ein Mann in Ordnung brachte, was sie verbockt hatte. „Ich erkläre es." Joan wandte sich an die Wachen. „Ich habe die Kontrolle über den Wagen verloren."

„Aber nicht mit Absicht", warf Lucy ein. „Obwohl sie wirklich eine lausige Fahrerin ist."

Joan warf ihr einen empörten Blick zu.

„Sie ist hier, um mich abzuholen", fügte Robert hinzu. „Gefreiter zweiter Klasse Zimmerman."

Die Wachen ließen ihre Gewehre sinken. „Ihren Ausweis, Madam."

„Liegt im Wagen." Joan deutete zum Fenster auf der Fahrerseite. „Darf ich ihn holen?"

Einer der Soldaten nickte.

„Ich arbeite in General Partridges Büro", erklärte sie, während sie nach ihrer Tasche suchte. Sie fand sie auf der Beifahrerseite auf dem Boden. „Hier ist der Ausweis", sagte sie und reichte ihn dem Wachposten.

Der wachhabende Offizier nahm ihn entgegen, studierte ihn und gab ihn anschließend zurück. „Gefreiter Zimmerman, können Sie sich für Miss Hunt verbürgen?"

Robert nickte. „Das kann ich, Sir."

„Also gut", sagte er schließlich. „Sie können gehen, aber …" Sein Blick wanderte zwischen Joan und den anderen Wachposten hin und her. „Gefreiter Zimmerman, *Sie* werden den Wagen vom Kasernenhof fahren."

Joan öffnete den Mund, um zu protestieren. Wenn schon Jackson nicht hinters Steuer passte, dann hatte Robert ganz bestimmt dasselbe Problem, denn er war noch etwas größer als Jackson.

„Das werde ich, Sir", hörte Joan ihn sagen, bevor sein Blick durch die geöffnete Tür auf das Lenkrad fiel. „Denke ich."

Die Wachposten entfernten sich und machten Witze über „den großen Mann in dem Kinderwagen".

Joan blickte Robert an. „Dies ist meine Freundin Lucy", stellte sie reichlich lahm vor.

Doch Robert starrte weiterhin ratlos ins Wageninnere.

„Schön, Sie kennenzulernen, Robert", sagte Lucy über das Autodach hinweg. „Auch wenn wir nur eine einzige Gemeinsamkeit haben – wir kommen beide aus dem Süden."

Mit gerunzelter Stirn blickte er sie an.

„Ich bin alt genug, um Ihre Mutter zu sein", erklärte Lucy.

„Oh", sagte Robert schließlich. „Oh."

Joan deutete auf den Fahrersitz. „Äh, Robert? Denken Sie, dass Sie sich da hineinquetschen können?"

„Keine Ahnung."

Sie trat einen Schritt auf ihn zu und musterte sein Gesicht. „Ist alles in Ordnung?"

Seine Stirn zog sich in Falten. „Ich denke schon." Er atmete tief durch. „Also gut, mal sehen, ob ich mich zusammenfalten kann."

Robert schob den Fahrersitz so weit zurück, wie es ging, und zwängte sich hinters Steuer, ein mühevolles Unterfangen. „Ich bin drin", sagte er schließlich.

„Aber können Sie auch fahren?"

Er blickte in den Rückspiegel, wo sich die Wachposten an der beschädigten Schranke zu schaffen machten. „Ich glaube nicht, dass ich eine Wahl habe, Joan", erwiderte er, ohne sie anzublicken.

„Steig hinten ein", forderte Joan Lucy auf und schloss die Fahrertür.

„Aua", rief Robert, als die Tür sein Knie traf.

„Entschuldigung", rief Joan, während sie um das Auto herum zur Beifahrerseite lief.

Als die drei in dem kleinen Auto saßen, startete Robert den Motor. „Wird das mit Ihnen immer so sein, Miss Hunt?"

Joan starrte nach vorn und verkniff sich ein Lächeln. „Ich fürchte ja, Gefreiter Zimmerman. Ich fürchte ja."

Am folgenden Tag traf ein Brief für Joan aus den Staaten ein – eine Weihnachtskarte aus Lake Forest in Bettys zierlicher Handschrift.

Der Umschlag versprach neben der Karte noch einen Brief, so dick war er. Sie riss ihn auf, sobald sie den Mantel abgelegt hatte. „Merry Christmas, Joan", las sie und lachte über das, was folgte:

... oder sollte ich vielleicht lieber „Fröhliche Weihnachten" sagen? Ich wette, Du wunderst Dich, woher ich das weiß, nicht? Nun, ich erzähle es Dir. Unsere Nachbarin kommt aus Deutschland. Sie ist sechzig und hat das Land mit ihrem Mann und ihren Kindern verlassen, als es dort brenzlig wurde.

Vor Kurzem habe ich Magda gesehen. Sie kam nach Lake Forest, um das Brautkleid zu holen. Hatte ich Dir das eigentlich erzählt? Sie und ihr früherer Chef Barry Cole werden bald heiraten. Sie ist damit also Nummer drei. Ach ja, da fällt mir ein: Inga hat ein Mädchen bekommen. Es heißt Emma. Ich hoffe, sie und Axel finden zusammen. Magda findet ihn sehr nett.

Hast Du noch Kontakt zu Evelyn? Ich habe vor Kurzem einen Brief von ihr bekommen, in dem sie schreibt, dass es keinen Mann in ihrem Leben gibt, aber sie erzählt immerzu von einem Pastor mit Namen Ed. Oder Edwin. Oder so.

Das Kind in mir wächst heran, Joan, und in dieser Weihnachtszeit fühle ich mich der Mutter Jesu viel näher als je zuvor. An manchen Tagen schaffe ich es kaum zum Ende der Einfahrt, und dann denke ich an ihre beschwerliche Reise von Nazareth nach Bethlehem und seufze vor Mitgefühl.

Pat schickt Dir liebe Grüße. Er sitzt mir am Tisch gegenüber. Meine Füße liegen in seinem Schoß (damit er sie mir massieren kann). Ich soll Dir ausrichten, dass er Dir für immer dankbar sein wird für Deine Vermittlung. Ha. Ha. Ich soll Dir auch sagen, dass Du unbedingt den Christkindlesmarkt in Nürnberg besuchen musst, eine Tradition, die etwa Mitte des 16. Jahrhunderts eingeführt wurde. Woher mein Mann so etwas weiß, keine Ahnung. Wenn ich ihn danach frage, erinnert er mich nur daran, dass er eben ein kluger Kopf ist.

Ich schließe jetzt und hoffe, bald von Dir zu hören. Erzähl mir alles! Ich bin hungrig nach Neuigkeiten.

Liebe Grüße,
Betty (Mrs Pat Callahan)

P.S. Pat sagt gerade, Du sollst Dich vor diesen Soldaten in Acht nehmen. Ha.

Kapitel 45

Evanston, Illinois

Magda stand am Fuß der Treppe, Stift und Block in der Hand, und ging in Gedanken die Dinge durch, die sie an diesem Tag noch zu tun hatte. Die Hochzeit sollte in weniger als zwei Wochen stattfinden, und die Liste der zu bewältigenden Aufgaben wurde immer länger. Ganz kurz fragte sie sich, ob sich das wohl irgendwann wieder ändern würde. Der 13. Februar rückte mit Riesenschritten näher.

Sie sah auf die Uhr. Harriet Nielson würde jeden Augenblick eintreffen. Nicht, um sie zu besuchen, sondern um sich zusammen mit Jessie Higgins die neueste Seifenoper im Fernsehen anzusehen. Und bei dem Gedanken, ihr mitten am Nachmittag zu begegnen, drehte sich Magda der Magen um. Allerdings war es so, dass sie und die Großmutter der Kinder sich nur selten etwas zu sagen hatten.

Magda begab sich in den hinteren Teil des Hauses, wo ihre Vermieterin eine Kanne Kaffee kochte. „Ich gehe jetzt", erklärte Magda.

Jessie Higgins spähte über die Schulter zurück. „Sind Sie zum Abendessen wieder da?"

Magda kniff die Lippen zusammen. „Nein, ich treffe mich mit Barry in Chicago. Wir haben noch einiges zu erledigen."

Ohne ein weiteres Wort drehte die Frau sich wieder um. Erneut warf Magda einen Blick auf ihre Uhr. Wenn sie sich beeilte, würde sie es schaffen, aus dem Haus zu sein, bevor Harriet Nielson auftauchte. Vor dem Spiegel in der Halle blieb sie stehen, richtete ihren Hut, zog die warmen Lederhandschuhe an und griff nach dem Pelzmantel, den Barry ihr zu Weihnachten geschenkt hatte.

Die Haustür ging auf, und Magda wirbelte herum. „Hallo, Mrs Nielson", grüßte sie und zog den Mantel an.

Harriet Nielson blickte sie stirnrunzelnd an. „Und wo wollen Sie hin? Na, ich kann es mir denken."

Natürlich wusste sie es, warum fragte sie überhaupt? Trotzdem. Mor würde sie jetzt darauf hinweisen, dass es leicht wäre, freundlich zu seinen Freunden zu sein. Um die Liebe Christi zu zeigen, müsse man auch diejenigen lieben, die nicht so freundlich waren. Magda zwang ein Lächeln auf ihr Gesicht. „Ich treffe mich mit Barry in der Stadt." Sie schob sich an Harriet vorbei und griff nach ihrer Tasche. „Viel Spaß bei Ihren Seifenopern mit Miss Higgins."

Harriet schnaubte, bevor sie zum hinteren Teil des Hauses stapfte. Magda presste die Lippen aufeinander und öffnete die Tür. Sie hatte die Tür schon beinahe hinter sich zugezogen, als sie merkte, dass sie den Block mit der Liste vergessen hatte.

Sie ging noch einmal hinein und suchte die Treppe ab. Der Block war nicht da. Magda runzelte die Stirn. Sie hatte ihn doch gerade noch in der Hand gehabt. Genau da. Auf der Treppe. Und dann war sie in die Küche gegangen …

Sie schloss die Haustür und ging zurück. Der Block lag auf dem Beistelltisch im Flur, der zur Küche führte. Seufzend schüttelte sie den Kopf. Ganz offensichtlich hatte sie ihn hier abgelegt, als sie sich von Jessie Higgins verabschiedet hatte.

Ich brauche Urlaub. Oder Flitterwochen.

„… weiß nicht, was du sonst noch tun könntest“, hörte sie die Stimme ihrer Vermieterin. Magda hielt inne und lauschte. „Du hast Barry gesagt, was du denkst. Und Deanne ist auf deiner Seite …“

„Wenn ich nur auch Douglas dazu bringen könnte, bei der Sache mitzumachen“, bemerkte Harriet.

„Nun, sie scheint ihn ja um den Finger gewickelt zu haben. Offensichtlich hat sie Macht über das schwache Geschlecht.“

Die beiden Frauen lachten, und Magda hielt den Atem an.

„Als ich zu diesem Mr van Michaels ging und ihn über ihr kleines Techtelmechtel informierte, dachte ich, dass die Sache damit erledigt wäre. Warum nur denkt er, er bräuchte eine andere Frau? Bin ich etwa einem anderen Mann hinterhergelaufen, als meiner starb? Meine Tochter war seine Ehefrau, und ich werde nicht dulden, dass dieses Mädchen die Erinnerung an Barbara in diesem Haus und im Gedächtnis der Kinder auslöscht!“

Magda schnappte nach Luft, und sie war froh, dass die beiden Frauen das Fernsehgerät laut gestellt hatten. Leise schlich sie zur Tür zurück und verließ lautlos das Haus.

Auf dem Weg zu Barrys Wagen, den sie tagsüber fahren durfte, fühlte sie sich wie eine Spionin im Zweiten Weltkrieg. Langsam ließ Magda das Auto auf die Straße rollen, und erst an der ersten Kreuzung ließ sie den angehaltenen Atem entweichen.

Mr van Michaels. „Nana“, stieß sie zwischen zusammengebissenen Zähnen hervor. „*Du* warst das!“

Savannah, Georgia

Weniger als einen Monat, nachdem ihr die Idee gekommen war, hatte Evelyn einen Finanzplan erstellt und auch schon einen Namen für ihre Schule gefunden. Der Unterricht würde im März beginnen.

„Fünf Jungen und fünf Mädchen sind schon angemeldet“, berichtete sie Ed eines Tages nach der Arbeit. „Und fast genauso viele – drei Mädchen und zwei Jungen – interessieren sich für die Wochenendkurse.“

Ed saß an seinem Schreibtisch, die Arme vor der Brust verschränkt. Er strahlte sie an. „Haben Sie sich um die Genehmigungen gekümmert?“

„Ja. Und ich bin auch schon fast fertig mit dem ersten Entwurf für die Arbeitsbücher für die Mädchen.“ Sie deutete auf ihn. „Ich brauche dann Ihre Notizen für die Jungen, damit ich sie abtippen und eventuell noch etwas ergänzen kann.“

Ed lachte. „Die habe ich bis Freitag fertig.“ Er erhob sich. „Ich denke, wir haben große Fortschritte gemacht.“

Evelyn erhob sich ebenfalls. „Allerdings.“

„Und? Was meint Miss Dovalou? Freut sie sich?“ Er führte sie zur geöffneten Tür und nahm seinen Mantel vom Garderobenständer.

„Absolut. Aber sie ist nicht annähernd so begeistert wie einige der jungen Leute.“

„Sie sollten hören, wie die Mütter mir sonntags von der Idee vorschwärmen.“ Er lächelte sie an und atmete tief durch. „Ich bin sehr froh, Evelyn, dass Sie darauf gekommen sind.“

Evelyn nahm ihre Handtasche und ihren Mantel. „Ich auch.“

Sie erreichten die Tür. „Hey“, sagte er beinahe beiläufig. „Am Sonntag soll das Wetter sehr schön werden für Februar. Ich habe überlegt, angeln zu gehen.“

Evelyn blickte zu ihm hoch. „Beißen die Fische denn bei dieser Kälte?“

„Es ist der perfekte Zeitpunkt“, sagte er im Brustton der Überzeugung.

„Oh. Okay. Nun, das hört sich gut an.“

Sie verließen das Büro. Seit dem Mittagessen waren die Temperaturen beträchtlich gesunken. Sie spähte zu ihrem Arbeitgeber hoch.

„Und Sie sind sicher, dass es wärmer werden soll?", fragte sie leise lachend.

Ed verschloss die Bürotür. „Ja, das bin ich." Er drehte sich zu ihr herum und suchte ihren Blick. „Wann waren Sie das letzte Mal angeln, Evelyn?"

„Ich?" Gemeinsam gingen sie zum Parkplatz, wo ihre Autos nebeneinander parkten. „Du meine Güte, vermutlich ein Jahr, bevor ich nach Chicago gegangen bin."

„Mit Ihrem Vater?"

„Ja, mit Papa."

„Haben Sie das Angeln vermisst?"

An ihrem Wagen angekommen, suchte sie in ihrer Tasche nach dem Schlüssel. Sie zuckte die Achseln. Hatte sie es vermisst, mit ihrem Vater draußen auf dem See zu sein, Sandwiches und Getränke in einer Kühltasche im Boot zwischen ihnen, und schweigend zu beobachten, wie der an der Leine befestigte Korken auf dem Wasser tanzte?

„Ja", antwortete sie schließlich lachend. „Ich glaube, ich habe es vermisst."

Seine Hand legte sich an ihren Ellbogen, und ein Schauder überlief sie. Was hatte Papa gesagt? „*Wenn der Richtige kommt, dann wirst du Schmetterlinge im Bauch haben.*"

„Dann kommen Sie doch mit", schlug Edwin vor, was sie noch mehr verwirrte. „Wir machen uns einen schönen Tag."

„Vermutlich", erwiderte sie. „Aber … Ed? Als Freunde, okay? Ich … ich bin nicht auf mehr aus."

Sie glaubte, in seinem Gesicht einen Anflug von Enttäuschung wahrzunehmen, aber er riss sich schnell zusammen. „Wir werden nur Angelkameraden sein", sagte er und hielt ihr die Hand hin.

„Angelkameraden", stimmte sie zu und legte ihre Hand in seine.

„Und du bist absolut sicher, dass du das richtig verstanden hast?“, fragte Barry.

Sie saßen an einem kleinen runden Tisch in einem überfüllten Restaurant, das Barry empfohlen worden war.

Magda beugte sich vor. Das Essen lag ihr schwer im Magen, und sie wünschte, sie hätte nicht alles aufgegessen. „Ganz sicher. Sie ist diejenige, die Mr van Michaels informiert hat.“

Barrys Kiefer mahlten, und seine Augen wurden noch einen Ton dunkler. Er schluckte schwer und lehnte sich auf seinem Stuhl zurück. „Also.“ Er ließ die Arme hängen. „Ich denke, dann werde ich wohl mit ihr reden müssen. Ich –“ Er griff nach seinem Kaffee, der zum Dessert – der besten Crème brulée, die sie beide je gegessen hatten –, serviert worden war. „Eine Wohnung für sie habe ich bereits gefunden, aber jetzt muss ich auch noch jemanden suchen, der in der Zwischenzeit auf die Kinder aufpasst.“

Magda griff nach seiner Hand. „Warte. Nein.“

Barry stellte seine Tasse auf die Untertasse. „Wie bitte?“, fragte er.

„Ich sagte, warte“, wiederholte sie etwas lauter. Sie blickte sich um. „Ehrlich, Barry, denkst du wirklich, wir sollten uns hier über solche Dinge unterhalten?“

Er runzelte die Stirn. „Ich kannte das Lokal nicht. Harlan sagte, dir würde es hier bestimmt gefallen.“ Er blickte sich um. „Obwohl ich nicht weiß, wie er darauf kommt. Du scheinst mir nicht der Typ zu sein, der es düster und deprimierend liebt.“

Harlan … Entschlossen schob Magda den Gedanken an ihre erste Liebe fort. „Früher hätte es mir vielleicht gefallen“, gestand sie. Sie starrte in ihre Kaffeetasse. Jetzt oder nie. „Wusstest du eigentlich, dass ich eine Zeit lang mit Harlan Procter ausgegangen bin?“

Barry erbleichte. „Was? Na, das ist ja ein Abend voller Überraschungen! Wann war das?“

Magda seufzte. „Er hat mir Tipps gegeben, um meinen Schreibstil zu verbessern. Es war eher eine Beziehung zwischen Mentor und Schülerin." Sie trank einen Schluck Wasser. „Harlan sagte immer, ich würde so sehr in meinen Minderwertigkeitsgefühlen meiner Schwester gegenüber feststecken, dass ich keine guten Charaktere entwerfen könnte. Meine Sachen wären … na ja, düster und deprimierend. Und ich muss zugeben, dass das stimmte." Sie zwang ein Lächeln auf ihr Gesicht. „Doch als Inga sich mir wegen der Schwangerschaft anvertraute, hat sich etwas in mir … verändert. Plötzlich wurde mir klar, dass sie mich brauchte. Sie, in deren Schatten ich immer gelebt hatte, stand nun selbst auf der dunklen Seite." Sie zuckte die Achseln. „Und das ist auch der Grund, warum ich nicht möchte, dass du mit Harriet sprichst."

„Ich kann dir nicht folgen", sagte er und schlug die Beine übereinander.

„Noch vor einem Jahr hätte ich geschmollt und mich selbst bemitleidet. Jetzt empfinde ich Mitleid mit ihr. Mit Nana. Ihr Mann ist tot, ihre Tochter starb viel zu früh, und sie hat jetzt nur noch dich und die Kinder. Sie hat Angst, dass sie allein zurückbleibt, Barry." Sie blinzelte. Ihre Augen brannten von dem Zigarettenrauch, der in der Luft hing. *Natürlich hat Harlan dieses Restaurant empfohlen.* „Auf der Fahrt in die Stadt habe ich darüber nachgedacht. Überlass die Sache mir. Bitte. Denn schließlich müssen sie und ich früher oder später miteinander auskommen, nicht?"

Barry starrte sie an. Aus der Musikanlage des Restaurants drang das Lied „Til The End Of Time". Ganz langsam füllten sich seine Augen mit Tränen. Er blinzelte sie fort und sagte: „Wollen wir gehen?"

„Ja."

Schweigend holten sie ihre Mäntel und verließen das Lokal. Das Schweigen dauerte an, bis sie in den Zug einstiegen. Magda hatte sehr wohl bemerkt, wie oft der Mann, den sie in nur wenigen Tagen heiraten wollte, geschluckt hatte. Heftig geschluckt hatte.

Als der Zug losfuhr, schob sie ihre Hand in seine und drückte sie. Barry blickte sie mit traurigen Augen an. Magda küsste ihn auf die Wange und flüsterte: „Das war euer Lied eben im Restaurant, nicht? Deins und Barbaras?“

Er nickte kurz, dann kniff er die Augen zusammen und ließ seine Tränen fließen.

Kapitel 46

Ich weiß, dass Sie es waren, die Mr van Michaels informiert hat." Magda stand in Barrys Wohnzimmer, das bald ihr eigenes sein würde, und schob das Kinn vor.

Harriet hatte sich vor dem Kamin aufgebaut und die Arme vor der Brust verschränkt. „Ich habe keine Ahnung, wovon Sie reden", erwiderte sie, aber die Röte, die an ihrem Hals hochkroch, erzählte eine andere Geschichte.

„Bitte tun Sie das nicht", sagte Magda, den Blick fest auf die ältere Frau gerichtet. „Machen Sie sich nicht die Mühe, es zu leugnen."

„Hat Jessie es Ihnen erzählt?"

„Nein", erwiderte Magda ruhig. „Ich hatte gestern das Haus noch nicht verlassen, als Sie darüber gesprochen haben. Ich hatte meinen Block vergessen."

„Dann haben Sie also gelauscht?"

Magda verschluckte sich beinahe. „Nein. Ich lebe in diesem Haus, Mrs – Harriet."

„Mrs Nielson bitte", sagte sie, ging zum Sofa und ließ sich darauf nieder, wie um Magda zu zeigen, dass dies immer das Heim ihrer Tochter sein würde.

Magda atmete tief durch. „Ich möchte, dass wir Freundinnen werden."

„Niemals. Sie können und werden Barbaras Platz nicht einnehmen."

Magda setzte sich auf den Sessel, vor dem sie gestanden hatte. Den ganzen Morgen vor dieser Begegnung hatte sie gebetet, und ihr war klar, dass sie auf jeden Fall ruhig bleiben musste, trotz allem, was sie zu sagen hatte.

„Natürlich nicht." Ihr Blick wanderte durch den Raum und blieb an dem gerahmten Foto von Barbara hängen. Sie ging hin und nahm es vorsichtig zur Hand. „Sie war sehr schön", sagte sie, ohne sich zu Harriet umzudrehen.

„Sie können ihr nicht das Wasser reichen."

Magda stellte das Foto zurück. „Das will ich auch gar nicht." Sie lehnte sich an das Sideboard und verschränkte die Arme. „Sie ist und wird immer Deannes und Douglas' Mutter sein, und sie wird immer Ihre Tochter sein. Aber mit ihrem ... Tod ... war ihre Ehe mit Barry zu Ende. Und so leid es mir tut, das zu sagen, und so schmerzlich es ist, das zu hören ... Fakt ist, Harriet –", sie atmete tief durch. „So ist es nun mal."

Harriet sprang auf und schoss auf Magda zu. „Wie können Sie es wagen!" Der Kopf der Frau war so rot, dass Magda befürchtete, er könnte explodieren. „Sie sind bösartig!", zischte sie. „Sie haben es geschafft, mich aus meinem Heim zu werfen, aber es wird Ihnen nicht gelingen, meinen Einfluss auf meine Enkelkinder zu unterbinden."

Magda bemerkte, dass Harriet die Hände zu Fäusten geballt hatte, und sie fragte sich, ob sie sie wohl angreifen würde. Doch als dreißig Sekunden vergangen waren und keine von ihnen sich gerührt hatte, räusperte sich Magda und machte einen Schritt nach vorn.

„Harriet", sagte sie so ruhig, wie es ihr möglich war, „ich werde Barry am Dreizehnten heiraten. Und nach unseren Flitterwochen werde ich in dieses Haus einziehen und es zu meinem Heim machen. Wenn wir beide uns nicht in der Mitte zwischen jetzt und früher treffen können, dann kann ich nur beten, dass dies später irgendwann möglich sein wird." Sie ging zur Garderobe, wo sie ihre Handtasche, ihren Mantel und die Handschuhe abgelegt hatte. Ihre Finger zitterten, als sie die Handschuhe überstreifte. Am liebsten hätte sie mit dem Fuß aufgestampft und geschrien, doch stattdessen konzentrierte sie sich auf ihre Aufgabe.

Magda blickte erst wieder hoch, als sie ihren Mantel angezogen hatte. „Das ist alles, was ich zu sagen habe." Sie setzte sich in Richtung Haustür in Bewegung, blieb aber stehen, als Harriet ihren Namen rief. Wortlos drehte sie sich um.

„Wenn Sie meinen Schwiegersohn heiraten, werde ich Ihnen das Leben zur Hölle machen!"

Die Wucht ihrer Worte traf Magda wie ein Presslufthammer, der ohne Vorwarnung zum Leben erwachte. Sie schluckte. Nickte. Und als sie endlich wieder atmen konnte, sagte sie: „Das Risiko muss ich wohl eingehen."

In der Nacht träumte Magda, sie sei eine alte Frau und am Ende ihres Lebens angekommen. Ihre Kinder und Enkel standen an ihrem Sterbebett. Deanne und Douglas waren ebenfalls da. Sie waren älter, sehr viel älter, aber sie erkannte sie sofort. Alle sagten ihr, wie sehr sie sie liebten und dass sie Barry bald wiedersehen würde.

Und dann, wie das in Träumen manchmal vorkam, stand Magda vor den Toren des Himmels. Sie war wieder jung, und als sie erkannte, wohin dieser Weg führte, rannte sie auf die Tore zu. Sie schwangen langsam auf; dichter weißer Nebel war zu sehen und das Lied der Engel wurde immer lauter.

Magda wünschte sich nur zwei Dinge – Jesus zum ersten Mal zu begegnen und Barry wiederzusehen. Eine Gestalt erschien. Freundlichkeit und Anmut gingen von ihr aus, als Magda näher kam. Und als sie sie endlich erkennen konnte, wurde ihr klar, dass Barbara vor ihr stand.

„Ich wollte diejenige sein, die dich in Empfang nimmt", sagte sie, obwohl sich ihre Lippen nicht bewegten. „Vor allen anderen. Ich wollte dir danken." Und dann lächelte sie. Langsam zuerst, dann breit und strahlend.

Magda fuhr aus dem Schlaf hoch.

Und neue Hoffnung erfüllte sie.

13. Februar 1954
Plymouth, Minnesota

„Wie sehe ich aus?" Magda stand vor ihrer Mutter in demselben Raum, in dem sie vor fast einem Jahr Inga beim Ankleiden geholfen hatte.

Mor drückte die Hand an ihre Brust. „Du bist wunderschön."

Magda lächelte. „Sag mir die Wahrheit, Mor. Ist Far aufgeregt, weil er die Braut zum Altar führen soll? Er ist doch so daran gewöhnt, selbst die Gottesdienste zu halten."

„Ich glaube schon." Sie errötete. „Aber dein Vater hat noch nicht ganz ..." Ihre Worte verklangen, und sie schüttelte den Kopf.

Wie dumm ihre Frage gewesen war. „Er ist noch nicht über die Sache mit Inga hinweg? Immer noch nicht, Mor?"

Mor seufzte. „Lass uns an diesem besonderen Tag nicht darüber reden." Mor ergriff die Hände ihrer Tochter und breitete sie aus. „Wie interessant, dass das Kleid an dir ganz anders aussieht als an deiner Schwester."

Magda lachte nervös. „Ich dachte, wir wollten heute nicht über Inga sprechen." Obwohl sie ihr fehlte. Sehr sogar. Mehr, als sie sich je hätte vorstellen können.

Sie hatte Inga natürlich zur Hochzeit eingeladen, doch Axel hatte sich nicht freinehmen können, und Inga wollte, aus welchen Gründen auch immer, die Reise nicht allein mit der Kleinen antreten. „Vielleicht", sagte sie, „weil ich keine rosa Schärpe trage."

„Und keinen Schleier und keine Blumen. Ich verstehe deine Entscheidung zwar nicht, aber …“ Sie durchquerte den Raum und ging zu einer Hutschachtel, die sie mitgebracht hatte. Vorsichtig klappte sie sie auf und holte einen in weißes Seidenpapier eingeschlagenen Gegenstand heraus. Mit langsamen Bewegungen schälte sie ihn aus dem Papier, und zum Vorschein kam ein kleiner Hut, kaum größer als eine kleine Kappe, mit einem zarten, mit roten und rosa Blüten verzierten Schleier. „Ich habe diesen Hut bei der Hochzeit mit deinem Vater getragen“, erklärte sie mit leiser Stimme.

Magda trat zu ihrer Mutter. „Mor!“, sagte sie tief gerührt. „Er ist wunderschön.“ Das Licht fing sich in den Blumen – Azaleen, wie sie jetzt erkannte.

„Das ist ein Schiaparelli.“ Sie strich leicht darüber und reichte ihn ihr. „Ich weiß, du hast gesagt, du wolltest keinen Schleier, aber ich dachte …“

„Ich würde ihn unglaublich gern tragen.“ Magda lächelte. „Man soll ja etwas Altes bei sich haben, und jetzt werde ich sogar noch Blumen haben.“ Sie ging etwas in die Hocke, damit ihre Mutter ihr den Hut aufsetzen konnte. Als sie fertig war, drehte sich Magda um und warf einen Blick in den Spiegel. Zum ersten Mal sah sie sich als Braut, und ihr Magen krampfte sich zusammen, als sie sich vorstellte, wie Barbara an ihrem Hochzeitstag wohl ausgesehen hatte.

„Mor“, sagte sie, „ich habe ein Problem.“

Ihre Mutter stand hinter ihr. Sie legte ihre Hände auf Magdas Schultern und sagte: „Die Großmutter der Kinder.“

Magda riss die Augen auf. „Woher weißt du das?“

„Ich habe mich in ihre Lage versetzt. Ich bin jetzt auch Großmutter, und ich habe überlegt, wie ich mich fühlen würde, wenn … wenn Inga sterben und eine andere Frau die kleine Emma großziehen würde.“

Magda griff nach den Händen ihrer Mutter und drückte sie. „Ist es … ist es ein Fehler, Barry so bald schon zu heiraten, Mor? Ich liebe ihn und möchte ihm eine gute Ehefrau sein, und ich will auch den Kindern eine gute Mutter sein, aber … vielleicht ist es selbstsüchtig, nicht noch länger zu warten."

Mor schüttelte den Kopf. „Liebe kann nicht selbstsüchtig sein, Magda. Bei der Liebe geht es darum zu geben. Und wenn du denkst, du könntest wirklich nichts mehr geben, dann *wumm* … gibst du noch ein wenig mehr."

Magda musste lachen.

„Aber mein Liebling", fügte ihre Mutter hinzu, „jede Ehe, egal wie kompliziert oder einfach, erfordert viel Geduld. Viel Gebet. Sehr viel Liebe."

Magda nickte. „Also soll ich es durchziehen? Alle Ängste vergessen und vor den Altar treten?"

Mor schüttelte den Kopf. „Nein. Wenn du Zweifel hast, ob deine Liebe ausreicht, dann nicht."

Magda schnappte nach Luft. Die Antwort ihrer Mutter hatte sie verblüfft.

„Aber", fuhr sie fort, „wenn du denkst, dass deine Liebe alle Stürme übersteht, dann ja. Tritt zu deinem Mr Cole vor den Altar und beginnt euer gemeinsames Leben. Vielleicht wird diese Mrs Nielson dich nie akzeptieren. Aber darum geht es nicht."

„Worum denn?"

„Um die Liebe."

„Oh, Mor." Magda drehte sich um und legte die Arme um sie. Tief atmete sie ihren Duft ein, der sie immer zu trösten vermochte, wenn sie ihrer Mutter so nahe war. „Ich liebe ihn so sehr."

Ein Klopfen an der Tür störte ihre Zweisamkeit. „Wer ist da?", rief Mor.

„Es wird Zeit", rief Far. „Ich bin hier, um meine Frau und meine Tochter zu holen."

Magda zwinkerte ihrer Mutter zu. „Ich denke, ich weiß jetzt, warum du diesen Mann geheiratet hast", sagte sie. „Hinter seiner rauen

Schale steckt ein weicher Kern, und er kann richtig süß sein, wenn er will."

Mor zwinkerte zurück. „Und eines Tages, wenn Gott dich so segnet, wird deine Tochter dasselbe zu dir sagen."

Magda warf noch einen letzten Blick in den Spiegel, bevor sie die Hand ihrer Mutter ergriff. „Dann lass uns gehen", sagte sie. „Damit ich Mrs Barry Cole werden kann."

April 1954

Liebe, liebe Joan,

ich schicke Dir ein Foto des unglaublichsten Sohnes, den je eine Mutter zur Welt gebracht hat. Denk doch nur, Joanie! Ich bin jetzt Mutter. Pat ist Vater. Wir sind eine Familie. Und das haben wir Dir zu verdanken. Wir lieben und vermissen Dich. Komm schnell in die Staaten zurück, ja?

Liebe Grüße,
Sean Patrick Callahan Jrs liebende Mutter

Als Mitglied von General Partridges Stab war es ihre Aufgabe, eine Unterhaltungsshow für die in Deutschland stationierten Truppen zu organisieren. Dabei stieß sie auf Informationen über Garmisch-Partenkirchen, eine Stadt in der Nähe der österreichischen Grenze.

„Die Stadt liegt am Fuß der Zugspitze", erklärte sie Robert eines Abends, als er sie zu ihrem Auto begleitete.

„Dem Berg?"

„Ja." Am Wagen angekommen legte Joan ihre Hand auf seinen Arm, um ihn daran zu hindern, die Tür zu öffnen. Sie wollte sich noch ein wenig unterhalten, trotz der Kälte. „Einen See gibt es auch dort, den Eibsee. Ich habe heute Fotos gesehen. Er ist wunderschön und sehr malerisch, gar nicht weit von Garmisch-Partenkirchen entfernt. Direkt am See liegt ein Hotel."

„Das Eibsee-Hotel?"

„Kennst du es?"

„Es wurde als Offiziersklub für die Armee requiriert."

„Ja, das stimmt", erwiderte sie.

„Das Hotel ist den Offizieren vorbehalten. Und ich bin kein Offizier."

„Aber als zivile Angestellte besitze ich Offiziersrang. Und ich kann Gäste mitnehmen."

Er lehnte sich an den Wagen, und sie folgte seinem Beispiel. Ihre Schulter berührte Roberts Oberarm. „Das stimmt allerdings", sagte er und zog das letzte Wort in die Länge. In seinem Kopf wirbelten bereits die Ideen durcheinander.

„Ich dachte, wir könnten eine Gruppe zusammenstellen – eine kleine Gruppe, höchstens vier Leute, mehr passen nicht in meinen Wagen – und am kommenden Wochenende hinfahren, zum Skifahren."

Er verschränkte die Arme. „Ich muss dich warnen: Ich bin kein guter Skifahrer."

„Ich fahre genauso gut Ski, wie ich Auto fahre", lachte Joan. „Aber das ist doch gerade der Spaß dabei, meinst du nicht?"

Nachdenklich kaute er auf seiner Lippe. Schließlich klatschte er in die Hände und stieß sich vom Auto ab. „So machen wir es. Frag doch mal, ob Lucy mitkommen möchte. Ich frage Bob oder Leo. Wir nehmen zwei Zimmer …" Er öffnete die Wagentür, und Joan setzte sich ans Steuer.

„Ich rede noch heute Abend mit Lucy", versprach sie.

Er beugte sich über sie und gab ihr einen Kuss auf die Wange. „Fahr vorsichtig."

Lucy wollte gern mitkommen, doch am Freitagmorgen wachte sie mit einer so starken Erkältung auf, dass sie nicht zur Arbeit konnte und auch das Ski-Wochenende absagen musste. Als Joan im TWX die Nachrichten für den General abholte, berichtete sie Robert davon.

„Ich habe vielleicht eine Lösung", sagte er. „Leo wäre so gern mitgekommen, aber der Wagen war ja voll."

„Könnt ihr denn zu dritt in einem Zimmer schlafen?"

Robert grinste. „Wir sind Soldaten, Joan. Zu dritt in einem Zimmer in einem Hotel zu schlafen, nachdem wir den ganzen Tag Ski gefahren sind, dürfte kein Problem für uns darstellen."

Joan salutierte spielerisch. „Verstanden."

Das Eibsee-Hotel ragte wie ein Leuchtturm in die Höhe und zeigte denen den Weg, die Trost und Wärme suchten. Doch im Schatten der Zugspitze wirkte es eher wie ein lästiger kleiner Käfer. Der Berg mit seinen knapp dreitausend Metern hob sich mit seinem schneebedeckten Gipfel scharf vom strahlend blauen Himmel ab.

„Oh, ich kann es kaum erwarten", sagte Joan, als die vier Freunde ausstiegen. Sie blickte zum Berg hoch. „Los, beeilen wir uns."

„Wieso hast du es so eilig?", fragte Robert. „Ich dachte, du kannst nicht gut Ski fahren."

Joan lachte. „Das stimmt. Aber ich glaube, es wird großen Spaß machen."

Der Tag verlief viel besser, als sie gedacht hatte. Alle hatten gute Laune, und auch die Knochen blieben heil. Nachdem sie stundenlang alle Pisten ausprobiert hatten, waren sie schließlich erschöpft.

„Lasst uns ins Hotel zurückkehren", schlug Robert vor. „Wir ziehen uns um und gehen etwas essen …"

„Ich möchte gern am Kamin in der Lobby sitzen", verkündete Joan auf dem Weg zur Seilbahn. „Es dauert bestimmt einen Monat, bis meine Zehen wieder ganz auftauen."

Als sie die dunkel getäfelte Lobby betraten, hatte sich die Dämmerung bereits über den Eibsee gelegt.

„Bevor es zu dunkel wird", sagte Robert zu Joan, „könnten wir beide schnell nach Garmisch fahren?"

„Wozu?"

Er verzog das Gesicht. „Verbandszeug und Desinfektionsmittel."

Joan blieb stehen, er ebenfalls. Leo und Bob gingen weiter. „Wir treffen uns dann um neunzehn Uhr hier unten", sagte Bob.

„Wozu brauchst du Verbandszeug?", fragte Joan.

„Ich sage das nur ungern, aber ich habe Blasen von den Skischuhen."

Joan biss sich auf die Lippe und tätschelte mitfühlend seine Wange.

Eine Stunde später kamen Joan und Robert mit ihren Einkäufen zurück. Beim Anblick des Desinfektionsmittels verzog Robert das Gesicht.

„Es ist ziemlich kalt draußen", sagte Joan, um das Thema zu wechseln. „Kälter als ich gedacht hatte."

„Das ist gut fürs Skifahren, aber ich weiß nicht genau, ob ich mich morgen wieder auf die Bretter stelle."

„Ich fürchte auch, dass mein Muskelkater zu groß sein wird. Wenn die Jungs noch mal auf den Berg wollen, dann könnten wir beide uns ja in die Lobby setzen und heiße Schokolade trinken." Lächelnd stellte Joan den Wagen am Hotel ab. Sie wollte den Motor ausschalten, doch Robert legte seine Hand auf ihre.

„Lass ihn laufen", sagte er mit schmeichelnder Stimme.

Sie wandte sich zu ihm um. „Stimmt was nicht?"

„Nein, alles ist gut", sagte er und beugte sich vor. Joan spürte seine weichen, köstlichen Lippen, und trotz Eis und Schnee draußen breitete sich die Wärme in ihrem ganzen Körper aus.

Kapitel 47

Siebzehn Monate später, September 1955

Joan war nicht mit der Absicht nach Deutschland gekommen, ihren ganz besonderen Jemand zu finden. Oder sich zu verlieben. Und obwohl Robert sie schon mehrmals gebeten hatte, noch in Deutschland seine Frau zu werden, war sie ganz gewiss nicht um den halben Globus gereist, um zu heiraten.

Sie war nach Deutschland gekommen, um zu arbeiten. Um das Abenteuer zu suchen. Beides hatte sie getan … und sich verliebt.

Aber sie und Robert konnten nicht für immer in Deutschland bleiben, während der Woche arbeiten und am Wochenende Spritztouren in die Nachbarländer unternehmen. Ihre Abreise in die Staaten rückte immer näher.

In vierzehn Tagen würde es so weit sein. Die Fahrkarten – für Joan eine einfache, für Robert mit Rückfahrt – waren gekauft. Gemeinsam würden sie in den Zug nach Amsterdam steigen und die *SS Rotterdam* würde Joan in die Staaten zurückbringen. Robert würde noch einige Monate in Nürnberg bleiben.

Ihren Wagen verkaufte Joan für vierhundert Dollar an Leo. Er würde ihn übernehmen, wenn sie aus Deutschland abreiste.

„Was wirst du mit dem vielen Geld machen?", fragte Robert.

„Zu dem legen, das ich bereits gespart habe." Bei General Partridge hatte sie gut verdient, und da sie für ihren Lebensunterhalt kaum Aufwendungen hatte, war eine beträchtliche Summe zusammengekommen. „In den Staaten muss ich schließlich von etwas leben, bis ich einen Job gefunden habe."

Sie saßen draußen an einem der Tische an dem Kaffeestand vor dem PX-Supermarkt, genau wie bei ihrer ersten „Verabredung".

„Hör mal, Joan", sagte Robert. „Du könntest doch einfach hierbleiben und nicht in die Staaten zurückkehren. Heirate mich endlich." Er grinste.

„Erstens", erwiderte Joan und hielt ihren Zeigefinger in die Höhe, „habe ich im Laufe des vergangenen Jahres deine Mutter durch ihre netten Briefe an mich ein wenig kennengelernt. Und deine Schwester Nancy. Niemals würde ich meine künftige Beziehung zu deiner Familie damit beginnen, dass ich sie der Möglichkeit beraube, die Hochzeit ihres einzigen Sohnes mitzuerleben."

Robert stöhnte.

„Zweitens", fuhr Joan fort und hielt einen anderen Finger in die Höhe, „habe ich dir ja schon gesagt, dass ich ein Brautkleid in den Staaten habe, und ich will es unbedingt an meinem Hochzeitstag tragen. Schließlich habe ich viel Geld dafür bezahlt."

„Aber du liebst mich doch, oder?"

„Das tue ich, Robert. Aber ich werde dich nicht hier heiraten." Sie hielt den dritten Finger in die Höhe. „Und ganz bestimmt nicht, ohne zu wissen, wie mein Leben in North Carolina aussehen wird."

Robert hob die Hand. „Ich gebe auf. Solange du mir versprichst zu schreiben …"

Joan nickte. „Mindestens einmal die Woche." Sie hob die ganze Hand wie zu einem Schwur. „Bei meiner Ehre."

November 1955
Lake Forest, Illinois

„Du bist endlich da“, rief Betty Callahan, als sie die lange Einfahrt hinunterrannte, wo das Taxi gerade vorgefahren war.

Mit strahlendem Gesicht stieg Joan aus. Sie breitete die Arme aus, und Betty flog auf sie zu.

„Oh, wie schön, dich zu sehen!“ Betty hielt die Freundin auf Armeslänge von sich. „Schau dich nur an.“ Sie drückte Joans Schultern. „Die Liebe steht dir gut.“

Joan lachte, und ihr Blick wanderte nach oben zu den hohen Bäumen, deren Blätter rot und golden leuchteten. „In dieser Jahreszeit sehen wir doch alle gut aus.“ Neugierig musterte sie das Haus, während der Taxifahrer den Kofferraum öffnete. „Dein Haus ist wunderschön, Betty. Selbst von außen.“

Betty schob ihren Arm durch Joans und zog sie zur offenen Haustür. „Warte nur, bis du es von innen siehst. Pat hat mir bei der Einrichtung freie Hand gelassen, und –“

„Und du hast dir das nicht zweimal sagen lassen, was, Chloe Estes?“

Betty warf den Kopf in den Nacken und lachte, verblüfft über die Bemerkung über ihre Mutter. „Ja!“ Der Taxifahrer folgte ihnen und trug Joans kleinen Koffer ins Haus. „Mehr hast du nicht mitgebracht? Du wolltest doch einen Monat hierbleiben, nicht nur übers Wochenende“, sagte sie.

Ihr Mann erschien in lässiger Freizeitkleidung in der Tür.

„Pat!“, quietschte Joan.

„Joan Hunt“, rief er und schloss sie etwas unbeholfen beide gleichzeitig in die Arme.

„Pat, um Himmels willen“, murmelte Betty, deren Gesicht an seiner Schulter halb zerquetscht wurde, „bezahl den Taxifahrer.“

„Natürlich“, erwiderte er und griff nach seinem Portemonnaie. „Geht schon mal rein, Mädels. Ich komme gleich nach.“

Betty schob Joan in das gemütlich und doch elegant eingerichtete Wohnzimmer.

„Oh, Betty!“, keuchte Joan, und Betty lächelte erfreut. „Du bist wirklich weit gekommen seit unserer gemeinsamen Wohnung. Lauter richtige Möbel … und alles passt zusammen.“

Betty nahm sie an der Hand und zog sie zur Terrassentür. „Pat kümmert sich um deine Sachen. Komm, sieh dir den Garten an.“

Sie traten hinaus auf die Veranda, an den Pool, auf dem bereits die ersten Herbstblätter trieben. Betty stöhnte. Alles sollte doch perfekt sein. „Ich denke, wir müssen jetzt bald die Abdeckung anbringen, aber ich sitze so gern am Pool, wenn Sean Patrick seinen Mittagsschlaf hält.“

Joan wandte sich ihr zu. „Wo ist er denn? Ich kann es kaum erwarten, ihn zu sehen.“

„Im Augenblick schläft er, Gott sei Dank“, erklärte Betty. „Er ist ein ziemliches Energiebündel.“ Sie legte die Hand auf ihren Bauch. „Aber rate mal … ich bin wieder schwanger, Joanie.“

Joan riss die Augen auf. „Nein.“

Betty nickte. „Ja.“

Pat trat zu ihnen. „Nein, ja … was denn nun?“ Verständnis breitete sich auf seinem Gesicht aus. „Ach, alles klar. Du hast es ihr erzählt.“ Er errötete leicht. „Was meinst du dazu, Joan Hunt?“

Joan umarmte sie beide. „Ich freue mich so für euch. Und ihr?“, fragte sie beide. „Seid ihr glücklich? Rundum? Ich meine, nicht nur über das Baby, sondern … so richtig?“

„Mehr, als ich sagen kann“, erwiderte Betty und suchte Pats Blick. „Aber was dieses Kind betrifft“, fuhr sie an Joan gewandt fort, „dieses Mal habe ich noch nicht einen Tag unter morgendlicher Übelkeit gelitten. Nicht, Pat?“

Pat schüttelte den Kopf. „Nein, Joan Hunt, dieses Mal nicht. Halleluja, kann ich nur sagen.“

Februar 1956
Savannah, Georgia

Evelyn hatte es versucht. Sie hatte Edwin auf alle möglichen Arten zu verstehen gegeben, dass sie nicht mit ihm ausgehen konnte und wollte. In den knapp drei Jahren, die sie mittlerweile miteinander arbeiteten, waren sie gute Freunde geworden. Aber Evelyn war nicht bereit für mehr. Noch nicht. Und vielleicht würde sie es nie sein. Seit ihrer Abreise aus Chicago und seit George war sie weit gekommen. Sie wollte jetzt nicht drei Schritte zurückgehen, wo sie kaum zwei vorwärtsgegangen war. Und vor allem befürchtete sie, die Leute in der Stadt, und vor allem in Eds Gemeinde, könnten anfangen, sie als Paar zu sehen.

Und doch hielt sie jetzt den Telefonhörer ans Ohr, und Ed erzählte ihr von dem Tanzfest in der Schule, das sie beaufsichtigen sollten. „Vor kaum fünf Minuten hat Dr. Forrest angerufen. Du hast großen Eindruck bei der Schulleitung hinterlassen, Evelyn. Zumal du ja jetzt sozusagen Mitarbeiterin der Schule bist."

Im vergangenen September hatte sie der Schulleitung ihre Idee unterbreitet, ihre Etikette-Kurse in den Lehrplan der Schule zu integrieren. Der Unterrichtsstoff unterschied sich etwas von dem, was sie in ihren Kursen lehrten, und Evelyn hatte gehofft, damit noch mehr Interessenten für die Wochenenden anzuziehen. Bisher war der Plan aufgegangen, aber dadurch war auch zusätzliche Arbeit auf sie und Ed zugekommen.

Sie seufzte. „Unter einer Bedingung", erklärte sie ihm. „Wir beide werden nicht zusammen hinfahren und auch nicht zusammen weggehen. Wir müssen den äußeren Schein wahren, Ed."

Ein langes Schweigen folgte auf ihre Forderung. „Also gut, Miss Evelyn, wenn du das so willst."

„Das will ich", sagte sie, obwohl sie ein Lächeln unterdrücken musste bei seinem Kosenamen.

Sie beendete den Anruf, und als sie sich umdrehte, stand Tante Dovalou mit verschränkten Armen hinter ihr im Flur. „Lass mich raten", sagte sie kopfschüttelnd. „Er hat dich schon wieder eingeladen, und du hast ihm schon wieder einen Korb gegeben."

Evelyn lächelte höflich, als sie an ihr vorbei in Richtung Küche ging. „Tante Dovalou, ich bin einfach noch nicht so weit."

„Liebes", sagte sie. „Ich möchte dir ein kleines Geheimnis verraten. Es gab einmal eine Zeit, wo ich auch dachte, ich sei noch nicht so weit. Und sieh, wohin es mich gebracht hat."

Evelyn wirbelte herum und wäre beinahe mit ihr zusammengestoßen. „Was?"

Ihre Tante nahm sie am Ellbogen und führte sie in die Küche, wo der Apfelkuchen im Ofen seinen köstlichen Duft verströmte. „Er hieß Rod Whiting", erzählte sie. „Hol mir bitte mal das Kuchengitter, ja?"

Evelyn nahm das Kuchengitter vom Regal und stellte es auf die Arbeitsfläche. „Was ist passiert?"

„Es lag an meinem Starrsinn." Dovalou öffnete die Backofentür, nahm den goldbraunen Kuchen heraus und stellte ihn auf das Gitter. „Er liebte mich, und ich liebte ihn, aber … nun, er war deinem Papa sehr ähnlich, er hatte auch nicht viel Geld." Sie ging zum Kühlschrank, nahm eine Flasche Milch heraus und goss zwei Gläser voll. „Komm, wir setzen uns in den Wintergarten", schlug sie vor. „Hier drin ist es zu warm."

Evelyn folgte ihrer Tante in den Wintergarten. Tante Dovalou reichte ihr ein Glas Milch, und sie setzten sich nebeneinander auf das Sofa. „Weißt du, Judith war gerade mit deinem Papa durchgebrannt und hatte ihn geheiratet. Mama und Papa waren außer sich, und …" Sie trank einen Schluck Milch. „Immer wieder habe ich Rod vertröstet, wir müssten noch ein wenig warten. Meinen Eltern Zeit geben, den Schock zu überwinden. Und dann starb Mama, und ich sagte ihm, wir müssten warten, bis Papa die Trauer überwunden hätte.“ Sie hielt inne, und ihr Blick wanderte durch den Raum, als hätte sich die Szene gerade erst abgespielt.

Nach einer ganzen Weile brachte Evelyn den Mut auf, die Frage zu stellen: „Was ist dann geschehen?“

Tante Dovalou senkte den Blick. „Irgendwann hatte er das Warten satt, vor allem, nachdem dieses hübsche kleine Ding angefangen hatte, ihm schöne Augen zu machen.“

„Wo lebt er jetzt? Immer noch hier?“

Tante Dovalou nickte. „Er gehört zur Episkopalkirche. Ich sehe ihn also selten. Aber manchmal treffen wir uns zufällig.“ Sie lächelte mit Tränen in den Augen. „Sie haben drei Kinder bekommen, die jetzt alle erwachsen sind, und dann ist seine Frau mit einem Versicherungsvertreter durchgebrannt.“ Sie presste ihre Fingerspitzen auf ihre Lippen.

„Wann?“

„Vor etwa fünf Jahren.“

„Tante Dovalou! Du bist – wie alt? Einundfünfzig? Zweiundfünfzig?“

Ihre Tante tat schockiert. „Und was soll das heißen?“

„Du solltest ihm sagen, was du empfindest. Denn ich merke doch, dass du immer noch Gefühle für ihn hast.“

Ihre Tante deutete mit dem Zeigefinger auf sie. „Um mich geht es hier aber nicht. Und jetzt hör mir gut zu, Mädchen. Ein guter Mann ist schwer zu finden.“

„Du willst mir sagen –“

„Ist dieser Hank in Portal der Grund für all das?“

„Nein.“ Sie schüttelte den Kopf. „Nein.“ Evelyn atmete tief durch. „Tante Dovalou, der Kuchen riecht so gut.“ Sie erhob sich. „Was meinst du, sollen wir uns ein Stück abschneiden und noch ein Glas Milch holen?“

Tante Dovalou erhob sich. „Ich merke durchaus, wenn du mir ausweichst. Ich hoffe nur, dass du mich verstanden hast.“

Evelyn drückte ihrer Tante einen Kuss auf die Wange. „Ich habe zugehört, Tante Dovalou. Und ich habe verstanden."

Chicago

Robert war bereits seit einem Monat wieder in den Staaten, als er geschäftlich in Chicago zu tun hatte. Und natürlich wollte er auch Joan treffen.

„Nach meiner Besprechung hole ich dich bei deiner Arbeitsstelle ab", teilte er ihr am Telefon mit.

Joan war nach ihrer Rückkehr in Evanston in dieselbe Pension eingezogen, in der Magda einmal gewohnt hatte, und sie hatte auch eine Stelle als Sekretärin bei einer Firma gefunden, die Spiel- und Sportplätze erstellte.

„Wie gehen zum Essen aus, nur wir beide", fuhr er fort. „Wo immer du hingehen möchtest."

„Ich kann es kaum erwarten", erwiderte sie, und das stimmte.

„Dann sehen wir uns bald."

Am Tag ihres Wiedersehens wusste Joan nicht, wie sie den Tag hinter sich bringen sollte. Als der Feierabend näher rückte, deckte sie ihre Schreibmaschine ab, nahm Mantel und Handtasche und stürmte aus dem Büro. Während sie auf den Aufzug wartete, zog sie ihre Handschuhe an. Bei der linken Hand hielt sie inne und starrte sehnsüchtig auf ihren Ringfinger, und ganz flüchtig durchzuckte sie der Gedanke, ob Robert wohl mit einem Ring nach Chicago gekommen war. Und falls das so war, was es wohl für ein Ring wäre.

„Ach du liebe Güte", seufzte sie und stützte sich an der Wand ab. Sosehr sie Robert liebte, sie konnte nicht mit ganzer Aufrichtigkeit sagen, dass sie sich einer Zukunft mit ihm völlig sicher war. Joan hatte viel über den Süden gehört, in den Nachrichten, von

Lucy und von Evelyn. Es klang alles so … so rückständig. Sie konnte sich nicht vorstellen, dort zu leben. Dort zu überleben und sich weiterzuentwickeln. Falls er ihr einen Antrag machte, und falls sie heirateten, würde von ihr erwartet werden, dass sie Hausfrau und Mutter wurde? Dass sie jeden Morgen aufstand, um ihrem Mann das Frühstück zu machen, hinter ihm aufzuräumen, wenn er ins Büro gegangen war, die Wäsche zu machen und dann das Abendessen vorzubereiten? Oder gäbe es dafür eine Haushälterin, wie in fast jedem Haushalt in den Südstaaten, wenn sie glauben konnte, was sie gehört hatte?

„Oh nein", sagte sie, als die Aufzugtüren aufglitten. „Nicht für mich", sagte sie und drückte den Knopf zur Lobby.

Sie konnte sich nicht vorstellen, zu *jenen* Frauen zu gehören, die eine andere Frau einstellten, damit sie für einen niedrigen Lohn ihr Haus putzte. Aber auf der anderen Seite – vielleicht war das, was sie gelesen oder in Filmen gesehen hatte, ja auch nur übertrieben.

„Und außerdem", sagte sie zu sich selbst, als der Aufzug zum Stehen kam, „hat Robert vielleicht gar nicht die Absicht, mir einen Heiratsantrag zu machen."

Die Aufzugtüren glitten auf, und zum Vorschein kamen ein glänzender, schwarz-weißer Linoleumboden in Marmoroptik und zwei blank polierte Männerschuhe.

Joans Blick wanderte an dem Mann nach oben, die ganzen ein Meter neunzig, in einem dunkelblauen Anzug und einer schmalen, blau-weißen Krawatte, und er war so unglaublich attraktiv, dass ihr der Atem stockte.

„Robert!", stieß sie schließlich hervor.

Er lächelte, und tiefe Grübchen zeigten sich auf seinen Wangen. „Joan."

Sie sprang regelrecht aus dem Aufzug und in seine Arme. Seine Lippen suchten ihre. Der Kuss, zärtlich und süß, ließ ihre Knie weich werden.

Als ihre Füße schließlich wieder auf dem Boden standen, legte sie den Kopf zur Seite und blickte ihm in die Augen. „Hallo, du."

Beide lachten. „Ich hatte schon Angst, ich würde dich nie wiedersehen", sagte er. „Hungrig?"

„Sehr."

Kapitel 48

Savannah, Georgia

Evelyn stand im Eingang ihres Zuhauses, den Rücken an die Tür gelehnt, die Augen geschlossen. Ihre Hand lag noch am Türknauf.

Sie seufzte. Das war unerwartet gekommen. Edwin hatte sich wie ein Gentleman verhalten, und auch wenn sie im Laufe des Abends etwa ein halbes Dutzend Mal miteinander getanzt hatten, hatte er nichts gesagt oder getan, was ihr Unbehagen bereitet hätte.

Vielleicht hatte es an diesem schönen Abend gelegen … daran, wie die Schüler unter Kreppgirlanden und blinkenden Lichtern getanzt hatten. Vielleicht hatte es auch daran gelegen, wie Edwin seine Hand auf ihren Rücken gelegt und ihre Hand gehalten hatte, damit sie auf den Eisflächen nicht ausrutschte, als er sie zu ihrem Auto begleitete. Was immer es gewesen war … dazu kam noch die Art, wie er ihren Namen aussprach, als sie einsteigen wollte, und sie hatte ihm das Gesicht zugewandt und ihm gestattet, sie zu küssen. Flüchtig zuerst, wie ein Schmetterling eine Blume berührt, bevor er weiterfliegt. Und nachdem er sie gefragt hatte, ob es in Ordnung sei, und sie genickt hatte, hatte er die Arme um sie gelegt.

„Versteh das bitte nicht falsch, Evelyn", sagte er, nachdem sie sich wieder voneinander gelöst hatten, der Zauber sie aber noch gefangen hielt. „Ich liebe dich. Was oder wer auch immer dir wehgetan hat – ich werde diese Erinnerung auslöschen, wenn du mir die Gelegenheit dazu gibst."

„Ich denke darüber nach", erwiderte sie. Doch als sie nun hier stand, wusste sie, sie brauchte nicht darüber nachzudenken.

Edwin Boland liebte sie.

Er *liebte* sie.

Er liebte *sie.*

Greensboro, North Carolina

Noch bevor der März zu Ende ging, flog Joan an einem Freitagabend nach Greensboro. Am Sonntagabend, nach ihrem offiziellen Antrittsbesuch bei Roberts Familie, wollte sie nach Chicago zurückkommen.

Robert holte sie am Flughafen ab und begrüßte sie überschwänglich. Wenn er vorgeschlagen hätte, sie sollten sich einen Tisch in einem der neuen Restaurants im Flughafen suchen und einfach das ganze Wochenende dortbleiben, wäre Joan damit einverstanden gewesen. Doch stattdessen führte er sie in Richtung Ausgang.

„Bist du nervös?", fragte er.

Sie blickte zu ihm hoch, in sein leicht besorgtes Gesicht. „Eigentlich nicht. Jedenfalls nicht sehr." Während ihrer Zeit in Deutschland hatten Roberts Mutter und seine Schwester Nancy ihr immer einen kleinen Gruß in den Briefen an Robert mitgeschickt. In vieler Hinsicht hatte sie das Gefühl, sie bereits zu kennen.

„Meine Mutter meinte, dass du vielleicht nicht gleich im großen Kreis zu Abend essen möchtest. Ich soll dich zum Essen ausführen und dann zu meiner Schwester bringen, wo du übernachten wirst."

Dankbar stimmte Joan zu. Nach einem ausgedehnten Essen brachte Robert sie zu Nancys bescheidenem, aber wunderhübschem Haus.

„Das ist also Joan!“, sagte Roberts Schwester und breitete weit die Arme aus, um Joan zu begrüßen. Der Schein der Verandalampe auf ihrem braunen Haar wirkte fast wie ein Heiligenschein.

Robert hatte eine Hand an ihren Ellbogen gelegt, in der anderen trug er ihren Koffer. „Joan“, sagte er, „das ist meine Schwester Nancy, die dir immer die netten Grüße nach Deutschland geschickt hat.“

Joan verdrehte die Augen. „Aber ja, Robert, das weiß ich doch …“

Nancy, die fast so groß war wie ihr Bruder, lachte herzlich. „Du meine Güte, Robert, hältst du sie für verkalkt?“ Nancy legte den Arm um Joans Schultern und zog sie ins Haus. „Kommt rein. Die Kinder sind bereits im Bett, aber mein Mann wartet im Wohnzimmer auf uns. Stell den Koffer in Margarets Zimmer, kleiner Bruder, ja?“

Robert verschwand gehorsam in einem dunklen Flur.

Joan und Nancy betraten das Wohnzimmer. Ein Mann stand vor dem Couchtisch, wo er gerade ein Tablett mit einer Kaffeekanne und vier Tassen abgestellt hatte.

Er richtete sich auf. „Hallo“, begrüßte Joan ihn.

„Robert Masters“, stellte er sich vor und schüttelte Joans Hand. „Willkommen.“

„Noch ein Robert?“, fragte Joan. „Oh weh! Wie soll ich euch auseinanderhalten?“

„Ganz einfach: Ich sehe besser aus.“ „Ihr“ Robert trat hinter sie und legte die Hände auf ihre Schultern. „Komm, ich nehme dir den Mantel ab“, sagte er.

„Du kannst mich ja Bob nennen.“ Roberts Schwager lächelte. „Hey, dein britischer Akzent ist wirklich nicht zu überhören, genau wie Robert gesagt hat.“

„Ja, so ist es wohl“, sagte sie.

„Wir werden den Kaffee hier trinken, und …“ Er schien erst jetzt zu merken, dass Nancy den Raum verlassen hatte. „Ich schätze, meine Frau ist in die Küche gegangen, um den Kuchen zu holen, den sie heute gebacken hat."

Kurz darauf kehrte Nancy mit einem köstlich aussehenden Schokoladenkuchen und vier Kuchentellern zurück. „Joan, ich hoffe, du hast noch etwas Platz in deinem Magen."

„Joan ist keine große Esserin", erklärte Robert, „aber ich habe ihr geraten, sich noch etwas Hunger aufzuheben."

„Dass du keine große Esserin bist, sieht man", meinte Nancy. „Du bist so schlank!" Sie lachte. „Oh, Bobby, bitte schalte den Fernseher ab. Wir wollen Joan doch besser kennenlernen."

Am folgenden Morgen brachte Nancy Joan zu ihrem Elternhaus.

Joan löcherte sie unterwegs mit Fragen über den Rest der Familie. „Und wie ist eure Schwester Frances so?"

„Wir sind ziemlich verschieden." Nancy warf Joan ein strahlendes Lächeln zu. „Ich bin etwas redseliger, genau wie unsere Mutter. Frances kommt mehr nach Papa." Ihre Augen weiteten sich. „Hör mal, Papa kann manchmal etwas gewöhnungsbedürftig sein, aber lass dich von ihm nicht einschüchtern."

Joan lachte. „Ich habe mich bisher noch von niemandem einschüchtern lassen."

„Tief in seinem Inneren ist Papa ein Teddybär. Er ist sehr festgelegt in seiner Art zu leben und ziemlich unnachgiebig. Aber wenn er auf deiner Seite ist, dann gibt es keinen Besseren."

Das gefiel Joan, doch sie nickte nur und bewunderte die stattlichen Häuser draußen vor dem Autofenster. Die Rasenflächen vor den Häusern zeigten das erste Frühlingsgrün. An den Ästen waren die Blattknospen zu erkennen, und die Frühlingsblumen blühten in allen Farben.

„Das ist also der Frühling im Süden", meinte Joan lächelnd. „Wie schön."

Nancy erwiderte ihr Lächeln. „Ich könnte dir den ganzen Tag zuhören. Dein Akzent und deine Ausdrucksweise sind so charmant! Und du hast vollkommen recht. Greensboro ist eine hübsche Stadt", sagte sie. „Ich denke, es wird dir hier gefallen."

Joan zuckte zusammen. *Was soll das heißen?* Hatte Robert mit seiner Familie schon über eine mögliche Heirat gesprochen? Dass sie möglicherweise hierher zogen?

Nancy bog in die Einfahrt eines Hauses ein, das Joan von Fotos sehr gut kannte. „Robert ist also tatsächlich hier aufgewachsen", bemerkte sie leise.

Nancy parkte den Wagen. „Wie bitte?"

„Ich habe schon von britischen Mädchen gehört, die amerikanische Soldaten geheiratet haben in dem Glauben, sie lebten in hübschen Häusern, und am Ende landeten sie dann in einer zugigen Baracke."

„Oh je, das ist ja schlimm." Nancys Blick wanderte zu dem Haus. „Aber nein. Hier sind wir aufgewachsen."

Robert kam die Eingangstreppe herunter. „Guten Morgen", grüßte er und öffnete die Wagentür. Er ergriff ihre Hand und half ihr beim Aussteigen. „Du siehst wundervoll aus", sagte er, während Nancy ihre Kinder vom Rücksitz holte.

„Tatsächlich?", fragte sie. Sie trug einen dunkelbraunen Faltenrock mit einer passenden Jacke.

Robert führte sie zu der weitläufigen vorderen Veranda. Nancy und ihre Kinder waren schon im Haus verschwunden. Die kleine Margaret quietschte vor Freude, als sie ihre Großeltern entdeckte.

Dann betraten Joan und Robert das Haus.

„Joan." Eine außergewöhnlich große, weißhaarige Dame empfing sie und ergriff ihre Hand. „Ich bin Roberts Mutter."

Joan drückte ihr die Hand. „Wie schön, Sie kennenzulernen, Mrs Zimmerman."

„Und ich bin sein Vater", sagte ein beinahe kahlköpfiger Mann.

Joan reichte auch ihm die Hand. „Mr Zimmerman."

Robert schob Joan zu den anderen Familienmitgliedern. Vor einer dunkelhaarigen, äußerst attraktiven Frau blieb er stehen. „Meine Schwester Frances", stellte er sie vor.

„Hallo, Joan", sagte sie mit tiefer Stimme. Zwei dunkelhaarige Kinder – ein schlaksiger Junge von etwa acht Jahren, der seiner Mutter sehr ähnlich sah, und ein jüngeres Mädchen – drängten sich um Roberts Schwester. „Meine Kinder Rodney und Vicki."

Joan beugte sich zu den Kleinen hinunter und reichte ihnen die Hand. „Hallo, ihr beiden!"

Rodney blickte zu seiner Mutter hoch und flüsterte: „Sie redet komisch", woraufhin alle lachten.

„Und dies …", sagte Robert und deutete auf eine dunkelhäutige Frau in Uniform, die ihre Hände über einer weißen Schürze gefaltet hatte, „… ist unsere Haushälterin Marie."

Joan reichte auch Marie die Hand, und als diese sie nicht ergriff, nahm sie ihre trotzdem. „Ich freue mich sehr, Sie kennenzulernen", sagte Joan lächelnd.

„Miss Hunt." Roberts Vater räusperte sich. „Wir geben den Farbigen nicht die Hand."

Joan spürte, wie ihr heiß und kalt wurde, und sie drehte sich langsam um. Dann stimmte es also … alles, was sie gelesen hatte.

Ihr Blick wanderte über die schockierten Gesichter im Raum. „Nun, Mr Zimmerman", sagte Joan schließlich. „Sie müssen entschuldigen, Sir, aber ich tue das durchaus."

Mai 1956

Zum zweiten Mal in zwei Monaten saß Joan in einem Flugzeug nach Greensboro. Erstaunlicherweise war sie von den Zimmermans ein zweites Mal eingeladen worden.

Wieder holte Robert sie am Flughafen ab, und nach einem liebevollen Kuss schob er sie aus dem Terminal nach draußen, wo es schon viel heißer war als noch im Monat zuvor. Joan hatte kaum auf dem Beifahrersitz Platz genommen, als Robert auch schon losbrauste.

„Wie läuft die Arbeit?", fragte er mit gepresster Stimme.

„Robert, ist alles in Ordnung?"

„Mir geht es gut. Warum?"

„Deine Stimme klingt so seltsam." Ein Gedanke durchzuckte sie. „Bist du wirklich sicher, dass mein Besuch deinen Eltern recht ist?"

Sein Kopf fuhr herum. „Natürlich. Mutter freut sich auf dich. Und morgen Abend veranstalten wir dir zu Ehren eine Grillparty."

„Mir zu Ehren? Warum?"

Robert bremste ab, hielt am Straßenrand an und wandte sich zu ihr. „Joan", sagte er und öffnete das Handschuhfach. „Da gibt es etwas, das du tragen solltest, wenn wir zum Haus kommen."

„Etwas, das ich tragen soll?"

Robert nahm eine kleine Schachtel aus dem Handschuhfach. Er rutschte etwas zu ihr herüber und klappte die Schachtel auf. Ein Diamantring funkelte in der Spätnachmittagssonne.

„Robert!", flüsterte Joan.

„Schau mich an", forderte er sie auf. „Letzter Versuch. Willst du meine Frau werden?"

Tränen brannten in ihren Augen und sammelten sich in ihren Augenwinkeln. Sie nickte, und vielleicht zum ersten Mal in ihrem Leben fehlten ihr die Worte. Langsam hielt sie ihm ihre linke Hand hin, den Ringfinger leicht angehoben.

„Das ist zwar kein großer Stein", sagte er, als er ihr den Ring ansteckte, „aber ich fand ihn genauso hübsch wie dich."

Joan starrte auf ihre Hand und ballte sie dann zur Faust. „Das ist der schönste Ring, den ich –" Sie begann zu lachen, dann drückte sie die Finger an die Lippen.

„Was ist?"

„Ich habe noch nie einen Ring besessen", sagte sie und wischte sich lachend ihre Tränen fort. „Also ist das natürlich der schönste Ring, den ich je hatte. Aber selbst wenn meine Schmuckkassette so voll wäre wie die der Königin, wäre dies der schönste Ring." Sie legte ihre Hände an seine Wangen und küsste ihn zärtlich. „Danke", flüsterte sie.

Mit dem Daumen fing er die Tränen auf, die ihr über die Wangen rollten. „Denkst du, du schaffst das, Joan? Hier zu leben?"

„Ich nehme an, nach Chicago zu ziehen ist keine Alternative für dich?"

Robert verzog das Gesicht. „Nein, das geht nicht. Von Zeit zu Zeit werde ich geschäftlich dort zu tun haben, aber unsere Firma ist nun mal hier."

Ja, die Firma, dachte sie. „Dann werde ich mich wohl hier einleben müssen."

„Du wirst es zumindest versuchen müssen", meinte er lächelnd. „Sieh mal, ich weiß, hier ist es anders als an den anderen Orten, an denen du bisher gelebt hast. Und ich weiß auch, dass du dich mit meinem Vater anfangs nicht besonders gut verstanden hast, und ich weiß, dass …" Seine Stimme verklang.

„Was?"

Er schüttelte den Kopf. „Nichts."

Sie zupfte ihn am Jackenärmel. „Was wolltest du sagen?"

Robert legte den Gang ein und fädelte sich wieder in den Verkehr ein. „Erinnerst du dich noch an meinen Freund Jack Coleman? Du hast ihn bei deinem letzten Besuch kennengelernt."

„Ja, natürlich."

„Er meinte, ich müsste auf dich aufpassen. Weil du hier fremd bist, wie er es ausdrückte."

Joan legte die Hände auf ihren Oberschenkel und beobachtete, wie sich die Sonnenstrahlen in dem Diamanten fingen. „Du bist mir genauso fremd wie ich dir."

„Das stimmt natürlich."

Robert bog in die Einfahrt seiner Eltern ein, in der bereits einige Fahrzeuge standen.

„Wer ist denn alles da?", fragte Joan.

Robert öffnete seine Wagentür. „Mutter und Vater natürlich. Meine Schwestern, ihre Männer und die Kinder."

„Sonst noch jemand?"

Robert stieg aus, kam um das Auto herum und öffnete die Beifahrertür für sie. „Falls du Marie meinst, ja."

Joan stieg aus, richtete sich auf und schob das Kinn vor. „Dann bin ich bereit."

„Na dann …" Robert führte sie zur vorderen Veranda.

Die Haustür öffnete sich. „Du bist wieder zurück, Onkel Robert!"

Robert blickte seinen Neffen an. „Wo sind denn alle?"

„Hinten im Wohnzimmer." Rodney legte den Kopf schräg. „Hast du es getan?", fragte er flüsternd.

Joan hielt ihre linke Hand in die Höhe und lächelte. „Du meinst das hier?"

Rodney grinste. „Dann bist du jetzt wohl meine Tante Joan."

„Sehr bald."

Sie betraten das Haus und folgten den Stimmen und dem Gelächter.

„Joan", rief Mrs Zimmerman und erhob sich aus ihrem Lieblingssessel vor dem breiten geöffneten Fenster. „Du bist da."

Lächelnd hob Joan die Hand. „Ist es das, was ihr alle sehen wolltet?"

Die drei Frauen scharten sich um sie und umarmten sie und Robert, bevor Roberts Vater Joan einen flüchtigen Kuss auf die Wange drückte. Auch Bobby und ein dunkelhaariger Mann waren da, der sie mit den Worten begrüßte: „Hallo, Joan, ich bin Vic. Frances' Mann. Willkommen in der Familie."

Als sich die allgemeine Aufregung ein wenig gelegt hatte, entdeckte Joan Marie, die in der Küchentür stand und sich die Hände an einem Geschirrtuch abtrocknete. Ihr Blick suchte Joans Hand.

„Nun, was meinst du, Marie?“, fragte Joan.

„Der ist sehr schön, Miss Joan“, sagte sie, und ihre weißen Zähne hoben sich strahlend von ihrer schokoladenbraunen Haut ab. „Wirklich sehr schön.“

Bevor irgendjemand reagieren konnte, eilte Joan auf Marie zu, umarmte sie kurz und legte ihr dann die Hände auf die Schultern. „Ich freue mich, dass Sie das sagen“, flüsterte sie. „Denn ich habe so das Gefühl, dass wir gute Freundinnen werden.“

Kapitel 49

Als Hochzeitsdatum wählten Joan und Robert einen Samstag Ende September. Das Datum sollte sich noch als die leichteste Aufgabe entpuppen.

Im Juni zog Joan nach Greensboro um und mietete sich in Mrs Bennetts Pension ein, in der Straße, in der Roberts Eltern wohnten. Und sie nahm eine Stelle bei der Textilfirma J.P. Stevens an. Oder vielmehr zog sie das Stellenangebot ihres zukünftigen Arbeitgebers Charlie Baxter in Erwägung, sah aber ein Problem.

„Ich werde Mr Baxter ein Angebot machen", erklärte Joan Robert, als er sie zu ihrem Pensionszimmer brachte.

„Tatsächlich?"

„Ja … Der Lohn, den arbeitende Frauen in den Südstaaten erhalten, ist absolut inakzeptabel. Also habe ich beschlossen, ihm anzubieten, dass ich für ein Monatsgehalt arbeite und nicht für einen Stundenlohn."

Robert lachte. „Ich höre …"

„Dreihundert pro Monat." Joan blieb auf dem Bürgersteig vor Mrs Bennetts Pension stehen. „Wenn man davon ausgeht, dass ein Mensch im Durchschnitt vierzig Stunden die Woche arbeitet, also zweitausend Stunden im Jahr, und die dreihundert mit zwölf multipliziert ... dann bedeutet das, dass ich ungefähr einen Dollar achtzig pro Stunde bekomme."

Robert legte den Arm um Joans Schulter. Gemeinsam schlenderten sie zur vorderen Veranda. „Also, wenn Charlie Baxter sich nicht von deinen Mathematikkenntnissen und deinen Argumentationsfähigkeiten beeindruckt zeigt, dann weiß ich es auch nicht."

Joan grinste ihn an. „Falls er mein Angebot akzeptiert, dann verdiene ich das Doppelte des Mindestlohns."

„Und ich bin doppelt beeindruckt."

„Und", führte Joan weiter aus, „ich kann zu Fuß zur Arbeit gehen. Außerdem bietet die Firma ihren Angestellten gute Aufstiegschancen, vor allem in der Werbeabteilung." Sie schob ihren Arm durch seinen. „Und ich bekomme Rabatt auf das Sortiment der Firma – Bettwäsche, Handtücher, Vorhänge. Als Angestellte zahle ich nur ein Drittel des Verkaufspreises." Wieder lächelte sie. „Das kommt zwei Jungvermählten doch sehr zugute, meinst du nicht?"

„Also, wenn du nicht praktisch veranlagt bist, dann weiß ich es auch nicht."

„Da ich mit acht Geschwistern aufgewachsen bin, muss ich das wohl sein." Sie boxte ihn spielerisch gegen die Brust. „Und das ist doch nicht verkehrt."

„Nein, Madam", sagte er. „Ganz und gar nicht."

Charlie Baxter akzeptierte Joans Angebot.

Nachdem sie nun einen neuen Job hatte, war Joans nächste Aufgabe, ihre zukünftige Schwiegermutter zu Mrs Blue zu begleiten, die die Hochzeit „inszenieren" würde.

Die Vorstellung, dass eine Hochzeit inszeniert wurde, war Joan genauso fremd wie gesüßter Eistee, an den sie sich wohl nie gewöhnen würde. Aber sie musste feststellen, dass Mrs Cora Blue mit Joan auch so ihre Schwierigkeiten hatte.

„Was soll das heißen, Ihre Eltern werden nicht dabei sein?“ Mrs Blue schaute Joan entsetzt an, nachdem diese erklärt hatte, ihre Familie würde nicht zur Hochzeit kommen können.

Die drei Frauen saßen in Mrs Blues Wohnzimmer. Auf dem niedrigen Couchtisch stand ein Tablett mit drei Kaffeetassen.

„Meine Eltern und Geschwister leben in England“, erklärte Joan und trank einen Schluck Kaffee.

Mrs Blue blickte Mrs Zimmerman an. „Aber … aber das … das geht doch nicht …“

„Joan“, sagte Mrs Zimmerman leise. „Gibt es denn keine Möglichkeit, dass deine Eltern irgendwie herkommen?“

„Mrs Zimmerman“, erwiderte Joan respektvoll, „ich glaube nicht, dass Sie eine Vorstellung haben, wie das Leben in England nach dem Krieg aussieht.“

„Natürlich, natürlich“, erwiderte sie mitfühlend. „Dann wird es eben so gehen müssen, Cora.“

„Aber … Margaret!“, gab Mrs Blue entsetzt zurück. „Die Leute werden denken, Robert würde eine Waise heiraten!“

Mrs Zimmerman rutschte unruhig auf ihrem Platz herum. „Dann müssen wir das eben in der Zeitung erklären.“

„Und wie soll das gehen?“

„Ganz einfach. Wir werden eine ganz sachliche, kurze Erklärung abgeben und fertig.“

„Was uns zu einem anderen Punkt führt.“ Mrs Blues Augen weiteten sich vor Sorge. „Wenn weder ihr Vater noch ihre Brüder da sein werden, wer soll sie denn zum Altar führen?“

„Vielleicht einer ihrer Schwager …“, schlug Mrs Zimmerman vor.

Joan überlegte, ob die beiden Frauen ihre Anwesenheit wohl vergessen hatten.

„Bob wird natürlich die Orgel spielen.“ Mrs Blue führte ihre Kaffeetasse an die Lippen.“

Joans Augenbrauen schossen in die Höhe.

„Selbstverständlich, Cora“, erwiderte Mrs Zimmerman.

„Entschuldigen Sie“, warf Joan ein. „Meinen Sie Bob Masters?“

Mrs Zimmerman lächelte und legte ihre Hand auf Joans. „Er ist ein wundervoller Organist.“

„Ist Musik … denn überhaupt nötig?“

Die beiden Frauen starrten sie an, als käme sie von einem anderen Stern. Offensichtlich war Musik unerlässlich. Ein neuer Gedanke kam ihr, ein Gedanke, der sie im Ansehen hoffentlich wieder steigen ließ. „Vielleicht würde Nancy meine Brautjungfer sein?“

„Bevor wir zu diesem Thema kommen“, beharrte Mrs Blue, „wer wird Sie nun zum Altar führen? Vic vielleicht?“

Mrs Zimmerman wollte etwas sagen, doch Joan kam ihr zuvor. „Wie wäre es denn, wenn ich einfach mit Robert gemeinsam zum Altar schreite?“

Mrs Blue schüttelte den Kopf. „Das geht nicht.“

„Joan, Liebes“, sagte Mrs Zimmerman, „so etwas ist im Süden einfach undenkbar.“

„Dann“, meinte sie diplomatisch, „sollten wir diese Frage zurückstellen, bis ich mit Robert gesprochen habe.“

„Natürlich“, erwiderte Mrs Zimmerman. „Und wie nett von dir, dass du Nancy bitten willst, deine Brautjungfer zu sein.“

Mrs Blue betupfte sich die Stirn und sah irgendwie beunruhigt aus. „Wir sollten jetzt vielleicht festlegen, wann wir Ihr Brautkleid aussuchen, Joan.“

„Oh, das ist nicht nötig“, rief Joan. „Ich habe bereits ein Kleid.“

Mrs Blues Mund blieb so weit offen stehen, dass kleine Vögel darin hätten nisten können.

Betty schickte das Kleid Ende August los und es traf am 1. September in Greensboro ein. Als Joan an diesem Abend zum Essen ins Haus der Zimmermans kam, fiel ihr Blick sofort auf die lange Schachtel auf dem Sofa im Wohnzimmer.

„Mein Kleid!", rief sie.

„Ich habe Mutter schon gesagt, dass es bestimmt das Kleid ist. – Mutter!", rief Nancy, deren Gesicht erwartungsvoll aufleuchtete. „Joan ist da", verkündete sie laut.

Mrs Zimmerman eilte herbei. In der Hand hielt sie eine Kristallvase mit frisch geschnittenen Blumen, die sie auf den Tisch stellte. „Da bist du ja", sagte sie. „Ich musste Nancy mit Gewalt davon abhalten, dein Paket zu öffnen." Sie griff hinter die Schachtel und holte einen Briefumschlag hervor. „Das ist auch für dich angekommen."

Joan nahm ihn entgegen. „Ein Brief von Evelyn." Sie verstaute ihn in ihrer Handtasche. „Sollen wir das Kleid nach oben bringen und es uns ansehen?"

„Wir können doch mein altes Zimmer nehmen, Mutter."

Joan nahm die Schachtel auf den Arm und folgte den beiden Frauen in Nancys früheres Kinderzimmer. Obwohl sie es schon seit mehreren Jahren nicht mehr bewohnte, war ihre Persönlichkeit darin noch zu spüren – luftige Vorhänge vor den Fenstern, und auf dem Bett ein Überwurf in Blassrosa.

Nancy und ihre Mutter schnappten nach Luft, als Joan die Schachtel aufklappte und das Seidenpapier zurückschlug und der Traum aus weißer Spitze zum Vorschein kam. Vorsichtig nahm sie das Kleid aus der Schachtel und hielt es an ihren Körper.

„Joan", keuchte Mrs Zimmerman. „Das ist wirklich …"

„Kein Wunder, dass es dir nichts ausmacht, dir dieses Kleid mit vier anderen Frauen zu teilen", sagte Nancy. Sie stellte ihr Glas mit Eistee auf dem Nachttisch ab. Beide Frauen traten um das Bett herum und berührten die Spitze an den Ärmeln und dem Rock.

„Wir werden es in die Reinigung geben. Mr Macy hat viel Erfahrung mit Brautkleidern. Ein so elegantes Kleid würde ich keiner anderen Reinigung anvertrauen."

Nancy sah sich den Saum genau an. „Und dieses Kleid haben wirklich schon drei Frauen vor dir getragen?"

„Allerdings."

„Und du wirst es nicht behalten", bemerkte sie sachlich.

„Nein", erwiderte Joan. „Es geht als Nächstes vermutlich an Evelyn." Sie legte das Kleid wieder auf das Bett.

Nancy nahm einen gepolsterten Bügel aus dem Kleiderschrank. „Komm, wir hängen es auf den Bügel, dann verschwinden vielleicht einige der Falten."

Während sie es aufhängten, unterhielten sie sich darüber, dass sie noch einen Reifrock und die passenden Schuhe besorgen mussten. „Die Schuhe sollten einen Absatz haben", meinte Mrs Zimmerman. „Du bist so viel kleiner als mein Sohn, Joan. Dann fällt der Größenunterschied nicht so stark ins Gewicht."

Joan lächelte nur.

Mrs Zimmerman betrachtete nachdenklich das Kleid, das jetzt an der Schranktür hing. „Es ist wirklich praktisch, das so zu machen, nicht?" Sie drehte sich zu Joan um. „Sparsam."

Joan verschränkte die Arme. „Für mich war es vor allem ein großer Spaß. Wir hatten einen so schönen Tag zusammen in diesem Brautladen. Es war ganz ungewöhnlich, dass wir an einem Samstag alle zusammen waren und dann noch gemeinsam in die Stadt gegangen sind. Das hatten wir noch nie gemacht. Und danach eigentlich auch nicht mehr."

Nancy nahm ihr Teeglas vom Nachttisch und trank einen Schluck. „Es zeugt auch von großem Vertrauen. Was wäre, wenn die dritte Braut zum Beispiel die Spitze zerrissen hätte oder so etwas?"

„Oh, du liebe Güte." Mrs Zimmerman machte sich sofort daran, das Kleid eingehender zu inspizieren.

„Nancy." Joan ging zum Sessel und nahm den einsamen Plüschhasen, der noch in einer Ecke saß. „Würdest du meine Brautjungfer sein?"

Nancy schluckte und stellte das Glas schnell wieder ab. „Im Ernst? Mutter? Hast du das gehört?"

Mrs Zimmerman blinzelte die Tränen fort. „Ich bin keine zwei Meter entfernt, Nancy. Natürlich habe ich es gehört."

„Oh, sehr gern, Joan. Welche Farben wirst du wählen?"

„Farben?"

„Na, für die Hochzeit. Meine waren Rosa und Rosenrot. Die Brautjungfern trugen Rosa und Frances Rosenrot. Das Kleid hängt noch im Schrank." Sie ging zum Kleiderschrank und nahm einen langen Kleidersack heraus, den sie über das Bett legte.

„Hier ist es", sagte sie und holte ein Taftkleid heraus. „Hey, ich habe eine Idee. Ich könnte doch dieses Kleid anziehen. Natürlich muss es auch zuerst noch mal gereinigt werden."

„Nancy", mahnte Mrs Zimmerman. „Denkst du nicht, dass du ein wenig über das Ziel hinausschießt?"

Nancy blickte Joan an. „Oh Joan, es tut mir leid … ich wollte nicht über deinen Kopf hinweg entscheiden."

„Nein, schon gut", erwiderte Joan. „Das macht doch nichts. Ich habe nie über Farben oder Kleider oder solche Sachen nachgedacht. Das macht alles doch viel einfacher, nicht? Praktischer?"

„Und du hast auch bestimmt nichts dagegen, Joan?" Mrs Zimmerman stemmte ihre Hände in die Hüften und wartete eine Antwort gar nicht erst ab. „Nun, dann ist das geregelt. Jetzt müssen wir noch überlegen, was Robert tragen wird. Und sein Trauzeuge und …"

Joan wurde von einem Schwindelgefühl erfasst. Sie ließ sich in den Sessel sinken. Ihr Herz klopfte zum Zerspringen, setzte einen Schlag aus, um dann umso heftiger weiterzuhämmern.

„Joan?" Nancy ergriff ihre Hand und tätschelte sie. „Alles in Ordnung? Mutter, gib mir bitte meinen Tee."

Der Gedanke, den süßen Tee trinken zu müssen, holte Joan in die Gegenwart zurück. „Mir geht es gut." Sie hob die Hand. „Für einen Moment war ich nur …"

„Soll ich Robert holen?", fragte Mrs Zimmerman.

„Mutter“, mahnte Nancy. „Dann würde er doch die Kleider sehen.“ Ihr Blick wanderte zu Joan. „Das ist normal. Ich glaube, ich habe meine Hochzeit drei- oder viermal abgesagt, bevor es endlich so weit war.“

Joan schluckte. „Wirklich?“

Nancy hockte sich vor sie. „Die Auswahl der Blumen, die Planung des Empfangs und der Menüs …“

Joan blinzelte. „All das müssen wir noch machen?“ Sie hatte schon viele Veränderungen erlebt. Vielleicht zu viele für eine so kurze Zeit. In fünf kurzen Jahren war sie aus Großbritannien nach Amerika gekommen, von Chicago nach Deutschland gegangen und wieder nach Amerika zurückgekehrt, sie hatte sich verliebt und war in einem Bundesstaat gelandet, der ihr noch fremder erschien als alles zuvor. Und jetzt … eine Hochzeit und all das?

Mrs Zimmerman ging zur Tür. „Nancy, das arme Mädchen bekommt noch einen Herzanfall. Ich gehe nach unten und koche uns erst mal Kaffee. Kommt nach, wenn ihr so weit seid.“ Sie nickte kurz. „Glaubt mir, eine starke Tasse Kaffee vertreibt allen Kummer.“

Kapitel 50

Liebe Joan,

ich halte den Brief kurz. Natürlich komme ich zu Deiner Hochzeit, und ich freue mich schon darauf, Robert kennenzulernen. Ich weiß, dass wir nur wenig Zeit füreinander haben werden, aber auf keinen Fall würde ich Deinen besonderen Tag verpassen wollen.

Nun, Joan, jetzt wirst Du Dich vermutlich erst mal hinsetzen müssen. Ich bin offiziell verliebt! Nach dem Tanzfest am Valentinstag war ich noch nicht hundertprozentig sicher, trotz des zärtlichen Kusses, den er mir gegeben hat, doch jetzt, nach all den Monaten, glaube ich, dass meine Ängste allmählich nachlassen. Das klingt immer noch nicht so, als wäre ich mir sicher, nicht? Aber ich habe es neulich tatsächlich laut ausgesprochen: „Ich liebe dich", und ich meinte es ernst.

Nun, bald wirst Du Edwin kennenlernen, denn er wird mich zu deiner Hochzeit begleiten. Ich weiß, dass er Dir gefallen wird. Er ist ein guter Mann, geduldig und gottesfürchtig. George Volbrecht hat noch viel zu lernen.

Liebe Grüße,
Evelyn

P.S. Wie überlebst Du im Süden?

Liebe Evelyn,

ich freue mich auch schon darauf, Dich zu sehen und Deinen Edwin kennenzulernen!

Du fragst mich, wie ich überlebe. Nun ja. Die Frauen im Süden werden häufig als aufgedonnerte, zarte Prinzessinnen dargestellt, die beim kleinsten Windhauch umfallen. Sie stehen schweigend im Schatten ihrer Männer, wissen nicht, was um sie herum in der Welt vorgeht, sind unfähig, Entscheidungen zu treffen, und zu zart, um arbeiten zu gehen. Das mag so wirken. Doch eigentlich sind sie die Königinnen des Südens. Auch wenn die Männer einflussreiche Positionen im Geschäftsleben innehaben, sind es ihre Sekretärinnen, die sie in der Spur halten, die sicherstellen, dass sie ihre Termine wahrnehmen und ihnen sagen, was als Nächstes auf der Tagesordnung steht. Die Sekretärin aus den Südstaaten hat das Kommando, und das sieht man in ihren Augen. Eine Weisheit, die keinen Titel und keine Beförderung braucht (obwohl ich das ändern würde, falls ich jemals etwas zu sagen hätte).

Wenn ein Mann aus den Südstaaten auf einem Podium steht und eine Rede hält, dann garantiere ich Dir, dass sowohl seine Frau als auch seine Sekretärin die Rede im Vorfeld gelesen und abgesegnet oder sogar geschrieben haben. Seine Frau legt ihm seinen Anzug, seine Krawatte und seine Socken zurecht.

Während ein Mann aus den Südstaaten glaubt, das unangefochtene Oberhaupt seines Haushalts zu sein, ist es in Wirklichkeit die Frau, die bestimmt, was in den vier Wänden vorgeht. Sie mag zurückhaltend sein, aber ihr Einfluss ist groß. Ihre Kinder respektieren und fürchten sie, und dank dieser Kombination ist sie in der Lage, die Ordnung aufrechtzuerhalten. Ihr Mann bekommt nicht mit, was geschieht, solange er in seinem Büro ist. Er weiß nur, dass am Ende eines langen Tages das Abendessen auf dem Tisch steht und die Kinder gebadet sind, und auch wenn eine Haushälterin vielleicht hinter den Kulissen die Arbeit verrichtet, ist es die Frau und Mutter, die das Wann, Wo und Wie bestimmt.

Selbst in dieser kurzen Zeit, die ich jetzt hier lebe, Evelyn, habe ich erkannt, dass die Südstaaten-Dame, die schweigend im Schatten steht, dies nicht tut, weil sie kein Rückgrat hat. Vielmehr steht sie da, um sicherzustellen, dass alles den richtigen Weg nimmt.

Während Mrs Blue (meine Hochzeitsplanerin) und Mrs Zimmerman die Einzelheiten des Fests regelten, kam ich zu der Erkenntnis, dass ich, wenn ich bei meinem ganz besonderen Tag etwas mitzubestimmen haben will, genauso stark wie „laut" sein muss. Nicht von der Stimme her, sondern vom Charakter her. Und in meinem Entschluss, dass Robert, und Robert allein, derjenige sein wird, mit dem ich durch die Kirche zum Altar schreite. Wenn Du und Edwin als die einzigen Gäste auf der Seite der Braut sitzen werdet, wirst du erleben, dass ich endlich im Süden angekommen bin.

Liebe Grüße,
Joan

22. September 1956

Joan entschied sich für einen kurzen, an einem Diadem befestigten Schleier. Nancys Blumenstrauß bestand aus dicken Chrysanthemen, und sie hatte Joan ein Gebetbuch mit einer einzelnen eingelegten Orchidee geliehen. Damit würde sie zum Altar schreiten.

„Wie viel Uhr ist es?“, fragte sie ihre zukünftige Schwägerin, als sie im Brautzimmer standen.

Nancy warf einen Blick auf ihre zarte Armbanduhr. „Zehn Uhr fünfzehn.“

Fünfzehn Minuten später halfen Mrs Zimmerman und Mrs Coleman ihr in das Kleid von Carson's. Als die letzten Knöpfe geschlossen waren, setzte Frances Joan das Diadem auf und drapierte den Schleier vor ihr Gesicht.

Mrs Blue war in ihrem Element und lenkte alles wie ein Dirigent sein Orchester. Eine Weile stand Joan am Fenster und starrte auf den üppigen Rasen vor der Kirche und die Straße dahinter, wo die Autofahrer einen Parkplatz suchten. Zufrieden seufzte sie in dem Wissen, dass nicht weit von ihr entfernt Roberts Familie und Freunde gerade ihre Plätze einnahmen.

Orgelmusik drang in das Zimmer, wann immer die Tür geöffnet wurde. Joan konzentrierte sich auf die Musik. Bob Masters war tatsächlich ein guter Musiker.

„Joan?“

Joan drehte sich um. Mrs Blue stand in der geöffneten Tür. „Es ist so weit.“

Nancy schnappte sich ihren Blumenstrauß und das Gebetbuch mit der Orchidee und reichte sie Joan. „Denk doch nur“, lächelte sie. „In weniger als einer Stunde bist du Mrs Robert Zimmerman. Bist du nervös?“

„Nein“, erwiderte sie ehrlich. „Was mich betrifft, gibt es nur zwei Menschen in dieser ganzen Kirche – Robert und mich.“

Nancys Augen lächelten, bevor ihr Mund nachzog. „Gute Antwort." Sie tätschelte Joans Hand, dann drehte sie sich um und ging zur Tür.

Mrs Blue hielt Joan noch einmal auf, richtete den Rock und murmelte: „Da Ihr Bräutigam ja vor den Kirchentüren auf Sie wartet, müssen wir darauf achten, dass jetzt schon alles perfekt ist."

Nachdem der Sitz des Kleides zu ihrer Zufriedenheit war, setzte sich Joan hinter ihr in Bewegung. Als sie Robert in seinem eleganten Anzug vor den Kirchentüren erblickte, musste sie blinzeln.

Er drückte die flache Hand an seine Brust und lächelte, als er ihr den Arm reichte.

„Du meine Güte, Jungs", sagte er leise. „Ich glaube, ich werde dieses Mädchen heiraten."

Der Hochzeitsmarsch brauste durch die Kirche, und als sie nebeneinander durch den Mittelgang schritten, hörte Joan die Stimme ihrer Mutter, die über viele Kilometer hinweg zu ihr sprach: *„Wie Gott sie geschaffen hat, so hat er sie zusammengeführt."*

Joan atmete langsam, genoss den Augenblick. *Das ist so richtig!*, dachte sie. *Und ich bin so gesegnet. So überaus gesegnet.*

Robert blickte sie an, und Joan blickte ihn an. Sie tauschten ein Lächeln, bevor sie wieder nach vorn sahen.

Nach vorn.

Dies ist der Anfang von etwas Unglaublichem!, rief ihr Herz ihr zu. *Mum, du hast die ganze Zeit recht gehabt. Von dem Augenblick unserer Geburt an – Robert in North Carolina und ich in Chicago – hat Gott die Wege geebnet, um mich mit ihm zusammenzuführen. Und Robert mit mir.*

Epilog

London, Juni 2015

Rachel saß in dem eleganten Hotelzimmer auf dem Sofa, die Füße untergeschlagen, und lauschte der Geschichte, die mit dem langen Werben ihres Großvaters um ihre Großmutter und dem Zauber eines Kusses endete, den er ihr nach dem Tanzfest am Valentinstag gegeben hatte.

„Unfassbar, dass Mimi Großvater so lange hat warten lassen", meinte sie schließlich lachend. „Aber ich bin schrecklich froh, dass es so ist. Denn so war sie die Letzte, die das Kleid getragen hat, und durfte es behalten."

Zwischen ihnen auf dem Couchtisch lag die noch nicht geöffnete Schachtel mit dem Firmenlogo von Carson's.

„Keiner von uns hätte es tragen können." Julie lachte leise. „Aber du hast natürlich recht. Miss Evelyn hat Mr Edwin lange warten und hart um sie kämpfen lassen. Immerhin war er ein Baptistenpastor. Aber, wie er mir früher immer erzählte, er war auch ein guter Angler."

Rachels Augen funkelten. „Ich denke, man könnte sagen, er hat sie sich schließlich doch noch geangelt." Sie beugte sich vor. „Ich wünschte nur … die beiden könnten dabei sein." Tränen schimmerten in ihren Augen. „Ich vermisse sie so."

Julie zog ein Taschentuch aus der Box, erhob sich und brachte es ihrer Tochter. „Wenn es dir ein Trost ist, Joan und Robert werden ja kommen."

Rachels Gesicht hellte sich auf, während sie sich anmutig die Nase putzte, wie sie es in der Etiketteschule ihrer Großmutter gelernt hatte.

Julie drückte ihre Schulter. „Joan meinte, die Hochzeit liefere ihr einen guten Vorwand, einmal wieder ihre Familie zu besuchen." Julies Blick fiel auf die Schachtel. „Also gut, Miss Priss. Bist du bereit, es dir anzusehen? Es anzuprobieren?"

Rachel nickte. „Ja, aber …" Sie hielt das Taschentuch in die Höhe. „Ich werfe das kurz weg und wasche mir Gesicht und Hände." Mit diesen Worten erhob sie sich. „Bin gleich wieder da", sagte sie und verschwand in ihrem Zimmer.

Julie erhob sich ebenfalls, bog den Rücken durch und trat ans Fenster. Ihr Blick blieb kurz an dem silbernen Band der Themse hängen und wanderte dann weiter zur Straße, wo, wie sie hoffte, ihr Mann bald aus einem englischen Taxi aussteigen würde.

Aber noch nicht.

„Ach, Miss Evelyn", flüsterte sie, während sie gedanklich immer noch der Geschichte von den fünf Bräuten nachhing. Jede von ihnen so anders. Und doch alle auch irgendwie gleich. Was hatte Miss Evelyn noch gesagt? Wie lautete noch gleich der Vers, der sie alle verband?

„Ich will vor dir hergehen und einebnen, was sich dir in den Weg stellt."

Und jetzt war es Miss Evelyns einzige Enkeltochter, die die Tradition fortführen würde. Julie kämpfte gegen die Tränen an. „Du und dein Angler, ihr wärt so stolz auf sie."

Kaum hatte sie die Worte ausgesprochen, kam unten auf der

Straße ein Taxi heran und hielt vor dem Hotel an. Kurz darauf stieg Julies Mann aus. Ein Strahlen erhellte ihr Gesicht. „Rachel", rief sie. „Dein Papa ist gekommen. Ich hole ihn am Aufzug ab."

Sie hatte die Tür beinahe erreicht, als Rachel aus ihrem Zimmer kam. „Was ist?"

„Dein Papa", wiederholte Julie dieses Mal ruhiger. „Er ist da. Ich gehe ihm entgegen. Nachher können wir uns das Kleid ja zusammen ansehen."

Rachel nickte lächelnd. Sie kannte die Geschichten jetzt. Und sie verstand.

Julie verließ das Hotelzimmer und ging zum Aufzug. Dort lauschte sie auf das leise Schnurren der Kabine, die ihr ihren Mann bringen würde. Da sie nicht zu eifrig erscheinen wollte (Miss Evelyn hätte im Jenseits einen Anfall bekommen, wenn das so wäre), hielt sie den Blick auf ihre korallenrot lackierten Fußnägel gerichtet, die in ihren Designersandalen so schick aussahen.

Auf dem Weg zum Aufzug war Julie genau so gegangen, wie sie es vor so vielen Jahren von ihrer Schwiegermutter gelernt hatte: *Ferse vor den Zehen … Ferse vor den Zehen … die Hüften hin und her wiegen, genau wie Marilyn Monroe …*

Eine Bemerkung der Autorin

Immer wieder bekomme ich, so wie sicher auch viele meiner Autorenkollegen, den Satz zu hören: „Hey, ich habe eine Geschichte für dich." Wir hören uns die Geschichten an und überlegen, ob wir sie vielleicht irgendwann einmal verwenden können. Aber die Wahrheit ist, in unseren Köpfen schwirren schon so viele Ideen herum, dass wir gar keine weiteren mehr brauchen.

Manchmal hören wir etwas in den Nachrichten … oder finden ein altes Foto … oder bekommen zufällig ein Gespräch in einem Restaurant oder im Flughafen mit, und wir denken: *Was wäre, wenn …?* Doch ab und zu kommt jemand zu uns und sagt: „Darf ich dir etwas erzählen?", und wir sind hingerissen. Fasziniert. *Diese Geschichte müssen wir haben!*

So erging es mir bei der Geschichte, die Sie gerade gelesen haben. Vor mehreren Jahren erzählte mir meine liebe Freundin Sharon Decker von einem Hochzeitskleid, das fünf Bewohnerinnen einer Wohnung, die sich nach dem Zweiten Weltkrieg in Chicago kennenlernten, gemeinsam kauften. Ein Kleid. Fünf junge Frauen, die sich kaum kannten. Jede von ihnen hatte dieses Kleid an ihrem Hochzeitstag getragen. Und jede hatte eine ganz besondere Liebesgeschichte erlebt.

„Und übrigens", fügte sie hinzu, „die vierte Braut, die dieses Kleid getragen hat, kenne ich persönlich."

Ich bettelte beinahe um die Geschichte. Bettelte und wartete jahrelang, bis ich endlich die Gelegenheit hatte, Joan Hunt Zimmerman kennenzulernen, die mir freundlicherweise gestattete, die Geschichte zu verwenden und abzuwandeln. „Denn schließlich", sagte sie, „ist in der Fiktion alles erlaubt, nicht?"

Die Geschichte von Joan Hunt und Robert Zimmerman ist größtenteils so passiert wie beschrieben, doch die der anderen Frauen sind frei erfunden. In Bezug auf die US-Streitkräfte und ihre Arbeit in Deutschland nach dem Zweiten Weltkrieg habe ich mein Bestes gegeben, sie möglichst korrekt wiederzugeben. Joan hat in Wirklichkeit zwei Jahre in Deutschland gearbeitet, doch ich habe ihren Dienst dort um mehrere Monate verlängert.

Ich hoffe und bete, dass ich den Süden und den besonders geliebten Teil davon – North Carolina – angemessen dargestellt habe. Wir Südstaatler sind stolz auf einen großen Teil unserer Geschichte, und über den Rest sind wir traurig. Das geht auch den Bewohnern North Carolinas so.

Foto nächste Seite: Die echte Joan Hunt Zimmerman in dem echten Brautkleid aus der Geschichte, direkt nach der Trauung mit Robert.

Joan und Robert bekamen zwei Söhne, David und Robert Jr. Bis zu Roberts Tod im Jahr 2016 leiteten sie gemeinsam das sehr erfolgreiche Familienunternehmen „Southern Shows Inc." in Charlotte, wo Joan auch heute noch lebt.

MIX
Papier aus verantwortungsvollen Quellen
FSC® C014496
www.fsc.org

Die amerikanische Originalausgabe erschien im Verlag Tyndale House Publishers, Inc., unter dem Titel „Five Brides".

1. Auflage 2017
Bestell-Nr. 817189
ISBN 978-3-95734-189-1

Umschlaggestaltung: Björn Steffens
Umschlagfoto: Claire Morgan, Trevillion Images
Satz: DTP-Verlagsservice Apel, Wietze
Druck und Verarbeitung: GGP Media GmbH, Pößneck
Printed in Germany

www.gerth.de